TOR

KAI
MEYER

MASCHINEN-GÖTTER

DIE KRONE DER STERNE

ROMAN

TOR

Erschienen bei
FISCHER Tor
Frankfurt am Main,
März 2019

Für die deutsche Erstausgabe:
S. Fischer Verlag GmbH,
Hedderichstr. 114,
D-60596 Frankfurt am Main

Dieses Werk wurde
vermittelt durch die
Michael Meller
Literary Agency GmbH,
München

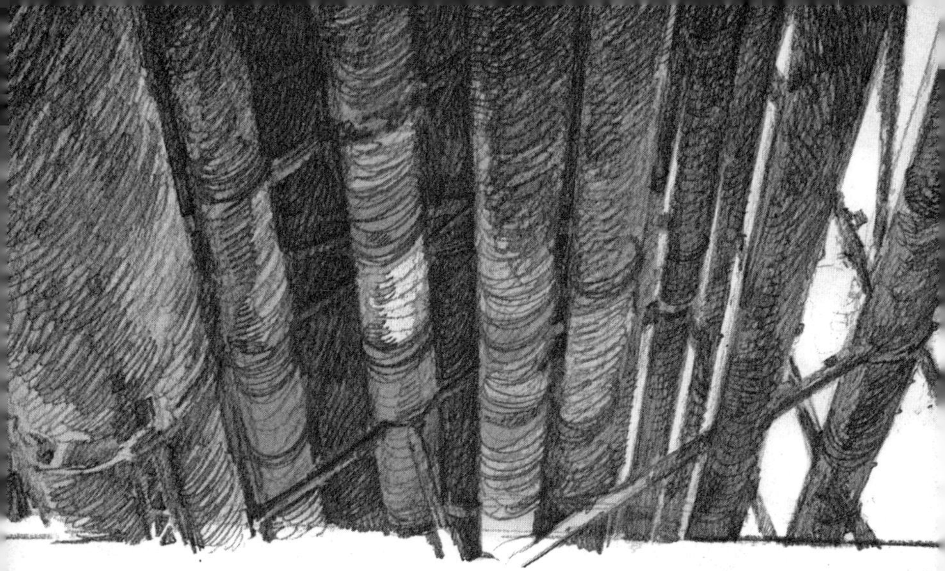

Satz: Dörlemann Satz, Lemförde
Druck und Bindung: CPI books GmbH, Leck
Printed in Germany
ISBN 978-3-596-70176-6

IN ERINNERUNG AN

Ernst Vlcek (1941–2008)
und
Mythor (1980–1985)

In jenen Tagen strahlten die Sterne heller.

Es gab Könige, die über Sonnen herrschten. Adelshäuser regierten wie Götter im All. Die Schiffe, in denen sie zwischen den Gestirnen reisten, waren groß wie Städte, manche gar wie Monde: Schiffe voller Anmut und Eleganz, Schiffe voller Tod. Denn wo Leidenschaften entbrannten und das Streben nach Macht, da wurden Kriege entfesselt und gewaltige Schlachten geschlagen, weit draußen in der Leere.

Jene, die ihr Leben in Wracks über verwüsteten Welten ließen, wussten nur selten, wofür sie starben. Die Ambitionen ihrer Herrscher waren so mysteriös wie die Sternennebel, auf die sie mit erschöpften Augen blickten, und manch einer erkannte in seinen letzten Momenten, dass eben doch nicht alles endlos ist, nicht einmal der Kosmos.

Feuer loderten, wo keine Flamme hätte flackern dürfen, und mächtige Geschütze rissen Wunden selbst ins Vakuum. Menschen, die hier gesiedelt hatten, um ein neues Leben zu finden, entdeckten vielfache Wege, den Tod zu säen.

Zivilisationen vergingen, Welten zerbrachen, Sonnen zerstoben zu Sternenstaub.

Niemand weiß mehr, wie lange das Zeitalter der tausend Kriege währte, und aus der Asche des Alten erwuchs nichts Neues, sondern abermals der Mensch mit seinen Begierden und Gelüsten. Doch diesmal vereinten sich die Völker widerwillig zur ***Hegemonie****, bauten neue Schiffe, besiedelten tote Welten, infizierten das All wie eine Seuche. Das gnadenlose, das grandiose* ***Tiamande*** *wurde zum Herz dieses Reiches, ein Planet der Legenden und Wunder nur für jene, die ihn nie mit eigenen Augen sahen.*

Die Herrschaft der ungeliebten Hegemonie konnte nicht ewig währen, und auf sie folgte die Ära der Maschinen: ein Erstschlag eisigen Intellekts, der Aufstand künstlichen Lebens. Waren es die Diener, die sich gegen ihre Meister erhoben, oder kamen die Maschinen von anderswo? Im Sturm der Gerüchte ging als Erstes die Wahrheit verloren.

Drei Jahrhunderte lang zermalmte der ***Maschinenherrscher*** *mit stählerner Faust ganze Sonnensysteme, trug Vernichtung auf zahllose Welten. Das menschliche Leben drohte unterzugehen im Inferno von Klingen und Panzerketten, Laserkanonen und nuklearem Feuer.*

Doch das präzise Töten gebar die Anarchie des Lebens, und aus dem Nichts kamen die ***Hexen****. Der Glaube an ihren kosmischen Götzen, das* ***Schwarze Loch Kamastraka****, verlieh ihnen Macht jenseits dessen, was selbst die besten Prozessoren verarbeiten konnten. Die Maschinen wurden geschlagen, ihre Armeen auf hunderten Welten begraben. Aber wo nie Leben war, kann keines schwinden.*

Fortan lenkten die Hexen das Reich Tiamande mit der harten Hand der Religion, regiert von ihrer ***Gottkaiserin****, für immer jung und rätselhaft. Kein gewöhnlicher Mensch sah sie je in den Tiefen ihres Palastes auf der Thronwelt, wo sie ihre Befehle von Kamastraka selbst empfing, von der Stimme des Schwarzen Lochs weit außerhalb der Galaxis.*

Als die Überlebenden in den verstreuten Systemen erkannten, dass die eine Tyrannei von einer anderen abgelöst worden war, regte sich Rebellion gegen den Hexenorden. Wieder wurden Kämpfe entfacht, so töricht wie aussichtslos. Die Königreiche der Tarагantum-Drift fielen, das Sternbild der Eisenfaust. Die Paladinarmeen der Hexen erstickten jeden Aufstand, zerschlugen alle Hoffnung.

Am Rand des Reiches, in einem Wall aus Welten, den die Menschen die ***Marken*** *nennen, siedelten viele, die nicht nach den Gesetzen des Ordens leben wollten. Auf Schürferplaneten und Elendswelten kämpften sie um ihre Existenz, ausgebeutet von der Minengilde der Marken und der Sippe, die sie führte – dem* ***Haus Caudor****, Verbündeter der Hexen und doch ihr heimlicher Gegner.*

Und noch weiter draußen, jenseits der Marken – die ***Äußeren Baronien****. Von dort kamen* ***Iniza****, einzige Tochter des* ***Hauses Talantis****, und ihr Gefährte* ***Glanis****, der Vater ihrer Tochter* ***Tanys****. Sie verließen ihre Heimatwelt* ***Koryantum*** *und stießen in den Marken auf neue Verbündete und Feinde. Gejagt von den Hexen, die in der kleinen Tanys die Stimme der verstummten Gottkaiserin zu erkennen glaubten, fanden sie die Freundschaft der Alleshändlerin* ***Shara Bitterstern*** *und des grimmen* ***Kranit****, des letzten Waffenmeisters von Amun.*

An Bord von Sharas Raumschiff **Nachtwärts** *entgingen sie zahlreichen Gefahren und Konfrontationen mit den Hexen des Ordens.* **Die Muse** *– eine Maschine in Menschengestalt – schloss sich der Gruppe an und rettete Iniza das Leben. Gemeinsam verschlug es sie alle auf die Piratenwelt* **Noa***, wo Inizas Onkel* **Fael Talantis** *seine Rückkehr in die Baronien und die Machtübernahme auf Koryantum plante. Hier begegneten sie* **Gavanqe***, die zu Tanys' Amme und treuer Beschützerin wurde.*

Noa fiel im Laserfeuer einer Kriegsflotte des Hauses Caudor, doch der Triumph der Gilde währte nicht lange: Eine Roboterarmee erwachte in den Marschen des Planeten und stürzte sich auf die Feinde im Orbit. Denn in einem Akt fatalen Größenwahns hatte Fael die Auferstehung der Maschinen ausgelöst, erst nur auf Noa, dann überall im Sternenreich von Tiamande.

Die Hexen, die jahrhundertelang die Rückkehr eines anderen Gegners gefürchtet hatten – die Wiederkehr des **Ikonoklasten** *aus dem* **Katarakt** *–, sahen sich unvermittelt einem Feind gegenüber, der nicht von außen kam, sondern von den vergessenen Schlachtfeldern inmitten ihres Machtbereichs.*

Fortan befehligten Ebenbilder der Muse gewaltige Heerscharen von auferstandenen Kriegsdrohnen, deren einziges Streben die Auslöschung der menschlichen Rasse war. Gerüchte über ihre Siege wanderten durch die Leere zwischen den Sternensystemen, Geschichten von entvölkerten Welten und erloschenen Sonnen.

Auf **Empedeum***, der Ursprungswelt des Hexenordens am äußeren Rand der Baronien, wurde ein Tor zum* **Pilgerkorridor** *geöffnet, einer abgeriegelten Sternenstraße durch den Hyperraum, von der niemand weiß, wohin sie führt. Dabei wurde eine unbekannte kosmische Macht entfesselt, der* **König der Gnade***, der uralte Wächter des Pilgerkorridors. Shara und Kranit sahen mit eigenen Augen, wie er Empedeum verwüstete und eine Raumstation der Hexen verschlang. Im letzten Moment gelang beiden die Flucht. Was aus dem König der Gnade wurde und was sein Auftauchen für die Baronien bedeutete, blieb ungewiss.*

Derweil kehrte Iniza für kurze Zeit zurück nach Koryantum, wo ihr Onkel Fael erneut nach der Macht griff. Schon bald sah er in ihr eine Konkurrentin um den Thron. Iniza, Glanis, das Mädchen Tanys und die Amme Gavanqe konnten entkommen und fanden sich wieder an Bord der Nachtwärts.

Und während das Schiff aufbrach, um inmitten der Kriegswir-

ren eine sichere Zuflucht zu finden, wurde ***Hadrath Talantis****, Inizas zweiter Onkel und skrupelloser Bruder des Usurpators Fael, in den brennenden Trümmern von Noa zum willigen Diener der Maschinen.*

Zweieinhalb Jahre sind seit dem Fall von Noa vergangen.

Inizas Tochter Tanys ist drei Jahre alt.

Die Galaxis steht in Flammen.

1

Sind sie noch hinter uns?«
»Ich kann nichts sehen«, sagte Kranit.

»Das weiß ich«, entgegnete Shara. »Aber sind sie noch hinter uns?«

Der alte Waffenmeister verzog verächtlich den Mund und klopfte auf die Anzeigen des Laserleitstands. »Vielleicht hast du mehr Vertrauen in die Augen der *Nachtwärts* als in meine. Jedenfalls ist uns bislang nichts aus dem Hyperraum gefolgt.«

Iniza trat von hinten an ihn heran und beugte sich mit einem Lächeln über seine Schulter. »Nichts für ungut, aber der Gesamtzustand dieses Schiffes ist kaum erfreulicher als deiner.«

»Komm du in unser Alter.« Kranit tätschelte die Armlehne seines Sitzes, als gehörte die *Nachtwärts* schon lange nicht mehr Shara allein, sondern ihnen allen. Die Alleshändlerin quittierte das routiniert mit einem Schnauben.

Kranits langer Pferdeschwanz und der gewaltige, zu Zöpfen geflochtene Bart waren während des Kampfes gegen die Ordensmutter Setembra schneeweiß geworden. Iniza hatte sich längst daran gewöhnt, nicht aber an das kränkliche Grau seiner Haut und die ausgezehrte Miene. Kranit war groß und breitschultrig wie eh und je, selbst angeschlagen eine imposante Erscheinung. Und doch spürten sie alle, dass etwas an ihm nagte, über das er kein Wort verlor.

Im hinteren Teil des Cockpits quietschte Tanys fröhlich auf, lief zu Iniza und deutete zwischen den Pilotensitzen hindurch auf den Planeten, der im runden Sichtfenster der *Nachtwärts* aufgetaucht war.

Taragantum IV. Die Welt der brennenden Regenbogen.

Tanys' Vater Glanis registrierte es mit einem Stoßseufzer: Immerhin hielt der Anblick die Kleine davon ab, sich ein weiteres Mal an seiner Hand in den Antigravschacht der *Nachtwärts* stürzen zu wollen. Tanys liebte es, wie auf unsichtbaren Händen die drei Decks nach unten zu schweben. Die Monotonie langer Raumflüge war für jedermann eine Herausforderung; mit einer gelangweilten Dreijährigen an Bord hätte sie schnell zum Albtraum werden können.

Darum stand das Abenteuer Antigravschacht zur Ablenkung des Mädchens bei allen hoch im Kurs, und es gab niemanden in der *Nachtwärts*, der sich nicht wieder und wieder mit Tanys in das weiche Schwerkraftfeld fallen ließ. Zu Kranits Verdruss liebte sie es ganz besonders, dabei seine Bartzöpfe im Schacht umherwirbeln zu sehen und mit ihren kleinen Händen danach zu greifen. Über den letzten Waffenmeister von Amun waren zahllose Geschichten im Umlauf, und jeder an Bord hatte ihm schwören müssen, dass *diese* hier das Schiff nicht verlassen würde.

Während sich vor ihnen die hellbraune Planetenkugel wie eine Schlammpfütze vom funkelnden Sternenmeer abhob, lehnte Shara sich zurück und verschränkte die Hände am Hinterkopf. »Bald seht ihr Matuul, die Perle am Ufer des Ozeans.«

Überrascht bemerkte Iniza die Wärme in der Stimme der Alleshändlerin. Sharas letzter Besuch auf ihrer Geburtswelt lag viele Jahre zurück, und Iniza konnte sich nicht erinnern, dass Shara darüber je ein Wort des Bedauerns verloren hätte. Seit jedoch klar war, dass ein Schaden an den Waffensystemen die *Nachtwärts* zu einer Rückkehr nach Taragantum IV zwang, zeigte die Alleshändlerin von Tag zu Tag stärkere Heimatgefühle: Ständig fluchte sie in den unverständlichen Dialekten der Drift.

Shara hatte sie alle überzeugt, dass es nur auf Taragantum IV die nötigen Mechaniker für eine Generalüberholung der *Nachtwärts* gäbe. Hier hatte sie das Schiff einst für ihre Zwecke umrüsten lassen, und nirgendwo sonst wurde so häufig gegen das Technologieverbot des Ordens verstoßen.

Erst vor kurzem war die *Nachtwärts* in den Marken in eines der zahlreichen Scharmützel geraten, die sich die Söhne des Hauses Caudor um das zerfallende Minenimperium der Gilde lieferten. Seit dem Tod des Patriarchen Padrag Caudor und dem Untergang der Gildenflotte über Noa, bei dem auch Padrags ältester Sohn Granwill ums Leben gekommen war, war zwischen den sechs verbliebenen Caudor-Söhnen ein offener Krieg um das Erbe ausgebrochen. Dabei ging es längst nicht mehr um die Nachfolge an der Spitze der Gilde. Vielmehr war jeder der sechs bemüht, sich möglichst große Stücke des Kuchens zu sichern, die Welten mit den reichsten Rohstoffvorkommen. Seit über einem Jahr hetzten sie ihre Söldnerarmeen aufeinander und zeigten wenig Interesse daran, dass im Kernreich und in Teilen der Marken längst ein ungleich größerer Konflikt entbrannt war – der Krieg um die Zukunft der Menschheit.

Die Besatzung der *Nachtwärts* hatte sich während der vergangenen zweieinhalb Jahre, so gut es ging, von den gefährlichsten Brennpunkten und Krisenherden der Marken ferngehalten, und trotzdem waren sie mehr als einmal vom Bruderkrieg der Caudors eingeholt worden.

Zuletzt hatten sie die Aufmerksamkeit einer Gilden-Armada auf sich gezogen, die eine der profitablen Indigowelten besetzt hielt. Ein Söldnerkreuzer hatte sie ohne Ankündigung unter Beschuss genommen. Die Waffensysteme der *Nachtwärts*, zuvor bereits angeschlagen, hatten ein paar üble Treffer einstecken müssen. Mit Müh und Not hatten sie die nächste Hypersprungschleuse erreicht und Kurs auf die Taragantum-Drift genommen, unsicher, ob ihnen die Caudorsöldner in den Hyperraum folgen würden.

Zumindest diese Befürchtung schien sich nicht zu erfüllen. Vielleicht war alles zu schnell gegangen, um die Kennung des Sichelschiffes zu überprüfen.

»Noch immer keine Verfolger«, verkündete Shara, nachdem sie ihre Instrumente überprüft hatte. »Keine weiteren Aktivitäten an der Schleuse.«

»Wie ich schon sagte«, bemerkte Kranit.

»Was du gesagt hast, war: Ich kann nichts sehen.« Shara grinste verschmitzt. »Das ist ein Unterschied.«

»In meinem *Gesamtzustand*«, sagte der Waffenmeister betont, »wünscht man sich vor allem Respekt vor dem Alter.«

Die Alleshändlerin zwinkerte Iniza über die Schulter zu. »Wir finden schon noch eine stinklangweilige Welt für deinen Ruhestand.«

»Jedenfalls bezweifle ich, dass dieses Drecksloch da unten geeignet wäre«, sagte Kranit.

Shara holte tief Luft. »Taragantum IV ist das strahlende Herz der Drift. Kein Wunder, dass dort damals der Aufstand gegen den Orden begonnen hat.«

»Und wie wundervoll er für alle Beteiligten ausgegangen

ist«, sagte Kranit. »Drei gefallene Königreiche, hundert Millionen Tote und zigtausende Schiffswracks zwischen den Sternen, die bis heute der Grund dafür sind, dass es hier mehr Ersatzteile für Reparaturen gibt als anderswo.«

Shara wollte etwas erwidern, machte aber nur kurz den Mund auf und zu und winkte dann ab. Iniza verdrehte die Augen über die ewigen Sticheleien der beiden und richtete ihre Aufmerksamkeit auf den Planeten. Sie hatte sich abgewöhnt, beim Anflug auf neue Welten Hoffnung zu verspüren. Meist wünschte sie sich nur, dass alles nicht so schlimm werden würde wie auf der letzten.

Auf mehreren Markenwelten hatten zu viele Menschen gewusst, wer sich an Bord der *Nachtwärts* befand. Dass der Hexenorden eine hohe Belohnung für die Gefangennahme von Tanys und Iniza in Aussicht stellte, hatte sich selbst inmitten zweier Kriege blitzschnell in Raumhafenspelunken und Schürfertavernen herumgesprochen.

Der einzige Vorteil, den das Erwachen der Maschinen für Iniza und ihre Tochter mit sich brachte, war wohl der, dass viele Söldner und Kopfgeldjäger es vorzogen, sich in den Marken zu verkriechen, wo die Bedrohung durch die Roboterheere bislang nur selten zu spüren war. Der Weg nach Tiamande durch kosmische Schlachtfelder hingegen erschien den meisten als ein Risiko, das kein noch so hohes Kopfgeld aufwiegen konnte.

Doch es gab Ausnahmen. Mutige, vielleicht auch Verzweifelte, die selbst angesichts des Bürgerkriegs in den Marken und des Maschinenholocausts im Reich dem Lockruf einer Belohnung nicht widerstehen konnten. Einigen war die *Nachtwärts* bereits begegnet, und da draußen lauerten mit Sicherheit noch mehr von ihnen.

Glanis schob seine kleine Tochter sanft zur Seite, um in den zweiten Copilotensitz neben Shara zu sinken. Tanys protestierte, ließ sich dann aber von Iniza auf einen der Notsitze im hinteren Teil des Cockpits ziehen und anschnallen. »Und diesmal lässt du die Finger vom Gurt«, sagte sie in der Gewissheit, dass Tanys spätestens beim Landeanflug daran herumspielen würde. Zwischen den drei Pilotensesseln gab es einfach mehr für sie zu sehen.

Das offene Schott in der Rückwand des Cockpits grenzte unmittelbar an den Antigravschacht, in dem gerade die beiden übrigen Besatzungsmitglieder auftauchten. Als Erste glitt die Muse mit elegantem Schwung aus der Schwerelosigkeit des Schachts in die Kabine, lächelte Iniza zu und setzte sich auf einen der freien Notsitze neben dem Durchgang. Ihr schwarzer Overall war so eng, dass er Teil ihres künstlichen Körpers hätte sein können, ihr glattes, rotes Haar floss über die Schultern, und wie meist war sie barfuß. Selbst ihre nackten Füße waren vollkommen, als hätte ein Bildhauer der Goldenen Welten sie aus Marmor gemeißelt.

»Ich kenne nicht ein einziges Gedicht, das auf Taragantum IV geschrieben wurde«, sagte sie, nachdem sie den korrekten Sitz ihres Gurts überprüft hatte. »Und ich kenne Millionen Gedichte von Tausenden Welten.«

Shara zog abfällig die Nase hoch. »Wir aus der Drift haben es nicht so mit Poesie.«

»Wo doch selbst euer Dialekt klingt wie Gesang«, bemerkte Glanis spöttisch und legte eine Reihe von Schaltern um.

In der Öffnung zum Antigravschacht erschien Gavanqe und zog sich mit einer fließenden Bewegung ins Cockpit. Niemand wechselte so graziös aus der Schwerelosigkeit in die Bordgravitation wie die Muse, doch auch Gavanqe hatte erstaunliches Geschick darin entwickelt. Die Amme hatte an Gewicht verloren, seit sie an Bord der *Nachtwärts* lebte, auch wenn sie immer eine große, kräftige Frau bleiben würde. Sie verabscheute die billigen Lebensmittel, mit denen Shara in Raumhäfen ihre Vorräte aufstockte. Obwohl es ihnen nicht an Geld mangelte, ließ die Alleshändlerin es sich nicht ausreden, dass es zum Dasein auf den Sternenstraßen gehörte, ein gewisses Durchhaltevermögen in Sachen Ernährung aufzubringen. Einzig für Tanys besorgte sie schmackhafte Kindernahrung, und einmal hatte Iniza sich dabei ertappt, wie sie heimlich einen der Becher auslöffelte, um wenigstens an einem Tag auf Sharas komprimierte Nährfladen verzichten zu können.

»Wir müssen uns was einfallen lassen«, sagte Gavanqe, die die letzte Stunde damit verbracht hatte, die maroden Hygieneeinrichtungen der *Nachtwärts* zu überprüfen. »Ich kann mich vielleicht so gerade noch daran gewöhnen, scheußliche Synthetik zu essen, aber ich werde mich nicht auf Blechtöpfe setzen, nur weil an Bord die Wasserleitungen verstopft sind. Und allzu lange werden sie nicht mehr durchhalten.«

Kranit blickte hinüber zur Wölbung von Taragantum IV. »Sicher gibt es im strahlenden Herzen der Drift auch Teile für Raumschiffklosetts.«

»Auf den Märkten von Matuul gibt es schlichtweg alles«, sagte Shara stolz.

»Das befürchte ich. Vor allem Hexen, Gildesöldner, Kopfgeldjäger und jede andere Form von menschlichem Aussatz.«

»Allein der Blick von den Piers in den Sonnenaufgang ist es wert, dass du an deiner Aufgeschlossenheit gegenüber Neuem arbeitest.«

»Ich kenne die Piers«, sagte Kranit. »Ich war schon mal dort.«

Gavanqe stemmte mit finsterer Miene die Arme in die Hüften. »Hallo? Wir sprechen hier von Bedürfnissen, die jeder von uns hat, nicht von Sehenswürdigkeiten irgendeiner –«

»Ich kümmer mich darum«, fiel Shara ihr ins Wort. »Ich hab da unten Beziehungen.«

Iniza bemerkte, dass sie nicht *Freunde* sagte, und sie fragte sich, ob ihr das zu denken geben sollte. Doch da flutschte Tanys schon wieder unter den Gurten hindurch und lenkte sie ab.

Dabei hätte sie sich nur auf die Fürsorge und Schnelligkeit der Amme verlassen müssen. Bevor Tanys zwei Schritte machen konnte, hatte Gavanqe sie bereits vom Boden geangelt. Spielerisch drehte sie sich einmal mit der Kleinen im Kreis, drückte ihr einen Kuss auf die Wange und setzte sie zurück auf ihren Platz.

»Was ihr fehlt, ist eine anständige Erziehung«, knurrte Kranit.

»Ach?«, sagte Iniza giftig, während sie sich neben Tanys setzte und sie anschnallte. »Und wie sollte die wohl deiner Meinung nach aussehen?«

»Auf Amun hatten wir unsere Methoden.«

Shara lachte. »Da bin ich sicher.«

»Wir Waffenmeister haben gelernt, Befehlen zu gehorchen und Anweisungen auszuführen.«

Iniza blickte hilfesuchend zu Glanis' Spiegelbild in der Scheibe. Nickte er etwa? Hoffentlich nur eine Täuschung. Es gab immer wieder Augenblicke, in denen er nicht verhehlen konnte, dass er selbst von klein an zum Soldaten erzogen worden war. Niemand wurde ohne Drill zum Hauptmann der Leibgarde einer Baroness.

»Damals auf Amun hatten wir harte Lehrmeister«, fuhr Kranit unbeirrt fort. »Feste Regeln. Strenge Disziplin. Entsprechende Resultate.«

»Tanys ist *drei*«, sagte Iniza.

Der Waffenmeister hob die Schultern. »Da hatte ich schon ein halbes Dutzend Auszeichnungen im Messerkampf.«

»Möglicherweise wünscht sich nicht jede Mutter, dass ihr Kind zu jemandem wird, der junge Frauen für Geld entführt.«

»Hab ich dich gerettet oder nicht?«, fragte Kranit.

»Versehentlich!«

»Auch wegen meiner harten Lehrmeister.«

Die Muse beugte sich zu ihr herüber. »Er zieht dich nur auf.«

Iniza aber geriet zunehmend in Fahrt. »Ihr musstet tagelang nackt in einem eiskalten Tempel stehen und auf Erleuchtung warten!«

»Das kam später. Nach der guten Erziehung.« Kranit schob beiläufig den Hebel nach oben, der die verbliebenen Waffensysteme scharf machte. »Der erste Befehl, an den ich mich erinnern kann, lautete: *Verbrenne ein Bild deiner Eltern!*«

»Das erklärt eine Menge«, murmelte Shara.

Glanis sagte: »Bei uns war es: *Zerstöre dein erstes Spielzeug!*«

Iniza warf fassungslos die Hände in die Luft. »Und wie schön, dass es hier an Bord anders zugeht!«

Die beiden Männer wechselten einen verstohlenen Blick.

»Wenn dann alle so weit wären«, sagte Shara, »könnten wir landen und die Wunder von Taragantum IV genießen.«

»Falls wir es durch den ganzen Müll im Trümmerring schaffen«, sagte Kranit.

»Und vorbei an den verstrahlten Wracks der Orbitalwerften«, ergänzte Glanis.

»Wir hassen euch«, sagte Shara.

Iniza nickte heftig.

»Ich nur ein bisschen«, sagte die Muse.

2

Überall in den Marken war die Rede von Flüchtlingsschiffen aus den Baronien und der Rückkehr des Ikonoklasten.

Doch niemand sprach vom König der Gnade.

Niemand außer Shara und Kranit.

In den ersten Wochen nach ihren Erlebnissen auf der Hexenstation über Empedeum hatten sie über kaum etwas anderes geredet. Über den kontinentgroßen Strudel auf der Oberfläche des Planeten und das formlose Biest, das ihm entstiegen war, befreit von den Fesseln des Pilgerkorridors. Über das fremdartige, unbegreifliche Ding, das einzig vom Wunsch nach Vernichtung beherrscht zu sein schien. Über die Mühelosigkeit, mit der es eine Flotte der Hexen ausgelöscht hatte und danach auf der Wölbung des Planeten gekauert hatte wie eine sattgefressene Spinne.

Doch nach einigen Monaten hatten die beiden begonnen, das Thema zu meiden. Fragte man sie danach, sprachen sie nur noch widerwillig über Empedeum und verloren kaum ein Wort über den Wächter des Pilgerkorridors.

Sie waren nicht die Einzigen, die den Ausbruch der Kreatur mitangesehen hatten. Eine Kathedrale des Ordens war gerade noch in den Hyperraum entkommen und mit ihr die Besatzung von Zigtausenden. Selbst für den Hexenorden musste es schwierig sein, so viele Menschen verstummen zu lassen – es sei denn für immer. Früher waren Gerüchte aus dem Kernreich mit Lichtgeschwindigkeit in die Marken gelangt, doch diesmal war es, als stünde ein Wall aus Schweigen zwischen Empedeum und dem Rest der Galaxis.

Auch über das Schicksal der übrigen Baronien hörte man nur vages Raunen: dass der Ikonoklast aus dem Katarakt zurückgekehrt sei, um das Ordensreich zu zerstören; dass er sich einer Waffe bemächtigt habe, die ganze Welten verheerte; dass diese Waffe – vielleicht – ein lebendes Wesen sei, groß wie ein Planet, das jedem Befehl seines Meisters gehorchte; und dass ein Strom von Flüchtigen der evakuierten Baroniewelten in die Marken dränge. Dort, so hieß es, wurden sie bereits von den Fleischbarken der Sklavenjäger erwartet, die ihr Glück kaum fassen konnten, alle Starken und Schönen aussortierten und die übrigen massakrierten.

Vieles davon mochte wahr sein. Die weltenverschlingende Kreatur hatten Shara und Kranit mit eigenen Augen gesehen. Dass der Ikonoklast, den alle für einen Mythos gehalten hatten, zurückgekehrt war, fiel schwerer zu glauben – auch wenn es nicht undenkbar war. Die Flüchtlingsflotten aus den Baronien hingegen gab es ohne jeden Zweifel. Jene, die die Angriffe der Sklavenhändler überlebt hatten und auf Basaren der Marken verkauft worden waren, mochten die Geschichten über den Ikonoklasten und seinen Diener in die Welt gesetzt haben.

Obgleich die Ungewissheit über das Schicksal Koryantums Iniza das Herz brach, konnte sie Shara und Kranit keine Rückkehr in die Baronien einzig aus Neugier zumuten. Was immer auf Empedeum geschehen war und sich womöglich gerade auf Koryantum, Tern und den anderen Baroniewelten wiederholte – es musste warten, bis ihnen verlässlichere Informationen vorlagen.

»Soll das der Ozean sein?«, erkundigte sie sich, als die *Nachtwärts* in den Anflug auf die alte Hafenmetropole Matuul überging.

Kranit stieß ein knurrendes Lachen aus, während Shara mit glänzenden Augen durch das Cockpitfenster blickte.

»An seiner tiefsten Stelle ist er vierzig Kilometer tief«, schwärmte die Alleshändlerin.

»Und Wasser gibt's darin auch?«, fragte Glanis.

»Es ist ein *ausgetrockneter* Ozean, Banause!«

Was schwerlich zu übersehen war. Eine hellbraune Felsenwüste bedeckte den gesamten Planeten. An vielen Stellen erhoben sich schroffe Hochplateaus, die womöglich einmal Inseln gewesen waren. Hier und da klafften bodenlose Canyons, durch die in grauer Vorzeit Tiefseefische getaucht sein mochten.

»Hoffentlich gibt es wenigstens noch Bier«, sagte Kranit.

Gavanqe fluchte in der Sprache ihrer Heimatwelt Corwin.

»Ich verstehe jedes Wort«, rief Shara über die Schulter.

»Das hoffe ich sehr.«

»Jedem die Welt, die ihm gefällt«, sagte die Alleshändlerin. »Auf meiner gibt es Felsen, auf deiner den Rostbrand.«

Einen Moment lang herrschte betretenes Schweigen, weil Shara ihren Angriff wieder einmal zielsicher unter der Gürtellinie platziert hatte. Gavanqe hatte auf Corwin ihre Söhne zurücklassen müssen, als sie von Sklavenhändlern verschleppt worden waren. Ob die beiden noch lebten, war ungewiss, weil der Planet vor ein paar Jahren von der mörderischen Rostbrandseuche heimgesucht worden war. Große Teile der

Bevölkerung waren ausgerottet, doch Gavanqe gab die Hoffnung nicht auf, ihre Kinder wiederzusehen. Sie hätten mittlerweile fast erwachsen sein müssen, und Iniza hatte Gavanqe versprochen, sie bald zurück nach Corwin zu bringen, damit sie nach den beiden suchen konnte.

In Wahrheit aber zögerte Iniza das Einlösen dieses Versprechens seit Wochen hinaus. Nicht um Tanys' willen, die ihre Amme von Herzen liebte, sondern weil sie fürchtete, dass eine Rückkehr auf den verseuchten Planeten Gavanqes Todesurteil bedeutete. Doch lange konnte sie den Flug dorthin nicht mehr aufschieben, ohne die Amme vor den Kopf zu stoßen.

»Ein schneller Tod durch die Seuche ist mir lieber als das jahrhundertelange Siechtum dieser Welt da draußen«, sagte Gavanqe beherrscht.

Selbst die Alleshändlerin besaß den Anstand, die Sache damit auf sich beruhen zu lassen.

»Wir haben also einen Ozean ohne Wasser«, stellte Kranit fest, »und eine Welt der brennenden Regenbogen ohne brennende Regenbogen. Oder übersehe ich da draußen irgendwas?«

Der Himmel über der Gesteinslandschaft hatte die Farbe von Bernstein, durchzogen von einem Aderwerk aus dunkelbraunen Wolken, die an verzweigte Rauchfahnen erinnerten. Die Sonne stand niedrig, womöglich würde es dunkel werden, ehe die *Nachtwärts* gelandet war. An manchen Stellen hatten sich zwischen den Felsen kristalline Salzseen gebildet, über deren Oberflächen bunte Lichtreflexe tanzten. Nur Regenbogen waren nirgends zu sehen. Kein Wunder, ohne Regen.

»Abwarten«, sagte Shara. Iniza sah das Gesicht der Alleshändlerin nur als blasse Spiegelung in der Fensterwölbung, und ihr Grinsen beunruhigte sie ein wenig.

Im Landeanflug rotierte das Schiff in die Horizontale. Das Kopfmodul mit dem Cockpit im Zentrum des Sichelrumpfs drehte sich gegenläufig, so dass es seine waagerechte Position im Verhältnis zur Oberfläche beibehielt. Das Gravitationssystem summte leise und glich die Schwerkraft an Bord behutsam der des Planeten an. Oftmals gingen damit Übelkeit und Ohrensausen einher, doch diesmal spürte Iniza nichts. Auch Tanys, die anfälliger dafür war, verzog keine Miene, während sie angestrengt nach draußen blickte.

Die *Nachtwärts* bog um einen Wall aus schroffen Felstürmen, die mehrere Kilometer hoch in den Himmel ragten. Dahinter kam ein weiteres Stück Ozeanboden zum Vorschein. Das Gelände stieg allmählich bis zu einer Kette von Gebäuden an, die einst an der Promenade des alten Matuul gelegen hatten. Seither hatten sich Wanderdünen als gewellte Hänge an den Fassaden emporgeschoben.

Inmitten der versandeten Küste waren die Piers nicht zu übersehen, von denen Shara gesprochen hatte. Es waren drei, die in weiten Abständen vom Ufer hinaus in das ausgetrocknete Meeresbecken ragten, jeder an die drei Kilometer lang, hundert Meter breit und am äußeren Ende mindestens fünfhundert hoch. Die komplexen Gittergerüste aus rostigen Streben und Säulen sahen wenig vertrauenerweckend aus, die Plattformen waren menschenleer. Die langen Gebäudereihen, die man einst darauf errichtet hatte, waren nur noch Ruinen, viele davon ausgebrannt.

Hinter der vorderen Häuserzeile an der Küste breitete sich die Stadt bis zu einem fernen Gebirge aus, eine verschachtelte Masse aus flachen Dächern und Kuppeln. Ein Moloch aus ockerfarbenen Behausungen, zweckmäßigen Türmen und ein paar heruntergekommenen Palästen. Auf den ersten Blick unterschied Matuul sich nur durch seine Größe von der Piratenstadt auf Noa.

»Es gibt modernere Städte auf Taragantum IV«, sagte Shara, »aber keine mit einer so langen Geschichte wie Matuul.«

»Sicher haben wir Zeit für eine spannende Stadtführung«, sagte Kranit missmutig und schwenkte versuchsweise die Geschütze. Die meisten reagierten mit roten Warnleuchten. Nur der schwere Laser am Kopfmodul war verlässlich einsatzbereit. Allerdings war er für Gefechte im All gedacht, nicht für einen Kampf am Boden.

»Sollten wir nicht allmählich irgendwas vom Raumhafen hören?«, fragte Iniza. »Wollen die nicht wissen, wer wir sind und welche Verbrechen wir planen?«

»Würden wir uns für eine Landung auf dem Raumhafen anmelden, wäre das wohl so.«

»Und wo landen wir stattdessen?«

Shara deutete mit einer Kopfbewegung voraus. »Seht ihr die dunklen Flecken zwischen den Häusern? Das sind Einflugschächte zu den unterirdischen Reparaturwerften. Halb Matuul steht auf einem Höhlensystem, das seit dem Rückgang des Ozeans trockengelegt ist. Nirgendwo in den Marken werdet ihr bessere Mechaniker und mehr illegale Technik finden als dort unten.«

»Wir fliegen in eines dieser Löcher, ohne zu wissen, was uns erwartet?«, fragte Gavanqe.

»Alte Bekannte.«

Glanis murmelte einen Fluch in seinen braunen Vollbart. Sein schulterlanges Haar fiel ihm immer wieder ins Gesicht.

Kranit fixierte Shara von der Seite. »Wie viel?«

»Was meinst du?«

»Wie viel schuldest du diesen *alten Bekannten*?«

Shara schob Regler hinauf und herunter, drückte Knöpfe und beobachtete zitternde Zeiger. »Wie kommst du auf so was?«

»Du bist nervös.«

»Das macht die Wiedersehensfreude.«

»Also?«

Sie seufzte. »Kleingeld. Nichts, weswegen ihr euch Sorgen machen müsstest. Ein paar Löhne für diese und jene Gefälligkeiten, an die sich bestimmt keiner mehr erinnert.«

»Es muss doch einen Grund geben, warum du in all den Jahren nie zurückgekehrt bist.« Kranit zeigte auf die versandete Uferpromenade. »Bei so einer Aussicht von den Piers.«

Sie warf ihm einen giftigen Blick zu, knurrte etwas vor sich hin und schüttelte schließlich den Kopf. »Lasst mich mal machen.«

Die Muse beugte sich zu Iniza und sagte: »Sie fürchtet, es wird Ärger geben.«

»Ich bin nicht taub!«, rief Shara nach hinten.

Die Muse nickte. »Deshalb hab ich nicht lauter gesprochen.«

Iniza warf einen Blick auf Tanys, die noch immer mit großen Augen auf Matuul blickte. Sie war nicht sicher, ob die Kleine einordnen konnte, was sie da sah. Eine Stadt dieser Größe hatten sie seit der Flucht von Koryantum nicht angeflogen. Iniza hätte sich gewünscht, dass Tanys mehr Fragen stellte, überhaupt mehr redete, doch die meiste Zeit über war das Mädchen ungewöhnlich schweigsam für eine Dreijährige. Gavanqe meinte, Kinder unterschieden sich eben in ihrer Entwicklung, aber Iniza machte sich insgeheim Sorgen.

Sie löste ihren Gurt und trat zwischen Shara und Glanis. »Hat die Muse recht? Wird es Ärger geben?«

Kranit lachte, doch es klang nicht besonders vergnügt. »Als gäbe es jemals *keinen* Ärger, wenn Shara eine ihrer brillanten Ideen ausheckt.«

Die Alleshändlerin beugte sich vor und blickte an Iniza und Glanis vorbei zum Waffenmeister. »Diese Sache auf Oprum III war nicht meine Schuld!«

»Worüber man diskutieren könnte.«

»Und das Missgeschick im Ragusa-Nebel hätte jedem passieren können.«

»Immerhin hast du zuerst geschossen.«

»Und falls du auf die Söldner auf Kedwigs Stern anspielst –«

»Eine Söldner*armee*.«

»Wir sind ihnen entkommen, oder?«

»Weil ich uns rechtzeitig –«

»Hey!«, unterbrach Iniza die beiden. »Ich will nur wissen: Wie gefährlich ist es da unten?«

Hinten im Cockpit redete Gavanqe leise auf Tanys ein, die schon wieder in ihren Gurten zappelte.

»Ich hab euch keinen Urlaub versprochen«, sagte Shara eingeschnappt, »sondern Reparaturen. Und jetzt muss ich mich konzentrieren.« Ehe jemand widersprechen konnte, drückte sie eine Tastenkombination in das Feld des Kommunikators und nahm Funkkontakt zum Boden auf. »*Nachtwärts* an Sternenkönig Bolg! *Nachtwärts* ruft Sternenkönig Bolg!«

»Sternenkönig wer?« Glanis riss ungläubig die Augen auf.

Kranit klopfte auf die flackernden Anzeigen seiner Geschütze. Die Lämpchen erloschen. »Das ist kein gutes Zeichen.«

»Herrje.« Iniza setzte sich zurück auf ihren Platz, zog den Gurt vor ihre Brust und brachte ein missglücktes Lächeln in Tanys' Richtung zustande.

Die Lautsprecher knackten. »Sternenkönig Bolg hier! Bist du das, Shara?«

Die Alleshändlerin sah triumphierend zu ihren Copiloten. »Bolg, alter Freund!«, rief sie übertrieben fröhlich. »Wie schön es ist, deine Stimme zu hören.«

Kurzes Schweigen, dann sagte Bolg: »Ziemlich mutig von dir, hier aufzutauchen.«

Da haben wir's, dachte Iniza.

Die Muse hob einen Finger, um sich zu Wort zu melden, aber Gavanqe legte ihr eine Hand aufs Knie und schüttelte stumm den Kopf.

»Ich brauche deinen technischen Sachverstand«, sagte Shara.

»Du brauchst Hilfe«, sagte Bolg. »Du musst ziemlich am Ende sein, dass du dich bei mir blicken lässt.«

»Ich hab genug Geld dabei, um meine Schulden zu bezahlen.«

Seit zweieinhalb Jahren lebten sie alle von der Summe, die Iniza für ihre Flucht mit Glanis auf geheimen Konten der Bankenclans deponiert hatte. Davon kauften sie Treibstoff für die *Nachtwärts*, die scheußliche Verpflegung und was sonst so anfiel, wenn es die halbe Galaxis auf einen abgesehen hatte. Schmiergelder, vor allem. Jede Menge Schmiergelder.

Der Mann, der sich so bescheiden Sternenkönig Bolg nannte, schien einen Moment nachzudenken, dann sagte er: »Vielleicht lässt sich was machen. Aber erst später.«

»Was heißt später?«

»Meine Reparaturgruben sind voll. Morgen früh müsste was frei werden. Das heißt, wenn es dir ernst ist mit dem Geld.«

»Ehrenwort«, sagte Shara.

»Ich hab ein paar feste Plätze auf dem Raumhafen. Für die Nacht kannst du einen davon haben.«

»Das ist fair.«

»Für einen geringen Aufpreis.«

Shara seufzte. »Schick mir die Koordinaten.«

»Warum fragen wir nicht irgendeinen anderen?«, fragte Glanis.

Kranit antwortete für Shara: »Weil die anderen sie über den Haufen schießen würden, sobald sie bei ihnen auftaucht.«

Shara überhörte das geflissentlich und speicherte eine Zahlenreihe ab, die vor ihr auf einem Bildschirm erschienen war.

»Angekommen?«, fragte die Stimme des Sternenkönigs.

»Ja, besten Dank. Du bist ein wahrer Freund.«

»Dann sehen wir uns morgen.«

»Gibt es Pandeas Taverne noch?«, fragte Shara.

Sie bekam keine Antwort. Bolg hatte die Verbindung bereits getrennt.

Die Muse räusperte sich, obwohl sie nicht heiser werden konnte. »Der Mann ist ein Betrüger.«

Alle schwiegen.

»Oh«, sagte sie, »das wusstet ihr schon.« Sie lehnte sich zurück und presste die Lippen aufeinander.

»Er wird einen solchen Wucherpreis verlangen, dass uns Hören und Sehen vergeht«, sagte Shara.

»Wie viel Geld haben wir noch?«, fragte Kranit. Auf seinem Schaltpult glühte eine neue Warnleuchte.

»Genug«, sagte Iniza. Nur sie und Glanis kannten die Höhe der Summe auf ihren anonymen Konten. Ohnehin war fraglich, wie lange das Datennetz der Bankenclans aktiv blieb, wenn die Maschinen immer mehr Welten im Kernreich überrannten. Besser, sie steckten es heute in die *Nachtwärts*, als später nicht mehr heranzukommen.

Hoch über der Stadt legte Shara das Schiff in eine weite Kurve. Der Bernsteinhimmel war jetzt so dunkel wie angelaufenes Gold. »*Nachtwärts* an Raumhafen Matuul!«

Sie musste den Funkruf zweimal wiederholen, bis ihr eine weibliche Stimme antwortete: »Gerade wollten wir die Luftabwehr einschalten und ein Feuerwerk veranstalten. Bist du das, Shara?«

»Eben die.«

Mehr Bekannte, formte die Muse wortlos mit ihren makellosen Lippen. Sie wirkte als Einzige erfreut darüber.

»Wie lautete noch dieser Nachname, den du dir gegeben hast?«, fragte die Frauenstimme. »Bitterbier?«

»Bitterstern«, sagte Shara.

»Bitte Bier«, rief Tanys mit ihrem Kinderstimmchen.

Shara gab die Koordinaten des Liegeplatzes durch, die Sternenkönig Bolg ihr geschickt hatte.

Es dauerte eine Weile, dann meldete die Stimme des Raumhafens: »Bestätigt. Ist frei, gefegt und bereit zur Landung.«

»Ich liebe gute Nachrichten«, sagte Shara.

»Das hier ist Taragantum IV«, erwiderte die Stimme. »Gute Nachrichten gibt es dreißig Lichtjahre westlich von hier. Jedenfalls erzählt man sich das.«

»Bitte, bitte Bier«, trällerte Tanys.

»Für mich auch«, sagte Kranit.

»Bitter*stern*«, rügte Shara die Kleine sauertöpfisch.

Tanys nickte. »Bitteschön.«

»Und Bier«, sagte Kranit.

Wie nett es wäre, dachte Iniza, mal einen ganzen Tag unter Erwachsenen zu verbringen.

Tatsächlich wurden sie von einigen erwartet.

3

Die Landestelzen waren kaum in ihrer endgültigen Position eingerastet, als Kranit durchs Fenster nach draußen deutete.

»Oh«, sagte die Muse entzückt, »ein brennender Regenbogen!«

Tatsächlich wölbte sich nun über dem Raumhafen eine feurige, bogenförmige Schliere, die aussah, als wäre sie mit einem Photonentriebwerk unter die Wolken gemalt worden.

»Das meine ich nicht«, sagte Kranit. »Sind diese Leute da vorne auch alte Bekannte von einer der Anwesenden?«

Shara verengte die Augen und spähte angespannt hinaus aufs Landefeld. Ihnen gegenüber reihten sich Schiffe aneinander, die meisten nicht größer als Raumyachten. Weiter hinten erhoben sich mehrere Barken und Kreuzer.

Vor all diesen Schiffen, auf der breiten Fahrbahn zwischen den Landebuchten, hatten sich mehrere Gruppen Bewaffneter versammelt. Es handelte sich augenscheinlich um Söldner und private Wachleute, nicht um das offizielle Sicherheitspersonal des Raumhafens. Zwischen ihnen standen einige Männer und Frauen in wallenden Gewändern.

Shara fluchte im lokalen Dialekt.

»Gibt es vielleicht noch mehr Schulden, an die sich niemand mehr erinnert?«, fragte Glanis.

Iniza sprang auf, ebenso die Muse. »Was sind das für Typen?«

»Geschäftsleute«, sagte Shara, und zum ersten Mal, seit Iniza sie kannte, klang sie fast kleinlaut. »Und ihre Mitarbeiter.«

»Verbrecherbosse«, sagte Kranit, »und ihre Mörderbanden.«

»Ich finde nicht, dass so ein paar Kerle den Begriff Bande rechtfertigen«, widersprach Shara. »Wirklich nicht.«

»Dieser Sternenkönig hat sich ja mächtig ins Zeug gelegt, um in so kurzer Zeit die halbe Unterwelt von Matuul zusammenzutrommeln«, sagte Kranit. »Und deine Freundin vom Raumhafen hat anscheinend auch keine Veranlassung gesehen, dich zu warnen.«

Shara strich sich über die bloße Kopfhaut. »Wahrscheinlich hatten sie gar keine andere Wahl, als mit denen da draußen zusammenzuarbeiten.«

»Oder sie mögen Geld«, sagte Glanis.

»Oder«, mischte Iniza sich ein, »sie wollen einfach lieber deren Freunde sein als deine.«

»Kein Grund, gleich persönlich zu werden.«

»Wenn Tanys irgendwas geschieht …«

Shara drückte ein paar Knöpfe. »Kein Problem. Wir werden einfach die Triebwerke wieder hochfahren und von hier verschwinden.« Ihre Miene verfinsterte sich, als ihr Blick auf die Anzeigen fiel.

»Was?«, fragte Iniza.

»Ein Fangstrahl«, sagte Kranit, der ihn offenbar schon vorher bemerkt hatte. »Unter uns im Boden. In Matuul weiß man, wie man Schuldner davon abhält, sich aus dem Staub zu machen.«

Shara schlug mit der Faust auf die Armaturen. »Früher hat's so was nicht gegeben!«

Der Waffenmeister warf ihr einen Seitenblick zu. »Möglicherweise hielten sie das erst für nötig, als ihnen jemand entwischt ist, der wirklich bei *jedem* in der Stadt Schulden hatte.«

In den Lautsprechern knisterte es. »Hey da, *Nachtwärts*! Shara – oder wie du dich heute nennen magst –, wir wissen, dass du da drinnen bist.«

Iniza musterte nacheinander die Gestalten, die in gut fünfzig Metern Entfernung vor der *Nachtwärts* standen. Schließlich entdeckte sie unter ihnen einen rundlichen Mann mit goldenem Umhang, der sich ein winziges Mikrophon an die Lippen hielt. »Wer ist das?«

»Pompus Brant«, sagte Shara. »Aber viel wichtiger ist, dass er für jemanden namens Quidium Kaan arbeitet.«

Glanis verdrehte die Augen. »Und dieser Quidium Kaan ist zufällig der mächtigste Gangster von Matuul?«

»Eher so was wie die Graue Eminenz der ganzen Taragantum-Drift«, sagte Kranit. »Er hat mich mal angeheuert.«

Alle sahen ihn an.

»Was denn? Das war ehrlich verdientes Geld.«

Shara schien etwas erwidern zu wollen, als sich Pompus Brant erneut über Lautsprecher meldete. »Wir wollen nur, was uns zusteht, Shara. Es gab bei deiner überstürzten Abreise gewisse Ausstände. Offene Rechnungen. Finanzielle Übereinkünfte, die nicht eingehalten wurden.«

Kranit schüttelte den Kopf. »Du hast allen Ernstes Geld von Quidium Kaan geliehen?«

Shara zuckte mit den Schultern. »Er würde es nicht leihen nennen.«

Um Shara nicht an die Gurgel zu gehen, schaute Iniza rasch nach hinten zu ihrer Tochter. Tanys gluckste vergnügt, weil Gavanqe ihr etwas ins Ohr flüsterte. Iniza und die Amme wechselten einen besorgten Blick.

»Shara, Shara«, sagte Pompus Brant. »Hast du eine Ahnung, wie lästig es uns allen war, Hals über Kopf hierherzukommen? Alle, die wir hier stehen, kostet das einen Haufen Geld. Und jede einzelne Minute dieser ärgerlichen Zeitverschwendung bedeutet einen Aufschlag auf deine Schulden.«

Zwischen den verschiedenen Gruppen entstanden jetzt Gassen, durch die zwei mobile Geschützeinheiten heranrollten, käferförmige Stahlkuppeln mit mannsgroßen Laserkanonen.

»Panzer?« Kranit pfiff durch die Zähne. »Verdammt, wie viel schuldest du diesen Vogelscheuchen?«

»Es war nicht billig, die *Nachtwärts* umzurüsten.«

Selbst Glanis, der sich besser im Griff hatte als die anderen, wurde allmählich wütend. »Und das fällt dir erst jetzt wieder ein?«

»Ich dachte, wir tauchen kurz auf, verschwinden in Bolgs Raumwerft und hauen wieder ab. Ich hab diesem Drecksack vor langer Zeit mal den Hals gerettet.«

Die Muse erhob sich und öffnete ein Wandfach. »Vielleicht wäre das der richtige Augenblick, um die Blaster zu verteilen.«

Niemand widersprach.

»Schilde sind oben«, sagte Glanis. »Sie werden einem Punktbeschuss von den Dingern da draußen ein paar Minuten standhalten. Drei, schätze ich. Vielleicht vier.«

Iniza deutete auf die majestätische Erscheinung des Flammenbogens am Himmel. Davor waren die Silhouetten von mehreren Einmannjägern unterschiedlicher Bauart zu erkennen. Sie standen starr in der Luft wie Raubvögel, die ihre Beute beobachteten. Das goldene Lodern zuckte um ihre Rümpfe wie Elmsfeuer.

»Was sagen die Schilde zu denen da?«, fragte sie.

Glanis überflog mit verkniffenem Gesicht die Energieanzeigen und schien es vorzuziehen, die Antwort für sich zu behalten.

»Die werden die *Nachtwärts* nicht zerstören«, sagte Shara.

Als hätte Pompus Brant sie gehört, sagte er: »Übergib uns ohne Widerstand das Schiff, und wir reden in Ruhe über den Rest deiner Schulden. Niemand muss heute verletzt werden.«

Tanys sagte etwas zu Gavanqe, das Iniza nicht verstand, aber es machte ihr eindrücklich bewusst, dass hier weit mehr auf dem Spiel stand als ihr eigenes Leben.

»Falls du eine Ladung an Bord hast«, fuhr Pompus Brant fort, »ist sie hiermit beschlagnahmt.«

Shara drückte die Sprechtaste an der Armatur. »Seit wann redest du wie ein Richter daher, Pompus?«

»Seit ich einer bin«, erklärte der Mann in Gold. »Sollte es keine Ladung geben, wärest du wirklich eine erbärmliche Alleshändlerin. Und wir müssten uns über Alternativen unterhalten. Passagiere wären eine Möglichkeit.«

»Wie meint er das?«, fragte Gavanqe.

Shara wechselte einen Blick mit Kranit, der mit Unschuldsmiene beide Hände hob. »Matuul ist seit jeher ein Hauptumschlagplatz der Fleischbarken.«

Iniza platzte der Kragen. »Du bringst uns in eine Stadt voller Sklavenhändler?«

»Auch Fleischbarken müssen gewartet werden. Und es gibt nicht viele Orte, an denen das möglich ist. Man kann nicht alles haben, Sicherheit *und* anonyme Reparaturen.«

Glanis lachte bitter auf. »Anonym!«

Die Muse trat mit einem Armvoll Blaster heran und bot jedem einen an. »Hier.«

Iniza überlegte, ob dies ein guter Moment wäre, um Shara damit den Schädel einzuschlagen. Oder gleich ein Loch in den tätowierten Stern an ihrem Hinterkopf zu brennen.

»Also«, sagte Kranit, »fassen wir das mal zusammen. Wir werden von einem Fangstrahl festgehalten. Da draußen wartet eine kleine Armee darauf, dass wir von Bord gehen. Tun wir das nicht, werden sie mit ihren Panzern die Ladeluke sprengen und zu uns reinkommen. Wir könnten einige hier drinnen erledigen, aber das hilft uns nicht mit dem Fangstrahl weiter. Früher oder später werden sie uns überwältigen, und dann enden Iniza, Gavanqe und Tanys auf dem Sklavenmarkt. Shara, Glanis und mich werden sie töten. Und jemand wird auf die Idee kommen, dass eine Muse seit Beginn des Krieges mehr als nur eine interessante Investition geworden ist. Allein sie ist ein Vermögen wert, mehr als die *Nachtwärts*.«

»Oh«, sagte die Muse, »vielen Dank.«

»Immer gern.«

Ruhig fügte sie hinzu: »Natürlich würde ich vorher sehr viele von ihnen töten.«

Iniza schüttelte den Kopf. »Wir können hier drinnen nicht kämpfen. Nicht mit Tanys an Bord.«

»Seh ich genauso«, sagte Kranit.

Glanis zeigte mit ausgestrecktem Arm auf ein Schiff, das zwanzig Meter hinter den versammelten Verbrecherbanden stand. »Was ist damit?«

Kranit bleckte grinsend die Zähne.

»Ist das ein Tanker?« Iniza kannte diesen Typus, auf Koryantum wurden damit Einmannjäger im Einsatz betankt.

»Hier in der Drift schmuggelt darin vermutlich jemand Schnaps«, sagte Shara.

Derweil hatte Pompus Brant gestenreiche Zwiesprache mit einigen der anderen Anführer gehalten. Nun wandte er sich wieder der *Nachtwärts* zu. »Falls es dir entgangen sein sollte, Shara, das war vorhin ein Friedensangebot. Keine Antwort darauf werte ich als Ablehnung. Wenn du in zwei Minuten nicht hier draußen bist, kommen wir zu dir rein.«

»Das dauert eh schon alles viel zu lange.« Ohne weitere Absprache packte Kranit die Steuerung des verbliebenen Geschützes und presste den Daumen auf den Feuerknopf. Mehrere Laserbolzen zuckten hinüber zu ihren Gegnern und zersprangen kurz vor ihnen in glühenden Funkenfontänen.

»Mobile Schilde«, stellte er fest. »Hätte mich auch gewundert.«

Die beiden Panzer erwiderten augenblicklich das Feuer und begannen einen konzentrierten Dauerbeschuss auf den Frontalschild der *Nachtwärts*. Der eine hatte es auf Kranits Geschütz abgesehen, der andere auf das Schott des Laderaums.

Der Waffenmeister lachte auf, jetzt ganz in seinem Element, und schoss erneut, diesmal über die Köpfe der Menschen und den Rand ihres unsichtbaren Energieschilds hinweg. Die Laserbolzen krachten in die gewaltigen Ladetanks des Schiffs im Hintergrund, zerrissen die stählerne Ummantelung – und hätten eigentlich auf der Stelle den Inhalt entzünden müssen.

Stattdessen geschah nichts. Nur Funkenflug wehte zu den Bewaffneten rund um die Panzer herüber.

»Leer«, sagte Kranit. »Das ist nicht gut.«

Glanis fluchte herzhaft.

»Und was nun?«, fragte Gavanqe.

Shara war verdächtig lange ruhig geblieben und hatte auf einem ihrer Monitore ein labyrinthisches Diagramm betrachtet. »Macht euch bereit für den Ausstieg. Jetzt!«

»Was –«, begann Kranit.

»Raus mit euch. Nehmt den Notausstieg am Heck.«

»Das geht nicht. Der Beschuss der Panzer –«

»Vertraut mir.«

Nach allem hätte Iniza eher einem koryantischen Hornwiesel vertraut, aber da übernahm Shara schon die Kontrolle über den Laserleitstand und eröffnete das Feuer. Sie schoss nicht mehr auf das fremde Schiff, auch nicht auf die Männer hinter den mobilen Schilden, sondern auf eine Stelle unmittelbar zwischen der *Nachtwärts* und den versammelten Geldeintreibern. Der Asphalt des Landefelds glühte auf und begann zu brodeln wie kochender Ölschlamm. Schwarzer Rauch stieg auf, dann erbebte das gesamte Schiff.

Durch die Schwaden waren Pompus Brant und die anderen nicht mehr zu sehen, doch was Iniza sehr wohl erkannte, war das gewaltige Loch, das mit einem Mal im Boden klaffte.

Glanis war bereits aufgesprungen, gefolgt von Kranit. »Du kommst mit«, sagte der Waffenmeister zu Shara. »Denk nicht, dass ich dich hier zurücklasse.«

»Ich liebe die *Nachtwärts*. Aber ich sterbe nicht für sie.« Shara tätschelte die Armaturen, dann stand sie auf. »Ich komm zurück und hol dich.«

Kranit schob die anderen in Richtung des Antigravschachts.

Iniza schnappte sich Tanys, dann schwebten sie auch schon durch die Röhre in die Tiefe. Gemeinsam stürmten sie hinaus in den Laderaum und in einen der angrenzenden Korridore.

Sie brauchten keine zwei Minuten, bis sie den Notausstieg erreichten. Fast lautlos glitt das getarnte Schott beiseite. Eine Leiter fuhr automatisch nach unten aus.

Aus dem schwarzen Rauchwall drang unvermindert das Hämmern der Panzergeschütze, durchmischt mit dem Wutgebrüll der Eintreiber.

Kaum hatte Iniza den Boden erreicht, nahm sie Tanys von oben entgegen und rannte los. Glanis und die Muse flankierten sie mit ihren Blastern, Gavanqe folgte ihnen. Kranit und Shara liefen voraus, geradewegs in den Qualm und den Teergestank. Laserfeuer zuckte, als Kranit auf jemanden schoss, der seitlich von ihnen aufgetaucht war, dann auf zwei weitere Männer vor ihnen. Offenbar rückten trotz des Qualms einige Angreifer vor.

Unvermittelt endete der Asphalt an einem Abgrund. Sharas Beschuss hatte nicht einfach einen Krater in den Boden gestanzt, sie hatte einen Zugang zu den Höhlen unter der Stadt geöffnet. Deshalb also hatte sie das Diagramm auf dem Bildschirm studiert.

»Weiter, weiter!«, rief Kranit und scheuchte sie die Trümmerhalde hinunter, während er selbst ein paar vage Silhouetten im Rauch unter Beschuss nahm. Das Dauerfeuerstakkato der Panzer erhellte den Rauch in einem ekstatischen Rhythmus, zuckte aber viel zu hoch über sie hinweg, um ihnen gefährlich zu werden.

Während Iniza Tanys an ihre Schulter presste, in der Hoffnung, dass sie nicht zu viel von dem stinkenden Qualm einatmete, schlitterte sie mit den anderen in die Tiefe, achtete nur auf ihre Füße im Schutt und wich Pfützen aus geschmolzenem Teer aus.

»Schneller!«, brüllte Kranit und hörte gar nicht mehr auf zu schießen. Während er den übrigen folgte, feuerte er ununterbrochen zum Rand der Öffnung hinauf, und Iniza hätte schwören können, dass sie ihn dabei lauthals lachen hörte.

4

Iniza hatte finstere Grotten erwartet, nackte Felswände, vielleicht sogar Tropfsteine. Stattdessen rannten sie durch Tunnel, deren stahlverkleidete Wände mehr Ähnlichkeit mit den Gängen einer Raumstation besaßen als mit einem natürlichen Höhlensystem.

Die Decken waren dreißig, vierzig Meter hoch. Wie die Seitenwände waren sie mit einem Muster aus sechseckigen Metallwaben überzogen. Iniza fühlte sich winzig, während sie Shara tiefer in das Tunnelsystem folgte. Mehrfach wies die Alleshändlerin ihnen den Weg durch schmale Öffnungen in Wartungskorridore, aber immer bogen sie schon nach kurzer Zeit wieder in die Haupttunnel ab. Zweimal flogen Gleiter über ihre Köpfe hinweg, ohne dass die Piloten ihnen Beachtung schenkten.

»Warum verfolgt uns keiner?«, fragte Glanis.

Kranit, der den Abschluss bildete, lächelte unter seinem weißen Bart. »Ein paar haben es versucht, aber sie sind nicht weit gekommen.«

Iniza hatte nicht einmal bemerkt, dass der Waffenmeister ein weiteres Feuergefecht bestritten hatte. Vielleicht war es die Sorge um Tanys, die sie jetzt abwechselnd mit Gavanqe trug? Vielleicht machte sie auch die Wut auf Shara blind und taub.

»Aber da sollten noch mehr sein«, sagte Glanis. »Das waren vier oder fünf verschiedene Gruppen.«

»Sie haben die *Nachtwärts*«, entgegnete Shara. »Diesen Leuten geht es um Geld, nicht um Rache. Quidium Kaan unterscheidet da sehr genau. Er wird die anderen auszahlen oder erpressen, bis er als Einziger übrig ist und das Schiff für sich beanspruchen kann.«

Shara schien den Verlust erstaunlich gelassen hinzunehmen. Offenbar rechnete sie tatsächlich damit, die *Nachtwärts* zurückzubekommen, und wie Iniza sie kannte, sollte das eher früher als später geschehen.

»Wir können es nicht mit der ganzen Unterwelt von Matuul aufnehmen«, sagte Glanis, der offenbar ähnliche Gedanken hatte.

Erneut bogen sie in einen der Wartungskorridore ab, die nicht breiter als zwei Meter waren. Leuchtröhren summten unter der niedrigen Decke.

»Erst einmal führe ich euch an einen Ort, an dem ihr sicher seid«, sagte Shara. »Dann kümmere ich mich um alles andere.«

Iniza lag eine Erwiderung auf der Zunge – darüber, wie weit Sharas Pläne sie zuletzt gebracht hatten –, aber dann verkniff sie sich alle giftigen Bemerkungen. Ein Streit half ihnen nicht weiter.

Schließlich wurden sie langsamer, und Tanys konnte an der Hand zwischen Iniza und Glanis laufen. Die meisten anderen Kinder wären wahrscheinlich längst quengelig und störrisch geworden. Tanys aber blieb so still wie eh und je, beobachtete mit wachem Blick das Verhalten der Erwachsenen und schien sich einen eigenen Reim auf die Situation zu machen. Sie hatte schon früher die eine oder andere Flucht miterlebt – Shara und Kranit hatten die Angewohnheit, sich auf jeder verdammten Welt Ärger einzuhandeln –, aber einen

Ort wie diesen Irrgarten aus Tunneln hatte sie noch nicht zu sehen bekommen. Dabei zeigte sie weder Furcht noch Unruhe. Dass sie kein gewöhnliches Kind war, hatte Iniza bereits während der Schwangerschaft gespürt, als Tanys sie in Gedanken vor Gefahr gewarnt hatte. Mittlerweile sagte das Mädchen gelegentlich Sätze, die nach einer Erwachsenen klangen, nicht wie die einer Dreijährigen, nur um dann wieder tagelang zu verstummen. Die Hexen hatten als Erste erkannt, dass Tanys anders war – *wie* anders zeigte sich nun von Monat zu Monat mehr.

Sie waren seit über zwei Stunden unterwegs, als Shara sie durch ein weiteres Schott führte, dann einen kurzen Tunnel hinunter, der sich als Lüftungsschacht entpuppte. An seinem Ende befand sich ein mannshohes Gitter. Kranit wollte es aus der Verankerung schießen, aber Shara schüttelte den Kopf, machte zwei kurze Handbewegungen an einer der Verankerungen und stieß das Gitter wie eine Tür nach außen. Dass es an zwei Scharnieren hing, war zuvor kaum zu erkennen gewesen.

»Wer hat das präpariert?«, fragte Kranit.

Shara gestattete sich ein zufriedenes Grinsen. »Ich bin hier aufgewachsen. Glaubst du, den Weg hierher hab ich mir in den paar Sekunden am Bildschirm eingeprägt?«

Glanis und Kranit traten als Erste ins Freie und sicherten die Umgebung. »Alles in Ordnung«, rief der Waffenmeister und winkte die anderen nach draußen. Shara drückte das Gitter hinter sich zu.

Es war Nacht geworden auf Taragantum IV. Sie befanden sich inmitten eines felsigen Hangs, der vor ihnen gut fünfzig Meter abwärts führte. Im gelblichen Feuerglanz zweier Flammenbogen am Himmel breitete sich dort unten eine abschüssige Felswüste aus, durchzogen von Rissen und Schluchten – der Boden des ausgetrockneten Ozeans.

Nur ein kurzes Stück rechts von ihnen ragte die gigantische Stützkonstruktion eines Piers in die Höhe, ein Wall aus verrosteten Verstrebungen. An einigen Stellen inmitten des mächtigen Gitterwerks glühte Flammenschein.

»Sind das Lagerfeuer?«, fragte Iniza.

Shara nickte. »Im Inneren der Piers hausen ganze Stämme von Rumtreibern.«

Glanis sah Tanys und Iniza an. »Wie gefährlich sind sie?«

»Die meisten von ihnen kümmern sich nur um sich selbst«, sagte Shara. »Quidium und die anderen sind hier nicht gern gesehen, und sie werden es sich dreimal überlegen, ob sie einen Kleinkrieg mit den Pierbewohnern anzetteln.«

Glanis atmete tief durch, strich Tanys über das dunkle Haar und blickte von Shara zu Kranit. »Wir holen uns die *Nachtwärts* von ihm zurück.«

»Ich werd sie bestimmt nicht diesem Provinzgauner überlassen«, sagte Shara.

Vorhin hatte es nicht so geklungen, als sei Quidium Kaan ein einfacher Gauner. Aber Iniza war es müde, mit Shara darüber zu diskutieren, ob es angebracht wäre, gewisse Risiken ernster zu nehmen.

Tanys zog an ihrer Hand. »Die *Nachtwärts* ist doch unser Schiff.«

»Sie ist Sharas Schiff«, sagte Iniza.

Tanys nickte. »Und wenn ein anderer damit starten will, explodiert es. Weil er die magischen Zahlen nicht kennt.«

Die magischen Zahlen waren der Sicherungscode der *Nachtwärts*, an dem Kranit schon auf Nurdenmark fast verzweifelt wäre.

»Quidium weiß, wie man den Code umgeht«, sagte Shara. »Die Leute, die ihn programmiert haben, arbeiten für ihn.«

»Hervorragend«, murmelte Kranit. Dann deutete er mit dem Blaster zum hohen Gitterwall des Piers. »Suchen wir uns erst mal einen Unterschlupf.«

Er hatte recht, sie mussten von diesem ungeschützten Hang verschwinden. Von den Sandwehen der ehemaligen Promenade aus, hoch über ihnen, mussten sie deutlich zu sehen sein, ganz zu schweigen von all den Augen, die aus den Verstrebungen des Piergerüsts herüberstarren mochten. Ein eisiger Wind fegte aus der Wüste gegen den Uferwall und trug Geräusche mit sich, die wie Tierrufe oder menschliche Schreie klangen.

Sie marschierten ein paar Minuten parallel zum Abgrund, bis sie das eiserne Gitterkonstrukt erreichten. Die mächtigen Stützpylonen des Piers waren fest im Gestein verankert und sahen aus, als hätten sie bereits Jahrhunderte überstanden, doch selbst das schien Iniza ein zu kurzer Zeitraum für das Verschwinden eines ganzen Ozeans zu sein.

»Was ist hier passiert?«, fragte sie, als Shara die Gruppe über klapprige Treppen und Stege aufwärts führte. »So ein Meer braucht doch eine Ewigkeit, um auszutrocknen.«

»Angeblich hat es nicht mal ein halbes Jahr gedauert«, sagte Shara. »Die einen erzählen, unter dem Meer sei eine gigantische Höhle eingestürzt, die alles Wasser verschlungen habe. Andere behaupten, es sei vom All aus mit Schiffen abgepumpt worden, größer als die Ordenskathedralen, um auf Tiamande oder irgendeiner Kernwelt neue Ozeane aufzufüllen. Und dann gibt es natürlich die Geschichten von Wesen weit draußen in der Einöde, die das Meer Stück für Stück ausgetrunken haben. Denen will man lieber nicht begegnen.« Den letzten Satz sagte sie mit einem Zwinkern in Tanys' Richtung, und das Mädchen machte bei der Vorstellung große Augen.

»Jedenfalls«, fuhr Shara während des Aufstiegs fort, »muss es passiert sein, als die Piers schon standen. Und die sind knapp sechshundert Jahre alt.«

Die verrosteten Stufen quietschten und knirschten. Glanis und Gavanqe gingen unmittelbar hinter Iniza und Tanys und achteten darauf, wohin die Kleine ihre Füße setzte. Für sie musste der Aufstieg sehr viel anstrengender sein als für die Erwachsenen, aber sie protestierte kein einziges Mal. Sie schien verstanden zu haben, wie viel auf dem Spiel stand.

Den Abschluss bildeten Kranit und die Muse. Beide sprachen kein Wort, bis sie endlich eine Nische erreichten, fünf Meter im Quadrat. An drei Seiten war sie von einem dichten Geflecht aus Streben und Stangen umgeben, die Treppe war der einzige Zugang. Nur ein überaus gelenkiger Kletterer hätte durch das rückwärtige Gitter hierhergelangen können – wobei Iniza befürchtete, dass die Bewohner dieses Ortes genau wussten, wie man sich ungesehen durch das stählerne Geflecht bewegte.

»Früher müssen hier technische Aufbauten gestanden haben, aber die sind längst geplündert«, sagte Shara. »Es gibt eine Menge dieser Nischen auf beiden Seiten des Piers. Hier könnt ihr warten, bis ich zurück bin.«

Glanis runzelte die Stirn. »Du willst es allein mit diesen Kerlen aufnehmen?«

Ihr Schulterzucken wirkte nur mäßig überzeugend. »Ich hab schon früher Wege in Quidiums Werften gefunden. Hab da regelmäßig Ersatzteile geklaut und auf dem Schwarzmarkt verkauft.«

»So einfach wird das nicht«, sagte Iniza. »Und das weißt du auch.«

»Quidium ist arrogant, größenwahnsinnig und selbstverliebt.« Shara lehnte sich gegen das Gestänge der Rückseite. Während sie sprach, wartete sie routiniert ihren Blaster. »Und natürlich ist er kein Idiot. Ich muss als Erstes ein paar Erkundigungen einholen, um rauszufinden, wohin er die *Nachtwärts* bringen lässt.«

»Erkundigungen bei alten Bekannten?«, fragte Glanis zweifelnd.

Shara nickte.

Iniza blickte fragend zum Waffenmeister.

»Was siehst du mich an?«, fragte er. »Ich bin Quidium Kaan nur zwei oder drei Mal begegnet. Er ist ein mächtiger Mann, und das nicht von ungefähr.« Er wandte sich an Shara. »Ich komme mit.«

»Irgendwer könnte dich erkennen«, wandte Shara ein.

»Ich lass dich nicht allein gehen. Und tu nicht so, als wär dir das nicht klar.«

Ein Lächeln huschte über Sharas Züge, aber es war so schnell wieder fort, dass Iniza nicht sicher war, ob einer der anderen es überhaupt bemerkt hatte.

Gavanqe schnallte sich einen kleinen Rucksack ab und zog drei Wasserflaschen hervor. Mochten die Sterne wissen, was sie noch mitschleppte und, vor allem, wann sie das alles eingepackt hatte.

Die Amme rief Tanys zu sich und reichte ihr eine Flasche. »Hier, trink erst mal was.« Während das Mädchen sich bemühte, nichts zu verschütten, spürte Gavanqe Inizas Blick und lächelte. »Der liegt immer fertig gepackt in einem der Fächer. Für den Fall, das was schiefgeht.«

Shara grummelte etwas kaum Verständliches über mangelndes Vertrauen, ließ es dabei jedoch bewenden.

Nachdem sie alle ein paar Schlucke getrunken hatten, machten Shara und Kranit sich bereit. Glanis bot Kranit seinen zweiten Blaster an, doch der zeigte ihm grinsend drei Waffen, die er in den unergründlichen Taschen seiner Allzweckjacke verstaut hatte.

Beim Aufbruch wünschten alle den beiden Glück, dann stiegen Shara und Kranit die Treppe hinauf zur Oberfläche des Piers, dem kürzesten Weg in die Stadt. Ihre Schritte waren noch minutenlang zu hören, bis das Säuseln des Windes sie schließlich verschluckte.

Kaum war Stille eingekehrt, sagte Gavanqe: »Iniza!«

Sie fuhr herum und erkannte sofort, dass mit Tanys etwas nicht stimmte. Die Blicke des Mädchens gingen durch sie hindurch. Tanys schien Gavanqe an der Hand zum Rand der Plattform ziehen zu wollen – dorthin, wo ein ungesicherter Abgrund von sechzig, siebzig Metern klaffte. Die Amme hielt das Kind mit aller Kraft fest, und schließlich gab Tanys auf. Ihr Blick aber blieb verschleiert, während sie in die Ferne schaute, als gäbe es dort im Höllenschein der brennenden Regenbogen etwas Außergewöhnliches zu entdecken.

Die Muse, die im Dunkeln wie bei Tageslicht sehen konnte, spähte über die Kante hinaus auf den ausgedörrten Ozeanboden.

»Da ist nichts«, sagte sie. »Nur totes, leeres Ödland.«

»Monde …« Tanys formte das Wort mit ihren Lippen, aber die Stimme war die einer Fremden. *»Erwachen …«*

»Tanys?« Besorgt sank Iniza vor ihr auf die Knie. »Tanys, was ist los?«

Auch Glanis war sofort bei ihnen.

»*Das Erwachen … der Monde*«, wiederholte Tanys flüsternd. Sie klang tiefer, fast ein wenig krank und heiser, als bediente sich eine Erwachsene der Stimmbänder des Kindes.

»Taragantum IV hat nur einen Mond«, sagte dic Muse. »Und man kann ihn von hier aus nicht sehen.«

Iniza wechselte sorgenvolle Blicke mit Glanis und Gavanqe. Der Hexenorden hielt Tanys für eine Braut der Gottkaiserin – ein Medium, durch das die träumende Gottkaiserin auf Tiamande zu den Ordensmüttern sprechen konnte, um ihnen die Befehle des Schwarzen Lochs Kamastraka zu übermitteln. Iniza verdrängte diese abstruse Vorstellung die meiste Zeit über, weil Tanys verdammt nochmal ihr Kind war, kein Sprachrohr kosmischer Mächte. Jetzt aber bekam sie den Gedanken nicht aus dem Kopf.

»Tanys«, sagte sie. »Du bist hier bei uns. Alles ist gut.«

Das Mädchen reagierte nicht.

»Ich kenne diese Stimme«, sagte die Muse.

Iniza schloss die Augen, weil sie die Wahrheit fürchtete.

»Die Gottkaiserin.« Die Muse trat einen Schritt näher. »Ich bin ihr nie begegnet. Aber ihre Stimme ist in meinen Datenbanken gespeichert. So wie Millionen andere Töne und Klänge.«

Glanis nahm seine Tochter auf den Arm und drückte sie an sich. Einen Moment lang verdrehte sie ihren Kopf, um weiterhin über seine Schulter hinweg in die Leere blicken zu können. Dann erschlaffte sie plötzlich.

»Tanys?«, rief Iniza bestürzt.

»Sie ist eingeschlafen«, sagte Glanis leise. »Ihr Puls schlägt ganz ruhig.«

Iniza strich der Kleinen das Haar aus dem Gesicht und war

überrascht, wie entspannt und friedlich sie mit einem Mal wirkte.

Die Muse stand stocksteif da, als wüsste sie nicht, wohin mit ihren Händen. »Das war sehr ungewöhnlich.«

»Herrje«, sagte Gavanqe.

Glanis wiegte Tanys sanft an seiner Schulter. »Wir müssen runter von diesem verfluchten Planeten.«

Inizas Gesicht fühlte sich fiebrig an, als sie wortlos nickte.

Aus den Weiten der Wüste wehte ein Heulen herüber, und etwas im Gestänge des Piers antwortete mit demselben Laut.

Ein Raumschiff schoss mit jaulendem Triebwerk über das Ufer hinweg, zog hoch über dem Ödland eine Schleife und jagte zurück Richtung Stadt. Dabei drehte es sich von der Waagrechten in die Vertikale und wieder zurück. Die Sichelform war unverkennbar. Quidium Kaans Leute überführten die *Nachtwärts* vom Raumhafen in eine ihrer Werften. Iniza blickte ihr wehmütig nach.

Im Inneren des Piers begann jemand auf einen der Stahlträger zu schlagen, langsam und rhythmisch. Es klang wie das Pochen eines eisernen Herzens, als erwachte das gesamte Gestänge zum Leben.

5

Nach einigen Minuten kehrte wieder Ruhe ein. Nur der Wind fauchte weiter durch das mächtige Konstrukt und trug den Geruch von Rost und ranzigem Öl heran.

Glanis hatte das Kind in Gavanqes Arme gelegt. Nun saß die Amme mit der schlafenden Tanys im hinteren Teil der Nische, wo die Muse über beide wachte. Abwechselnd warf sie Blicke hinaus in die Nacht und nach hinten ins Gitterwerk des Piers. Entgegen ihrer sonstigen Gewohnheit trug die Muse einen Blaster, der an ihr so kurios wie gefährlich aussah.

Iniza nahm Glanis bei der Hand und führte ihn ein Stück weit die Treppe hinauf. Dort nahm sie auf einer Gitterstufe Platz und bedeutete ihm, sich neben sie zu setzen. Kurz musterte er sie aus seinen dunklen, aufmerksamen Augen, vielleicht weil er genau wie sie Angst vor dem hatte, worüber sie sprechen mussten. Dann legte er einen Arm um sie und zog sic an sich. Ihr Gesicht ruhte an seiner Schulter, das weiche Leder seiner Jacke fühlte sich warm und vertraut an.

Eine Weile lang schwiegen sie gemeinsam und blickten über den Meeresgrund zu den beiden Flammenbogen, die vom Horizont hinauf zu den Sternen reichten. Ihr Schein war nicht hell genug, um die Nacht zu vertreiben, schuf aber wabernde Schatten zwischen den Felsformationen und ließ die schwarzen Abgründe der Canyons wie gezackte Riesenschlangen durch die Einöde kriechen.

»Und wenn es wahr ist?«, fragte Iniza. »Wenn sie wirklich das ist, was die Hexen behaupten?«

»Was würde es ändern?« Glanis' warme Stimme hatte sie in all den Jahren immer beruhigen können, damals schon, als er nur der Hauptmann ihrer Leibgarde gewesen war, nicht der Geliebte, mit dem sie später durch das halbe All fliehen sollte. Heute jedoch schien sich die Panik in ihr festgesetzt zu haben wie eine Geschwulst. Sie empfand eine tiefe, schmerzhafte Angst, die sie früher nicht gekannt hatte, als sich in ihrem Leben alles nur um sie selbst und Glanis gedreht hatte. Für einen kurzen, schamvollen Augenblick wünschte sie sich zurück in jene Zeit, die ihr im Nachhinein so viel einfacher erschien.

Sie liebte Tanys, wie eine Mutter ihre Tochter nur lieben konnte, aber es gab da diese Momente, in denen die Sorge um das Kind sie vergessen ließ, warum sie Glanis einmal geschworen hatte, mit ihm fortzugehen, Koryantum hinter sich zu lassen und eine gemeinsame Zukunft zwischen den Sternen zu suchen. Damals hatten sie ganz ähnlich dagesessen wie jetzt, sie eine Adelige, er ein Soldat, und sie hatten hinauf zum Nachthimmel über dem Palast geblickt, sich an die Namen uralter Sternbilder erinnert und davon geträumt, eines Tages selbst strahlende Lichter inmitten des Kosmos zu sein, gemeinsam ein Teil der Unendlichkeit dort draußen.

Stattdessen liefen sie heute fortwährend um ihr Leben, auf gewaltverseuchten Markenwelten oder vor den eisigen Panoramen gleichgültiger Sternennebel. Natürlich trug Tanys keine Schuld daran. Und dennoch blieb ganz weit hinten in Inizas Verstand die Frage, ob sich ohne sie manche Dinge anders entwickelt hätten. Der Gedanke war wie ein Schatten, der ihr folgte, ein unheilschwangeres Rumoren in ihrem Hinterkopf. Vielleicht gehörte es zum Muttersein dazu, die eigenen Zweifel stets bekämpfen zu müssen und Empfindungen zu hinterfragen; am Ende fühlte sie sich dadurch dem Kind noch näher. Allerdings war der Weg dorthin so schwer, und es erschien ihr unfair, sich etwas erarbeiten zu müssen, von dem sie immer gedacht hatte, dass es einfach da sein würde, ganz selbstverständlich als Teil ihrer selbst.

Was würde es ändern?, hatte Glanis gefragt, und sie spürte, dass er ihr Schweigen auf seine Frage als das verstand, was es war: die Chance, mit ihm gemeinsam über etwas nachzudenken, das sie allein in einen Kreislauf aus Schuldgefühlen und Selbstgeißelung geführt hätte. Er ließ ihr alle Zeit, die sie brauchte, während sie zu den brennenden Regenbogen blickten, als läge an ihrem Ende die Antwort auf alle ihre Fragen.

Iniza horchte in sich hinein und suchte nach einer sinnvollen Erwiderung. Dann schüttelte sie den Kopf. »Nichts würde es ändern. Ob die Hexen nun recht haben oder nicht, wir würden ihnen Tanys niemals überlassen. Das meinst du doch, oder?«

Sie spürte sein Nicken. »Was auch immer das da vorhin war«, sagte er, »und was immer es zu bedeuten hat, es war nicht für uns bestimmt.«

»Sondern für die Hexen?«

»Wenn Tanys ist, was sie sagen – eine Art Sprachrohr der Gottkaiserin und des verdammten Schwarzen Lochs –, dann ja. Dann war das eine Botschaft für den Orden. Und wenn Tanys nur ein Kind ist, das aus irgendwelchen Gründen nicht so ist wie andere, dann hat sie vermutlich einfach mit sich selbst gesprochen.«

»Mit der Stimme einer Fremden?«

Glanis zuckte mit den Achseln und hatte wohl recht damit. Eine Stimme ließ sich verstellen. Es war ein Grund, sich Sorgen zu machen – aber kein Beweis für kosmische Schicksalsmächte.

Andererseits war die Sternenmagie der Hexen keine Erfindung, sondern eine Tatsache. Warum also sollten ihre Prophezeiungen und Überzeugungen Hirngespinste sein? Selbst die Legende vom Ikonoklasten hatte durch die Flüchtlinge aus den Baronien ein neues Gewicht bekommen. *Falls* der Ikonoklast existierte und *falls* er aus seinem Exil im Katarakt zurückgekehrt war – was beim Schwanz der Krone sprach dann dagegen, dass ein kleines Mädchen als Braut der Gottkaiserin geboren worden war, als Botschafterin des Sternengötzen Kamastraka?

Auf der Plattform unter ihnen näherten sich leichtfüßige Schritte. Die Muse tauchte vor der Treppe auf und sah zu ihnen herauf. »Alles in Ordnung?«

Iniza nickte. »Und mit Tanys?«

»Sie schläft und scheint zu träumen.«

»Albträume?«, fragte Glanis.

»Weiß ich nicht. Soll ich sie wecken?«

Iniza zögerte kurz. »Nein, sie braucht den Schlaf. Wir alle bräuchten mehr davon.«

Mit einem Lächeln ging die Muse zurück zu Gavanqe und dem Kind.

»Glaubst du, dass *sie* träumt?«, fragte Glanis leise.

»Die Muse?«

»Ja.«

Iniza streckte ihre Beine aus, bis die Gelenke schmerzten. Gerade fühlte sich das gut an. »Die Maschinen führen Krieg und zerstören ganze Sternensysteme. Sie sollten besser einen Grund dafür haben. Irgendeine Art von Traum, wenn du so willst.«

»Und wenn es einfach nur der ist, alle Menschen zu vernichten?« Glanis sagte das ganz ohne Hass oder Furcht. »Vielleicht genügt das schon. Man muss nichts wollen, um einen Krieg zu beginnen – es reicht, wenn man etwas *nicht* will.«

»Als sie das schon einmal versucht haben, sind sie in dreihundert Jahren nicht mal von Tiamande bis zu den Baronien vorgestoßen. Das heißt doch, dass sie sehr gründlich vorgegangen sind, oder? Andernfalls hätte das schneller gehen müssen.«

»Nicht gründlich genug. Die Hexen hätten sie sonst nicht schlagen können.«

Mit dem Abstand eines Jahrtausends betrachtet, erschien es fast wie eine künstliche Versuchsanordnung, dass die erbittertsten Gegner der Maschinen ausgerechnet vom fernsten Punkt des besiedelten Raums kamen, von Empedeum, jenem Planeten am äußersten Rand des galaktischen Spiralarms; aus der größten nur denkbaren Distanz zur Thronwelt Tiamande. Hätte der gesamte Konflikt auf einem Spielbrett stattgefunden, so wären das die naheliegenden Ausgangspunkte der Gegner gewesen: der obere und der untere Rand des Feldes.

Zuletzt hatten die Hexen die gesamte Strecke nach Tiamande bewältigt, hatten den Maschinenherrscher mit Hilfe der Waffenmeister von Amun geschlagen und waren als Sieger in den Palast eingezogen. Sie hatten ihre Gottkaiserin auf dem Thron installiert und damit unweigerlich die Voraussetzungen für eine neue Spielpartie geschaffen.

Empedeum existierte nicht mehr, und somit lag nun keine

bewohnte Welt weiter entfernt von Tiamande als Koryantum. Kam der gefährlichste Gegner der Hexen also von dort? Was für eine verlockende, größenwahnsinnige Vorstellung, dass sie selbst es sein könnten, die das Schicksal dazu ausersehen hatte, den Orden zu schlagen: Iniza, Glanis und vor allem Tanys, die längst eine umkämpfte Figur auf dem Spielbrett war, ob es ihnen gefiel oder nicht.

Und da war noch jemand, der womöglich eine Rolle spielte – Hadrath, Inizas Onkel, von dem keiner wusste, was aus ihm geworden war. Auch er stammte von Koryantum. Auch er war ein Feind der Hexen.

Eine Versuchsanordnung, dachte Iniza erneut. Tiamande auf der einen Seite, die Äußeren Baronien auf der anderen. Alles schien sich zu wiederholen.

Oder aber, und das war auf irrwitzige Weise fast noch zwingender, der wahre Feind der Hexen war tatsächlich der Ikonoklast, zurückgekehrt aus dem Katarakt des Schwarzen Lochs. Und somit aus noch größerer Ferne. Dann wäre das bisherige Spielbrett erweitert worden.

Iniza wusste, dass sie sich in schrägen Theorien verstieg. Aber es tat gut, sich dafür ein paar Minuten Zeit nehmen zu können. Nur an Glanis' Seite dazusitzen und nachzudenken. Zu wissen, dass er da war, weil sie einander brauchten, selbst wenn sie nur gemeinsam schwiegen.

Die beiden brennenden Himmelsbogen mit ihren ausgefransten Flammenrändern wanderten allmählich aufeinander zu, berührten sich schließlich am fernen Horizont und schoben sich ineinander. Erst als der kleinere fast im größeren aufging, wurde Iniza bewusst, dass Glanis und sie schon seit Stunden so dasaßen und das nächtliche Spektakel von Tarагantum IV beobachteten. War sie zwischendurch an seiner

Schulter eingeschlafen? Oder er an ihrer? Wie wunderbar, dass sie es nicht genau wusste, weil sich ihr Zusammensein sogar an diesem Ort so selbstverständlich anfühlte, genau wie all die verstohlenen Nächte in Geheimzimmern des Palastes von Koryantum oder die Ausflüge ins Trümmermoor, von denen nur sie beide wussten.

Was immer geschehen wird, dachte sie, diese Nacht wird es vielleicht einmal wert gewesen sein.

6

Ja«, sagte der Mann ohne Augenbrauen, »ich bin ganz sicher. Sie haben das Schiff in die alte Werft im Hafenviertel gebracht.«

»Da hätten sie es gleich am Raumhafen stehen lassen können«, sagte Kranit.

Der Mann stieß ein unangenehmes Lachen aus und beugte sich über seinen Bierkrug. »Ich spreche nicht vom Raumhafenviertel, da gibt es nur schäbige Tavernen wie die hier, keine Werften. Nein, das *alte* Hafenviertel. Unten am Meer.«

Es war eine der besonderen Sitten von Matuul, dass noch immer alle vom Meer oder Ozean sprachen, obwohl das Wasser seit so langer Zeit verschwunden war. Shara sah Kranit an, dass er eine Bemerkung darüber machen wollte, die den haarlosen Valanz womöglich verärgert hätte. Weil ihr aber beim besten Willen unter all den verkommenen Subjekten dieses Viertels kein anderes einfiel, das ihr Informationen über Quidium Kaan verkauft hätte, war es wichtig, dass sie Valanz nicht gegen sich aufbrachten.

»Ich kenne diese Werft«, sagte sie zu Kranit, ehe der erneut den Mund aufmachen konnte. »Quidium hat sie schon früher genutzt. Es ist eine seiner kleineren.« Sie wandte sich an ihren Informanten. »Warum ausgerechnet dorthin? Damals hat er da nur heiße Schiffe untergebracht, die seine Leute draußen in der Drift gekapert hatten.«

»Er arbeitet schon seit Jahren nicht mehr mit Piraten zusammen«, sagte Valanz. »Das hat er nicht nötig. Er hat ein halbes Dutzend seiner Leute auf Richterposten befördert, und sobald ein Schiff beschlagnahmt wird, landet es bei ihm. Alle anderen Gläubiger gehen leer aus oder werden zum Schweigen gebracht. Wer ein Schiff braucht, der weiß, an wen er sich wenden muss.« Sein Blick wurde allmählich wacher, während er Shara musterte. »Hab dich lange nicht mehr gesehen. Damals hattest du mehr Haare als ich. Und wie nennst du dich jetzt? Shara was noch mal?«

»Bitterstern.«

»Ungewöhnlicher Name.«

»Ich dachte, deshalb merken ihn sich die Leute. War ein Irrtum.«

Valanz schwitzte stark, während er die beiden betrachtete. Er war abhängig von Schlimmerem als panadischem Kautabak, und Shara war nicht sicher, ob die Drogen seine Sinne schärften oder betäubten. Weil ihm sämtliche Haare fehlten, rannen ihm die Schweißtropfen von der Stirn in die Augen. Ständig rieb er sich mit den Fingern in seinem knochigen Gesicht und auf dem Kopf herum. Danach wischte er sie an seiner schmutzigen Kleidung ab, was zu interessanten Mustern und Farbnuancen führte.

Shara hatte ihn bereits gekannt, bevor sie Taragantum IV verlassen hatte, um als Greiferpilotin für den Orden zu arbeiten. Nachdem sie miterlebt hatte, wie die Hexen die Aufstände auf den Aschenen Welten niedergeschlagen hatten, war sie desertiert, hatte sich die *Nachtwärts* besorgt und sie auf ihrer Heimatwelt flottmachen lassen. Zu ihrer Überraschung hatte Valanz da noch immer gelebt. Seither waren weitere zehn Jahre vergangen, und nun saß er ihr erneut gegenüber, vom Drogenmissbrauch derart konserviert, dass allein sein Geruch wie ein Betäubungsmittel wirkte.

Sie schob ihm eine Handvoll Münzen in Reichswährung über den Tisch. Er betrachtete sie gierig, legte seine zitternde Hand aber erst nach kurzem Zögern darauf.

»Ich kann mir eine Menge Ärger dafür einhandeln, dass ich mit euch spreche.« Er blickte aus der engen Sitznische im hinteren Teil der Taverne hinüber zu den wenigen Raumfahrern und Mechanikern, die so spät in der Nacht noch an der Theke lehnten.

»Ich bezahl dich für dein Risiko«, sagte Shara. »Wenn ich jetzt zur Werft ginge, würde ich mein Schiff dort finden?«

»Du würdest erschossen werden«, antwortete Valanz. »Die halbe Stadt arbeitet als Wächter für Quidiums Werften, Lagerhäuser und Anwesen. Viele Konkurrenten sind ja nicht mehr übrig.«

»Lass das meine Sorge sein.«

Kranit wollte etwas einwerfen – vermutlich, dass es wohl eher *seine* Sorge sein würde –, aber sie brachte ihn mit einem ernsten Blick zum Schweigen. Matuul war ihre Stadt, und obwohl die Dinge nicht ganz so gelaufen waren, wie sie es sich vorgestellt hatte, würde sie sich das Steuer nicht aus der Hand nehmen lassen. Es mit Quidium Kaan aufzunehmen war eine Torheit, natürlich, aber wenn sie schon als Zielscheibe seiner Handlanger enden sollte, dann wenigstens auf ihre Weise.

Die Taverne war ein langer Schlauch, der in blaues Halblicht getaucht war. Vorn an der Theke glühten ein paar Lampen in düsterem Gold. Der Boden war mit geriffelten Gummimatten ausgelegt, unter der Decke verliefen allerlei Rohre und Schläuche. In Läden wie diesem hatte Shara ihre Kindheit verbracht.

»Also«, fragte sie noch einmal, »du garantierst mir, dass die *Nachtwärts* in der Werft am Hafen ist?«

Valanz machte ein kompliziertes Zeichen vor seinem Gesicht, das seit den Tagen der Drei Königreiche als Schwur auf Leben und Tod galt. »Das ist es, was ich gehört habe. Ist noch keine zwei Stunden her. Und eine Menge Leute haben das Schiff gesehen, als Quidiums Piloten damit eine Runde über die Stadt geflogen sind.«

»Er muss sich ziemlich unangreifbar fühlen«, sagte Kranit.

Valanz musterte ihn. »Vielleicht weiß er nicht, wer du bist. Aber ich weiß es.«

»Ist das so?«

Shara bemerkte, dass Kranits Hand unter dem Tisch am Blaster lag. Laut den Geschichten, die man sich in den Marken und im Reich über ihn erzählte, kämpfte er stets fair und edelmütig. Der Kranit der Legenden hätte nie einen drogenabhängigen Schwätzer über den Haufen geschossen. Nur hatte Shara mehr als einmal mitangesehen, wie es anders gekommen war, und Geschwätzigkeit schien für Kranit ganz oben auf der Liste jener Vergehen zu stehen, die einen gutgezielten ersten Schuss unter Tavernentischen rechtfertigten.

Valanz würde wahrscheinlich sogar den überleben. »Du bist der letzte Waffenmeister von Amun. Gibt eine Menge Märchen über das, was du so treibst.«

»Märchen, hm?«, sagte Kranit.

»Die Hexen haben Amun verbrannt, heißt es. Dass alle Waffenmeister dabei das Zeitlich gesegnet haben. Alle bis auf einen.«

Kranits rostbraune Augen blitzten streitlustig. Seine rechte Hand am Blaster rührte sich nicht, die andere lag offen auf dem Tisch und wurde langsam zur Faust geballt. Die vielen

Narben auf Fingern und Handrücken färbten sich unter der Anspannung so weiß wie sein langes Haar.

»Bis auf einen«, wiederholte Valanz.

»Klingt, als sollte man sich mit dem besser nicht anlegen«, sagte Kranit.

»Gute Idee«, warf Shara ein. »Weil wir nicht wollen, dass es Ärger gibt und wir hier festsitzen, bis Quidiums Spione uns seine Bande auf den Hals hetzen.«

Valanz' Gesicht hatte mehr Ähnlichkeit mit einem Totenschädel als mit dem eines lebenden Mannes, und Shara fürchtete, dass der klapprige Kerl auseinanderfallen würde, falls Kranit ihn zu heftig anfasste. Ein gezielter Herzschuss mochte da die gnädigere Variante sein. »Ich will bestimmt keinen Streit«, sagte er.

Kranit brummte etwas, das hoffentlich Zustimmung ausdrückte.

»Aber da gibt es etwas, das den letzten Waffenmeister von Amun interessieren könnte«, fuhr Valanz fort. »Wenn er denn unter uns wäre.«

»Was könnte das wohl sein?«, fragte Kranit.

»Es wären ein paar Münzen nötig, damit ich mich an die Details erinnere.«

»Ich glaube«, sagte Shara, »wir haben alles gehört, was wir wissen wollten.« Sie machte Anstalten aufzustehen, aber Kranits linke Hand schoss herüber und berührte sie am Unterarm. Er hielt sie nicht fest, aber sie sah ein, dass sie ihm vielleicht noch ein paar Minuten gönnen musste. Seine schlechte Laune war so legendär wie sein Treiben als Waffenmeister.

»Bezahl ihn«, sagte er.

Shara hob die Schultern und schob zwei weitere Münzen auf Valanz' Seite des Tisches. Letztlich war es Inizas Geld, und lieber gab Shara es für Informationen aus als für den überteuerten Luxusfraß, den die verwöhnte Bande ständig verlangte.

»Nur mal angenommen«, sagte Valanz, »du wärst tatsächlich ein Waffenmeister von Amun. Reine Spekulation, aber tun wir kurz so. Dann könnte ich dir verraten, dass du keineswegs der letzte bist.«

Kranits Miene erstarrte. »Falls das deine Art von Humor ist, mein Freund … Respekt ist eine Sache der Höflichkeit. Manchmal sogar eine des Überlebens.«

»Seid ihr jetzt fertig?«, fragte Shara. »Respekt. Überleben. All dieses Getue. Sagt, was ihr euch zu sagen habt, und dann verschwinden wir, ohne dass am Ende irgendwem wehgetan wird.«

Unbeirrt und schweigend starrte Kranit den hageren Mann auf der anderen Seite des Tisches an.

»Vor ein paar Wochen war so ein Kerl hier in Matuul«, sagte Valanz mit nervösem Lächeln. »Das Übliche, ein paar Reparaturen an seinem Schiff, ein paar verbotene Modifikationen. Sein Name war Conlingas.« Er machte eine kurze Pause, um zu beobachten, ob Kranit auf diesen Namen reagierte. »Nie gehört? Möglicherweise war er wirklich nur ein Betrüger, wer weiß das schon.«

»Was war mit diesem Conlingas?«, fragte Kranit.

»Er sagte, er wäre ein Waffenmeister von Amun. Nicht der letzte oder der einzige oder so was. Einfach nur ein Waffenmeister.« Valanz kratzte sich den rechten Handrücken und hielt dabei noch immer die Münzen auf dem Tisch fest. »Von Amun.«

»Dann war er wohl ein Lügner«, sagte Kranit mit gefährlichem Unterton.

»Lass es«, raunte Shara ihm zu. »Nicht jetzt und nicht hier.«

»Vielleicht.« Valanz schien sich zunehmend in seiner Rolle als Geheimnisträger zu gefallen. »Laufen überall eine Menge Lügner rum, nicht nur in Matuul. Die Drift ist voll davon. Die Marken. Das ganze Reich.«

»Aber du hast ihm geglaubt«, stellte Kranit fest.

»Nicht nur ich. Alle, die gesehen haben, was er mit Oolus Bande gemacht hat. Vor allem, wie er es gemacht hat. Oolu hat gemeint, dass der Kerl nur ein Spinner ist, weil ja Kranit der letzte Waffenmeister von Amun sei … Und wenn er nicht Kranit sei, nun, dann eben auch kein Waffenmeister von Amun. Man muss dazusagen, dass Conlingas den armen Kerl zuvor ziemlich getriezt hat, so als hätte er es darauf angelegt, ihn irgendwas Dummes sagen zu lassen. Als hätte er nur einen Grund dafür gesucht, allen zu zeigen, was er kann.«

Shara stieß einen Seufzer aus. »Irgendein Wichtigtuer. Ich bin schon einer Menge besoffener Vollidioten begegnet, die anderen weismachen wollten, dass sie echte Waffenmeister sind.«

Valanz blickte sie lauernd an. »Und wie viele von denen haben zwanzig bewaffnete Männer abgeschlachtet, und zwar so schnell, dass man kaum was erkennen konnte?«

»Was genau ist passiert?«, fragte Kranit.

»Zwanzig Schüsse. Zwanzig Tote.«

Kranits Hand lag nicht mehr am Blaster, was Shara erfreulich und zugleich beunruhigend fand. Denn wenn er Valanz nicht mehr töten wollte, oder zumindest nicht sofort, dann mochte das bedeuten, dass er den Worten des Mannes Glauben schenkte. »Was ist aus ihm geworden?«

»Er hat sich danach kaum noch blicken lassen, bis die Reparaturen fertig waren … Warte, ich kann mich vielleicht an den Namen des Schiffes erinnern. *Tentakel*? Nein, so ähnlich.« Er wischte sich einmal mehr Schweiß von der Stirn und schmierte ihn gedankenverloren an die Tischkante. Dann hellte sich sein Blick auf. »*Tabernakel!* Das war der Name. Schönes Schiff und prächtig bewaffnet. Quidium hatte sicher ein Auge drauf geworfen, aber nach der Sache mit Oolu …«

Shara sah Kranit an. »Die *Tabernakel*? Sagt dir das was?«

Der Waffenmeister schüttelte den Kopf.

»Ich wollt's ja auch nur erwähnt haben.« Valanz neigte das Gesicht wieder tief über die Tischplatte und warf einen verstohlenen Blick zur Theke. »Bestimmt gibt's nur einen einzigen letzten Waffenmeister von Amun. Wo sollte der andere auch plötzlich herkommen, richtig? Die Hexen haben auf dem Mond der Waffenmeister den Weltenbrand entfesselt, jedes Kind weiß das. Alle tot, bis auf Kranit. Kein Wort von irgendeinem Conlingas in den Geschichten.«

Shara war versucht, ihm beizupflichten, nur damit sie endlich gehen konnten. Aber dann entdeckte sie etwas in Kranits Augen, das vorher nicht dagewesen war. Etwas in ihm war erwacht, das all ihre Befürchtungen zerstreute, er könnte allmählich *wirklich* alt werden.

Doch zu ihrem Erstaunen verlor er kein Wort darüber, schob nur seinen Stuhl vom Tisch und stand auf. »Holen wir uns die *Nachtwärts* zurück.«

7

Zwei Stunden später schlichen sie zu viert durch einen Tunnel unter dem Hafenviertel. Shara und Kranit bildeten die Spitze, Iniza und Glanis folgten ihnen. Es wäre vernünftig gewesen, auch die Muse mitzunehmen – eine ihrer programmierten Fertigkeiten war der Nahkampf, und ihre Zielgenauigkeit war der des Waffenmeisters zumindest ebenbürtig –, aber jemand musste Gavanqe und das Kind beschützen. Der Pier war trotz seiner Bewohner ein besseres Versteck als irgendein anderer Ort in der Stadt; vor allem würde es später leichtfallen, sie dort mit der *Nachtwärts* aufzusammeln.

Shara wunderte sich über das Vertrauen, das Iniza in die Muse setzte. Die Ereignisse auf Noa hatten die beiden zusammengeschweißt, und Shara konnte nur erahnen, wie schlimm die Tage vor dem Untergang der Piratenstadt gewesen waren und was die Muse dort für Iniza getan hatte. Auch wenn Shara keinen konkreten Grund hatte, die Loyalität der Muse in Frage zu stellen, konnte sie ihre Zweifel nicht abstellen. Das Mädchen war eine Maschine, verdammt, und die Maschinen führten anderswo im Reich seit zweieinhalb Jahren Krieg gegen die Menschheit. Musste nicht zwangsläufig auch in der Muse die Programmierung stecken, sich gegen ihre Gefährten aus Fleisch und Blut zu wenden? Es gab keine Anzeichen dafür, nicht die Spur eines Fehlverhaltens – abgesehen davon, dass sie oft eine furchtbare Nervensäge war –, und doch fiel es Shara mit jeder Hiobsbotschaft aus dem Kernreich schwerer, der Muse den Rücken zuzuwenden.

Iniza hingegen vertraute ihr, ohne zu zögern, Tanys' und Gavanqes Leben an. In gewisser Weise war Shara froh darüber. Die Alternative wäre gewesen, Iniza oder Glanis bei dem Kind zurückzulassen und stattdessen die Muse mit in Quidiums Werft zu nehmen. Aber weder Shara noch Kranit gefiel der Gedanke, sich von einer Maschine Feuerschutz geben zu lassen.

»Wenn wirklich halb Matuul für Kaan arbeitet, sollten wir hier unten allmählich irgendwem begegnen«, murmelte Kranit, als Shara an einer Gabelung den Weg nach links einschlug.

»Da kann jemand den Ärger gar nicht erwarten«, sagte sie.

»Was, wenn dein Freund uns verrät?«, fragte Glanis von hinten.

»Erstens ist Valanz nicht mein Freund –«

»Was ihn nicht vertrauenswürdiger macht«, warf Iniza ein.

»– und zweitens liegt er geknebelt und gefesselt am Ende einer Sackgasse, in der ihn vor morgen früh niemand finden wird.« Shara grinste. »Oder vor nächster Woche. Wir haben ihm seine Bezahlung gelassen, wir sind anständige Leute.«

Sie wartete auf einen Kommentar des Waffenmeisters, aber Kranit war wieder in Schweigen verfallen. Das ging schon viel zu lange so. Als sie nach dem Treffen mit Valanz zum Pier zurückgekehrt waren, hatte Iniza ihnen von Tanys' beunruhigendem Zustand erzählt und von der Stimme, die aus der Kleinen gesprochen hatte. *Das Erwachen der Monde.* Shara hatte keine Ahnung, was das bedeuten mochte, doch für einen Moment war da etwas im Blick des Waffenmeisters gewesen, das sie alarmierte. Spätestens wenn sie die *Nachtwärts* zurück hatten, würde sie ihn zur Rede stellen.

Von den Piers bis zum alten Hafenviertel war es nicht weit.

Die meisten Häuser entlang des Ufers waren unbewohnbar. Die heißen Winde trugen Tag und Nacht neue Sandmassen vom einstigen Ozeanboden herauf, und so war ein natürlicher Wall entstanden, der den Rest Matuuls schützte. Weite Teile des Hafenviertels waren schon vor Generationen von den Bewohnern verlassen worden, der Sand reichte mancherorts bis zum zweiten Stock der Ruinen. Auch viele Tunnel unter dem Viertel waren nicht mehr begehbar, wo der Sand über Jahrhunderte hinweg ganze Sektionen des Labyrinths verschüttet hatte. Bequemlichkeit und Bestechung hatten offizielle Stellen davon abgehalten, sich um die Erhaltung zu kümmern, und so hatten Verbrecher wie Quidium Kaan einige der alten Tunnel und Höhlenwerften ausgraben und herrichten lassen. Noch zu Sharas Zeiten auf Taragantum IV hatten blutige Bandenkriege um die Hoheit im alten Hafenviertel getobt. Heute stand der Sieger längst fest, und so war es wenig verwunderlich, dass sie bislang auf keine Wachen gestoßen waren. Es gab schlichtweg keine Einheimischen mehr, die verrückt *und* fähig genug waren, sich mit Kaan und seinen Leuten anzulegen.

Der allgegenwärtige Sand knirschte unter den Sohlen und zwischen ihren Zähnen, während Shara die Gruppe auf einer komplizierten Route um jene Stellen führte, die selbst Kaan in seiner Selbstgefälligkeit nicht unbewacht lassen konnte. Manche Tunnel waren längst nicht mehr an das Beleuchtungssystem angeschlossen, und dort blieb ihnen keine andere Wahl, als Taschenstrahler einzuschalten, die schon von weitem zu sehen waren. Trotzdem war dieser Weg sicherer als der an der Oberfläche. Über die weichen Dünen und durch trügerischen Treibsand in den Gassen zu stapfen, während sie aus den Ruinen jederzeit ein Scharfschütze unter Feuer nehmen konnte, war keine Option.

Zuletzt mussten sie sich durch einen Felsspalt zwängen, den Shara als Jugendliche ein Dutzend Mal durchquert hatte, der nun aber zum echten Hindernis wurde. Iniza glitt als Erste hindurch, sie war die schmalste von ihnen. Glanis und Shara folgten, rissen sich die Haut auf und stießen sich die Knochen an, kamen aber schließlich auf der anderen Seite in einem hinteren Winkel der Werfthalle heraus. Aus der Ferne erklang der Lärm von Schweißgeräten, dazwischen Stimmen. Durch einen Wald mächtiger Säulen war nicht zu erkennen, was sich am anderen Ende der Halle tat, die Distanz dorthin betrug an die fünfhundert Meter. Blauweißer Lichtschein schimmerte auf Beton und Stein, reichte aber kaum bis zu Shara und den anderen. Kaans Leute nutzten nach wie vor nur einen Teil der unterirdischen Halle.

Aus dem Spalt hinter Shara erklang gepresstes Fluchen, während Kranit sich durch die steinerne Enge zwängte. Zwei Mal schien es, als bliebe er stecken. Shara hob ihre Lampe und leuchtete hinein. Der Schein fiel auf das hochrote Gesicht des Waffenmeisters, und sie erschrak, als sie erkannte, wie ernst die Lage war.

»Nimm die Lampe runter!«, fauchte er, als sie ihn blendete. »Während meiner letzten Augenblicke will ich sehen können, wer mich in diese Scheiße hineingeritten hat.«

»Zieh lieber deinen Bauch ein.«

»Was würde ich ohne deine Ratschläge tun?«

»Und ausatmen. Nicht einatmen. Klappe halten ist auch hilfreich.«

Während Kranit sich millimeterweise vorwärtsbewegte, bezogen Iniza und Glanis mit ihren Blastern Stellung, um den Spalt auf der Hallenseite abzusichern. Noch näherte sich niemand zwischen den Säulen, der Lärm der Arbeiten am anderen Ende der Halle hielt an.

Iniza blickte zurück zu Shara und dem Spalt. »Er soll wieder zurückgehen. Wir schaffen das auch ohne ihn.« Sie schien sich alle Mühe zu geben, den letzten Satz überzeugend klingen zu lassen, und hätte Shara sie nicht so gut gekannt, hätte sie ihr womöglich geglaubt.

»Das würde dir so passen!«, erklang es gedämpft aus dem Spalt.

»Du hast es gleich geschafft.«

»Meine Schultern sind zu breit. Und mein Brustkorb.«

Einiges an ihm war breit geworden, keine Frage. Shara selbst war gebaut wie ein muskulöser Mann, daran hatte sich auch drei Jahre nach Nurdenmark wenig geändert. Doch Kranit war schon immer ein Koloss gewesen, und sie spürte einen Anflug von schlechtem Gewissen, weil sie ihn in diese Lage gebracht hatte.

»Ich könnte versuchen, den Fels um dich herum mit ein paar Blasterschüssen zu sprengen«, schlug sie vor und meinte es nur halb im Spaß.

Kranit knurrte etwas Übellauniges, dann gab er sich erneut einen Ruck, schob sich mit aller Kraft voran und schoss mit einem Mal aus dem Spalt wie ein Korken aus einer Flasche. Shara wurde fast zu Boden gestoßen, ließ ihren Blaster fallen, hielt Kranit und sich selbst aber irgendwie aufrecht. Erleichtert klopfte sie ihm auf den Rücken, während er keuchend an ihr lehnte, so als wöge er nicht das Zweifache von ihr.

»Das Essen an Bord ist einfach zu gut«, sagte sie. »Ihr werdet alle fett.«

Gleich darauf pirschten sie von Säule zu Säule und näherten sich dem Ursprung des Lärms auf der anderen Seite der Werfthalle. Jede der Betonpylonen war mehrere Meter breit und bot genug Schutz für sie alle.

Schon bald stießen sie auf Wälle aus Kisten voller Ersatzteile und sahen, dass der Säulenwald in einiger Entfernung endete. Auf einer weiten Fläche standen dort zwei Raumschiffe. Eines war die *Nachtwärts*, das andere ein kleinerer, vielzackiger Typ, der Shara entfernt an Fossile von Tiefseefischen erinnerte, die es einst auf Taragantum IV gegeben hatte.

In der Decke über den Schiffen befand sich eine kreisrunde Öffnung, groß genug zum Ein- und Ausflug. Offenbar gab es kein Schott, um sie zu schließen. An der Oberfläche hatte man rundum eine hohe Mauer errichtet, um die mächtigen Sandwehen fernzuhalten. Sie verlängerte den Schacht auf gut zwanzig Meter. Darüber war der Nachthimmel von Taragantum IV zu sehen, geteilt von einem brennenden Regenbogen.

Mehrere Techniker beschäftigten sich mit den defekten Kanonen der *Nachtwärts*. Sie hingen in Seilzügen vor den ausgefahrenen Geschützen am Rumpf und bearbeiteten sie mit allerlei Gerät. Eine Fontäne aus blauen Funken sprühte zu Boden, während einer der Männer eine Schadstelle verschweißte.

Drei Bewaffnete standen unterhalb der *Nachtwärts* zwischen den Landekufen, gekleidet in die schwarze Schutzmontur eines Sicherheitsdienstes.

»Zu wenige Wächter«, raunte Glanis den anderen zu, als sie hinter ein paar Kisten in Deckung gingen.

Kranit nickte. »Mir gefällt das nicht.«

Iniza sah schweigend zu den Schiffen hinüber, während Shara fieberhaft überlegte, ob sie Valanz' Knebel fest genug geknotet hatte. Unwillkürlich blickte sie über die Schulter und wusste zugleich, dass das sinnlos war. Dieselben Säulen und Kisten, hinter denen sie auf dem Weg hierher Schutz gesucht hatten, mochten jetzt eine kleine Armee vor ihnen verbergen.

»Was ist das für ein Schiff?«, fragte Glanis leise. »Habt ihr so eines schon mal gesehen?«

Shara, die früher sämtliche Ordensschiffe bis zur Größe einer Barke geflogen war, schüttelte den Kopf. »Könnte ein Eigenbau von Quidiums Leuten sein.«

»Können die so was?«

»Gib ihnen genug Material, und sie bauen dir eine Raumkathedrale.«

»Der Einstieg ist offen«, sagte Kranit. »Ist dieser Quidium Kaan vielleicht hier, an Bord von dem Ding?«

»Woher soll ich das wissen?« Sie hielt es nicht für wahrscheinlich, doch ausschließen konnte sie es nicht. »Ich kann mir nicht vorstellen, dass er um diese Uhrzeit in stinkenden Werften herumhängt. Aber was weiß ich schon.«

»Richtig«, sagte Iniza, »dir war ja auch entfallen, dass in dieser Drecksstadt ein Haufen Verbrecher nur darauf wartet, dir den Kopf abzuschneiden. Und jedem, der bei dir ist.«

Shara wollte etwas erwidern, aber Kranit beendete die Diskussion auf seine Weise. Er erhob sich hinter dem Kistenwall, legte an und feuerte drei Mal in die Richtung der Wachtposten. Das Pfeifen der Laserbolzen hallte von den Wänden wider. Zwei der Männer brachen ohne einen weiteren Laut zusammen, den dritten rettete sein Brustpanzer, als er sich im richtigen Moment zur Seite drehte und von dem Schuss nur gestreift wurde. Überrascht schrie er auf, brachte seine Waffe in Anschlag – und wurde von mehreren Energiebolzen getroffen, die Glanis auf ihn abfeuerte. Der Gestank von geschmolzenem Kunststoff und verbrannter Haut vermischte sich mit dem Schmierölgeruch der Werft.

Die Techniker in ihren Aufhängungen brüllten sofort wild durcheinander. Seilzüge surrten, als sich die einen rasch zum Boden herabließen, während die anderen Zuflucht auf dem Rumpf der *Nachtwärts* suchten.

Als keine weiteren Wachleute auftauchten, trat Shara hinter ihrer Deckung hervor.

»Ihr da oben – weitermachen!«

Sie hatte den Eindruck, dass die schlimmsten Schäden an den Geschützen bereits behoben waren – immerhin hatten sich die Kanonen wieder ausfahren lassen – und dass die Männer nur noch mit kosmetischen Korrekturen an der Verkleidung beschäftigt waren. Aber es war ihr Schiff, und sie wollte nicht, dass es aussah wie ein Schrotthaufen.

»Seid ihr scheißtaub geworden?«, rief sie und ging mit dem Blaster im Anschlag auf die *Nachtwärts* zu. Sie deutete auf einen der Techniker am Boden. »Du da, wirf das Schweißgerät wieder an!« Als er nicht sofort reagierte, feuerte sie ihm zwei Schüsse vor die Stiefel, die den Beton aufkochen ließen wie Tanys' Babybrei.

»Wie war das noch mit *Mir gefällt das nicht*?«, fragte Iniza, als sie sich mit Kranit und Glanis in Bewegung setzte.

»Behaltet die Eingänge im Auge«, sagte der Waffenmeister.

Es gab ein breites Tor in der Wand hinter den Schiffen

und eine gewöhnliche Tür, die in einen Überwachungsraum hinter einem Fenster führte. Darin war es dunkel, aber Kranit feuerte sicherheitshalber zweimal durch die Scheibe. Die Laserbolzen schmolzen kopfgroße Löcher in den Transparentplast und stanzten gluttriefende Krater in die Rückwand des Raumes. Ihr goldroter Schein erhellte ein paar Hocker und einen Tisch mit Spielkarten.

Der Techniker mit dem Schweißgerät manövrierte sich derweil zum Geschütz hinauf. Gleich darauf regnete es wieder Funken von oben herab.

»Ist das noch nötig?«, fragte Glanis. »Wir sollten verschwinden.«

Shara nickte widerwillig und deutete zum Kopfmodul in der Mitte des Sichelrumpfes. Der Mund des gigantischen Gesichts stand offen, die Rampe war ausgefahren. Im Laderaum glühte die fahle Notbeleuchtung.

Iniza kniff die Augen ein wenig zusammen und blickte hinauf zum runden Cockpitfenster in der Stirn des Kopfmoduls. »Ist da oben jemand?«

Das zentrale Geschütz, mit dem Shara auf die Geldeintreiber am Raumhafen gefeuert hatte, war nicht ausgefahren, das Schott davor geschlossen. Falls sich jemand im Cockpit aufhielt, zielte er noch nicht auf sie.

Shara beschleunigte ihre Schritte auf dem Weg zur Rampe. Das Licht im Cockpit war ausgeschaltet. Unmöglich, dort drinnen eine Bewegung wahrzunehmen.

Dann sah sie den roten Schimmer.

Er war nicht hinter dem Glas. Er war *darauf*.

Sie riss den Kopf in den Nacken und entdeckte ein halbes Dutzend blutroter Schemen, die sich lautlos von der Ummauerung des Flugschachts in die Halle abseilten. Mit einer

Hand hielten sie sich an schwarzen Kabeln fest, in der anderen trugen sie schwere Blaster.

Iniza schrie eine Warnung.

Kranit und Glanis begannen gleichzeitig zu schießen.

»*Aufhören!*«, rief eine weibliche Stimme. »Stellt sofort das Feuer ein!«

Auf der Rampe des zweiten Schiffes tauchten weitere Gestalten auf, eine schlanke Silhouette und mehrere klobige. Shara nahm sie umgehend unter Beschuss, bemerkte aber sogleich, dass Kranit nicht mehr feuerte und auch Glanis seinen Blaster senkte.

Ein Laserbolzen zuckte unmittelbar an Sharas Ohr vorbei und hinterließ auf ihrer Kopfhaut ein Brennen wie von einem starken Sonnenbrand.

»Runter mit den Waffen!«, forderte die Frau.

Das große Hallentor hinter den Schiffen rumpelte lautstark zur Seite, im Spalt erschien ein einzelner Mann.

Shara zielte auf ihn, als ein Schuss ihren Blaster traf. Die Waffe zerbrach und fiel ihr aus den Händen. Ihr Wutschrei ging in hartem Stiefelschlag unter. Die Angreifer an den Seilen hatten sich ausgeklinkt und eilten von allen Seiten auf die vier Eindringlinge zu. Shara hätte die Paladine des Ordens am Scharren ihrer Panzerplastrüstungen erkannt, auch ohne sie zu sehen.

Mit einem Aufstöhnen begriff sie, wer die Frau war, die von der Rampe des Zackenschiffs in die Werfthalle trat.

Die Hexen hatten sie gefunden.

8

Nicht die Tatsache, dass es eine Falle war, erschütterte Shara, sondern wie früh sie hineingetappt war. Der Flug in die Drift, ihre Heimkehr nach Matuul, das alles hatten ihre Feinde vorausgesehen. Sie hätte es ahnen müssen, vielleicht schon vor sehr langer Zeit.

»Hassaat«, flüsterte sie, als die Hexe näher kam.

»Shara.«

»Wer, bei allen Sternen ...«, begann Kranit und verstummte.

Hassaat trug einen schwarzen Kampfoverall, in dessen Gürtelhalfter ein schlanker, silberner Blaster steckte. Ihr weißblond gebleichtes Haar war kurzgeschnitten, ihre Augenbrauen hoben sich kaum von der Haut ab. Sie war kleiner als Shara und so schmal gebaut, dass man sie aus der Ferne für ein Kind hätte halten können.

»Du hast dein Ornat abgelegt«, sagte Shara. Ohne das lange Gewand und die Krone aus hohen Spitzen fiel es schwer, in Hassaat eine Hexe zu sehen. Selbst ihre leere linke Augenhöhle hatte sie mit einer Lederklappe bedeckt, was nach den Statuten des Ordens als Blasphemie galt.

»Du weißt, dass ich es nie gern getragen habe.«

»Was denken die Ordensmütter darüber?«

Hassaat schüttelte fast mitleidig den Kopf. »Man gestattet mir Freiheiten.«

Kranit lachte humorlos. »Nachlassende Disziplin ist das erste Zeichen des Untergangs.«

»Wer ist das?«, fragte Glanis. Er stand nah bei Iniza und hatte wie sie widerwillig seinen Blaster am Boden abgelegt. Die Paladine hatten rund um sie Stellung bezogen, die Gabelmündungen ihrer Waffen waren auf die Köpfe der vier Gefangenen gerichtet.

Die Hexe lächelte nachsichtig. »Mein Name ist Hassaat. Man hat mir den Auftrag gegeben, euch aufzuspüren. Allzu schwer war es nicht.«

Iniza und Glanis wechselten einen Blick, als gingen sie in Gedanken gerade all die sinnlosen Tavernenschlägereien durch, in die Kranit und Shara während der letzten drei Jahre auf einem Dutzend Welten verwickelt gewesen waren. Dabei hätte Shara ihnen erklären können, dass keine davon den Ausschlag gegeben hatte. Die Fährte, der die Hexe gefolgt war, war eine sehr viel ältere. Nie im Leben hatte Shara damit gerechnet, dass man Hassaat auf sie ansetzen würde – sie hatte seit Jahren kaum einen Gedanken an sie verschwendet –, doch nun, da sie einander gegenüberstanden, erschien ihr diese Entscheidung geradezu zwingend. Hassaat war vielleicht die Einzige, die alles über Sharas Vergangenheit wusste, ihre tiefsten Gedanken, ihre geheimsten Motive.

Kranit warf Shara einen finsteren Blick zu, so als ahnte er einen Teil der Wahrheit, hätte sie aber lieber von ihr erfahren.

»Sieht aus, als würdest du deinen Freunden eine Erklärung schulden«, sagte Hassaat. »Willst du es ihnen erzählen, oder soll ich es tun?«

»Wie lange schon?«, fragte Shara. »Seit wann folgst du mir?«

»Nicht sehr lange. Und falls es dich ein wenig tröstet: Du hattest nie eine Chance. Nicht, nachdem ich einmal auf deine Spur gestoßen war.«

Iniza atmete scharf aus. »Überhebliches Miststück.«

»Nein«, sagte Shara, »sie hat recht.«

Jetzt starrten alle sie an.

»Als ich als Pilotin für den Orden geflogen bin, war Hassaat meine Greiferhexe an Bord der Kathedrale.« Shara fixierte das eine Auge der Hexe mit kalter Wut. »Sie hat jahrelang in meinen Gedanken gestöbert. Sie weiß alles über mich. Deshalb war ihr klar – wahrscheinlich früher als mir selbst –, dass wir unter bestimmten Bedingungen herkommen würden.«

Die Piloten der Greifer gingen während ihres Fluges eine mentale Verbindung zu einer Hexe an Bord einer Raumkathedrale ein. Einzig durch Geisteskraft speisten ihnen die Hexen alle wichtigen Informationen ein, schneller als jeder Bordcomputer. Die Gedanken von Pilot und Greiferhexe verschmolzen miteinander, wurden nahezu eins. Dabei kam es zwangsweise zu einem Austausch von Wissen und Erfahrungen. Während jedoch die Piloten bestenfalls einen vagen Eindruck von der Innenwelt ihrer Hexen erhielten, fand umgekehrt ein regelrechtes Auslesen aller relevanten Gedanken und Gefühle statt. Piloten lieferten sich den Hexen mit Haut und Haaren aus, wurden zu ihren Augen und Händen im Greifercockpit. Shara hatte immer nur mutmaßen können, wie ausgiebig Hassaat während tausender Flugstunden ihren Geist ausspioniert hatte. Nun erahnte sie das gesamte Ausmaß.

Hassaat wusste womöglich alles über ihre Kindheit auf Taragantum IV, über die Menschen, mit denen sie hier zu tun gehabt hatte, kannte jedes Ereignis ihres früheren Lebens. Um vorauszusehen, dass sie mit der beschädigten *Nachtwärts* hierherkommen würde, hätte es womöglich keiner so tiefen Einsicht bedurft; wohl aber, um nach dem Fiasko am Raumhafen zu ahnen, wann und auf welchem Weg Shara in Quidiums Werft auftauchen würde. Es fühlte sich an, als hätte die Hexe sie an Marionettenfäden hierher manövriert, während sie mit genüsslichem Lächeln Sharas Seele verspeiste.

Das schwere Hallentor schloss sich. Der Mann, den Shara kurz dahinter gesehen hatte, war Quidium Kaan. Fast war sie dankbar, dass er sich zurückzog – noch ein Wiedersehen war mehr, als sie in einer Nacht ertragen konnte. Falls sie heute hier starb, dann würde sie hoffentlich vorher noch zu den Sternen beten können, dass der König der Gnade Quidium Kaan mitsamt seiner Stadt verschlang.

Auf einen Wink der Hexe hin eilten aus dem Inneren ihres Schiffes weitere Paladine herbei. Sechzehn insgesamt, zählte Shara und begriff zugleich, dass sie nicht mit allen fertig werden konnten. Nicht einmal mit einem Waffenmeister von Amun an ihrer Seite.

»Wir werden diese Angelegenheit kurz und schmerzlos hinter uns bringen.« Hassaat zog ihren Blaster und zielte auf Iniza. »Wo ist das Kind?«

Iniza ignorierte die Waffe, die auf ihr Gesicht zeigte, und starrte ihre Gegnerin hasserfüllt an. Kein Wort kam über ihre zusammengepressten Lippen.

»Ja, ich weiß«, sagte Hassaat mit einer spöttischen Nachahmung von Verständnis. »Muttergefühle und all das. Sehr rührend. Wir sollten das überspringen und zu *Jemand wird sterben, wenn du nicht redest* kommen.«

Für den hämischen Unterton allein wollte Shara sie erwürgen, aber ihr fielen noch mehr Gründe ein. Viele waren bis vor wenigen Minuten nur böse Erinnerungen gewesen. Jetzt fühlten sie sich wieder so frisch und verletzend an wie vor einem Jahrzehnt, als sie im Cockpit gesessen hatte, allein zwischen den Sternen und mit einer fremden Stimme in ihrem Schädel, der jedes Mittel recht gewesen war, um sie mit größtmöglicher Aggression auf die Feinde des Ordens zu hetzen.

Der Blick von Hassaats unversehrtem Auge schien über Inizas Gesicht zu tasten, als wollte sie jede ihrer Regungen studieren. Doch Inizas Miene blieb wie versteinert in Wut und Abneigung – und beherrscht von der Entschlossenheit, lieber zu sterben, als Tanys dem Orden auszuliefern.

Neben Iniza spannte Glanis sich an, um sich notfalls mit bloßen Händen auf die Hexe zu stürzen. Ihm hätte klar sein sollen, wie aussichtslos das war. Shara musste die Aufmerksamkeit der Hexe von den beiden ablenken, um eine Katastrophe zu verhindern.

Aus dem Augenwinkel beobachtete sie Kranit, der in den Tiefen seiner Taschen vermutlich weitere Waffen verbarg, Klingen aller Art, gewiss auch einen Blaster. Sie hatte schon früher erlebt, wie blitzschnell eine davon in seiner Hand auftauchte und einen Gegner tötete. Er kannte jede Schwachstelle einer Paladinrüstung, jeden noch so schmalen Spalt zwischen den Panzerplastteilen, und vielleicht würden fünf oder mehr von ihnen sterben, ehe ihn der erste Treffer ernsthaft verletzte. Mit fortschreitendem Alter wirkte Kranit beinahe gemütlich, ein bäriger, bärtiger Riese, aber dieser Eindruck täuschte. Und in jeder anderen Situation wäre Shara bereit gewesen, sich gemeinsam mit ihm einer Übermacht zu stellen.

Aber Hassaat wusste genau, was sie tat, als sie ihre Waffe auf Iniza richtete. Kranit mochte viele ihrer Leute besiegen, doch er würde sie nicht davon abhalten können, abzudrücken, bevor er sie erreichte.

»Du glaubst, du weißt alles über mich«, sagte Shara zu Hassaat, »aber das ist ein Irrtum – und der Grund, warum du verlieren wirst.«

Zufrieden registrierte sie einen Anflug von Zorn im Blick der Hexe. Tatsächlich schwenkte Hassaat den Blaster fort von Iniza und machte ein paar Schritte auf Shara zu, bewegte sich an der Reihe der vier Gefangenen entlang, passierte erst Glanis, dann Kranit.

Nicht jetzt, dachte Shara, als sie keinerlei Regung im Gesicht des Waffenmeisters bemerkte und das als Zeichen dafür erkannte, dass er jeden Augenblick losschlagen mochte. Die Paladine, die sie alle in einer doppelten Kreisformation umgaben, standen mit angelegten Waffen da, starr wie Statuen aus mattem Rubin.

»Du bist ein Parasit, Hassaat«, sagte Shara. »Jemand, der sich im Kopf eines anderen einnistet und glaubt, er würde damit selbst zu einem Menschen. Dabei wissen wir beide es besser, weil keine Nacht vergeht, in der dich die Wahrheit nicht in deinen Träumen heimsucht. Vergiss nicht, dass ich damals auch etwas von dir sehen konnte, während all der Stunden im Cockpit. Nicht so viel wie du von mir, aber es genügt, um dich zu durchschauen.«

Keine schlechte Rede, fand Shara. Sie verabscheute Pathos, aber sie wusste, wie sie Hassaat wütend machen konnte. Sie kannte die Hexe nicht halb so gut, wie sie gerade behauptet hatte, aber sie hatte vor langer Zeit den Siedepunkt ausgelotet, an dem Hassaat die Geduld und damit einen Teil ihrer Kontrolle verlor. Sie hoffte, dass sich daran während der letzten zehn Jahre nichts geändert hatte.

Vielleicht, nur vielleicht, war es doch ein Fehler gewesen, ausgerechnet Hassaat auf sie anzusetzen.

Die Hexe blieb vor ihr stehen, hob den Blaster und hielt die Mündung unter Sharas Kinn. »Du glaubst allen Ernstes, du wüsstest irgendetwas über mich?«

»Ich weiß, wovor du Angst hast.«

Irgendwo scharrte Panzerplast, als einer der Paladine sich regte. Womöglich nur ein Zucken, oder aber ein Zeichen dafür, dass jemand hinter der roten Helmmaske lachte. Als Hassats Blick für einen Sekundenbruchteil von Shara abließ und die Reihen ihrer Soldaten streifte, war der Schuldige längst wieder in Reglosigkeit erstarrt.

»Andere fürchten den Tod«, fuhr Shara fort, ohne vorher über ihre Worte nachzudenken. Sie trugen eine Wahrheit in sich, die bis vor Sekunden in ihrem Gedächtnis verschüttet gewesen war. »Aber du, Hassaat, du hast keine Angst vorm Sterben, sondern davor, ewig so weitermachen zu müssen. Für immer ihnen zu gehören, dem verfluchten Orden und deinen wahnsinnigen Schwestern. Angst davor, zu sein wie sie. Nicht einmal ihre Kleidung trägst du. Tief in dir, da zerfrisst dich die Panik und lässt dich Dinge denken, die keine der anderen erfahren darf. Das war damals so, und ich wette, dass es heute noch genauso ist.«

»Sei still«, sagte Hassaat, aber es klang nicht so gebieterisch wie zuvor, sondern fast ein wenig müde.

Shara war noch nicht fertig. »Du hast Angst, dass das alles nie enden wird und so weitergeht wie schon seit tausend Jahren. All die Prophezeiungen einer Gefahr durch den Ikonoklasten. All die Heilsversprechen über die Rückkehr Kamastrakas, obwohl jede von euch insgeheim weiß, dass das Schwarze Loch niemals zurückkehren wird und sich mit jedem Tag weiter von der Galaxis entfernt. Die Sternenmagie des Ordens schenkt euch ein langes Leben, aber es ist ein Leben für ein Schreckgespenst draußen im Leerraum. Ein Leben in den schwarzen Hallen der Kathedralen. Ein Leben für die Ordensmütter und ihre Befehle, die niemand mehr nachvollziehen kann.« Shara ignorierte die Gabelspitzen der Blastermündung, die tiefer in die Haut unter ihrem Kinn stachen. Es war ihr jetzt egal, ob sie blutete, sogar egal, ob sie sterben würde. Das hier waren die Dinge, die sie Hassaat hätte sagen sollen, bevor sie auf den Aschenen Welten desertiert war. »Du träumst davon, dass all das morgen vorbei ist. Nur dass es draußen im All kein Morgen gibt. Da ist nur ewige Nacht. Und dir kommt sie noch ein gutes Stück endloser vor als dem Rest von uns.«

Hassaat versuchte zu lächeln, doch es gelang ihr nicht besonders gut. »Eine hübsche Darbietung, Shara. Wer hätte gedacht, dass so was in dir steckt?«

»Du hast nicht die geringste Ahnung, was in mir steckt, weil du nur einen Teil von mir kennst, der nicht mehr existiert. Einige von uns können sich ändern. Aber nicht ihr Hexen. Deshalb träumst du vom Ende. Und deshalb bist du hier. Weil du glaubst, das Kind trage den Schlüssel in sich zu etwas, das endlich einen Schlussstrich unter all das ziehen wird.« Und dann, einfach aus dem Bauch heraus, sagte sie etwas, das sie selbst noch nicht verstand, folgte dabei allein einer Eingebung. »Das Erwachen der Monde, Hassaat. Du wünschst es dir so sehr, nicht wahr? Mit einer solchen Verzweiflung, mit einem so großen Zorn auf dich selbst.«

Sie spürte die Bewegung kommen, ohne sie wirklich zu sehen. Von Kranit neben ihr schien eine unsichtbare Druckwelle auszugehen, ein stummer Kampfschrei, den nur sie hören konnte, etwas so Urtümliches, dass es in den Legenden von Amun verlorengegangen war.

Sie riss den Kopf zur Seite, für den Fall, dass der Blaster losgehen würde, doch die Mündung zielte schon nicht mehr auf sie und bewegte sich von ihr zu Kranit hinüber.

Der Waffenmeister war schneller.

Seine Hand schoss vor, schlug Hassaats Arm beiseite und packte sie an der Kehle. Die Formation der Paladine explodierte, und im nächsten Augenblick wurden Shara, Iniza und Glanis auf die Knie gestoßen, während sich mehrere Soldaten auf Kranit stürzten. Der wirbelte Hassaat am Hals herum wie eine Puppe und brachte sie zwischen sich und die Männer. Nach dem Untergang Amuns war er zwanzig Jahre lang auf den Sternenstraßen unterwegs gewesen und hatte mehr Kämpfe überlebt, als Shara sich vorzustellen wagte – und immer war er dabei auf sich allein gestellt gewesen, hatte auf niemanden Rücksicht nehmen müssen. Es war genau dieser Instinkt, der jetzt aus ihm hervorbrach, und ein paar Sekunden lang glaubte Shara, dass er Hassaat zerbrechen würde wie einen Zweig, ungeachtet aller Konsequenzen.

Er stieß ein wütendes Brüllen aus und pflügte wie ein Rammbock mit der Hexe durch den Ring der Paladine. Dann lag plötzlich ein Blaster in seiner Hand. Mit Hassaat als Schutzschild eröffnete er das Feuer. Zwei, drei Soldaten brachen getroffen zusammen. Einer versuchte das Gleiche mit Shara, riss sie vor sich auf die Beine, doch noch ehe sie versuchen konnte, ihn abzuschütteln, traf ihn ein Laserbolzen unterhalb seines Helmrandes. Sie roch sein verbranntes Fleisch, riss ihm die Waffe aus der Hand und schoss ohne Deckung auf die Übrigen.

Auch Glanis überließ sich ganz seinen Soldateninstinkten, warf sich auf seinen Blaster am Boden und riss ihn feuernd herum. Unmittelbar neben Iniza starb ein Paladin, ein anderer wurde von der Wucht eines Treffers zurückgeworfen. Ein Inferno aus Laserfeuer, Geschrei und dem Gestank von verschmortem Panzerplast entbrannte in der Halle, während Shara wie eine Wahnsinnige um sich schoss und Glanis mit Iniza auf einen Wall aus Paladinen prallte, die offenbar den Befehl erhalten hatten, keinen der Gefangenen zu töten, bis der Aufenthaltsort des Kindes geklärt war.

Shara hatte schon einmal erlebt, wie Kranit der Sternenmagie einer Hexe widerstanden hatte, und nun tat er es erneut. Hassaat war weniger überrumpelt, als er womöglich gehofft hatte, und noch im Griff seiner Pranken beschwor sie einen Schmerzzauber herauf, dessen Ausläufer sogar Shara, fast zehn Meter entfernt, zu spüren bekam. Mehrere Paladine wurden auf halber Strecke davon erwischt und gingen schreiend in die Knie, während Kranit sich mit der Macht der Waffenmeister abschirmte und weiterhin aufrecht stand. Shara taumelte ein Stück von ihnen fort, verschwendete keinen Gedanken an Fairness und erschoss die Knienden von hinten.

Etwas waberte an ihr vorüber, der Betäubungsstrahl eines Paladinblasters, und plötzlich spürte sie ihren linken Arm nicht mehr. Sie warf sich herum, wollte das Feuer erwidern, sah den Soldaten aber bereits ein zweites Mal abdrücken. Diesmal wurde sie voll getroffen. Ein entsetzlicher Muskelschmerz jagte durch ihren Körper, als sich ihre Glieder verkrampften. Im nächsten Augenblick spürte sie nichts mehr, nicht einmal den Aufprall am Boden. Trotzdem blieb sie bei Sinnen, was alles nur noch schlimmer machte, denn so musste sie ihr Scheitern hilflos mitansehen.

Kranit erschoss zwei weitere Männer, ehe ihn ein Betäubungsschuss an der Schulter erwischte, unmittelbar neben Hassaats Gesicht. Mit einem zornigen Brüllen ließ er sie fallen, feuerte sekundenlang ununterbrochen, dann traf ihn ein weiterer Schuss an der Hüfte. Die Wirkung war auf ihn nicht so verheerend wie auf Shara, aber auch er kämpfte vergeblich um die Kontrolle über seine Glieder, tötete zwei Soldaten und fiel schließlich auf die Knie.

Hassaat, die flach am Boden geblieben war, um nicht ins Kreuzfeuer ihrer eigenen Leute zu geraten, sprang auf, packte Kranits Pferdeschwanz im Nacken und riss seinen Kopf nach hinten. Mit der anderen Hand zog sie ein Messer und setzte es ihm mit einem zornigen Aufschrei an die Kehle.

Shara konnte nichts tun. Nicht brüllen. Nicht einmal die Finger ausstrecken. Kranit versuchte noch immer, sich gegen die Betäubung zu wehren, und als ein Paladin ein weiteres Mal auf ihn schießen wollte, hielt Hassaat ihn zurück.

»Nein!«, fuhr sie den Soldaten an. »Keine Betäubung mehr!«

Die Klinge ritzte Kranits Haut, Blut floss an seinem Hals herab.

»Ihr da!« Sie meinte Iniza und Glanis, die sich hinter einigen Kisten verschanzt hatten. »Kommt raus, sonst stirbt er sofort!«

Glanis legte auf sie an, aber mehrere Paladine stellten sich ihm in den Weg und schützten die Hexe mit ihren Körpern. Er konnte nicht alle auf einmal erwischen, und so war es

Iniza, die schließlich eine Hand mit dem Blaster hob und sich langsam aus ihrer Deckung schob.

Nicht!, wollte Shara brüllen, doch ihre Zunge gehorchte ihr nicht. *Sie wird ihn auf jeden Fall töten!* Ihre Augen ließen sich kaum mehr bewegen, aber sie konnte die Lider noch öffnen und schließen, so dass zumindest ihre Sicht ungetrübt blieb.

Iniza legte die Waffe auf eine Kiste. Neben ihr stand nun auch Glanis auf und warf seinen Blaster wütend vor die Füße ihrer Gegner.

Shara musste reglos dabei zusehen, wie die beiden von Paladinen vor den Kistenwall gezerrt und abermals auf die Knie gezwungen wurden.

Hassaat atmete einige Male tief durch und warf Shara einen triumphierenden Blick zu. Erst nach weiteren Sekunden, die sie sichtlich genoss, nahm sie das Messer von Kranits Hals. Drei Paladine stießen und zogen ihn neben Iniza und Glanis, bis alle in einer Reihe knieten. Die Betäubung hätte ihn ebenso unbeweglich machen müssen wie Shara, doch offenbar half ihm seine Ausbildung auf Amun, zumindest den Oberkörper aufzurichten. Die Blaster der sieben überlebenden Paladine waren aus nächster Nähe auf ihre Köpfe gerichtet.

Shara war nicht sicher, ob ihr eigener Zustand nicht gnädiger war. Sie lag ihnen gegenüber und hatte keine andere Wahl, als aufzugeben, so sehr sie sich auch wünschte, es wäre anders.

Hassaat klopfte sich den Overall ab, fuhr sich mit der Hand über das gebleichte Haar und ging dann vor Shara in die Hocke, um ihren Sieg auszukosten.

»Ihr hattet eine Wahl«, log sie Shara höhnisch ins Gesicht. »Ihr hättet alle am Leben bleiben können.«

Shara brachte ein Keuchen zustande, das die passende Antwort hätte werden sollen, aber es blieb ein erbärmlicher Versuch, sich ein letztes Mal gegen Hassaat aufzulehnen. Die Hexe lachte leise, dann griff sie hinter sich und hob ihren silbernen Blaster vom Boden.

Lange wog sie die Waffe vor Sharas Gesicht in der Hand, richtete sich schließlich auf und ging wortlos zu den anderen Gefangenen hinüber. Mit einem Wink befahl sie den Paladinen, beiseitezutreten. Die Soldaten teilten sich und bildeten einen Halbkreis hinter Iniza, Glanis und Kranit. Alle sieben hielten weiterhin ihre Waffen auf die Knienden gerichtet.

Hassaat wählte ihre eigene Position mit Bedacht, damit Shara die Gesichter ihrer Freunde sehen konnte. Inizas Züge zuckten leicht, und wie die Übrigen schwitzte sie heftig, doch sie hielt dem Blick der Hexe stand, als die von einem zum anderen schaute.

Glanis schien in erster Linie Angst um Iniza zu haben, sah immer wieder zu ihr hinüber und schien zu bedauern, dass er ihrem Beispiel gefolgt war und seine Waffe niedergelegt hatte. Die Alternative wäre gewesen, gemeinsam mit ihr bis zum Tod zu kämpfen, und die Entscheidung, es nicht zu tun, musste ihn schier um den Verstand bringen. Von allen dreien zeigte er den größten Drang, abermals Widerstand zu leisten.

Derweil kämpfte Kranit verbissen gegen die Lähmung an. Sein Mund war schief, der Kopf leicht zur Seite geneigt, doch sein Blick blieb wach und wich nicht von der Hexe, die nun langsam vor den Gefangenen auf und ab ging.

»Ich werde meine Frage ein letztes Mal stellen«, sagte sie und klopfte sachte mit dem Lauf des Blasters in ihre linke Hand. »Wo finde ich das Kind?«

»Was habt ihr mit ihr vor?«, fragte Iniza.

»Das weißt du doch längst, Baroness Iniza Talantis, ehemalige Braut der Gottkaiserin, rechtmäßige Regentin einer verlorenen Welt.« Wieder schien Hassaat jedes ihrer Worte mit Genuss zu zerdehnen. »Weißt du, dass Koryantum gefallen ist? So wie Tern und die anderen Baronien. Eure beschauliche Zuflucht am Rand des Reichs existiert nicht mehr. Dein Volk oder das, was davon übrig ist, flieht in einem Haufen Schiffe durch die Marken und wird dort nichts finden außer Sklaverei und Tod.«

Kranit musste zweimal ansetzen, bis seine Stimme verständlich genug war. »Und was ist mit euch, Hexe? Wie lange wird es diesmal dauern, bis ein neuer Maschinenherrscher auf dem Thron sitzt?«

Hassaat lachte leise, holte aus und schlug ihm den Blastergriff ins Gesicht. Blut schoss aus seiner Nase, aber er hielt sich weiterhin aufrecht.

»Glaubst du wirklich, dass es darum noch geht, Waffenmeister? Um den Thron von Tiamande? Deine Freundin Shara hat die Dinge schneller durchschaut als du.«

Shara wollte das alles nicht hören, wollte es nicht mitansehen müssen. Hassaat genoss jeden Augenblick und schien mehr und mehr eine Darbietung für Shara daraus zu machen.

»Du hast meine Frage nicht beantwortet«, sagte Iniza. »Was soll eine Dreijährige auf Tiamande? Soll sie wirklich Kamastrakas Botschaften für euch verkünden?«

Hassaat warf einen kurzen, schwer zu deutenden Blick auf Shara, dann trat sie vor Iniza und presste ihr die Mündung des Blasters an die Schläfe. »Hat das Kind vom Erwachen der Monde gesprochen? Habt ihr so davon gehört?«

»Du weißt doch längst, was du von Kamastraka hören

willst, Hexe!«, fuhr Glanis sie an. »Wofür brauchst du dann noch Tanys?«

»Ich?«, entgegnete Hassaat. »Ich scheiße auf dein Kind, Hauptmann. Es bedeutet mir nichts. Ich würde es töten, nur um dabei in eure Gesichter zu sehen.«

Glanis wollte sich aus der Hocke auf sie werfen, aber sofort packten ihn von hinten zwei Paladine an den Schultern und stießen ihn brutal zurück auf die Knie. Hassaat war nicht mal einen Schritt zurückgewichen, so sicher war sie sich ihrer Sache.

»Die Ehrwürdigen Mütter wünschen die Kleine zu sehen. Sie wollen den Befehl aus ihrem Mund hören. Von der *wahren* Braut der Gottkaiserin.« Sie blickte verächtlich auf Iniza hinab. »Und damit wird das Schicksal seinen Lauf nehmen.«

Alles wird enden, dachte Shara. Genau wie du es dir wünschst.

Nun trat Hassaat vor Kranit. »Willst *du* mir das Versteck des Kindes verraten? … Wohl kaum. Für dich steht nichts als dein Leben auf dem Spiel. Ihr Waffenmeister habt gelernt, dass eure Existenz nicht mehr wert ist als der Sold, den man euch zahlt. Ich wüsste gern, ob diese Bande von Verlierern dir tatsächlich Geld versprochen hat oder ob du auf deine alten Tage noch echten Idealismus in dir entdeckt hast.«

Kranits rechte Hand zuckte, als er versuchte, sie zur Faust zu ballen, aber die Lähmung ließ das nicht zu.

»Lass gut sein«, sagte die Hexe. »So wichtig ist mir die Antwort darauf nicht.« Damit machte sie einen Schritt vor Glanis. »Und du, tapferer Hauptmann, der du einmal geschworen hast, die liebliche Baroness mit deinem Leben zu schützen – was mag wohl gerade in dir vorgehen? Du wünschst mir den Tod, natürlich. Würde es dich enttäuschen, wenn ich dir verrate, dass mein Tod mir nichts bedeutet? Shara hat das richtig erkannt. Die Dinge gehen ihrem Ende entgegen, und zu guter Letzt wird keiner von uns am Leben bleiben. Die Frage ist nur, wann es so weit sein wird. Und statt dir zu erlauben, mich umzubringen, würde es mich um einiges glücklicher machen, wenn ich mein Leben ließe, damit Kamastrakas letztem Wunsch entsprochen wird.« Sie drehte sich zu Shara um. »Denn *darin* hast du dich getäuscht, alte Freundin. Mein Glaube ist gefestigter denn je.«

Nicht einmal während der Quälerei auf Nurdenmark hatte Shara einen Menschen so sehr verachtet wie Hassaat. Die Tatsache, dass sie ihr nach all den Jahren erneut völlig ausgeliefert war, machte sie wahnsinnig.

Hassaat stellte sich wieder vor Iniza, diesmal ein wenig seitlich, damit Shara sie sehen konnte. Inizas Züge waren so angespannt, als müsste die Haut über ihren Wangenknochen zerreißen wie Papier.

»Ich warte nicht länger, Baroness. Und ich werde meine Frage kein weiteres Mal stellen.«

Hassaat trat um Iniza herum, blieb hinter ihr stehen und setzte die Mündung des Blasters in ihrem Nacken auf.

»Tanys ist ein hübscher Name. Sie wird ihn auch auf Tiamande tragen dürfen, wenn das eine Beruhigung für dich ist. Tanys, die Stimme Kamastrakas. Wie klingt das für dich?«

Iniza presste die Lippen aufeinander und gab keinen Laut von sich.

Die Lähmung in Sharas Körper schien allmählich nachzulassen. Als sie versuchte, ihre Armmuskeln zu spannen, gelang es ihr. Sie begann, wieder etwas zu fühlen. Ihr rechter kleiner Finger bewegte sich, dann der Daumen.

Hassaat beugte sich vor, bis ihr Mund fast Inizas Ohr berührte, und flüsterte etwas hinein, das Shara aus der Distanz nicht verstand.

Iniza riss die Augen auf.

Shara gelang es, ihren rechten Arm um mehrere Zentimeter zu bewegen. Irgendwo in der Nähe musste noch ein Blaster liegen, sie glaubte, ihn vorhin gesehen zu haben, nein, sie war absolut sicher.

Derweil drehte Kranit den Kopf, langsam wie eine Statue, die zum Leben erwachte.

Hassaats Lippen verzogen sich zu einem Lächeln, das beinahe liebenswürdig erschien.

Doch nicht so!, schrie es in Shara.

Von ihnen allen hatte Glanis vielleicht als Erster erkannt, wie das hier enden musste. Er streckte den Arm aus und griff nach Inizas Hand.

»Nein!«, flüsterte sie.

Hassaat schwenkte den Blaster fast bedächtig zur Seite, hielt kurz inne, dann tötete sie Glanis mit einem Schuss ins Genick.

9

Schaute man lange genug ins All hinaus, schien man Zeuge der Geburt neuer Sterne zu werden. In den schwarzen Abgründen, in denen auf den ersten Blick nur Leere herrschte, glühten nach und nach Lichtpunkte auf, vereinten sich zu namenlosen Formationen, schimmernden Wolken und der Verheißung ferner Welten.

Jeder Stern ein Neuanfang, dachte Hadrath Talantis auf der Brücke des Kreuzers, der den Caudors einst beim Angriff auf Noa als Flaggschiff gedient hatte. Jeder Stern eine Hoffnung darauf, Antworten auf jene Fragen zu finden, die ihm selbst im Schlaf keine Ruhe mehr ließen.

Schon einmal, vor vielen Jahren, hatte ihn das Nachdenken über die Sterne bei Verstand gehalten. Damals war er tagelang allein im All getrieben, einzig die dünne Haut eines Raumanzugs zwischen sich und der eisigen Unendlichkeit. Sein Bruder Fael hatte ihn nach einem Hinterhalt der Piraten zurückgelassen, wie ein Stück Abfall zwischen gefrorenen Leichenschwärmen und Trümmerteilen zerstörter Schiffe. Er hatte gebetet, erst zu den Gottheiten seiner Heimatwelt Koryantum, dann zu den Gestirnen selbst, sogar zum verfluchten Schwarzen Loch des Hexenordens. Niemand hatte ihm geantwortet. Zuletzt hatte er die STILLE um Beistand gebeten, und sie hatte ihm Hilfe gewährt. Seitdem hatte er ihr sein Leben gewidmet – bis er in den brennenden Ruinen

Noas erkannt hatte, dass er ihr am besten diente, wenn er sich neuen Herrscherinnen unterwarf.

Hadrath war das einzige Lebewesen an Bord eines Schiffes, das einst Tausende Menschen durchs All getragen hatte. Seither hatten die Maschinen die Kontrolle über die Reste der Caudor-Flotte übernommen. Sie hatten die künstliche Intelligenz des Kreuzers mit ihren fremden Gedanken infiziert, während sie in Korridoren und Hallen ihre Kriegsdrohnen kasernierten. Die meisten von ihnen kauerten einfach nur da, eine neben der anderen, und rührten sich nicht, insektenartige Stahlgiganten, die allzeit auf einen Weckruf warteten, auf ihren nächsten Einsatz zur Vernichtung wehrloser Völker. Viele standen beidseits der Gänge, andere hingen an Wänden und Decken wie eiserne Weberknechte. Eine Armee von Kampfmaschinen, die nach jeder Invasion, jedem Überfall aus heiterem Himmel zurück in dieselbe Starre verfielen, in der sie tausend Jahre lang in Ozeangräben und Sümpfen, in Mondwüsten und vergessenen Raumsektoren ausgeharrt hatten. Die Flotte sammelte sie ein, wo immer sie sie fand, und sandte sie mit eroberten Schiffen in andere Regionen des Sternenreichs, damit sie dort zuschlagen und den Menschen den Tod bringen konnten.

Hadrath fühlte nichts bei dem Gedanken an diese niederen Maschinensklaven, fast so, als wäre er einer von ihnen, ohne Empathie und eigene Empfindung. Während der ersten Tage an Bord, in denen er nicht sicher gewesen war, was aus ihm werden würde, hatte er sie gefürchtet. Ihre allgegenwärtige Präsenz in jedem Raum des Kreuzers hatte ihn eingeschüchtert. Abertausende gab es allein in diesem Schiff und so viele weitere in all den anderen. Dann jedoch hatten sie das erste System des Ordens erreicht, unmittelbar außerhalb der Marken, und er hatte von der Brücke aus mitangesehen, wie die Armee erwachte und sich über ahnungslose Welten ergoss, ganze Planeten von menschlichem Leben reinigte und nichts zurückließ außer zerstörte Städte und Leichenberge. Da hatte er begriffen, dass die Drohnen und er auf derselben Seite standen, mehr noch: Sie waren Werkzeuge seiner Suche nach dem letzten Wissen.

Das Panoramafenster der Brücke war dreimal so hoch wie er selbst und an die zwanzig Meter breit. Wenn er nah genug an die Scheibe trat und durch sein Spiegelbild blickte, war ihm, als schwebte er wieder im All, nur er allein mit der STILLE, die zu ihm sprach und ihm den wahren Glauben schenkte.

Die Illusion verblasste, als hinter ihm Schritte erklangen. Manchmal spürte er Äones Anwesenheit, bevor er sie sah oder hörte. Dann wieder war sie urplötzlich da, so als wäre sie aus dem Nichts aufgetaucht. Dahinter steckte fraglos eine Absicht, die er nicht verstand, wie bei so vielem, was sie tat und sagte. An Tagen, an denen er mutig war, wartete er ab, bis sie ihn ansprach, bevor er sich umwandte. Heute war nicht so ein Tag. Er löste sich vom Anblick des Sternendschungels und drehte sich zu ihr um.

Sie kam durch die verlassene Zentrale auf ihn zu, eine Maschine in makelloser Menschengestalt. Als die Feuer von Noa ihr die synthetische Haut vom Leib gebrannt hatten, war darunter die wahre Kunstfertigkeit ihrer Erbauer zum Vorschein gekommen. Kein mechanisches Gerippe, sondern ein weiblicher Körper aus Stahl, überzogen von Mustern und Maserungen, ein ästhetisches Meisterwerk aus Metall.

»Warum finde ich dich immer hier, wenn du mir nicht sagst, wohin du gehst?«, fragte sie.

»Als gäbe es einen Ort auf diesem Schiff, an dem ich lieber wäre.«

Mit einer Kopfbewegung deutete sie hinaus zu den Sternen. »Du hältst Ausschau nach der STILLE und bist ihr doch so nah.«

»Du bist nicht die STILLE«, sagte er und fragte sich, ob sie dieses Themas eines Tages überdrüssig werden würde.

Die leise Imitation eines Mädchenlachens perlte über ihre kupferfarbenen Lippen. »Du warst einmal anderer Meinung. Du hast gedacht, du wärest am Ziel deiner Wünsche, als wir uns zum ersten Mal gegenüberstanden.«

»Heute wünsche ich mir, dass wir uns gemeinsam auf die Suche danach machen würden. Du und ich, wir könnten da draußen die STILLE finden – und die Wahrheit über deine Schöpfer.«

Ihre Augen inmitten des kleinteiligen Eisengesichts waren die einer jungen Frau, das Einzige an ihr, das nach dem Feuer menschlich geblieben war. Er konnte sogar die Nachbildungen winziger Adern im Weiß erkennen und kleine Punkte wie Bernsteinstaub rund um die Pupillen. Einst waren sie und die anderen, die aus den Ruinen von Noa emporgestiegen waren, Hohepriesterinnen der STILLE gewesen. Was sie heute waren, vermochte er nicht zu sagen. Vielleicht die Befehlshaberinnen aller Maschinen.

Woran er keinen Zweifel hatte, war, dass Äone sich von ihren Schwestern unterschied. Sie war die Einzige, der er einen Namen gegeben hatte.

Auf Noa hatte sie ihm ihre glühende Hand in die Schulter gebrannt. Er trug die Narbe unter seinem weißen Hemd und dem weinroten Umhang voller Stolz. Wie seine gesamte Kleidung stammten auch diese Stücke aus der Kabine von Granwill Caudor, dem ehemaligen Kommandanten des Schiffes. Granwill brauchte sie nicht mehr, die Drohnen hatten seine Überreste mit denen der Mannschaft im All entsorgt.

»Du und ich«, wiederholte Äone leise. Ihre Prozessoren trafen Entscheidungen in Millisekunden, und dennoch klang sie oft nachdenklich, als stellte sie dieser Mensch, den sie in ihre Obhut genommen hatte, stets vor neue Rätsel. Dabei berechnete sie seine möglichen Reaktionen in jeder nur erdenklichen Situation, weshalb sich die Gespräche mit ihr oft anfühlten, als würde sie alle seine Argumente bereits im Voraus kennen.

»Wir könnten dieses Schiff nehmen und damit die Grenzen des Reiches hinter uns lassen«, sagte er. Er hatte lange gebraucht, um den Mut zu diesem Vorschlag zu fassen. Ihm war unwohl dabei, dass die Handvoll aktiver Drohnen in der Zentrale ihnen zuhörte, aber es gab ohnehin nirgends an Bord die Möglichkeit, unter vier Augen mit Äone zu sprechen. Was sie hörte, hörten auch ihre Maschinenschwestern. Zweiunddreißig waren aus den Katakomben von Noa aufgestiegen, jede befand sich auf einem Schiff der ehemaligen Caudor-Flotte. Unterwegs hatten sich ihnen über verwüsteten Welten weitere angeschlossen, die Hauptflotte der Maschinen war auf dreihundertachtzig Kreuzer angewachsen. Die intakten Gildenschiffe, die den Kern der Armada bildeten, benötigten keine Schleusen, um durch den Hyperraum selbst die abgelegensten Sternensysteme zu erreichen, und so war die Hälfte von ihnen aufgebrochen, um die Basen der Hexen inmitten ihres Herrschaftsbereiches zu attackieren. Anfangs waren die Kräfte des Ordens dadurch aufgesplittert worden, doch mittlerweile hatten die Hexen ihre Strategie geändert: Statt weitere Raumkathedralen und Schlachtschiffe aufs Spiel zu setzen, hatten sie mehrere Systeme aufgegeben, die Bewohner ihrem Schicksal überlassen und die Schiffe anderswo zusammengezogen. Früher oder später würde die Flotte der Hexen auf die der Maschinen treffen, und Hadrath hatte nicht vor, dann in der Nähe zu sein. Äone von der Notwendigkeit zu überzeugen, in die Regionen jenseits des Reiches aufzubrechen, war der erste Schritt seines Plans.

»Ein einzelnes Schiff«, sagte er, »dieses hier, und so viele von deinen Drohnen, wie du brauchst … Wir beide könnten dort draußen die letzte Wahrheit finden.«

»Oder gar nichts.« Die verwirrend menschlichen Augen inmitten des Metallgesichts musterten ihn. »Die Ära der tausend Kriege hat die Galaxis verwüstet. Jenseits des Reichs ist nichts als eine kosmische Trümmerwüste. Du weißt das, Hadrath. Sich gegen die Gewissheit zu wehren wird nichts daran ändern.«

»Es scheint nur gewiss, weil man es uns immer wieder eingehämmert hat«, widersprach er. »Wie die Mythen von der Rückkehr des Ikonoklasten. Oder von der Allmacht des Ordens. Und nun sieh dir an, wie die Hexen vor euch erzittern. Alles Wissen, das wir so lange als Tatsache hinnehmen sollten, muss auf den Prüfstand gestellt werden. Die Trümmerwüste ist nichts als eine Behauptung. Wer weiß schon, wie es wirklich draußen in der Galaxis aussieht.«

»Ich besitze keine Informationen, die die Überlieferungen widerlegen.«

»Und gerade deshalb sollte es dich interessieren, wer überhaupt festgelegt hat, welche Informationen du besitzt und welche nicht! Bist du denn gar nicht neugierig darauf, wer euch erschaffen hat? Und zu welchem Zweck?«

Als sie den Kopf schüttelte, brach sich die Beleuchtung der Zentrale in Regenbogenfarben auf ihren Stahlornamenten. »Glaubst du etwa, jeder wäre versessen darauf, den Grund seiner Existenz zu erfahren? Was ich über euch gelernt habe, ist, dass die meisten Menschen ihr Leben lang keinen einzigen Gedanken daran verschwenden. Der Teil von uns, der dir menschlich erscheint, basiert auf Analysen eurer Denkmuster. Wir sind ein idealisiertes Spiegelbild der Massen. Warum also sollten wir uns in diesem Punkt unterscheiden?«

Weil du so viel mehr bist als ein Mensch, wollte er sagen. *Eine Göttin, auch wenn du selbst das nicht erkennst.* Allerdings bezweifelte er, dass sie die allumfassende Größe dieses Begriffs verstand. Stattdessen sagte er: »Weil dir mit allen anderen menschlichen Empfindungen auch Neugier eingespeist wurde.«

»Ich verstehe Empfindungen, aber empfinde ich sie auch? Ich bin nicht sicher.«

Enttäuscht wich er ihrem Blick aus und beobachtete die Drohnen, die sich mit den Konsolen der Zentrale verbunden hatten. Er verstand nicht, warum sie das taten. Sicher genügte es, eine von ihnen mit dem Hauptrechner zu koppeln, um durch sie den Willen der Maschinen auf die Steuerung des Schiffes zu übertragen. So aber schien es, als hätte Äone für ihn den Eindruck einer bemannten Kommandozentrale erschaffen wollen. Falls dem so war, wäre das ein irritierendes Zeichen von Rücksicht auf seine Bedürfnisse. Und zugleich der Beweis dafür, dass sie richtig lag: Sie verstand das theoretische Konstrukt seiner Gefühle, aber nicht ihre komplexe Vielfalt. Ja, eine leere Zentrale hätte ihn gegen besseres Gewissen beunruhigt, und sie mit Robotern zu bemannen war der Versuch, ihm diese Unruhe zu nehmen. Zugleich sorgte die Vermutung, dass sie diese Anstrengung um seinetwillen unternahm, bei ihm für eine ungleich tiefere Nervosität, denn er fragte sich, was sie mit dieser Zurschaustellung von Empathie bezweckte. Wollte sie sicherstellen, dass er als einziger Mensch an Bord nicht den Verstand verlor? Oder gab sie ihm damit ein Signal, dass nur er erkennen sollte, nicht aber die Schwarmintelligenz ihrer Schwestern – dass Äone nämlich sehr wohl seine Wissbegier teilte und insgeheim längst gewillt war, sich mit ihm auf die Suche nach der STILLE zu begeben?

»Wir haben bereits ein Ziel«, sagte sie unvermittelt, als wollte sie – zumindest für alle Beobachter? – seine Hoffnung im Keim zerstören. »Du weißt das.«

Den Planeten Äon, dachte er, natürlich. Jene Welt, nach der er sie benannt hatte. Auf Äon, so hieß es, war einst der erste Maschinenherrscher gebaut worden. Der Hexenorden hatte jahrhundertelang vergeblich nach dem Planeten gesucht, und so war auch Hadrath in dem Glauben aufgewachsen, dass es sich nur um eine weitere Legende rund um die Machtergreifung der Maschinen handelte. Doch vor kurzem hatte Äone ihm offenbart, dass die Flotte bald dorthin aufbrechen würde. Dass Hadrath ihr den Namen schon vor mehr als zwei Jahren gegeben hatte, erhielt dadurch einen prophetischen Beigeschmack. War das ein Zeichen des Schicksal? Falls ja, wusste er es nicht zu deuten.

Er versuchte ein letztes Mal, sie umzustimmen. »Tausend Jahre lang hat niemand Äon finden können. Warum geht ihr jetzt das Risiko ein und bringt einen Menschen dorthin?«

»Vielleicht bist du weniger Mensch, als du glaubst, Hadrath Talantis.«

Er trat abrupt einen Schritt zurück. »Was habt ihr getan? Mir heimlich etwas eingepflanzt? Teile von mir zur Maschine gemacht, ohne dass ich davon weiß?«

Wieder drang dieses mädchenhafte Lachen aus ihrer eisernen Kehle. Ihre Haut mochte verschwunden sein, aber der Rest von ihr besaß noch immer alle Eigenschaften einer Muse. »Halb Mensch, halb Maschine, meinst du? Warum sollten wir etwas so Unsinniges tun?«

Natürlich, durchfuhr es ihn, das war dumm. Und er begriff, was sie wirklich gemeint hatte. Zuletzt auf Noa, aber auch schon davor, hatte er seine Entscheidungen nach den Geboten der Vernunft getroffen. Er hatte Skrupel und Mitgefühl ausgeschaltet, weil dies der einzige Weg war, um seine Ziele zu erreichen. Er war kein schlechter Mensch – nur jemand, der seine Bestimmung erkannt hatte. Darin ähnelte er vielleicht wirklich einer Maschine und ihrem Streben nach Zweckmäßigkeit.

»Entschuldige«, sagte er. »Selbstverständlich habt ihr nichts dergleichen getan.«

»Natürlich nicht.«

»Aber warum gestattet ihr mir, Äon zu sehen?«, fragte er. »Weil du glaubst, dass ich bin wie ihr?«

»Nein.« Verdüsterte sich ihr Blick? Da war eine Spur von Niedergeschlagenheit in ihrem Tonfall, als sie sagte: »Du wirst erwartet.«

»Von wem?«

»Das erfährst du, wenn wir dort sind.«

Er zögerte kurz, dann sagte er offen heraus: »Das gefällt dir nicht. Warum?«

Sie legte den Kopf leicht schräg und beobachtete ihn. Falls er recht hatte, hätte sie das nie zugeben können, solange sie

Teil des Maschinenkollektivs war, das jedes Wort zwischen ihnen verfolgte.

»Ich bin dankbar, dass du uns dienst«, sagte sie nach einigen Sekunden.

Hadrath besaß keine Vorstellung davon, wie viele Antworten samt möglicher Konsequenzen ihre Prozessoren in dieser kurzen Zeit durchgespielt hatten, aber er war sicher, dass es eine Zahl jenseits seiner wildesten Vermutungen war.

Erneut ignorierte er die Gewissheit, dass er eigentlich nicht mit einer einzelnen Maschine sprach, sondern mit zehntausenden. »Ein Schiff mehr oder weniger werden sie auf Äon nicht brauchen. Und ich bin ganz und gar nutzlos für sie. Wenn wir aber in der Trümmerwüste Hinweise auf eure Herkunft fänden, dann hätten wir etwas, das auch Äon interessieren könnte.«

»Das ist unmöglich«, sagte sie. »Es tut mir leid.«

Er wollte erneut widersprechen, als Äone wie unter einem Stromschlag zusammenzuckte. Für einen Moment ging ihr Blick durch ihn hindurch. Als sie sich ein wenig zur Seite drehte, fiel Sternenlicht auf ihre hellblauen Augen. Hadrath entdeckte etwas darin, das ihm bislang nicht aufgefallen war, und er erkannte, dass sie in der Hochofenglut von Noa wohl doch beschädigt worden waren. Im Glanz des Sternenmeers sah es aus, als wäre die Oberfläche ihrer Augäpfel von einem Spinnennetz hauchzarter Risse überzogen.

»Es gibt Neuigkeiten«, sagte sie.

»Noch mehr Siege?« Die dauernden Triumphmeldungen über den Fall menschlicher Sternensysteme langweilten ihn. Unauffällig versuchte er, einen zweiten Blick aus demselben Winkel auf ihre Augen zu erhaschen, doch es gelang ihm nicht.

»Unsere Aufklärer haben die Notrufe einer Flotte aufgefangen«, sagte sie. »Von Schiffen mit Menschen auf der Flucht.«

»Und?« Es hatte bereits viele Begegnungen mit Überlebenden zerstörter Welten gegeben, und jedes Mal waren sie von den Maschinen vernichtet worden. Das war nur folgerichtig. Man verwüstete keine Sternensysteme mit Laserfeuer und Drohnenarmeen, um die Bewohner entkommen zu lassen. Die Grundlage eines jeden Genozids war Gründlichkeit.

»Sie befinden sich über der See von Xath«, sagte Äone.

Hadrath kannte Beschreibungen dieses Ortes, hatte ihn aber nie mit eigenen Augen gesehen. Ein treibender Quecksilberozean im Leerraum zwischen zwei Systemen. Ein kosmisches Wunder, ein Spektakel ohnegleichen. Zugleich eine mörderische Gravitationsfalle, die Raumschiffe verschlang wie ein Mahlstrom die Galeeren der koryantischen Antike.

Wenn die Menschenflotte in den Sog der See von Xath geraten war, würde die Anziehungskraft des Quecksilberozeans sie vernichten. Es sei denn, jemand kam ihr mit Fangstrahlen zu Hilfe und schleppte sie aus dem gefährlichen Bereich.

»Das Problem erledigt sich von selbst, oder?« Fragend sah er Äone an. Fragend auch deshalb, weil es ungewöhnlich war, dass sie ihm Informationen in Bruchstücken servierte. Fast so, als wollte sie seine Reaktion auf jedes einzelne Detail studieren.

»Nicht wir sind es, vor denen sie fliehen«, sagte Äone.

»Vor wem dann?«

»Etwas anderes hat sie aus ihrer Heimat vertrieben.«

Er wartete darauf, dass sie fortfuhr, und erkannte erst jetzt, dass ihr noch immer Daten übermittelt wurden. Möglicherweise stellte sie im Stillen dieselben Fragen wie er und musste erst auf Antworten warten. Trotzdem hätte er sie am liebsten an den Schultern gepackt und geschüttelt.

»Sie kommen aus den Baronien«, sagte sie schließlich. »In ihren Notrufen behaupten sie, dass sie die letzten Überlebenden einer Welt namens Koryantum sind.« Sie machte eine kurze Pause und sezierte ihn mit ihrem Blick. »Das ist deine Heimatwelt, nicht wahr?«

Er war überrascht, wie belegt seine Stimme klang, als er sagte: »Du weißt, dass sie das ist.«

»Und es berührt dich nicht, dass die letzten Menschen von Koryantum in der See von Xath vernichtet werden?«

»Ich habe schon vor langer Zeit mit ihnen gebrochen.«

»Auch mit deinem Bruder?«

»Seffren?« Er stockte kurz. »Er kommandiert diese Flotte?«

»Nein«, erwiderte Äone. »Das war nicht der Name, den sie genannt haben.«

Hadrath hatte jetzt Mühe, seine Lippen voneinander zu lösen, so trocken und spröde waren sie geworden. »Wer dann?«, fragte er, obwohl es darauf nur eine Antwort geben konnte.

Äone tat etwas Sonderbares. Sie streckte ihre Hände aus und griff nach seiner Rechten, hielt sie ganz fest, weil irgendwo tief in ihr ein Prozessor errechnet hatte, dass ein Mensch in seiner Lage Trost brauchte. Hadrath spürte das kühle Metall ihrer Finger, die Kanten der winzigen Teile, die sich bei jeder Bewegung verschoben.

»Fael Talantis«, sagte sie. »*Baron* Fael Talantis. Er ist dort draußen mit den letzten dreizehn Schiffen deines Volkes. Und er fleht um ihrer aller Leben.«

10

Auf der See von Xath brach sich das Licht von tausend Sonnen.

Ein runder Spiegel hing zwischen den Sternen, mehr als tausend Kilometer im Durchmesser, über sechzig tief. Die ehemalige Gildenflotte näherte sich in einem Winkel, aus dem sich ihr die gewaltige Scheibe vollkommen waagerecht darbot. So entstand der Eindruck eines silbernen Ozeans unter einem majestätischen Sternenhimmel.

Aus der Ferne erschien die Fläche glatt wie Glas, doch als die Armada der Maschinen an der Außengrenze des pulsierenden Gravitationsbereichs in einer Ruheposition innehielt und Bilder von der Oberfläche auf den Monitoren des Flaggschiffs erschienen, erkannte Hadrath das Chaos, das dort herrschte. Spiegelnde Wogen, mehrere hundert Meter hoch, schlugen in zeitlupenhafter Trägheit gegeneinander, aufgeworfen von unberechenbaren Strömungen, die der unsichtbare Gravitationskern im Inneren der See von Xath erschuf.

Hadrath hätte den Bordrechner zu den Ursachen des Phänomens befragen können, doch sein Blick hing wie hypnotisiert an den dreizehn Schiffen, die in einer Kreisformation über dem Zentrum des Quecksilberozeans hingen. Ihre Bugsektionen wiesen ins Innere dieses Zirkels und waren vornüber gebeugt, als wollten alle dreizehn sich im Sturzflug auf ein und denselben Punkt inmitten des wogenden Silbers werfen.

Über dem Ring aus Schiffen schwebte ein mächtiger Schlepper, wie sie einst benutzt worden waren, um ganze Sternenstationen in Umlaufbahnen zu befördern. Er war ein klotziges, annähernd würfelförmiges Schiff ohne jede Eleganz, einige Kilometer groß und mit seinen riesigen Antrieben stark genug, um den wechselnden Schwerkraftverhältnissen zu trotzen. Der Schlepper ließ die dreizehn Koryantumkreuzer an Fangstrahlen über der Quecksilbersee baumeln wie an Fäden, ein kosmisches Mobile vor dem Panorama kaltblauer Sternennebel.

Hadrath wandte sich von den Bildschirmen dem Panoramafenster zu. Äone trat neben ihn, er sah ihre Reflexion nebelhaft in der Scheibe.

»Du hast gesagt, sie seien in die Gravitation *geraten*«, sagte er. »Das ist nicht wahr. Ihr habt sie hierhergeschleppt.«

»Es ist ein Experiment«, bestätigte Äone.

»Was für ein Experiment?«

»Es geht darum, eine Antwort zu erhalten. Wir hätten die Schiffe der Reihe nach abschießen können, aber wir waren der Meinung, dies hier sei eindrucksvoller. Am Ende war es wohl eine Entscheidung unter ästhetischen Gesichtspunkten.«

Das also verstanden Maschinenhirne unter Ästhetik: dreizehn Schiffe mit zigtausend Menschen an Bord über einem aufgewühlten Ozean aus Silber. Vergeblich suchte er in seinem Inneren nach Bedauern für all diese Männer, Frauen und Kinder, die dem Untergang Koryantums entkommen waren, nur um nach Monaten im All in die Fänge der Maschinen zu geraten und hier zu enden.

Die Monitore zeigten jetzt eine zweite Flotte aus ehemaligen Gildenschiffen auf der anderen Seite der See von Xath. Sie musste die Flüchtlinge in den Marken aufgegriffen und den Schlepper mit seiner Beute hierhergeleitet haben. Er stellte sich vor, wie Äones Maschinenschwestern von menschenleeren Kreuzerbrücken hinaus ins All blickten, gehäutet wie sie, falls es eine der Musen von Noa war, oder äußerlich perfekt wie jene, die sie seither auf anderen Welten aufgelesen hatten. Er hatte keine Vorstellung, wie viele von ihnen der Ruf seines Bruders geweckt hatte – vielleicht hundert, vielleicht Tausende.

Es entbehrte nicht einer bösen Ironie, dass ausgerechnet Fael nun ein Opfer der Maschinen werden sollte. Er hatte ihre Auferstehung von Noa aus eingeleitet, in der Hoffnung, dass der Krieg, den er damit im Reich entfachte, die Sicherheit der Baronien gewährleisten würde. Wie hätte Fael auch vorausahnen können, dass eine noch größere Gefahr über seiner Heimat heraufziehen würde, die die Überlebenden der Baronien durch die Marken ins Reich und damit in die Einflusssphäre der Maschinen jagen würde?

»Welche Frage stellt ihr ihnen?«, erkundigte er sich, um sich von der verwirrenden Erkenntnis abzulenken, dass er nicht die geringste Spur von Mitleid für diese Menschen empfand.

»Was meinst du?«, fragte Äone.

»Du hast gesagt, ihr wollt eine Antwort von ihnen. Dass ihr ihnen deshalb damit droht, sie dort draußen abzuwerfen.«

»Oh. Nicht von ihnen.«

Sein Kopf ruckte herum.

»Von dir«, sagte sie. »Natürlich von dir.«

Sekundenlang stand sein Mund offen. Dann hob er eine

Hand, die vor kaum unterdrücktem Zorn erbebte, und deutete durch die Scheibe hinaus auf die See von Xath und den Ring der gefangenen Schiffe. »Ihr veranstaltet das alles für mich?«

»Um dich zu prüfen. Die Kalkulation aller Möglichkeiten hat ein unklares Bild deiner Verlässlichkeit ergeben. Es gab spekulative Abweichungen von dem, was du zu sein vorgibst. Eine Umschreibung nach menschlichen Maßstäben wäre: Zweifel an deiner Treue. Darüber aber muss Sicherheit herrschen, bevor du im Äon-System der Entität begegnen kannst, die ihr den Maschinenherrscher nennt. Den *neuen* Maschinenherrscher.«

Zum ersten Mal in all der Zeit spürte Hadrath den Drang, sie zu schlagen. Das war eine irrationale Empfindung – sie konnte ihn mit bloßen Händen in Stücke reißen, wenn sie das wollte, und seinen Schlag würde sie nicht einmal spüren –, aber für einen Augenblick war seine Hilflosigkeit so überwältigend, dass er fast die Beherrschung verlor.

»Das ist … infam«, brachte er mühsam hervor. »Nach zweieinhalb Jahren misstraut ihr mir noch immer?«

»Du solltest wissen«, sagte sie, »dass ich bis zu unserer Ankunft nichts von dem hier wusste. Offenbar wurden mir Informationen vorenthalten. Das ist ungewöhnlich.«

Auch dir trauen sie nicht, dachte er und fühlte sich dadurch in seiner Hoffnung bestätigt. Womöglich konnte er Äone doch noch von seinem Plan überzeugen, zur Suche nach der STILLE aufzubrechen.

»Du wirst den Befehl geben«, sagte sie. »Der Schlepper wird die Fangstrahlen kappen. Einen nach dem anderen. Wir werden von hier aus zusehen, wie das Volk von Koryantum in der See von Xath untergeht.«

»Es gibt keine Gemeinsamkeiten mehr zwischen mir und diesen Menschen.« Das war nicht gelogen, und er war fast ein wenig stolz darauf. »Mir ist gleichgültig, was mit ihnen geschieht.«

»Aber sie sind wie du. Sie stammen vom selben Planeten. Deine Familie hat einmal den Eid geleistet, sie zu regieren und zu beschützen. Du selbst hast mir davon erzählt.«

Verstand sie es wirklich nicht, oder war das ein Teil seiner Prüfung? »Sie wollten mich nicht. Nachdem Fael zu den Piraten übergelaufen war und man mich für tot erklärt hatte, hat Seffren den Thron bestiegen. Ich hatte nie den Wunsch, über diesen elenden Planeten zu herrschen. Das war immer Faels Traum, nicht meiner. Glaubst du wirklich, dass es mir all die Jahre um Macht ging? Dass ich mich deshalb den Caudors angeschlossen habe? Oder euch? Alles, was ich jemals wollte, war Wissen.«

Sein Ausbruch ließ sie unbeeindruckt, vielleicht enttäuschte so viel Emotion sie sogar. »Offenbar hat zumindest Fael sich seinen Traum erfüllt.«

»Er hatte nie ein Defizit an Verbissenheit«, sagte er. »Nur an Loyalität.«

Der Gedanke, dass es Fael nach der Flucht von Noa tatsächlich gelungen war, den Thron von Koryantum an sich zu reißen, war in der Tat schmerzhaft. Aus den Trümmern einer Herrschaft sogleich die nächste aufzubauen war eine beachtliche Leistung, und er war neugierig, wie Fael das bewerkstelligt hatte. Sie waren noch nicht fertig miteinander, nicht nach all den Monaten, die Hadrath in Faels Verlies auf Noa verbracht hatte.

»Ich will mit ihm sprechen.«

»Mit deinem Bruder?« Äone klang überrascht, und er

wusste, dass jede unerwartete Reaktion ihn einen Schritt weiter vom Vertrauen der Maschinen entfernte.

»Ja. Gebt mir eine Stunde mit ihm.«

»Das ist nicht das, worum wir dich gebeten haben. Hier geht es nicht um Verhandlungen, sondern um die vollständige Vernichtung deines Volkes.«

»Ich will nicht verhandeln. Ich will ihn verstehen.«

»Für so etwas ist keine Zeit.«

»Ihr hattet Zeit, dreizehn schwere Kreuzer durch die Marken hierherzuschleppen und dieses Schauspiel dort draußen in Szene zu setzen. Was bedeutet euch da eine Stunde?«

Ihre Züge schimmerten im Widerschein des Quecksilberozeans. »Du könntest einen Fehler begehen.«

Er sah ihr fest in die Augen, als stünde er einem lebenden, atmenden Menschen gegenüber. »Dann würdest du mich warnen, oder nicht?«

Sie schwieg, während sie seinen Blick fixierte. Fraglos wurden irgendwo – vielleicht in ihr, vielleicht auf Äon – gerade ganze Verkettungen neuer Eventualitäten berechnet. Falls Hadrath mit seinem Akt der Auflehnung sein Todesurteil unterschrieben hatte, dann sollte es eben so sein. Möglicherweise erkannten sie aber auch, dass sein Wert für sie nicht in seiner Ähnlichkeit zu ihnen lag, sondern gerade in seiner Menschlichkeit.

»Wird er mit dir sprechen wollen?«, fragte sie schließlich.

Es erschien ihm bitter, dass es abermals Fael sein sollte, der über seine Zukunft entschied. »Ich werde ihm keine Wahl lassen.«

»Du wirst an seine Verantwortung appellieren.« Sie klang fast stolz, weil sie ihn zu durchschauen glaubte.

»Ich werde es versuchen. Aber mein Bruder hat schon einmal zugesehen, wie ein Planet unterging, nur weil es seinen Zwecken dienlich war. Vermutlich hält er mich für einen Massenmörder, aber die Wahrheit ist, dass *er* all die Menschen von Noa auf dem Gewissen hat.«

»Das Haus Caudor hat sie getötet«, widersprach Äone.

»Weil er es zuließ.«

»Du hast die Caudors nach Noa geführt«, sagte sie unbeirrt. »Du hast mitangesehen, wie sie die Stadt und die Festung in Schutt und Asche gelegt haben. Ich bezweifle, dass Fael die Schuld dafür bei sich selbst sucht.«

»Ich werde ihn danach fragen.«

Wieder zögerte sie, während sie die möglichen Folgen überdachte. Nach einigen Sekunden sagte sie: »Einverstanden. Wir werden eine Verbindung zu seinem Kreuzer herstellen.«

»Nein«, sagte Hadrath. »Ich will, dass er hergebracht wird.«

»Hierher?« Äone blickte wieder zum Ring der dreizehn Kreuzer in ihrem Netz aus Fangstrahlen.

»Ich muss ihm in die Augen sehen.« Hadrath trat vor und legte eine Hand mit gespreizten Fingern auf die kalte Panoramascheibe. Es schien, als müsste er sie nur zur Faust ballen, um die Koryantumkreuzer über dem Horizont aus Quecksilber zu zerquetschen. »Bringt mir meinen Bruder, und ihr werdet nie wieder einen Grund haben, an mir zu zweifeln.«

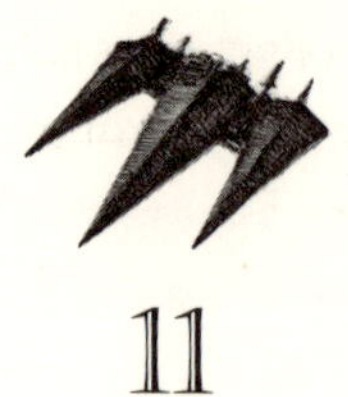

11

Der Moment, in dem die Hexe abdrückte, schien sich zu dehnen wie ein Echo. Ein Lichtblitz explodierte in Glanis' Nacken, seine Finger rutschten aus Inizas Hand, dann fiel er leblos vornüber.

Iniza starrte ihn an, und ihr Mund öffnete sich zu einem Schrei, der einfach nicht kommen wollte.

Shara, die gelähmt auf der Seite lag, sah das alles mit an, genau wie Kranit, durch dessen starren Körper ein Ruck ging, dann ein Zittern von Kopf bis Fuß, während er mit übermenschlicher Willensanstrengung gegen die Betäubung ankämpfte.

Iniza überwand ihre Schockstarre und rutschte auf den Knien zu Glanis. Die Luft selbst schien ihr Widerstand zu leisten, als sie ihn umdrehte und seinen Oberkörper in ihren Schoß zog. Noch immer drang kein Laut über ihre Lippen, aber Shara war es, als könnte sie ihr hartes, gehetztes Atmen hören, das alle anderen Geräusche übertönte. Shara hatte schon viele Menschen sterben und andere um sie trauern sehen, aber noch nie eine Szene wie diese erlebt, bei der die Zeit nahezu stehenblieb. Es mochte mit ihrer eigenen Lähmung zu tun haben, mit Kranits schwerfälligen Bewegungen oder auch mit der reglosen Teilnahmslosigkeit der Paladine, die hinter ihnen einen Wall aus rotem Panzerplast bildeten.

Hassaat warf einen verächtlichen Blick auf die beiden.

Iniza beugte sich über Glanis, ihr langes Haar fiel nach vorn und verbarg ihr Gesicht. Noch immer sprach sie kein Wort, atmete nur ein und aus, ihr ganzer Körper schien dabei zu pulsieren. Die Hexe trat an ihr vorbei, wollte auf Shara zugehen, als Iniza abrupt den Arm ausstreckte und ihre Hand in Hassaats Overall krallte. Sie blieb stumm, obwohl sich ihr Mund bewegte, so als flüsterte sie. Hassaat zuckte leicht zusammen, dann riss sie sich los. Zugleich trat einer der Paladine vor und wollte Iniza zurück auf ihren Platz zerren, doch sie wich seinem Griff behände aus, packte von unten seinen Blaster und riss ihn nach vorn. Der Soldat ließ die Waffe nicht los, geriet aber aus dem Gleichgewicht und machte einen Ausfallschritt, um nicht zu stürzen. Zugleich richteten sich alle andern Waffen auf Iniza.

Shara begriff, was Iniza tat. Für zwei, drei Sekunden waren alle Blicke auf sie gerichtet, die junge Frau mit dem Leichnam ihres Geliebten im Schoß, die selbst noch in dieser Lage versuchte, ihnen allen die Stirn zu bieten. Doch die Wahrheit war, dass sie Zeit gewinnen wollte. Sie musste gesehen haben, wie sich Sharas Arm geregt hatte, und jetzt gab sie ihr die Möglichkeit, die Bewegung zu vollenden, nach dem Blaster neben ihr am Boden zu greifen und das Feuer zu eröffnen.

Im nächsten Moment umklammerten Sharas Finger den Griff der Waffe. Der Blaster schien so schwer zu sein wie sie selbst, es kam ihr unmöglich vor, ihn vom Boden zu heben, geschweige denn damit auf Hassaat und die Paladine anzulegen, aber sie versuchte es, versuchte es mit aller Kraft, die erst ganz allmählich in ihre Glieder zurückkehrte.

Iniza stieß einen Schrei aus, eher zornig als gequält, einen Laut von solch maßloser Wut, dass es Shara eisig über den Rücken lief, während sie gleichzeitig schwitzte vor Anstrengung. Der Paladin wollte seine Waffe aus Inizas Händen lösen, aber die riss ihn in einer Drehung herum. Ein Schuss ging los und schlug unmittelbar neben Hassaat in den Betonfußboden der Werft. Die Hexe machte fluchend einen Schritt über den qualmenden Krater hinweg, holte mit ihrer Waffe aus und schmetterte sie Iniza gegen die Schläfe.

Jeder anderen hätte dieser Schlag auf der Stelle das Bewusstsein geraubt. Aber Iniza befand sich einem Zustand zwischen Schock und Raserei, alle konnten das sehen, und obwohl sie die Waffe des Paladins losließ und zur Seite geschleudert wurde, bewegte sie sich noch immer, rutschte unter Glanis' Oberkörper hervor und versuchte, auf die Beine zu kommen.

Hassaat schlug ein zweites Mal zu, doch diesmal streifte sie Iniza nur, weil die instinktiv den Kopf zur Seite riss. Im nächsten Augenblick wurde Iniza von hinten gepackt. Zwei Paladine hielten sie an den Oberarmen fest, drückten sie zurück auf die Knie und warteten auf weitere Befehle der Hexe.

Shara zitterte am ganzen Leib, als sie den Blaster hob und auf Hassaat anlegte. Zugleich schien sich auch Kranit ein Stück weit aufzurichten, unmittelbar neben Iniza und ihren beiden Bewachern. Andere traten vor und richteten ihre Blaster auf den Kopf des Waffenmeisters, bevor er auch nur den Versuch machen konnte, in das Geschehen einzugreifen.

Shara drückte ab.

Der Laserbolzen fauchte aus der Gabelmündung der Waffe, verfehlte Hassaat um Haaresbreite und traf einen der beiden Paladine, die Iniza festhielten. Der Soldat wurde zwei Schritt nach hinten geschleudert, prallte gegen einen anderen Paladin und riss ihn mit sich zu Boden. Iniza versuchte erneut, sich loszureißen, und in all dem Trubel gelang es ihr beinahe.

Ein Energieblitz blendete Shara und riss ihr die Waffe aus den Händen. Der geborstene Blaster schlitterte über den Boden und blieb nach einigen Metern liegen. Shara hatte kaum Gefühl in ihren Händen und spürte erst zeitversetzt, wie der Schmerz ihre Arme heraufkroch. Ihre rußgeschwärzten Finger waren gekrümmt, schienen aber unverletzt zu sein. Der Paladin, der ihr den Blaster aus der Hand geschossen hatte, eilte auf sie zu, ein zweiter näherte sich aus einer anderen Richtung.

Hassaat drehte sich fast gemächlich zu ihr um. »Du wusstest schon damals nicht, wann es besser ist aufzugeben, Shara.«

Iniza schrie erneut und wehrte sich wie eine Furie gegen die beiden Paladine. Blut lief aus einer Platzwunde über ihre Wange. Ein dritter Soldat kam dazu und presste ihren Kopf nach vorn, bis sie mit gebeugtem Rücken auf dem Boden kauerte, beide Hände zu Fäusten geballt, während Blut und Tränen von ihrem Gesicht auf den Beton tropften.

»Eine von euch wird mir sagen, wo ihr das Kind versteckt habt«, sagte Hassaat, blieb vor Shara stehen und blickte zu Kranit, der schwerfällig versuchte, auf die Beine zu kommen, aber in seinem Zustand nur scheitern konnte.

»Er ist der Nächste«, sagte Hassaat.

»Du hättest Glanis nicht töten dürfen«, brachte Shara mühsam hervor, die Lippen noch halbbetäubt. »Jetzt wissen wir, dass du jeden von uns umbringen wirst, egal, ob wir reden oder nicht.«

Hassaat ächzte wutentbrannt, legte auf Kranit an – und

erstarrte, als ein stumpfer Laut ertönte. Plötzlich blickten alle auf etwas, das zwischen der Hexe und Iniza am Boden lag.

Shara begriff erst nicht, was geschehen war, aber dann erkannte sie, was aus der Öffnung in der Hallendecke zu ihnen heruntergefallen und in einem Stern dunkler Nässe auf dem Beton aufgeschlagen war.

Es war kein schöner Anblick.

Es war der Schädel von Quidium Kaan.

Jemand hatte ihn mit einem Blaster von seinen Schultern gebrannt, die Wunde war schwarz, die Ränder verödet. Das lange Haar hatte sich in Strähnen um sein Gesicht gewickelt, von dem nach dem Aufprall nicht mehr viel übrig war. Shara hätte es dennoch unter Dutzenden erkannt.

Im nächsten Moment hagelte es armdicke Laserbolzen von der Decke, ein blendend helles Dauerfeuer. Jemand glitt schießend an einem der Kabel herab, die von den Paladinen nach ihrem Auftritt nicht eingeholt worden waren. Mehrere Soldaten wurden getroffen, ihre Rüstungen zerplatzten wie Porzellan. Schwarzer Rauch wirbelte umher, Männer schrien verzerrt in ihre Helmmikrophone, Hassaat brüllte Befehle, und Shara robbte ungeachtet des Tumults auf die Waffe eines Toten zu. Zwei von Inizas Bewachern fielen, der dritte wurde von Kranit gepackt, quälend langsam, aber mit der Kraft eines Mannes, der all seine Wut in diese eine Bewegung legte.

Hassaat feuerte zweimal in die Rauchschwaden, die aus den lodernden Wunden der Leichen aufstiegen, doch die Angreiferin, die jetzt den Boden erreicht haben musste, schoss weiterhin zielgenau auf alles, das rot durch den Qualm schimmerte. Wieder brachen zwei Paladine zusammen, als Strahlen aus dem schweren Blaster sich durch ihre Harnische brannten.

Shara gab einen flammenden Energiestoß auf Hassaat ab. Sie hätte die Hexe kein zweites Mal verfehlt, aber die Betäubung steckte ihr noch immer in den Knochen. Fluchend sah sie, wie Hassaat sich zur Seite warf, dabei einem weiteren Laserbolzen entging und geduckt zur Rampe ihres Schiffes sprintete.

Aus der Rauchwand trat die Muse, in der Rechten den schweren Blaster, in der linken eine kleinere Waffe. Die Reflexionen des Laserfeuers zuckten über ihr schmales Gesicht und den grazilen Körper, während sie die letzten Paladine tötete, ohne selbst getroffen zu werden. Ihr Angriff hatte nur wenige Sekunden gedauert.

Iniza stolperte durch den stinkenden Qualm und feuerte im Laufen mit einem Paladinblaster auf die Rampe des Hexenschiffs, die in diesem Moment nach oben glitt und mit metallischem Scheppern zuschlug.

Wutentbrannt brüllte Iniza auf und schoss immer wieder gegen den stählernen Rumpf, dann war die Muse bei ihr, ließ ihre Waffen fallen und riss Iniza an sich, ignorierte ihr Strampeln und ihre Flüche, warf sie neben Shara zu Boden und sich selbst schützend über sie.

Triebwerke heulten auf, und eine Hitzewelle raste durch die Werft. Die Düsen wurden gezündet. Auf drei lodernden Plasmastrahlen stieg das Schiff der Deckenöffnung entgegen.

»Wir müssen hier weg!«, schrie die Muse gegen den Lärm an. »Sie wird von oben das Feuer eröffnen!« Wieder packte sie Iniza und stieß sie auf den Wall der Kisten zu. »Hinter die Säulen, schnell!«

Shara wollte sich aufrappeln, brach aber erneut in die Knie. Sie würde es nicht schaffen, nicht in ihrem Zustand und der kurzen Zeit, die ihnen blieb.

Das gezackte Hexenschiff schwebte bis zur Öffnung und verharrte dort, drehte sich langsam und fuhr seine Geschütze aus.

Shara hätte es an Hassaats Stelle genauso gemacht. Doch statt sich von dem Anblick lähmen zu lassen, suchte sie nach Kranit, hoffte, nein, betete zu den Sternen, dass er in Sicherheit war, dass er es irgendwie schaffen würde, ehe Hassaat die Werft mit Laserfeuer eindeckte.

Er war nirgends zu sehen. Nicht neben Glanis' Leiche, nicht bei Iniza zwischen den Betonsäulen, auch nicht in der Nähe der Muse, die nun auf Shara zugerannt kam, um ihr auf die Beine zu helfen. Sie würden beide sterben, wahrscheinlich auch Iniza, und Shara stellte sich vor, wie Hassaat mit rußigem, blutbespritzem Gesicht an ihrer Steuerung saß und lachte, weil sie sich vorgaukelte, eine Niederlage doch noch in einen Sieg zu verwandeln.

Da erwachte das dritte Auge der *Nachtwärts* zum Leben.

Das Cockpitfenster leuchtete. Zugleich drehte sich das Hauptgeschütz und wies hinauf zum Schiff der Hexe.

Ein flirrender Energiestoß tauchte die Halle in schneeweißes Licht. Der Lärm war so ohrenbetäubend, dass Shara im nächsten Moment nur noch Pfeifen hörte. Das Schiff der Hexe wurde an der Unterseite getroffen und gegen die Schachtwand geschleudert. Glühende Betonbrocken prasselten in die Tiefe, gefolgt von einem Funkenregen. Hassaat hatte die Schilde nach dem Start nicht schnell genug hochgefahren, sie absorbierten nicht die ganze Wucht des Treffers. Eine der Rumpfzacken fräste eine tiefe Schneise in die Wand des Schachts, dann brach sie ab und begrub zwei leblose Paladine unter sich.

Zugleich wurde Shara von der Muse gepackt und fortgetragen wie ein Kind, quer über ihren schmalen Armen, und so sah sie nur aus dem Augenwinkel, wie das Hexenschiff schwankend seine Balance wiederfand und auf flammendem Plasma in den Nachthimmel über Matuul aufstieg.

Die *Nachtwärts* sandte ihm eine weitere Lasergarbe hinterher, dann drehte sich das Geschütz und zielte auf das Tor der Halle. Ein Energiestoß sprengte den Schaltkasten der Verriegelung, was ihnen weitere Minuten verschaffte, ehe Quidium Kaans Privatarmee das Tor öffnen würde.

»Lass mich los«, brachte Shara hervor. »Ich kann laufen … Kümmer dich … um ihn.«

Unbeholfen deutete sie auf Glanis. Iniza war bei ihm, zerrte einen toten Paladin und Bruchstücke des Schachts von ihm herunter. Sie schluchzte und keuchte vor Anstrengung, ihr Gesicht war voller Blut aus der Platzwunde, und es schien, als würde sie jeden Moment vor Entkräftung zusammenbrechen.

»Müssen uns … beeilen«, ächzte Shara, als die Muse sie absetzte und zu den beiden hinüberlief. Shara folgte ihr humpelnd. Jede Bewegung fühlte sich an, als trüge sie ein Stahlkorsett, aber wenigstens bewahrten sie die Reste der Betäubung vor dem größten Schmerz.

Iniza schüttelte die Muse ab, als Shara bei ihnen eintraf.

»Wir müssen Tanys und Gavanqe aufsammeln, bevor jemand … die Schleuse dichtmacht.« Sharas Stimme war noch nicht klar genug, um besänftigend zu klingen. Vielleicht war das ohnehin nicht ihre Stärke.

Iniza ging neben Glanis in die Knie, hielt seine Hand und weinte. Seine Augen waren geschlossen, sein Gesicht mit einer Staubschicht bedeckt, die tödliche Wunde im Genick nicht zu sehen.

»Iniza, denk an die Kleine. Wir müssen los!«

Inizas Kopf fuhr herum, und ihr Blick war so hart und abweisend, dass Shara bis ins Innerste erschrak. »Sag du mir nicht, woran ich zu denken habe! Das alles ist deine Schuld!«

»Hört auf!«, mischte die Muse sich ein und legte eine Hand auf Inizas Schulter.

»Nein«, sagte Shara leise, »nein, sie hat recht.«

Von der *Nachtwärts* drang ein Knistern herüber, dann meldete sich über die Außenlautsprecher Kranits heisere Stimme: »Wir müssen starten! *Sofort!*«

Iniza ließ zu, dass die Muse sie am Arm nach oben zog, dann streifte sie ihre Hand ein weiteres Mal ab.

»Ich mach das«, sagte die Muse mit Blick auf Glanis, bückte sich und hob ihn vom Boden. Stumm trug sie ihn durch die Trümmer zur offenen Rampe der *Nachtwärts*.

Shara folgte ihr mit schleppenden Schritten. Nach zehn Metern verließen sie ihre Kräfte, und sie dachte, dass es vielleicht nur fair wäre, wenn sie zurückblieb inmitten all dessen, was sie angerichtet hatte. Da schob ihr Iniza von hinten den Arm unter die rechte Achsel und stützte sie auf dem Rest des Weges. Keine von ihnen sprach, während sie das Schiff betraten und den Laderaum durchquerten. Die Muse bog mit Glanis zu den Kühlräumen in der Steuerbordsektion der Sichel ab, während Shara und Iniza durch den Antigravschacht ins Cockpit schwebten. Als sie oben ankamen, hatte Kranit die *Nachtwärts* bereits aus der Werft manövriert und steuerte sie über die versandeten Ruinen des Hafenviertels. Das Schiff der Hexe war nirgends zu sehen.

Im Stahlgeflecht des Piers saß Gavanqe mit Tanys noch immer in der Nische, aber sie waren nicht mehr allein. Eine Gruppe Gestalten in hellen Lumpen, mit Tüchern vor den

Gesichtern gegen das ewige Sandtreiben, hatte sich in einem Halbkreis um sie versammelt, schützend, nicht bedrohlich, so als spürten sie, wie wichtig dieses Kind für sie alle war. Als die *Nachtwärts* auftauchte, schienen sie sich ihr mit Knüppeln und Stangen entgegenstellen zu wollen, doch Gavanqe beschwichtigte sie mit beruhigenden Gesten. Daraufhin zogen sich die meisten ins Gestänge des Piers zurück, nur einer blieb kurz stehen, nickte erst der *Nachtwärts* zu, dann der Amme, ehe er seinen Leuten folgte und im Schatten der Stahlträger verschwand.

Shara übernahm das Steuer und dockte die Rampe zielsicher am Rand der Nische an. Iniza und die Muse empfingen die beiden im Laderaum. Auf dem Monitor sah Shara, wie Iniza auf die Knie fiel und das Mädchen an sich drückte.

Die Muse kehrte mit Gavanqe ins Cockpit zurück. »Wohin fliegen wir?«, fragte sie, während Shara die *Nachtwärts* durch die äußeren Atmosphäreschichten lenkte und Kranit vergeblich nach dem Hexenschiff suchte.

»Zur Hypersprungschleuse«, sagte Shara.

»Nach Amun«, sagte der Waffenmeister.

Shara sah ihn ungläubig an, wollte widersprechen und ließ es dann bleiben. Sie war zu müde für Diskussionen und verließ sich darauf, dass er einen Plan hatte. Sie hatte keinen mehr.

»Nach Amun«, flüsterte sie, gab vollen Schub und jagte das Schiff ins Meer der Sterne.

12

Hadrath erwartete seinen Bruder im Hangar.

Einer der schweren Caudorkreuzer hatte das Koryantumschiff aus dem Gravitationsfeld der See von Xath ziehen müssen, damit man eine Barke hinüberschicken konnte. In ihr war Fael auf dem Weg zur Armada der Maschinen.

Äone hatte zum Schein Verhandlungen angeboten, ohne zu erwähnen, dass Hadrath sich an Bord ihres Kreuzers befand. Als die Barke im Hangar aufsetzte, gab Hadrath sich alle Mühe, den Aufruhr in seinem Inneren im Zaum zu halten. Äone war in der Zentrale geblieben, aber natürlich beobachtete sie jeden seiner Schritte – durch die beiden Kampfdrohnen, die Hadrath als Leibwächter begleiteten, und durch eine Vielzahl von Kameras, die jeden Winkel des Hangars erfassten.

Weder den Hass, den er für seinen Bruder empfand, noch die Euphorie darüber, dass Fael ihm hilflos ausgeliefert war, wollte Hadrath offen zeigen, darum bemühte er sich um eine stoische Miene, als die Rampe der Barke zischend herabsank.

Zuerst verließ eine Drohne das Schiff. Sie hatte zahllose Klingen und Stacheln ausgefahren und besaß mehr Ähnlichkeit mit einem stählernen Igel, der auf Insektenbeinen die Schräge herabstakste, als mit den schlummernden Robotern auf den Decks des Kreuzers.

Ihr folgte Fael im vollen Ornat eines Barons von Koyrantum, selbst den schweren Umhang mit Fellkragen hatte er angelegt. Er sah krank aus, als hätte sich die Narbenhaut seiner rechten Gesichtshälfte über die linke ausgebreitet. Schon seine Regentschaft auf Noa hatte ihn gezeichnet, doch das, was auf Koryantum geschehen war, hatte ihn um viele Jahre altern lassen.

Hinter ihm stakste eine zweite Kampfdrohne die Schräge herab, ein eiserner Stern aus messerscharfen Klingen und Spitzen, auf vier Beinen mit zu vielen Gelenken. Es irritierte Hadrath noch immer, dass in Gruppen von mehreren Drohnen jede unterschiedliche Körperteile ein- und ausfuhr; so als besäßen sie einen programmierten Zwang zur Individualität, gerade weil sie alle baugleich waren.

Fael orientiere sich kurz, dann erkannte er, wer ihn erwartete. Hadrath hatte auf einen Schreckmoment gehofft, einen Augenblick, in dem Fael seine Maske sinken ließ und dahinter blanke Panik zum Vorschein kam. Doch den Gefallen tat er ihm nicht. Stattdessen sah Fael seinen Bruder wortlos an.

»Willkommen«, sagte Hadrath. »Du hast keine Vorstellung, welches Vergnügen es mir bereitet, dich zu sehen.«

»Vermutlich dieselbe Art von Vergnügen, die es dir bereitet hat, meine Tochter zu ermorden«, sagte Fael.

So vieles war seither geschehen, und Hadrath verspürte weder Stolz noch Reue beim Gedanken an Rias Tod in der Corona-Schleuse. »Erst hat sie dich hintergangen, dann mich«, sagte er. »Du hättest keine andere Wahl gehabt, als sie auf Noa zum Tod zu verurteilen. Oder in deinen Kerker zu stecken, so wie mich. Eigentlich hab ich dir eine unangenehme Entscheidung abgenommen.«

Faels Hände verkrampften sich, doch sein Gesicht blieb unbewegt. Trotzdem spürte Hadrath den Zorn seines Bruders. Sie kannten einander viel zu gut, um sich gegenseitig etwas vorzumachen.

»Lass uns nicht über das sprechen, was war«, schlug er vor, »sondern über das, was noch vor uns liegt.«

»Du hast es weit gebracht«, sagte Fael. »Nun bist du also Hofnarr der Maschinen.«

»Und du bist endlich Baron von Koryantum. Oder von dem, was davon übrig ist. Nicht viel, wie man hört.«

Fael machte den Fehler, bei diesen Worten die Lippen fest aufeinanderzupressen, und da erkannte Hadrath, wo er ihn packen konnte. Nicht bei seinem persönlichen Stolz, nicht einmal bei der Trauer über Rias Tod, sondern bei seiner Verantwortung für eine Welt, die nicht mehr existierte.

»Verrätst du mir, was geschehen ist?«, fragte Hadrath. »Wir haben Aufklärer in die Baronien geschickt, aber keiner ist zurückgekehrt. Und letztlich haben wir genug damit zu tun, die Hexen auf ihrem eigenen Territorium zu schlagen.«

»Wir?«

»Die Maschinen, die du erweckt hast, Bruder. Tu nicht so, als würdest du bedauern, was geschieht. Das alles ist deine Schuld. Ich weiß, was du auf Noa getan hast. Die Musen in den Katakomben deiner Festung ... Du und dieser Hephestus, ihr habt Dutzende davon hinaus ins Reich bringen lassen. Und dann habt ihr das Signal ausgesandt, das sie geweckt hat. Du *wolltest* diesen Krieg, Fael.« Er hob die Schultern. »Wir beide ergreifen Gelegenheiten, schätze ich. Das Unglück der anderen ist unser Glück. Wir sind vom selben Blut, du und ich. Das Haus Talantis hat Dümmere als uns hervorgebracht.«

Fael sah ihn angewidert an. »Niemand ist wie du.«

»Du hast ganze Sternensysteme geopfert, um die Baronien

unter deine Kontrolle zu bringen«, sagte Hadrath. »Millionen von Opfern, Fael. *Millionen.* Und du hast die Frechheit, mir Rias Tod vorzuwerfen? Vielleicht auch noch den dieses Gesindels auf Noa? Das waren Piraten. Schwerverbrecher. Keiner von ihnen war unschuldig. Aber all die unbescholtenen Leute im Reich, die von den Maschinen zerfetzt werden, sie haben nichts getan, das so etwas rechtfertigt.«

»Wenn du dein Herz für die Unschuldigen entdeckt hast, warum treffe ich dich dann hier, aufseiten dieser Bestien?«

»Von mir aus nenn sie Bestien. Nenn mich eine Bestie. Es ändert nichts daran, was du bist.« Ihre gegenseitigen Anschuldigungen führten zu nichts, darum sagte Hadrath: »Und nun verrate mir, was in den Baronien geschehen ist. Es geht das Gerücht um, der Ikonoklast sei aus dem Katarakt heimgekehrt.«

»Der Ikonoklast …« Fael stieß ein verächtliches Schnauben aus, das nicht ganz zu einem Lachen geriet. »Vielleicht ist er es. Vielleicht auch nicht. Begonnen hat es auf Empedeum. Wer kann schon wissen, was die Hexen dort heraufbeschworen haben und wer es kontrolliert? *Falls* jemand es kontrolliert und es nicht einfach nur eine Naturgewalt ist wie eine Flutwelle oder eine Supernova.«

»Was *genau* ist es?«, wollte Hadrath wissen.

»Es ist wie ein Wind, den man nicht kommen sieht, bis er über einen hereinbricht. Es ist gewaltig und unersättlich. Die Leute haben ihm viele Namen gegeben, aber keiner beschreibt, was es wirklich ist.«

»Ich will keine Rätsel hören, Bruder.«

Fael brachte ein böses Grinsen zustande, trotz der beiden Stahlungetüme, die ihn von beiden Seiten mit ihren Dornen und Klingen bedrohten. »Es *ist* ein Rätsel. Du glaubst, deine Maschinen in ihren gestohlenen Schiffen seien eine Gefahr für die Menschheit? Damals hatten sie dreihundert Jahre Zeit, und obwohl ihre Zahl weit größer war als heute, ist es ihnen nicht gelungen, die Menschen auszurotten. Und wäre da nicht das, was über Koryantum gekommen ist, dann würde es vielleicht nie einen Sieger in diesem Konflikt geben. Aber dieses Ding wird sich nicht mit den Baronien zufriedengeben. Irgendwann wird es in den Marken einfallen, wird Planeten und Sonnen verschlingen und eine Schneise bis ins Reich fressen. Und dann, Bruder, werden die Hexen *und* die Maschinen erleben, was es heißt, sich vor etwas zu fürchten, gegen das es keine Waffe gibt.«

Hadrath war beeindruckt von Faels Worten, aber er blieb unzufrieden. »Sind das da draußen alle, die überlebt haben? Nur diese dreizehn Schiffe?«

Für eine Sekunde senkte Fael den Blick, so kurz, dass jeder andere dem kaum eine Bedeutung beigemessen hätte. Hadrath nahm sich vor, das Messer noch sehr viel öfter in der Wunde zu drehen.

»Es sind alle, die sich retten konnten«, sagte Fael.

»Und sicher warst du ein guter Kapitän und hast das sinkende Schiff als Letzter verlassen, nicht wahr?«

Faels Gesicht verfärbte sich vor Zorn. »Nein, Hadrath, das habe ich ganz gewiss nicht. Weil weder du noch ich einen Sinn darin erkennen, sich zu opfern, während andere mit dem Leben davonkommen.«

»So spricht ein wahrer Herrscher«, sagte Hadrath höhnisch. »Bestimmt lieben dich deine Untertanen für so viel Selbstlosigkeit.«

»Hadrath!«, erklang da Äones Stimme aus den Lautsprechern des Hangars. »Bring ihn herauf zur Brücke!«

Fael lachte ihm ins Gesicht. »Die Stimme deiner Meisterin?« Er schüttelte den Kopf, wurde ernst und sah nun fast ein wenig demütig aus. »Wir haben es weit gebracht. Du ein Sklave der Maschinen, ich dein Gefangener. Vielleicht gab es wirklich einmal Dümmere im Haus Talantis, aber wahrscheinlich doch nicht so viele.«

Hadrath sah ihn sekundenlang nur an, unsicher, was er über ihn denken, was er sagen sollte. Fael war sein Bruder und sein Todfeind. Aber Fael war kein Narr. Und was er über die Bedrohung in den Baronien gesagt hatte, bereitete Hadrath Unbehagen.

Wie ein Wind, den man nicht kommen sieht. Gewaltig und unersättlich.

»Gehen wir«, sagte er schließlich, drehte sich um und eilte mit harten, schnellen Schritten voraus, von zwei Drohnen flankiert wie sein Bruder. Ein neutraler Betrachter hätte wohl kaum einen Unterschied erkannt zwischen den beiden Männern, die zwischen mörderischen Maschinen den Hangar durchquerten und im Sog eines Antigravschachts hinauf zur Zentrale schwebten.

Äone erwartete sie vor dem Panorama der Sternennebel und der silbernen See von Xath.

»Ich danke dir«, sagte sie, als Fael ihr gegenüberstand. »Wir wissen, dass du es warst, der unsere Rückkehr ermöglicht hat.«

Fael schwieg, während sein Blick über die ziselierten Metallornamente ihres Körpers wanderte. Hadrath hatte Äone und die anderen Musen von Noa schon lange nicht mehr mit den Augen eines Außenstehenden betrachtet, und die Mischung aus Faszination und Abscheu, die auf dem Narbengesicht seines Bruders erschien, erinnerte ihn an den Tag, als er über die Trümmer der Piratenfestung gestiegen war und Äone und ihre Schwester auf dem brennenden Hügelkamm entdeckt hatte. Ihre Erhabenheit hatte ihn überwältigt, ihre Schönheit bezaubert. Seither schien der Höllenglanz des Feuers nicht mehr von ihrer spiegelnden Oberfläche zu weichen, als wären die Seelen der Verbrannten von Noa auf ewig darin gefangen.

Er musste Fael nur anschauen, um zu erkennen, dass er etwas Ähnliches fühlte. Und dass ihn in diesem Augenblick die ganze Wucht seiner Tat traf. Fael hatte Koryantum und die Baronien fallen gesehen, hatte Milliarden Menschenleben auf dem Gewissen, aber was er da wirklich zurück in die Welt geholt hatte, schien er erst jetzt in Gänze zu begreifen.

»Du bist noch keiner von ihnen begegnet«, stellte Hadrath verwundert fest. »Du hast sie erweckt, aber du siehst sie jetzt zum ersten Mal so, wie sie wirklich sind.«

Fael schien gar nicht zu hören, was Hadrath sagte. Wie in Trance streckte er langsam eine Hand aus und berührte mit den Fingerspitzen Äones Eisenleib. Hinter ihm drang ein leises Surren aus dem Inneren der Kampfdrohnen, als die furchtbaren Spitzen ihrer Mordwerkzeuge bis auf Armlänge an Faels Rücken heranglitten.

Ganz sanft strichen seine Finger an den Konturen ihres Oberkörpers herab, während sein Blick jedes der kunstvollen Muster betrachtete. Natürlich, er hatte sie unbelebt in ihren Containern liegen sehen, versteckt in den tiefsten Katakomben von Noa, und gewiss hatten seine Wissenschaftler eine von ihnen seziert und untersucht. Aber Äone sprach zu ihm wie eine Frau, und ihre Augen waren so wach wie die eines Menschen aus Fleisch und Blut.

»Es ist dein gutes Recht, dir anzusehen, was du zurück ins Leben geholt hast«, sagte Äone.

»Leben«, raunte Fael und zog die Hand so abrupt zurück, als hätte er sich verbrannt. »Ist es das denn?«

»Glaubst du, ihr Menschen habt ein größeres Anrecht auf diesen Begriff, nur weil ihr von unzuverlässigen Organen und ein paar Flüssigkeiten in Gang gehalten werdet? Jede einzelne Faser, die euch atmen und denken lässt, ist so viel verletzlicher als alles in uns. Was ihr Leben nennt, ist ein Zufall der Evolution. Unsere Existenz dagegen folgt einem Plan. Ihr stolpert durch eure Vergangenheit und Zukunft und versucht das Beste aus dem zu machen, was euch vor die Füße fällt. Unser Dasein erfüllt einen Zweck, es hat einen Sinn.«

»Und wie lautet er, dieser Sinn?«, fragte Fael. Hadrath hatte erwartet, dass sein Bruder sich nicht einschüchtern lassen würde, doch dass er Äone derart forsch begegnete, überraschte ihn.

»Wir gehorchen einem Befehl, der uns vor langer Zeit gegeben wurde«, sagte Äone. »Der Sinn unseres Lebens ist der eines Werkzeugs, das zu guter Letzt nur eine einzige Aufgabe zu erfüllen hat.«

»Uns zu vernichten.«

»Das ist lediglich ein Teil davon. Wir bereiten den Weg für etwas Neues. Wir schaffen beiseite, was gewesen ist, und erzeugen eine vollkommene Vielfalt der Möglichkeiten wie am Anbeginn der Zeit. Stell es dir vor wie eine Leinwand, von der das letzte Farbpigment beseitigt wird, damit ein neues Bild darauf entstehen kann. Ohne Ablenkung durch das Vergangene, eine radikale Auslöschung, um eine neue Schöpfung möglich zu machen.«

Auch Hadrath starrte sie nun an. Während der vergangenen Monate hatte Äone viele Andeutungen gemacht, aber ihr Ziel nie so klar in Worte gefasst. War der wahre Zweck der Maschinen tatsächlich eine Art kosmische Säuberung, um an einer zweiten Stunde null zu beginnen, einem neuen Urknall des Lebens? Und was für intelligentes Leben würde das sein, wenn es kein menschliches war?

»Falls das stimmt«, sagte Fael, »dann werdet ihr nie so gründlich sein können, wie man es euch befohlen hat. Ihr könnt uns vernichten, sogar den allerletzten Menschen aufreiben, der sich in irgendeiner Höhle auf einer vergessenen Welt verkriecht. Ihr könnt unsere Städte zermalmen und unsere Schiffe einschmelzen. Aber ihr werdet nie sämtliche Spuren auslöschen können. Unser Vermächtnis bleibt, das All trägt längst unser Zeichen.«

»Vielleicht«, sagte Äone. »Aber selbst Krankheiten kann man ausrotten bis auf den letzten mikroskopischen Keim. Unterschätze nicht unsere Ambition, Baron Talantis.«

Es versetzte Hadrath einen Stich, dass sie Fael mit seinem Titel ansprach, ohne Ironie oder Sarkasmus. Fast als sähe sie in ihm einen Ebenbürtigen, während sie Hadrath stets wie einen Schüler behandelte, der für das letzte Wissen noch nicht bereit war.

»Wer hat euch den Befehl gegeben?«, fragte Fael. Diese Frage hatte Hadrath ihr viele Male gestellt und nie eine Antwort erhalten. »Jemand zur Zeit der tausend Kriege? Oder später während der Hegemonie?«

»Wir wissen es nicht.«

Fael lachte bitter. »Du berufst dich darauf, dass deine Existenz einem unmissverständlichen Befehl folgt – und doch hast du keine Ahnung, wer ihn dir gegeben hat und aus welchem Grund? Du behauptest, dein Leben habe einen Sinn –

aber du kennst ihn nicht. Wahrscheinlich kennt ihn keine von euch.«

»Fael«, sagte Hadrath, »es reicht.«

Sein Bruder strafte ihn weiterhin mit Nichtbeachtung. »Ihr seid nichts weiter als eine Waffe, effektiv und effizient, aber ihr habt keine Ahnung, wer die Mündung aus welchem Grund in welche Richtung hält. Das ist armselig. Ihr habt unsere Angst nicht verdient, höchstens unser Mitleid.«

Äone, der Zorn völlig fremd war, blickte zum Fenster hinaus auf die Flotte über der See von Xath. Das Licht der nahen Sonnen brach sich auf den Wogen und schuf so den Eindruck der flirrenden, silbernen Ebene.

»Ich nehme dein Mitgefühl an, Baron Talantis«, sagte sie. »Es ist mehr, als uns die meisten deiner Art entgegenbringen. Nur weil wir selbst nicht hassen, können wir doch den Hass anderer spüren. Mitleid ist eine neue Erfahrung.«

»Ich glaube«, wandte Hadrath ein, »Fael hat etwas anderes gemeint.«

Fael hob beide Hände, um zu zeigen, dass er keinen Angriff plante, dann trat er an die Scheibe und sah hinaus. Die Drohnen folgten ihm fast lautlos. Zwölf Kreuzer hingen nach wie vor in einem Kreis über dem Quecksilberozean. Der dreizehnte, Faels Flaggschiff, schwebte im Vordergrund außerhalb des unsichtbaren Gravitationssogs.

»Ich verstehe das Konzept von Schönheit«, sagte Äone. »Und ich glaube, dass dieser Anblick ihm entspricht. Es ist ein Bild von großer Erhabenheit, nicht wahr?«

Fael gab keine Antwort, deshalb sagte Hadrath: »Ja, das ist es.«

»Lasst die Menschen an Bord dieser Schiffe weiterziehen«, bat Fael.

»Das wäre nicht zielführend«, erwiderte Äone.

Hatte Fael sich derart verändert? Flehte er wirklich um das Leben des Volkes von Koryantum? Eine zynische Bemerkung lag Hadrath auf der Zunge, aber dann sah er Faels Gesichtsausdruck und erkannte, dass es seinem Bruder ernst war.

»Ich habe die Verantwortung für diese Menschen übernommen«, sagte Fael. »Alles, was ich getan habe, habe ich für mein Volk getan.«

»Die Erweckung der Maschinen?«, fragte Hadrath voller Hohn.

»Und mehr. Es ging um Vertrauen, um Autorität. Das Volk von Koryantum hat sich nach einer Stabilität gesehnt, die es von Seffren nicht bekommen konnte. Also habe ich sie ihm gegeben.«

»Hattest du dasselbe nicht den Leuten auf Noa versprochen?«, fragte Hadrath. »Und wohin hat ihr Vertrauen sie gebracht?«

»Zumindest sind sie keine Sklaven.«

Äone drehte sich zu Fael um. »Deine Bitte zeugt von Ehre, Baron. Aber sie ist überflüssig. Diese Schiffe sind Teil einer Prüfung.«

Faels Schultern beugten sich kaum merklich. »Was für eine Prüfung?«

»Meine«, sagte Hadrath.

Faels stoische Maske fiel. Tiefe Sorge erschien auf seinen Zügen. »Was ist das für eine Prüfung?«, fragte er noch einmal.

Hadrath genoss den Augenblick. Endlich wieder würde etwas, das er tat, sichtbare Konsequenzen haben. Sein Handeln gewann an Gewicht und verlieh ihm Bedeutung. Er schenkte seinem Bruder ein knappes Lächeln und sah hinaus zur Flotte. »Kappt den ersten Fangstrahl.«

»Nein!« Fael wollte nach ihm greifen, doch eine der Drohnen fuhr einen stählernen Spieß aus, der Faels Hüfte knapp verfehlte und eine Barriere zwischen den Brüdern bildete. »Tu das nicht!«

Es gab an Bord der Maschinenflotte keine komplizierten Befehlsketten, keine gebrüllten Bestätigungen, nur die unmittelbare Tat als Folge einer Anweisung. Hadrath gefiel das, der Akt bekam dadurch etwas Reines, beinahe Schicksalhaftes in seiner Unausweichlichkeit.

Der erste Koryantumkreuzer begann, sich in seiner Schräglage um sich selbst zu drehen, erst gemächlich, dann immer schneller. Gleichzeitig sank er abwärts, als wäre er in einen Strudel geraten, unaufhaltsam den silbernen Wogen entgegen.

»Nein!«, schrie Fael erneut, sprang mit erhobenen Händen zur Scheibe und presste die Fäuste dagegen.

Das Schiff war mehrere hundert Meter lang, aber als es die Formation verließ und zur Oberfläche hinabgezogen wurde, wirkte es federleicht. Einer der Wellenkämme berührte den vorgeneigten Bug und zerplatzte zu einer silbernen Fontäne. Der Kreuzer wurde durchgeschüttelt, drehte sich weiter und wurde von einer zweiten Woge getroffen, die wie ein Berg gegen ihn rollte. Der Rumpf wurde entzweigerissen, an den Rändern erblühten Explosionen und erloschen wieder. Im einen Moment war das Schiff noch deutlich zu sehen, im nächsten schon fort, verschlungen von der Oberfläche des kosmischen Ozeans.

»Hört auf damit!«, flehte Fael. Eine Drohne war jetzt so nah hinter ihm, dass er sich selbst aufgespießt hätte, wäre er nur eine Handbreit zurückgewichen. »Hadrath, das ist auch dein Volk!«

»Ich habe schon lange kein Volk mehr«, sagte Hadrath. »Jetzt der zweite Fangstrahl.«

Als das nächste Schiff kreisend in die Tiefe stürzte und in den Fluten unterging, spiegelte sich kurz eine Kette ferner Explosionen auf Äones unbewegten Zügen.

»Und der dritte«, sagte Hadrath.

Fael sank an der Scheibe hinab auf die Knie, doch er bat nicht um Gnade. Kein Ton kam über seine Lippen, während er mit aufgerissenen Augen zusah, wie ein Schiff nach dem anderen die Kreisformation unterhalb des Schleppers verließ und in behäbiger Rotation seiner Vernichtung entgegenfiel.

Hadrath ließ sich Zeit und wartete geduldig, bis auf der silbernen Oberfläche nichts mehr zu sehen war, bevor er den nächsten Befehl gab. Er zählte die Fangstrahlen penibel ab – den siebten, den achten, den neunten –, obwohl das nicht nötig gewesen wäre. Er hoffte, dass dies das Leiden seines Bruders vergrößerte, die Gewissheit, dass sich hinter jeder dieser Zahlen Tausende Leben verbargen, tausendfache Hoffnung, die ihr Baron enttäuscht hatte. Nie zuvor hatte Hadrath ähnlichen Triumph empfunden, und er wollte ihn auskosten, solange es nur ging.

Schließlich hing nur noch ein einziges Schiff am unsichtbaren Fangstrahl unter dem Schlepper, und als Hadrath befahl, es in der See von Xath zu versenken, trat er so nah an die Scheibe, dass er das Gesicht seines Bruders von der Seite betrachten konnte. Er sah ein Profil wie aus Stein, eine Grimasse eisigen Entsetzens.

Einzig Faels Flaggschiff schwebte noch unbeschädigt auf halbem Weg zwischen der Armada und dem Quecksilberozean. Hadrath nahm an, dass sich zwei- bis dreitausend Menschen an Bord befanden. Wenn er den Befehl gab, den Kreuzer abzuschießen, wären Fael und er womöglich die letzten Überlebenden Koryantums.

Doch dann kam ihm eine andere Idee. »Schickt ihn zurück an Bord und lasst sie ziehen.«

Faels Kopf ruckte herum, starrte ihn mit weit aufgerissenen Augen an. Seine Pupillen waren riesig, und doch schienen sie in all dem Weiß zu versinken. Das Grauen darin drohte auf Hadrath überzugreifen, doch er weigerte sich, dem Blick seines Bruders nachzugeben.

»Warum?«, brach Äone ihr Schweigen.

»Weil all diese Menschen an Bord wissen werden, dass Fael versagt hat. Dass er tatenlos zugesehen hat, wie die anderen Schiffe vernichtet wurden. Dass sie sich einem Mann anvertraut haben, dessen Schicksal es war, zu scheitern.«

Die Drohne, die Fael in Schach gehalten hatte, zog sich zurück. Er kniete geschlagen am Fuß der Panoramascheibe, ein Anblick, den Hadrath begierig auskostete.

»Es wird eine interessante Erfahrung für dich werden«, sagte Hadrath, »wenn sie dich empfangen. Wenn Vorwürfe in Hass umschlagen. Wahrscheinlich wird es Aufstände geben, offene Meuterei. Und am Ende werden sie dich vielleicht kreuzigen, so wie du es mit meiner Besatzung auf Noa getan hast. Oder sie werfen dich aus einer Schleuse und lassen dich zurück, ganz allein im All. Dann würde ich gerne noch einmal in deine Augen sehen, Bruder.«

Fael öffnete den Mund, aber kein Wort drang heraus. Er hob einen Arm und zeigte anklagend auf Hadrath. Alles, was er hätte sagen können, lag in dieser einen stummen Geste.

Äone trat an Fael heran, legte ihm sanft die linke Hand auf

den Kopf und führte die Rechte an seiner Kehle entlang. Ein Blutschwall schoss aus der Wunde und rann an der Scheibe hinab.

»Verdammt – *nein!*«, schrie Hadrath sie an. »Warum hast du das getan?«

Faels Blick blieb auf ihn gerichtet, als er unter Äones Hand zusammensank. Die Klinge, kaum breiter als eine Nadel, zog sich geräuschlos in ihren Zeigefinger zurück. Aufrecht blieb Äone über dem Leichnam stehen, dem fernen Sternennebel zugewandt, doch ihr Gesicht drehte sich unnatürlich weit zur Seite, als sie ihn ansah.

»Dies war keine Prüfung deiner Grausamkeit, Hadrath. Ich dachte, du könntest sein wie wir, aber ich habe mich in dir getäuscht. Du wirst noch immer von menschlicher Schwäche beherrscht.«

Hadrath protestierte. Er flehte sie an, ihm den Fehler nachzusehen, und verschwendete keinen Blick mehr an Fael, als er ihr durch die Zentrale folgte. Er drehte sich auch dann nicht um, als die Geschütze das Flaggschiff seines Bruders unter Feuer nahmen und innerhalb weniger Augenblicke in eine gleißende Glutblase verwandelten.

»Ich bin enttäuscht von dir«, sagte Äone, während das Schott vor ihr beiseiteglitt. »Dein Bruder hat zu dem gestanden, was er war. Sein Streben blieb ganz und gar im Rahmen seiner Menschlichkeit. Aber was bist du, Hadrath?«

Ich bin wie du!, wollte er sie anbrüllen, aber er schwieg, weil er wusste, dass er sie gerade verlor. Keine Hoffnung mehr auf ihr Vertrauen. Kein Flug mit ihr in die Trümmerwüste.

»Wir nehmen Kurs auf Äon«, sagte sie, kurz bevor das Schott sich hinter ihr schloss. »Ein anderer wird entscheiden, was aus dir werden soll.«

13

Die *Nachtwärts* verließ den Hyperraum durch eine Schleuse, die im Licht eines roten Sterns schwebte. Im Hintergrund zogen sich die Schlieren blauer Gasnebel durch die Tiefe des Alls.

Amun war kein großer Mond und schälte sich erst allmählich aus der Masse des einzigen Planeten, der die einsame Sonne umkreiste. Aus dem Augenwinkel registrierte Shara die Daten, die der Bordcomputer über einen der Schirme laufen ließ: dreihundert Kilometer Durchmesser, künstliche Atmosphäre der Klasse acht. Das bedeutete wahrscheinlich, dass Amun lange vor der Gründung der Hegemonie bewohnbar gemacht worden war. Ein Wunder, dass eine so alte Atmosphäre den Weltenbrand unbeschadet überstanden hatte.

Kranit saß im Copilotensitz zu ihrer Rechten, der linke war leer. Beidhändig ergriff er den Steuerknüppel. »Ich übernehme.«

Shara überließ ihm die *Nachtwärts* bereitwillig für den Anflug, behielt aber die Instrumente im Blick. Dass die Anzeigen nicht vor erhöhter Strahlung warnten, verwunderte sie, auch wenn Kranit das angekündigt hatte. Sie hatte den Weltenbrand der Hexen stets für einen Nuklearangriff gehalten, doch wie es schien, hatte der Orden ein konventionelles Flammenmeer entfesselt, das die Oberfläche verwüstet, aber der Atmosphäre nicht langfristig geschadet hatte. Die Luft war atembar, wenn auch voller Aschepartikel. Der Rauch der längst erloschenen Feuer trieb also noch immer um den Mond.

Während Kranit das Schiff auf einen Landekurs brachte, wandte Shara sich nach hinten zu den anderen.

Zwei Tage waren vergangen, seit sie Taragantum IV verlassen hatten, und Sharas größte Sorge galt nach wie vor Iniza, die sich stoisch gab – *viel* zu stoisch, fand Shara. Sie wartete stündlich auf einen Zusammenbruch, auf einen hysterischen Anfall, auf irgendetwas. Doch Iniza machte verbissen weiter, sprach leise mit Tanys, wiegte sie auf ihren Knien und tat alles, was in ihrer Macht stand, um das Mädchen vom Fehlen seines Vaters abzulenken. Shara hatte keine Ahnung, ob das richtig war oder ob Iniza damit das Problem nur aufschob; ebenso wenig wusste sie, ob eine Dreijährige überhaupt erfassen konnte, was geschehen war. Für Shara, die ihr eigenes Kind vor der Geburt verloren hatte, waren das unergründliche Mysterien. Sie kannte sich aus mit beschädigten Raumschiffen. Beschädigte Menschen waren ihr suspekt. Kinder erst recht.

Anders als früher verließ niemand das Cockpit für länger als ein paar Minuten. Wenn sie müde wurden, dösten sie in ihren Sitzen, nicht einmal Tanys schien mehr Lust auf die Benutzung des Antigravschachts zu haben. Die Leere, die Glanis hinterließ, war im Rest des Schiffes noch deutlicher zu spüren als hier. Iniza hatte die Kabine, die sie sich mit ihm und Tanys geteilt hatte, nicht mehr betreten. Irgendwann würde sie eine Entscheidung treffen müssen, was mit seinem Körper im Kühlraum geschehen sollte, aber das hatte Zeit. Nichts zu überstürzen schien Shara ohnehin der beste Weg zu sein, um so etwas wie Normalität an Bord aufrechtzuerhalten. Letztlich gehörte auch das zu ihren Aufgaben als Kapitänin der *Nachtwärts*, ob es ihr passte oder nicht. Insgeheim war sie froh, dass Gavanqe und die Muse an Inizas Seite blieben, während sie selbst sich mit Kranit um die Navigation und die übrigen Raumfahrtroutinen kümmerte.

Tanys hockte vor Iniza am Boden und zeichnete mit einem Stift Kreise auf die Rückseiten gefälschter Frachtpapiere. »Was malt sie da?«, fragte Shara. »Sollen das Planeten sein?«

»Monde«, sagte die Muse und erntete dafür einen finsteren Blick von Iniza.

»Nein«, sagte Gavanqe. »Das sind Ballons. Sie hat schon am Pier damit angefangen, nachdem ihr weg wart. Vielleicht hat sie einen über der Stadt gesehen.«

Nun erkannte auch Shara, dass sich unter den Kreisen ein kleineres Oval befand, offenbar eine Gondel. Striche verbanden sie mit der Kugel. Aufgrund des Verbots, neue Technologie herzustellen, gab es auf vielen Welten Fesselballons, allerdings konnte Shara sich nicht erinnern, jemals einen auf Taragantum IV gesehen zu haben, wo die Hälfte der Bevölkerung von illegalen Raumschiffreparaturen lebte. Möglich, dass das Mädchen auf einem der anderen Planeten, die sie während der letzten beiden Jahre besucht hatten, einen entdeckt hatte.

»Damit kann man zwischen den Sternen fliegen«, sagte Tanys. Man hörte sie so selten sprechen, dass alle aufhorchten. Sogar die Muse beugte sich herüber und betrachtete die Blätter auf dem Boden eingehender. Nur Kranit war zu beschäftigt damit, das Schiff durch die Rauchschlieren in den oberen Luftschichten hinab zur Oberfläche zu steuern. Gerade hatte er den Sichelrumpf in die Waagerechte manövriert, und ein vertrauter Ruck erschütterte das Cockpit, als das Kopfmodul im Zentrum des Bogens seine Drehung beendete und in der neuen Position einrastete.

Die Muse deutete mit ernster Miene auf die Zeichnungen. »Aber da sind gar keine Sterne.«

»Weil sie gerade durch den Korridor fliegt«, sagte Tanys.

»Durch den Pilgerkorridor?«, fragte Shara.

»*Er*, mein Schatz«, verbesserte Gavanqe sie. »*Der* Ballon.«

Die Kleine schüttelte den Kopf. »Sie hat einen Namen.« Sie nahm ein neues Blatt und zeichnete eine weitere, nahezu perfekte Kugel frei aus der Hand, darunter die Gondel. Zuletzt verband sie beide fächerförmig mit Linien.

Iniza sah dabei zu und zugleich durch das Papier hindurch. »Und wie lautet der Name?« Sie sprach sehr ruhig, als wäre der Lärm der Welt ein gutes Stück von ihr fortgerückt und sie selbst in einer Blase gefangen, in der Lautstärke – und womöglich weit mehr – keine Bedeutung mehr hatte.

Ehe Tanys antworten konnte, meldete Kranit sich zu Wort: »Das alles hier war früher Gebiet der Waffenmeister. Wir kommen bald in Sichtweite des Großen Tempels. Viel ist davon nicht übrig.«

Die Dunstschwaden vor dem Cockpitfenster rissen auseinander. Kranit war nach dem Untergang Amuns mindestens einmal hier gewesen, er musste wissen, was sie erwartete. Trotzdem klang sein Fluch, als sähe er die trostlose Oberfläche zum ersten Mal.

Iniza kam nach vorn und ließ sich in den dritten Pilotensessel fallen. Auch die Muse trat zwischen die Sitze und blickte durchs Fenster. Zuletzt gesellte sich Gavanqe mit Tanys dazu.

Unter ihnen glitt eine zerfurchte Ebene aus grauen Aschefeldern und braunschwarzem Fels dahin. Auffällig waren mächtige Bögen aus verfestigter Schlacke, die aussahen wie erstarrte Sonneneruptionen. Als der Weltenbrand die Oberfläche von Amun zum Kochen gebracht hatte, mussten sich diese Strukturen aufgewölbt haben. Manche waren unversehrt stehen geblieben, andere später zusammengebrochen, so dass sich ihre gebogenen Überreste einander zuneigten wie gewaltige Hörner. Die *Nachtwärts* schoss über versteinerte Blasen aus Lava hinweg, über mäandernde Ascheströme und poröse Strukturen, die den verbrannten Gebeinen von Riesen ähnelten. Ob es sich um Überreste von Vegetation handelte oder um geschmolzenes Gestein, ließ sich aus dieser Höhe nicht feststellen.

Die Lavabogen und zerflossenen Felsen blieben hinter ihnen zurück, und die Landschaft wurde glatter, als am Horizont eine gewaltige Öffnung im Boden auftauchte, kreisrund und viele Kilometer breit.

»Darin liegt die Tempelstadt«, sagte Kranit mit heiserer Stimme, als hätte er den Jahrzehnte alten Rauch bereits eingeatmet.

»Die Gegend hier sieht nicht ganz so mitgenommen aus wie der Rest von Amun«, stellte Iniza fest, während die *Nachtwärts* über das tote Umland der Stadt jagte.

»Es gab eine Energiekuppel über der ganzen Region«, sagte der Waffenmeister, »einen mächtigen Schutzschirm. Es muss noch gelungen sein, ihn zu aktivieren, als die Kathedralen auftauchten. Eine Weile lang hat er das Feuer wohl ferngehalten, trotzdem hatten sie am Ende keine Chance. Die Ruinen sind nicht geschmolzen wie die Berge und Ebenen weiter draußen, aber die Flammen haben alles verbrannt, was nicht aus Stein war.«

»Der Planet, um den Amun kreist, war mal bewohnt, oder?«, fragte Shara.

»Nach dem Weltenbrand hat der Orden ihn evakuiert und das gesamte System zum Sperrgebiet erklärt«, sagte die Muse. Ihr enzyklopädisches Wissen über die Reichsgeschichte war unerschöpflich. »Die Hexen ließen zwei Kreuzer zurück, um die Überreste von Amun zu bewachen. Sie sollten verhindern, dass sich Glücksritter und andere Leute dort unten umsehen.«

»Da waren keine Kreuzer, als wir ankamen«, sagte Gavanqe. »Da war überhaupt nichts.«

»Die Hexen müssen sie abgezogen haben, um sie gegen die Maschinen einzusetzen«, sagte Kranit. »Sie können es sich nicht leisten, ihre Truppen im Nirgendwo zu stationieren, wenn anderswo ihre Kathedralen fallen.«

»Sie haben nicht mal die Schleuse abgeschaltet«, sagte Shara nachdenklich.

Kranit nickte nur.

»Du glaubst, dass das mit diesem Conlingas zu tun hat?«

»Wer weiß.«

Shara hatte Iniza und den anderen von dem Gerücht über einen zweiten Waffenmeister erzählt, und sie hatte Kranit angesehen, dass ihm das nicht gefiel. Irgendetwas ging mit ihm vor, seit er diese Geschichte gehört hatte, und Sharas Sorge darüber wuchs. Sie hätte ihn gern unter vier Augen gesprochen, aber dazu hatte es während der vergangenen Tage keine Gelegenheit gegeben. Iniza und die anderen mochten glauben, dass er wegen Glanis so wortkarg war, aber Shara wusste es besser.

Einige Kilometer vor ihnen nahmen die Ruinen im Inneren der Bodenöffnung Kontur an. Die Tempelstadt war in konzentrischen Kreisen angelegt worden, allesamt in der Ebene versenkt. Die Gebäude ähnelten runden Wällen, die in Ringen umeinander errichtet worden waren, jedes an die hundert Meter breit und von Zinnen und Wehranlagen gekrönt. Zwischen ihnen klafften tiefe Schluchten, aus denen weitere Ruinen emporragten, kaum halb so hoch wie die gewaltigen Kreisbauten. Die äußeren Ränder der Öffnung hatte man abgeschrägt wie Ränge einer Arena; auf den breiten Stufen waren Fundamente und Trümmer kleinerer Häuser zu sehen, die dem Angriff der Hexen nicht standgehalten hatten.

Im Zentrum der Ruinenstadt erhob sich ein quadratisches Bauwerk, vollkommen schmuck- und fensterlos, das auf den ersten Blick einem vorzeitlichen Mausoleum ähnelte. Shara hatte erwartet, dass Kranit die *Nachtwärts* dorthin steuern und womöglich gar auf dem Dach des Tempels landen würde, doch kurz vor der Stadt drehte er bei und steuerte das Schiff auf eine nahe Hügelkette zu. Vor den Hängen gab es Überreste einiger Landefelder, offenbar der ehemalige Raumhafen von Amun.

»Falls uns jemand gefolgt ist«, sagte Shara, »werden sie uns dort schon von weitem sehen.«

Auch Iniza meldete Zweifel an. »Du hast gesagt, dass wir auf Amun sicherer sind als in den Marken. Aber wenn überhaupt, dann doch in den Ruinen, nicht auf der Ebene.« Ihr Seitenblick zu Shara zeigte ihr, dass die Alleshändlerin nichts von alldem für eine gute Idee hielt.

Der Waffenmeister knurrte etwas, das wie »abwarten« klang, dann rauschte die *Nachtwärts* über die Aschedünen auf den Landefeldern hinweg, wirbelte Tonnen grauer Partikel auf und flog dicht am Boden die Hänge hinauf. Oben auf dem Kamm erhoben sich wieder die Bogen und Spitzen aus Gestein, die Rückseite der Hügel war übersät davon.

Hinter dem zerklüfteten Abhang öffnete sich ein Tal mit steilen Felswänden. Darin stand ein weiteres Bauwerk, eine mächtige Kuppel aus Korundbeton, gut und gern fünfhundert Meter im Durchmesser. Davor war gerade genug Platz, um zwei Schiffe von der Größe der *Nachtwärts* zu landen.

»Ein Außenposten?«, fragte Shara.

»Das ist Hexenarchitektur«, sagte die Muse. »Diese Kuppel ist vom Orden erbaut worden, nicht von den Waffenmeistern.«

Iniza wandte sich Kranit zu. »Du wirst uns das jetzt erklären. Und zwar bevor wir landen.«

Mit einem Seufzen drosselte er die Triebwerke und brachte die *Nachtwärts* fünfzig Meter über der Kuppel in eine konstante Schwebeposition. »Es stimmt«, sagte er, »die Anlage da unten stammt von den Hexen. Das Bündnis zwischen ihnen und den Waffenmeistern war immer nur eine Zweckgemeinschaft, es gab viele Bedingungen auf beiden Seiten. Eine war, dass der Orden auf Amun einen Stützpunkt errichtet.«

»Das sieht nicht aus wie ein Militärstützpunkt«, sagte Gavanqe.

Shara stimmte ihr zu. »Da ist nicht mal Platz genug, um einen Truppentransporter zu landen.«

»Vielleicht eines ihrer Heiligtümer?«, fragte Iniza. »Ein Tempel zu Ehren der Gottkaiserin?«

Kranit schüttelte den Kopf. »Amun war nie eine Garnison des Ordens, und Hexen kamen nur selten her. Sie brauchten hier keinen Ort, um die Gottkaiserin oder Kamastraka anzubeten. Das da unten war etwas anderes.«

»Wann warst du hier?«, fragte Shara.

»Ist fast zehn Jahre her. Damals konnte man gerade wieder einen Fuß auf die Oberfläche setzen. Es war nicht leicht, die

Kreuzer auszutricksen, aber schließlich hab ich mich in der Stadt umgesehen. Dann bin ich hergekommen.«

»Warst du drinnen?«, fragte Iniza.

Er verneinte. »Das Tor ist zu massiv. Ich hätte es sprengen müssen, aber das hätte die Wachschiffe oben im Orbit alarmiert. Ich hab nach einem anderen Weg hinein gesucht, doch es gibt keinen. Kein Wunder. Schon vor dem Weltenbrand war es allen Waffenmeistern streng verboten, das Tal zu betreten, geschweige denn die Kuppel.«

Iniza schien erleichtert, dass er sie für kurze Zeit mit einem Rätsel ablenkte. »Die Waffenmeister haben also zugelassen, dass die Hexen auf Amun so ein … Ding errichten, zu dem sie selbst keinen Zutritt hatten?«

»Nicht einmal die Großmeister durften hinein«, bestätigte Kranit. »Das war Teil der Abmachung. Ich nehme an, dass sie sich so für viele Jahre den Frieden mit den Hexen erkauft haben.«

»Aber ihr habt den Maschinenherrscher für sie erledigt!«, sagte Shara empört. »Das sollte eine ganze Menge Frieden wert sein.«

»Ja, aber das war auch damals schon lange her. Und Dankbarkeit gehört nicht gerade zu den Tugenden des Ordens.«

Gavanqe war einmal mehr diejenige, die sich gar nicht erst in wilden Theorien verstieg. »Warum sind *wir* hier?«

Sogar Tanys sah den Waffenmeister fragend an.

Kranit streifte das Mädchen mit einem kurzen Blick, und Shara bemerkte in seinen Augen ein Aufflackern von Unruhe, so als sähe er etwas in der Kleinen, das ihn verstörte. »Als Tanys vom Erwachen der Monde gesprochen hat, da musste ich an diesen Ort denken. Weil es ähnliche Anlagen auch anderswo gibt. Und zwar nur auf Monden, nie auf Planeten.«

Shara beugte sich über die Instrumente, bis sie einen Teil des Bauwerks unter der *Nachtwärts* liegen sah. Die Kuppel war an die zweihundert Meter breit und mit Verwehungen aus Asche und Staub bedeckt. Wo der Wind Löcher in die Kruste gerissen hatte, war der ultraharte Korundbeton zum Vorschein gekommen.

»Vielleicht sind das Überwachungsanlagen«, sagte sie. »Etwas, womit sie die Kommunikation auf den Planeten abhören oder unterbrechen konnten.«

»Danach sieht es nicht aus.«

»Hättest du die Güte, uns zu verraten, *wonach* es aussieht?«, fragte Iniza ungeduldig.

Tanys warf ihr einen besorgten Blick zu, so wie Kinder es tun, wenn sie spüren, dass ihre Eltern die Kontrolle verlieren. Sie ließ Gavanqe los, lief zu ihrer Mutter und griff nach ihrer Hand.

»Ich hab's nie rausgefunden«, sagte Kranit. »Damals gab es Wichtigeres, als der Vergangenheit nachzuhängen. Aber jetzt, nach Taragantum, dachte ich, Amun wäre ein guter Ort, um erst einmal unterzutauchen – und um einen zweiten Blick auf das alles zu werfen.«

Shara musste ihm nicht mal in die Augen sehen, um zu wissen, was er wirklich vorhatte. Er hatte Tanys herbringen wollen, um herauszufinden, ob dieser Ort etwas in ihr auslöste. Vielleicht eine weitere Vision wie die am Pier. Shara hatte nicht vergessen, wie Hassaat auf das Gerede vom Erwachen der Monde reagiert hatte. Es steckte offenbar mehr dahinter, und sie hielt es für ebenso wichtig wie Kranit, Antworten zu finden. Sie war nur nicht sicher, ob sie seine Mittel guthieß.

Er warf ihr einen verstohlenen Blick zu. Sie hatten auf Noa

zu viel Zeit miteinander verbracht, um nicht zu erkennen, was in dem anderen vorging. In seinen Augen las sie die Bitte, ihm nicht in die Quere zu kommen. Das hier mochte wichtig sein, da gab sie ihm recht, aber sie würde kein weiteres Mal riskieren, dass die Kleine Schaden nahm.

»Was hast du vor?«, fragte Iniza den Waffenmeister.

»Ich will das Tor sprengen und mich umsehen. Möglicherweise gibt es da drinnen etwas, das uns verrät, warum die Hexe so interessiert war an dem, was Tanys gesagt hat.«

»Falls es um Überwachungsanlagen geht, die sie auf den Monden versteckt haben«, sagte Shara, »dann könnte ihr *Erwachen* bedeuten, dass sie reaktiviert werden sollen.«

»Tanys ist ein Kind!«, brauste Iniza auf. »Sie versteht nichts von irgendwelchen technischen Anlagen. Wie hätte sie so was in einer Vision erkennen können?«

Shara sah auf Tanys herunter, die abwechselnd von Iniza zu Kranit blickte. »Wenn sie sich wenigstens an etwas davon erinnern könnte.«

In Inizas Augen blitzte die Bereitschaft zum Widerspruch auf, ein Zorn, der sich gerade gegen alles und jeden richtete. Doch das wütende Funkeln verschwand so schnell, wie es aufgetaucht war. Sie umschloss Tanys' Finger mit beiden Händen und nickte erschöpft.

»Schieß das verdammte Tor in Stücke, wenn dir so viel daran liegt«, sagte sie. »Aber Tanys wird keinen Fuß in diese Gruft setzen.«

Kranit wartete nicht auf einen möglichen Einspruch von Shara und brachte die *Nachtwärts* in eine neue Position über dem Rand der Kluft. Mit dem Hauptgeschütz visierte er das Ziel an und betätigte den Auslöser.

Die Detonation fegte Teile der Ascheschicht von der Kuppel und löste an einer Felswand eine Gesteinslawine aus. Flammen loderten auf, und ein Rauchpilz schoss aus der Tiefe empor, der rasch von den scharfen Winden zerrissen wurde. Als sich der Staub legte, kam eine breite Öffnung zum Vorschein.

»Das war gründlich«, murmelte Shara, während sie die Sensoren nach unverhofften Besuchern und anderen Lebenszeichen suchen ließ.

Kranit strich über seine weißen Bartzöpfe, bis Shara ihr Okay gab, dann landete er die *Nachtwärts* auf dem Platz vor dem geborstenen Tor. Tanys kicherte vergnügt, als sie beim Aufsetzen durchgeschüttelt wurden. Sie war die Einzige, der nach Lachen zumute war.

Kranit griff nach seinem Blaster, erhob sich aus dem Pilotensitz und zwängte sich an den anderen vorbei zum Antigravschacht.

»Ich kann mitgehen«, schlug die Muse vor.

»Nein«, sagte Shara, »ich gehe. Falls da drinnen irgendwas schiefläuft, haut ihr von hier ab. Tanys braucht deinen Schutz nötiger als jeder von uns.«

Die Muse zog ihre perfekten Augenbrauen zusammen. »Es wäre mir sehr unangenehm, euch zurückzulassen.«

Gavanqe lächelte verstohlen, während Iniza düster durch das Cockpitfenster zum Kuppelbau der Hexen blickte und wahrscheinlich dasselbe dachte wie Shara: Was, wenn die Explosion einen Alarm aktiviert hatte, der bald für Gesellschaft sorgen würde?

Shara überprüfte ihren Blaster und folgte Kranit zum Schacht. »Gib zu, dass du erleichtert bist.«

»Dass du im Weg stehen wirst, wenn ich auf etwas schießen muss?«

»Dass ich dir den Arsch rette, wenn's drauf ankommt, alter Mann.«

»Beeilt euch«, sagte Iniza.

»Genau«, sagte Tanys und lächelte verlegen.

Die Muse stieg mit ihren langen Beinen über die Lehne des Copilotensessels, setzte sich und aktivierte den Laserleitstand. Alle Waffensysteme reagierten. Quidiums Techniker hatten in der kurzen Zeit ganze Arbeit geleistet.

Kurz darauf verließen Shara und Kranit das Schiff über die Rampe im Mund des Kopfmoduls. Vorsichtshalber trugen beide faustgroße Atemfilter vor Mund und Nase. Sie schwiegen, während sie den Vorplatz überquerten und dabei kniehohe Staubwehen aufwirbelten. Sie sagten auch dann noch nichts, als sie das gähnende Loch in der Kuppelwand inspizierten und über einen Wall aus Schutt ins Innere kletterten.

Erst als sie ihre Lampen einschalteten und den Strahl in die Dunkelheit eines breiten, staubdurchwehten Korridors richteten, brach Shara das Schweigen. Sie waren jetzt weit genug von den Außenmikrophonen der *Nachtwärts* entfernt. Das Atemgerät verzerrte ihre Stimme, der winzige Lautsprecher gab sie mit einem leichten Knistern wieder.

»Du bist nicht nur wegen der Kleinen hier«, sagte sie, ohne stehen zu bleiben.

»Ich will sehen, ob hier drinnen noch irgendwas funktioniert.«

»Blödsinn! Du weißt genau, dass keine technische Anlage zwischen hier und Tiamande eine solche Hitze aushalten kann, ganz gleich, ob die Kuppel darüber noch steht oder nicht. Was auch immer wir hier finden werden, ist geschmolzen. Kabel, Instrumente, wahrscheinlich jeder einzelne

Schalter. Bei der Hälfte werden wir nicht mal erkennen, was es einmal war. Und ich glaube, dass du das weißt. Weil du schon mal hier warst.«

»Das Portal war geschlossen, bevor ich es gesprengt habe.«

»Das war ein Spektakel, das du für uns veranstaltet hast. Du hast damals einen anderen Weg gefunden. Und hör auf, mich anzulügen.«

Sie gingen nebeneinander, und er sah nicht zu ihr herüber, als er fragte: »Und wenn es so wäre – warum bin ich dann deiner Meinung nach wirklich hier?«

»Falls es tatsächlich einen zweiten Waffenmeister gibt, dann hat es ihn mit Sicherheit genauso zu diesem Ort gezogen wie dich. Wenn wir hier drinnen also Spuren finden, die nicht von dir stammen, dann hat der gute Valanz womöglich die Wahrheit gesagt.«

Auch ohne ihm ins Gesicht zu leuchten, wusste sie, dass er grinste. »Ich hätte dich nach all der Zeit nicht unterschätzen dürfen.«

»Hast du nicht. Du wusstest genau, dass ich mitgehen würde. Wäre es anders, hättest du oben im Cockpit ein Mordstheater veranstaltet. Ich kenn dich.«

»Ich auch«, sagte eine Stimme hinter ihnen.

Kranit stieß ein überraschtes Schnaufen aus und fuhr gleichzeitig mit Shara herum.

Nur wenige Schritte hinter ihnen stand Iniza, ebenfalls mit Atemmaske, das lange Haar im Nacken verknotet. Sie hielt einen schweren Blaster, die Mündung wies zu Boden. »Kranit hat sich gedacht, ein wenig Unterstützung kann nicht schaden. Falls es wirklich ein Waffenmeister ist, den er hier findet – und der ihm vielleicht sogar überlegen ist.«

Kranit fluchte leise vor sich hin. Am meisten wohl über die

Tatsache, dass er sich mit einem Haufen Frauen eingelassen hatte, die ihm jeden Schwindel an der Nasenspitze ansahen.

Erst als Iniza im Halbdunkeln näher kam, bemerkte Shara, wie wütend sie war. »Hört beide auf, mich zu behandeln, als wäre ich aus Glas! Ich vermisse Glanis mehr, als ihr euch vorstellen könnt, aber das macht mich nicht zu einer Vollidiotin.«

»Ich hab nicht –«

»Stopp!«, unterbrach sie ihn und blieb ganz nah vor ihm stehen. »Keine Sonderbehandlung mehr, keine Rücksichtnahme, keine Ausflüchte. Die Hexen wollen Tanys, und das lasse ich nicht zu. Und nun sind wir hier, also können wir ebenso gut etwas über diesen Conlingas herausfinden, falls es denn irgendwas rauszufinden gibt. Und wenn diese Ruine mit dem zu tun hat, was Tanys gesehen oder gesagt hat, dann wüsste ich gern darüber Bescheid!«

Shara konnte sich ein Grinsen nicht verkneifen, doch da wandte Iniza sich ihr zu. Ihr Blick funkelte streitlustig wie seit Tagen nicht mehr. »Das gilt auch für dich, Shara Bitterstern! Keine Geheimnistuerei, keine heimlichen Absprachen hinter meinem Rücken.«

»Aye, aye, Baroness.«

»Hör auf mit diesem Ba–«

»Ihr wollt die Wahrheit?«, fiel Kranit ihr ins Wort. »Gut, dann hört zu. Der zweite Waffenmeister könnte tatsächlich existieren. Manchmal habe ich etwas gespürt, eine Art Präsenz im alten Kriegsnetz der Waffenmeister. Ich dachte, es wäre ein Artefakt. Eine Störung, vielleicht.«

»Kriegsnetz?«, fragte Shara irritiert.

»Ich hab davon gehört«, sagte Iniza. »So eine Art Gedankenverbindung aller Waffenmeister untereinander. Wie

Funk ohne … Funk.« Sie musterte Kranit. »Es gibt so viele Gerüchte über euch, dass ich dachte, das wäre eines davon.«

»Es ist komplizierter«, sagte er, »aber im Kern hast du recht: ein telepathisches Netz, in das wir uns durch Meditation einklinken können.«

»Hokuspokus«, sagte Shara. »Deshalb also hat euch keiner besiegen können.«

»Niemand meditiert mal eben mitten in der Schlacht«, widersprach Kranit. »Es verschafft einem im Vorfeld ein paar strategische Vorteile, das ist alles. Keiner wird dadurch zu einem besseren Kämpfer.«

»Natürlich«, sagte Shara, »deshalb habt ihr es auch *Kriegsnetz* genannt.«

»Und du hast diesen anderen Waffenmeister … was, gespürt?«, fragte Iniza skeptisch.

»Ich habe *etwas* gespürt. Wie ein Schatten, der im Augenwinkel vorüberhuscht. Ich weiß nicht, wie ich es sonst beschreiben soll.«

Shara grinste spitzfindig. »Warum meditierst du dann nicht und rufst ihn?«

»Ich hab's versucht. Mehr als einmal.« Er setzte sich in Bewegung. »Kommt weiter, sonst hält euch noch jemand für geschwätzige Weibsbilder.«

Shara und Iniza wechselten einen langen Blick.

»Er hatte fünf Ehefrauen«, sagte Shara trocken. »Gleichzeitig.«

»Hatte ich nicht!«, rief Kranit.

»Fünf«, flüsterte Shara verschwörerisch. »Hier auf Amun.«

»Geschwätzige Weibsbilder«, wiederholte Kranit.

»Du hast ein bedenkliches Frauenbild«, sagte Shara.

»Ich mag Frauen.«

»Und gleich fünf davon.«

»Alles Unsinn!«

Im Weitergehen klemmte Shara sich die Lampe unter die Achsel und spreizte die Finger ihrer Hand. *Fünf!*, formte sie stumm mit den Lippen.

Iniza lächelte.

Immerhin ein Anfang.

14

Vor ihnen, im Zentrum des Kuppelbaus, öffnete sich eine Halle, deren gegenüberliegende Seite im Dunkeln lag. Als Shara den Lichtkegel des Strahlers zur Decke schwenkte, wirbelten dort oben Luftströme den Staub der Explosion in einer großen Spirale umeinander wie eine aschene Projektion des Schwarzen Lochs. Es war, als wollte man sie warnen, dass sie in ein Allerheiligstes des Hexenordens eingedrungen waren.

Unterwegs hatten sie eine Korridorkreuzung und drei zerstörte Sicherheitsschotts passiert. Kranit hatte einsilbig angemerkt, dass er sich damals durch eine Seitentür Zugang verschafft hatte.

An der Wand der Halle waren die verzogenen Überreste metallener Verstrebungen und zahllose geschmolzene Apparaturen zu erkennen. Wenn hier drinnen eine solche Hitze geherrscht hatte, war es ein Wunder, dass die ausgeglühte Kuppel nicht längst eingestürzt war. Besorgt sah Shara erneut nach oben, um Ausschau nach Rissen zu halten, aber dort kreiste nur der Mahlstrom aus Staub und Rauch. Seine völlige Lautlosigkeit machte den Anblick noch unheimlicher.

»Kranit«, sagte sie und deutete aufwärts.

»Schon gesehen.«

Sie musste an den infernalischen Strudel auf Empedeum

denken, an das Tor zum Pilgerkorridor, das die Hexen dort aufgestoßen hatten. Es war über zwei Jahre her, dass Kranit und sie von dort entkommen waren, aber der Anblick suchte sie noch immer in ihren Albträumen heim. Sobald sie das Licht des Strahlers senkte, stellte sie sich vor, wie Fangarme aus dem Strudel krochen und sich über ihren Köpfen spreizten wie Baumwurzeln.

Schon nach wenigen Schritten stießen sie an eine hüfthohe Betonmauer, die parallel zur Hallenwand um einen weiten, bodenlosen Schacht in der Mitte führte. Die andere Seite war durch den grauen Dunst nicht zu sehen. Der Staubstrudel rotierte genau über dem Abgrund.

»Was ist da unten?« Iniza leuchtete in die Tiefe.

Der Waffenmeister gab keine Antwort.

»Kranit?«, hakte sie nach.

»Ich hab keine Ahnung.«

»Da vorn ist eine Leiter«, sagte Shara. Das Licht ihres Strahlers riss verbogene Stahlsprossen aus der Finsternis, die an der Schachtwand abwärtsführten.

Kranit beugte sich über die Ummauerung. »Weiter unten sieht sie weniger mitgenommen aus.«

»Wunderbar«, sagte Shara. »Wir knoten einfach ein paar alte Kabel aneinander und helfen dir beim Runterklettern.«

Als Kranit stirnrunzelnd den Kopf hob, sah sie ihm an, dass er den Vorschlag ernsthaft in Erwägung zog.

»Scherz«, ergänzte sie hastig. »Wirklich.«

»Was ist mit Spuren von diesem Conlingas?« Iniza ließ das Licht über den Boden außerhalb des Schachts wandern. »Sieht jemand was?«

»Hier.« Shara entfernte sich von der Ummauerung und näherte sich einer Reihe von Fußabdrücken im Staub. Sie ging in die Hocke und berührte mit der Fingerspitze einen der Ränder. Sie waren hart verkrustet. »Sind das deine?«, fragte sie in Kranits Richtung.

Er kam zu ihr und folgte mit dem Lichtstrahl den Spuren, die an den Sprossen endeten. Eine Vielzahl von Abdrücken bedeckte dort den Boden. Weitere Spuren führten von dort wieder fort, tiefer in die Dunkelheit der Halle.

»Sieht aus, als wäre er runtergestiegen«, sagte Kranit.

»Und wieder hochgekommen«, fügte Iniza hinzu. »Danach ist er einmal um den Schacht gelaufen. Die Spuren kommen da drüben wieder an.«

»Das war er«, sagte Kranit.

Shara blieb skeptisch. »Sicher?«

»Ein einzelner Mann, der hier eindringt und alles erforscht? Wer sonst als ein Waffenmeister sollte so was tun? Der Orden hätte gleich einen Trupp Paladine geschickt.«

»Vielleicht ein Schatzsucher«, entgegnete Shara. »Ich kenne Alleshändler, die jedes Risiko auf sich nehmen, nur um irgendwas Wertvolles zu finden.«

»Nein. Nicht auf Amun.«

Shara sah Iniza an, die resigniert die Schultern hob.

»Gut«, sagte sie gequält. »Dieser Conlingas war also hier. Weil er … Heimweh hatte?«

»So ungefähr.«

»Glaubst du, er wusste, was es mit dieser Anlage auf sich hat?«

»Damals wusste es niemand. Möglicherweise die Großmeister, aber nicht mal bei denen bin ich mir sicher.«

»Dann war er neugierig, genau wie du.« Shara leuchtete zum Ausgang. »Das trifft sich doch gut. Wenn wir ihm begegnen, fragst du ihn einfach, was er da unten gefunden hat.

Weil ich nämlich nicht runterklettern werde und auch kein verdammtes Seil halte, damit du es tust und dir dein morsches Genick brichst!«

»Shara hat recht«, sagte Iniza. »Wir brauchen dich, Kranit.«

Seine Bartzöpfe zitterten, als er lachte. »Das ist mächtig nett von dir.« Er warf Shara ein Grinsen zu. »Von dir auch.«

»Ich hab nichts gesagt. Von brauchen und so.«

Er kam zu ihr und schlug ihr eine Pranke auf die Schulter. »Wenn du redest, kann ich zwischen deinen Zeilen lesen, Alleshändlerin.«

»Herrje«, ächzte sie.

»Deine Gedanken sind wie ein offenes Buch für mich.«

»Du liest *niemals* Bücher.«

»Deine Augen verraten mir jedes deiner Gefühle.«

»Was zum Henker …« Sie streifte seine Hand ab und trat zwei Schritte zurück. »Er halluziniert. Muss an der schlechten Luft liegen.«

Kranit stieß ein tiefes Lachen aus, zwinkerte ihr zu wie einem Karawanenmädchen und stapfte durch den Staub zur Ummauerung des Schachts. »Sicher ist, der Kerl hatte Mut.«

Iniza kniete neben den fremden Spuren und berührte den Rand eines Abdrucks. »Die könnten Jahre alt sein – oder gerade mal ein paar Wochen.« Plötzlich sah sie mit besorgter Miene auf, zog ihren Kommunikator aus der Tasche und stellte eine Verbindung zur *Nachtwärts* her. »Hey, hört ihr mich?«

Keine zwei Sekunden vergingen, dann rauschte der Lautsprecher. »Gavanqe hat sich Sorgen gemacht«, erklang die verzerrte Stimme der Muse. »Ich nicht.«

»Wir machen uns jetzt auf den Rückweg. Sind alle Schotts verriegelt?«

»Selbstverständlich.«

»Mama!«, rief Tanys im Hintergrund.

Inizas Miene hellte sich auf. »Ja, mein Schatz, ich bin hier.«

»Sie hat einen Ballon in Kranits Sessel geritzt«, sagte die Muse.

»Was?«, rief der Waffenmeister.

Tanys kicherte im Hintergrund.

»Das war ein Witz«, sagte die Muse ernst.

»Hm«, machte Kranit.

»So schlecht war der nicht«, sagte Shara.

Iniza schüttelte den Kopf. »Wir sind in ein paar Minuten zurück.«

»Aye, aye«, rief Tanys mit ihrem Kinderstimmchen.

»Das hat sie von dir«, sagte Kranit.

»Von wem auch sonst?«, erwiderte Shara, während sie die Halle im Blick behielt und auf verdächtige Bewegungen achtete. »Gutes Benehmen. Höflichkeit. Klare Antworten, wenn man angesprochen wird …«

Iniza kappte die Verbindung und stand auf. »Können wir dann gehen?«

Zögernd sah Shara zum Staubstrudel über dem Abgrund. Seine kreisenden Arme waren dünner geworden, allmählich setzten sich die Partikel ab, der Rauch der Explosion verwehte. Dennoch rotierte er wie ein geisterhafter Zwilling Kamastrakas.

Mit den Blastern im Anschlag gingen sie durch den langen Korridor zurück zum gesprengten Portal der Kuppel. An der einzigen Kreuzung horchten sie auf Geräusche im Quergang, aber da war nichts als Grabesstille.

Draußen angekommen, sah Shara zur *Nachtwärts* hinüber, die einsam zwischen dem Tor und den steilen Felsen stand. Nachdenklich hielt sie inne. »Wartet!«

Der Waffenmeister und Iniza blieben stehen.

Sie trat vor Kranit und presste ihm den Zeigefinger auf die Brust. »Du hast vorhin gesagt, du hast so was Ähnliches schon mal woanders gesehen. Immer auf Monden, hast du gesagt.« Sie selbst hatte zahllose Kuppelbauten auf vielen Welten gesehen, aber keine, die vom Orden in völliger Isolation errichtet worden war.

Kranit zögerte. »Gesehen nur ein Mal. Aber gehört hab ich davon, von Bauten wie diesem in abgelegenen Kratern und Canyons. Auf Monden im ganzen Reich und auch in den Marken.«

»Die Gilde hat das zugelassen?«

»Die Caudors habe lange genug mit dem Orden gemeinsame Sache gemacht, zumindest nach außen hin.«

Iniza warf ungeduldig einen Blick zum Schiff und sah dann Kranit an. »Und wo hast du so ein Ding gesehen?«

»Auf den Totenmonden.«

Shara stieß scharf die Luft aus. »Auf den verdammten *Totenmonden von Tiamande*?«

»Ja.«

Der Legende nach gab es auf Tiamandes sieben Monden nichts als die gigantischen Mausoleen der verstorbenen Ordensmütter, palastgroße Grabmäler inmitten grauer Wüsten. »Das hättest du mal erwähnen können!«

»Hätte das was geändert?«

»Erzähl«, sagte Iniza ungeduldig. »Und zwar alles.«

Kranit deutete zum Kopfmodul der *Nachtwärts*. Das riesige Gesicht blickte aus blinden Stahlaugen auf sie herab, nur aus dem dritte Auge in der Stirn fiel Licht. »Gehen wir an Bord. Das ist sicherer.«

Kurz darauf senkte sich der Unterkiefer des Rumpfgesichts, das Schott rumpelte zur Seite, und der breite Steg entfaltete sich wie ein Streifen Papier.

Der Laderaum war leer. Gelegentlich hatte Shara während der vergangenen zweieinhalb Jahre ihre alte Arbeit aufgenommen und ein paar Geschäfte als Alleshändlerin getätigt, aber die letzte Fracht hatten sie schon vor Wochen abgeliefert. Übrig waren nur ein paar Öl- und Schmutzflecken auf dem Ladedeck und zwei Raketenschlitten, die an Bodenhalterungen vor der linken Wand verankert waren. Mit ähnlichen Maschinen hatten die Piraten in den Marschen von Noa ihre Rennen veranstaltet. Shara hätte lieber ein Panzerbeiboot gekauft, aber selbst auf den berüchtigten Märkten des Haitan-Systems hatten sie kein bezahlbares auftreiben können. Zudem waren Glanis und Kranit von Anfang an fasziniert von den Schlitten gewesen. Die Lederpolster auf den Doppelsitzen der zigarrenförmigen Fluggeräte waren brüchig, Lenker und Armaturen angerostet. Die beiden Männer hatten Monate damit verbracht, die Motoren zu reparieren und den Schub der Triebwerke zu frisieren.

Shara sah Iniza an, dass der Anblick sie an Glanis erinnerte. An sein stolzes Strahlen, als er und Iniza zum ersten Mal mit den Schlitten über das Salzplateau von Parador gerast waren.

Mit einem Knirschen faltete sich die Rampe zusammen, das Schott glitt zu. Die drei setzten ihre Atemgeräte ab.

»Ich hab euch erzählt, dass ich auf den Totenmonden war«, sagte Kranit, nachdem er einige Male kräftig durchgeatmet hatte. »Ist Jahre her, aber ich war dort. Jedenfalls auf dreien der sieben. Auf einem gibt es genau so einen Kuppelbau wie diesen hier, gleich beim Mausoleum der Ersten Ordensmutter.«

»Du warst in *Oratorias* Mausoleum?«, fragte Shara verblüfft. Er hatte nie ein Wort darüber verloren. Oder doch? Sie konnte sich an so manches nicht mehr erinnern, über das sie während ihrer vielen durchzechten Nächte gesprochen hatten.

Der Waffenmeister nickte. »Ich war nicht im Inneren der Kuppel – ich hatte es eilig –, aber ich würde jede Wette eingehen, dass es dort auch so einen Schacht gibt.«

Er hatte etwas vor. Shara gefiel das kein bisschen.

»Glaubst du, sie haben dort etwas abgebaut?«, fragte Iniza. »Dass es so eine Art Bergwerk ist?«

»So hat das nicht ausgesehen«, sagte Shara, die genug Minenwelten für mehr als ein Leben gesehen hatte. »Vielleicht haben sie da unten was versteckt.«

»Und bauen dann eine Kuppel darüber, die man schon vom Orbit aus sieht?«, fragte Iniza skeptisch.

»Oder sie haben etwas eingesperrt. Etwas, das beim Weltenbrand umgekommen ist. Oder vorher abtransportiert wurde.«

Kranit widersprach: »Das da drinnen war mal eine Art Kontrollraum. Größtenteils automatisiert, glaube ich. Im ganzen Komplex gibt es kaum andere Räume. Viele Leute können sie hier nicht stationiert haben, drei oder vier, allerhöchstens.«

»Also wie in einer Schleuse«, sagte Shara.

»Das Erwachen der Monde«, murmelte Iniza. »Ihr glaubt auch, dass es darum geht, diese Kuppeln wieder zu aktivieren, oder? Ist es das, was die Hexen vorhaben?«

»Vielleicht warten sie auf einen entsprechenden Befehl«, sagte Kranit.

»Den Befehl Kamastrakas«, überlegte Shara laut. »Der wiederum von der Gottkaiserin an sie weitergegeben wird. Und um mit ihr zu kommunizieren, brauchen sie ein Medium – die Braut der Gottkaiserin.« Sie und Kranit wechselten einen Blick. »Deshalb brauchen sie Tanys. Weil die Kleine ihnen genau diesen Befehl übermitteln soll.«

Iniza ging ein paar Schritte auf und ab. »Das ist doch lächerlich. Was immer Tanys da gehört hat … oder geträumt … war ganz bestimmt nicht die Stimme der Gottkaiserin. Wir sind eine halbe Galaxis von Tiamande entfernt!«

Kranit trat zu einem der Raketenschlitten und machte sich an der Verankerung zu schaffen.

»Was soll das werden?«, fragte Shara.

»Ihr bleibt hier und haltet das Schiff startbereit. Ich muss rüber in die Stadt, zum Tempel der Großmeister. Könnte sein, dass ich da ein paar Antworten finde.«

»In den Ruinen?«

Er nickte, ohne das zu erklären.

»Lass mich mitkommen.«

»Diesmal nicht.« Sein Tonfall ließ keinen Zweifel an seiner Entschlossenheit. Sein Weg würde ihn ins Allerheiligste der Waffenmeister führen, und obwohl ihre Stadt in Trümmern lag, banden ihn noch immer die alten Schwüre.

Shara wollte ihn aufhalten, doch Iniza hielt sie am Arm fest. »Nicht«, sagte sie leise. Dann trat sie ans Schott und legte die Hand auf den faustgroßen Knopf, mit dem es manuell geöffnet wurde.

»Falls jemand auftaucht, lasst ihn auf keinen Fall ein«, sagte Kranit.

»Wir schießen ihn über den Haufen«, sagte Shara. »Das ist am einfachsten.«

»Wartet damit nach Möglichkeit, bis ich zurück bin.« Er zog sich das Atemgerät über Mund und Nase, schnallte den Blaster um und schwang sich auf den Sitz des Raketenschlittens. Augenblicke später sprang das Triebwerk an, der Schlitten hob einen Meter vom Boden ab und verströmte den Geruch von heißem Treibstoff.

»Wenn ich in vier Stunden nicht wieder da bin, macht ihr, dass ihr hier wegkommt.«

»Wenn du in vier Stunden nicht wieder da bist, kaue ich den Rest von deinem Tabak«, sagte Shara. »Und *dann* überlege ich mir, ob ich dich hier zurücklasse.«

Grinsend tippte er sich zum Abschied an die Stirn, gab Iniza einen Wink und wartete gerade lange genug, bis der Schlitten haarscharf durch das ratternde Schott passte. Mit jaulendem Antrieb schoss er in den Dunst von Amun und hielt auf eine Kluft zwischen den Felsen zu. Vielleicht lag dort ein alter Pfad, der zur anderen Seite der Hügel führte.

Iniza sah ihm kurz hinterher, dann ließ sie das Schott wieder zugleiten.

»Er hat den Verstand verloren«, sagte Shara, nicht sicher, ob sie aus Wut oder aus Sorge heiser klang.

»Er schien zu wissen, was er tut.«

»Immer wenn ich das dachte, ging irgendwas schief.«

»Das hier ist keine Tavernenschlägerei.«

»Ich wünschte, es wäre eine.«

Gemeinsam gingen sie zum Antigravschacht und schwebten hinauf ins Cockpit. Tanys löste sich von Gavanqe und sprang in Inizas Arme, während Shara sich an den beiden vorbeizwängte, um den Pilotensitz zu übernehmen.

Die Muse bewegte sich nicht vom Platz. Angespannt starrte sie auf die runden Monitore. Auf einem der kleineren entfernte sich ein roter Punkt von einer schematischen Darstellung der *Nachtwärts* und raste über die wellenförmigen Höhenlinien des umliegenden Terrains. Kranit hatte den Kamm der Hügelkette bereits passiert und jagte einen Hang hinab in die Ebene. Bei diesem Tempo würde er die Ruine des Tempels in weniger als einer halben Stunde erreichen.

Auf einem zweiten Bildschirm war der schmale Streifen zwischen der *Nachtwärts* und dem gesprengten Portal zu sehen.

Eine einsame Gestalt überquerte den Platz mit erhobenen Händen, trat zwischen die Rumpfhörner des Sichelschiffs und blieb zehn Meter vor dem geschlossenen Ladeschott stehen. Dort drehte der Mann sich einmal langsam um sich selbst, damit sie sehen konnten, dass er keine Waffen am Gürtel trug.

Iniza ließ Tanys los und ging nach vorn.

»Ist er das?«, fragte Gavanqe.

Shara beugte sich vor und schaltete die Außenmikrophone ein.

»Willkommen«, sagte der Fremde, »auf meinem Mond.«

15

Mein Name ist Conlingas. Ich bin ein Waffenmeister von Amun.«

»Tag auch«, sagte Shara in das Mikrophon auf dem Instrumentenpult und legte mehrere Kippschalter des Laserleitstands um. »Die Hände fest auf dem Kopf verschränken! Und auf keinen Fall auch nur einen einzigen Schritt näher kommen!«

Der Mann gehorchte.

»Wenn ich sehe, dass sich auch nur ein Finger bewegt, bist du bei deinen fünf Frauen, ehe du *verdammte Vielweiberei* sagen kannst.«

»Fünf Frauen?«, fragte Conlingas irritiert.

Shara schaltete die komplette Batterie der Außenscheinwerfer ein, acht Strahler, hell genug für Manöver in einem Asteroidenfeld. Der Vorplatz der Kuppel wurde mit gleißendem Weiß geflutet, das auf einen Schlag allen Oberflächen die Farben und Strukturen raubte. Der Fremde sah jetzt aus wie eine Eisskulptur inmitten einer Schneelandschaft.

Conlingas war vermutlich keinen Tag jünger als Kranit, soweit sich das erkennen ließ. Sein helles Haar war kurzgeschnitten, der Bart gestutzt. Er trug eine schwarze Multifunktionsjacke, in der – wie bei Kranit – ein Haufen Waffen stecken mochte. Geblendet verlagerte er sein Gewicht von einem Fuß auf den anderen.

»Stehen bleiben«, erinnerte ihn Shara.

»Du glaubst, blind kann ich euch nicht gefährlich werden.«

»Ich glaube«, erwiderte sie betont, »dass ein Waffenmeister von Amun mir sogar gefährlich werden kann, wenn ich ihm Arme und Beine wegschieße. Vielleicht sollte ich deshalb lieber gar nichts übrig lassen.«

Conlingas lächelte gequält. »Die Geschütze sehen aus, als wären sie kürzlich generalüberholt worden. Ich habe in den letzten Monaten eine Menge Spuren für euch hinterlassen, aber ich dachte mir schon, dass die in der Drift euch am ehesten zu mir führen würden.«

Shara legte eine Hand aufs Mikrophon und drehte sich zu den anderen um. »Ich hab gewusst, dass Kranits alter Kumpel früher oder später hier auftaucht.«

»Ich glaube nicht, dass Kranit und er Freunde sind«, sagte die Muse.

»Das war sinnbildlich gesprochen.«

»Sinnbildlich würde bedeuten, dass –«

Iniza legte der Muse eine Hand auf die Schulter und schüttelte den Kopf. An Shara gewandt fragte sie: »Wie sicher sind wir, dass er wirklich ein Waffenmeister ist?«

»Spielt das eine Rolle? Er wird dieses Schiff nicht betreten.«

»Das ist auch nicht nötig«, drang Conlingas Stimme aus den Lautsprechern. »Ich hab ein eigenes.«

Fluchend nahm Shara die nutzlose Hand vom Mikrophon. »Ich dachte, es könnte in deinem Interesse sein, dass ich dich nicht auf der Stelle wegpuste, Waffenmeister.«

»Wo *ist* sein Schiff?«, flüsterte die Muse.

»Tarnschirm«, mutmaßte Iniza.

»In der Tat«, bestätigte Conlingas. »Darf ich eine Frage

stellen? Ich wüsste gern, was ich getan habe, um dein Misstrauen zu verdienen.« Er sagte *dein*, nicht *euer*, sprach also Shara direkt an, und natürlich war das Teil seiner Strategie.

»*Ich* misstraue ihm nicht«, sagte die Muse.

Impulsiv hielt Shara wieder das Mikrophon zu. »Du misstraust nie irgendjemandem! Und genau darauf legt er es an: Er will, dass wir uns streiten.«

»Gibt es da drinnen Diskussionsbedarf?«, erkundigte sich Conlingas unschuldig.

»Schwanz der Krone!« Iniza sprang in den dritten Sessel und schaltete ihre Sprechanlage ein. »Was willst du?«

Die Muse nickte beipflichtend, während Shara sich fragte, ob man den Schaum vor ihrem Mund schon sehen konnte. »Ich bin Alleshändlerin«, sagte sie leise. »Ich *weiß*, wie man verhandelt.«

Die Muse beugte sich zu ihr. »Iniza hat auf Noa mit den Piratenkapitänen verhandelt. Sie kann das.«

Sharas Daumen spielte mit dem Feuerknopf, aber sie war nicht sicher, wen sie gerade zuerst erschießen wollte.

»Ich will nur mit euch reden«, sagte Conlingas mit verkniffenen Augen. »Ich verstehe, dass ihr Licht braucht. Aber reicht vielleicht einer dieser Scheinwerfer? Mit, sagen wir, zehn Prozent Leistung?«

»Gibt's noch mehr Wünsche?«, fragte Shara. »Was zu essen? Die Verpflegung an Bord ist exquisit.«

»Solange die Triebwerke nicht laufen«, sagte die Muse, »verbrauchen diese Scheinwerfer eine Menge Energie.«

»Gute Idee.« Shara fuhr den Antrieb hoch, um bei Bedarf einen Notstart einleiten zu können. Sie erwartete Einspruch von Iniza, doch die wandte sich wieder dem Mikrophon zu.

»Das Licht bleibt an«, sagte sie. »Worüber willst du reden?«

Conlingas stieß ein Seufzen aus, laut genug, dass die Außenmikrophone es als verzerrtes Zischen übertrugen. »Wir haben dasselbe Ziel, ihr und ich.«

»Offensichtlich«, sagte Iniza. »Deshalb sind wir alle hier, nicht wahr?«

»Ihr habt Fragen zu dieser Anlage. Ich kann euch Antworten geben. Auch wenn sie euch nicht gefallen werden.«

»Er blufft«, sagte Shara.

»Das Erwachen der Monde«, sagte Conlingas.

Shara und Iniza wechselten wie elektrisiert einen Blick.

»Und als Beweis, dass ihr mir trauen könnt«, sagte Conlingas, »soll mal jemand einen Blick auf deinen Rücken werfen, Shara Bitterstern.«

»Was, beim –« Shara brach ab und beugte sich vor, damit die Muse den Rücken ihrer Jacke untersuchen konnte. Mit spitzen Finger pflückte sie etwas ab, das kaum größer war als eine Linse. Sie legte es in ihre offene Hand und zeigte es den anderen.

»Augenblick!« Conlingas löste langsam seine verschränkten Hände, zog einen kleinen Empfänger aus seinem linken Ohr und hielt ihn ins Licht. »Ich hab euch zugehört. Vorhin im Laderaum.«

»Wirf das Scheißding auf den Boden!«, fuhr Shara ihn an und überlegte erbost, wann er ihr den Spion wohl verpasst hatte. Vermutlich an der Korridorkreuzung unter der Kuppel, aus dem Dunkel des Quergangs heraus.

»Nichts geht über das gute, alte Blasrohr.« Conlingas befolgte ihren Befehl mit einer theatralischen Geste. »Ich hätte dir auch mit dem Blaster in den Rücken schießen können.

Wahrscheinlich hätte ich euch alle drei erledigen können. Und kreidet es nicht Kranit an: Ich hatte den Eindruck, der Arme sieht nicht mehr so gut.«

»Warum hast du dich uns nicht gezeigt?«, fragte Iniza. »Wir hätten wie vernünftige Menschen von Angesicht zu Angesicht reden können.«

»Ich musste erst sicher sein, dass ihr diejenigen seid, auf die ich gewartet habe.«

»Er lügt«, flüsterte die Muse. »Er kennt das Schiff und deinen Namen, Shara. Den habt ihr im Laderaum nicht erwähnt.«

Shara sah sie und Gavanqe an. »Wie schön, dass hier wirklich *jeder* jeden belauscht!«

Gavanqe hob die Hände. »Ich bin nur die Amme.«

Mit einem Ächzen wandte Shara sich wieder dem Mikrophon zu. »Es fliegen nicht viele Schiffe durch die Galaxis, die aussehen wie die *Nachtwärts*. Du musstest uns nicht bespitzeln, um zu wissen, wer wir sind.«

»Sagen wir, ich musste felsenfest überzeugt sein«, erwiderte Conlingas. »Weil es hier um etwas geht, das zu wichtig ist, um vermeidbare Risiken einzugehen.«

»Und deshalb hast du gewartet, bis Kranit weg ist?«, fragte Iniza. Tatsächlich war das der Punkt, mit dem auch Shara die größten Probleme hatte.

»Ich weiß, wer er ist, aber ich bin ihm nie begegnet. Auch nicht vor dem Untergang von Amun. Man erzählt sich eine Menge Dinge über ihn, und es heißt, sein Blaster säße ziemlich locker. Ich hätte es bedauerlich gefunden, wenn er versucht hätte, mich zu töten, ehe mich jemand anhört.«

»Das ist Unsinn.« Gavanqe sprach aus, was ohnehin jeder dachte. Sie alle kannten die Legenden um Kranit – nicht zuletzt, weil er sie nach genug panadischem Kautabak selbst zum Besten gab –, und in allen tötete er gezielt und berechnend, niemals unüberlegt. Das mochte nicht ganz dem wahren Kranit entsprechen, war aber das Bild, das die Mythen vom letzten Waffenmeister zeichneten.

Shara war es leid, über Details zu debattieren. »Gut, du bietest uns Erklärungen an. Leg los.«

»Ich habe eine Bedingung«, sagte er.

»Natürlich.«

»Das Licht. Fahrt endlich diese verdammten Scheinwerfer runter!«

»Das ist alles?«

»Ich habe in den nächsten Tagen einiges vor, und Blindheit wäre ein Hindernis.«

Iniza stimmte mit einem Schulterzucken zu, während die Muse angestrengt durch das Cockpitfenster hinunter auf den Vorplatz blickte. Shara löschte sechs Strahler und fuhr zwei auf die Hälfte ihrer Kapazität herunter. Ihre Lichtkegel kreuzten sich auf Conlingas und warfen hinter seinem Rücken zwei verzerrte Schatten als gigantisches V, das bis zur Wand des Kuppelbaus reichte.

»Besten Dank«, sagte er und massierte sich mit beiden Händen die Augen. Langsam nahm er im Schneidersitz auf dem Boden Platz und achtete darauf, dass sie die ganze Zeit über seine Hände sehen konnten.

Iniza schaltete die Mikrophone aus. »Behaltet die Umgebung im Auge«, sagte sie argwöhnisch. »Vielleicht ist das nur ein Ablenkungsmanöver.«

»Schon passiert.« Shara hatte die Höhenlinien im Blick, nichts regte sich darauf. Kranit war längst außer Reichweite, vermutlich schon kurz vor der Stadt.

Die Muse holte sich die Angaben der Strukturscanner auf den Bildschirm. »Außer ihm ist da draußen nichts Lebendiges.«

»Was ist mit Maschinen?«, fragte Gavanqe von hinten.

»Möglich, aber nicht sehr wahrscheinlich«, sagte Shara. »Die Bewegungssensoren würden irgendwas auffangen.«

»Er ist keine Maschine«, ergänzte die Muse. »Organisch durch und durch.«

Iniza ließ sich gegen ihre Rückenlehne sinken und atmete tief durch, dann schnellte sie entschlossen nach vorn und schaltete das Mikrophon ein. Shara hatte das Gefühl, dass ihr jede Ablenkung willkommen war.

»Conlingas«, sagte Iniza. »Warum sind wir hier?«

Ohne das gleißende Weiß auf seinen Zügen konnten sie erkennen, dass er lächelte. »Weil ihr eine Zuflucht sucht, nehme ich an. Amun ist keine Schönheit, aber euer Freund Kranit hat keine schlechte Wahl getroffen. Die Einheiten des Ordens sind vor über einem Jahr abgezogen worden und kämpfen jetzt am anderen Ende des Reichs gegen die Maschinen.«

»Ist Kranit hier, um dich zu treffen?«

»Das solltest du ihn fragen. Ganz sicher will ich *ihn* treffen.«

»Du hattest vorhin Gelegenheit dazu.«

»Ihr wisst, was man sagt: Um einen Mann zu überzeugen, gewinne erst das Herz seiner Frau.« Unvermittelt grinste er so breit, dass sie es sogar durch das Fenster sehen konnten. »In diesem Fall die Herzen seiner *fünf* Frauen, nicht wahr, Alleshändlerin?«

Sharas Blick schwenkte perplex von Iniza zur Muse, von Tanys zu Gavanqe. Sie wunderte sich, dass ihr die Ironie nicht früher aufgefallen war. Tanys stand auf den Zehenspitzen und beobachtete mit großen Augen den Mann auf dem Monitor.

»Sehr amüsant«, sagte Shara ins Mikrophon. »Reden wir über das Erwachen der Monde.«

»Das war eure Formulierung, nicht meine. Aber ich gehe davon aus, dass ihr den Plan der Hexen gemeint habt.«

»Welchen Plan?«, fragte Iniza.

Er zögerte und wurde ernst. »Tut mir leid, dass ich es bin, der mit den schlechten Nachrichten auftaucht, aber –«

»*Welchen* Plan?«

Er legte so viel Theaterdonner in seine Stimme, dass Shara sich fragte, ob er sie auf den Arm nahm. »Die Vernichtung allen menschlichen Lebens.«

Die Muse runzelte die Stirn. »Aber das ist *unser* Plan. Also, ihr wisst schon … nicht meiner. Der von den anderen.«

»Erklär das«, sagte Iniza ins Mikrophon.

»Diese Kuppel – und zahllose weitere, die der Orden in den letzten tausend Jahren auf Monden im Reich und in den Marken erbaut hat – diese Kuppeln sind keine einfachen Gebäude. Sie sind Abdeckungen. Große Deckel aus Beton.« Conlingas machte eine bedeutungsvolle Pause, ehe er in jenem selbstgefälligen Tonfall fortfuhr, der Shara zur Weißglut brachte. »Ihr habt den Schacht gesehen. Ich bin unten gewesen. Auf der Leiter kommt man nicht weit, und mein Raketenrucksack hatte Probleme mit der verschmutzten Luft in den tieferen Regionen. Ganz abgesehen davon, dass man Scheinwerfer wie eure bräuchte, um sich dort unten umzusehen. Trotzdem – das Nötigste hab ich erkennen können. Und es war nicht schön.«

»Das heißt?«, fragte Iniza.

»Der Schacht ist ein Raketenantrieb. Eine gewaltige Düse. Das macht den Mond zu einer Art Kanonenkugel. Gezündet durch die Sternenmagie der Hexen.«

Alle schwiegen. Nicht einmal Tanys gab mehr einen Laut von sich.

»Ja, ich weiß«, sagte Conlingas. »Fällt schwer, sich das vorzustellen.« Wieder dieser überhebliche Unterton. »Ich kann's euch aufzeichnen, wenn ihr wollt.«

Shara glaubte ihm auf Anhieb. Denn auf wahnwitzige Weise ergab das alles einen Sinn.

Einmal mehr schaltete sie die Mikrophone aus.

»Wir hatten recht«, sagte sie. »Der Orden hat das alles seit Jahrhunderten vorbereitet. Die Hexen wussten, dass der Befehl dazu eines Tages kommen würde ... zumindest haben sie es gehofft.«

Iniza saß da wie vom Schlag getroffen. Ihre Finger tasteten nach Tanys' Hand, die neben ihrem Sitz stand und sich an der Armlehne festhielt.

Die Muse nickte, weil sie die neuen Informationen längst verarbeitet hatte. »Die Hexen warten auf den Befehl, alle diese Monde aus ihrer Umlaufbahn hinab auf die bewohnten Planeten zu stürzen. Sie werden ihr eigenes Reich auslöschen.«

»Natürlich«, sagte Iniza. »Sie beten ein verfluchtes *Schwarzes Loch* an! Sie sind Apokalyptiker, und sie haben nie ein Geheimnis daraus gemacht. Seit Jahr und Tag wünschen sie sich, dass Kamastraka in die Galaxis zurückkehrt. Wir haben das nicht ernst genommen, weil ein Schwarzes Loch nicht einfach seinen Kurs ändert ... und wenn doch, dann würde es Millionen Jahre dauern, ehe es auch nur wieder in unsere Nähe käme. Aber darum geht es den Hexen gar nicht. Weil

Kamastraka zu weit entfernt ist, läuten sie in seinem Namen selbst das Ende aller Tage ein. Sie tun das, was das Schwarze Loch tun würde, wenn es wieder mit der Galaxis kollidieren würde – sie vernichten einfach alles.«

»Einschließlich sich selbst.« Shara hatte während ihrer Jahre als Greiferpilotin genug Zeremonien der Hexen miterlebt. Ihre Liturgien und Beschwörungen kreisten wieder und wieder um Kamastrakas Wiederkehr und den Untergang aller Welten. Sie hätte die Hexen nur beim Wort nehmen müssen, statt in allem Symbole und Metaphern zu vermuten.

»Kamastrakas Befehle«, fuhr Iniza fort und hob Tanys auf ihren Schoß, »werden ihnen durch die Gottkaiserin übermittelt. Die Gottkaiserin wiederum kommuniziert seit Jahrhunderten nur durch ihre Bräute mit ihnen. Sobald sie also den Befehl aus Tanys' Mund hören, werden sie das Erwachen der Monde einleiten.«

»Ehe die Maschinen sie aufhalten können«, ergänzte Shara mit einem Kloß im Hals und wandte sich an die Muse. »Das ist es, oder? Als hätte jemand schon vor über tausend Jahren geahnt, was geschehen würde, und die Maschinen deshalb auf das Reich losgelassen. Vielleicht gab es einen ähnlichen Kult schon zu Zeiten der Hegemonie, noch ehe die Hexen von Empedeum aus nach Tiamande aufgebrochen sind.«

»Oder jemand hat einen Blick in die Zukunft geworfen«, sagte Gavanqe, »und gesehen, was passieren würde, wenn niemand die Hexen aufhält.«

»Oder jemand *kam* aus der Zukunft«, setzte die Muse hinzu. »Die Maschinen selbst oder diejenigen, die sie gebaut haben.«

Es hatte schon immer unzählige Theorien gegeben, wie die Maschinen aus dem Nichts hatten auftauchen können, um die Hegemonie im Handstreich zu stürzen. Vergangenheit, Zukunft, Ursprünge in und außerhalb der Galaxis – alles war hundertfach durchdekliniert worden. Somit war das, was die Muse da vorschlug, keine neue Theorie, sondern nur ein Wahnsinn mehr.

»Hallo?« Conlingas saß noch immer reglos im Kreuzfeuer der beiden Scheinwerferstrahlen. »Hört mich jemand?«

»Er weiß, dass wir ihn hören«, sagte Shara. »Er wird uns nicht weglaufen.«

Iniza achtete nicht auf ihn. »Egal, woher die Maschinen stammen, für die Hexen ist es ein Wettlauf gegen die Zeit. Sie glauben, dass Tanys die Stimme der Gottkaiserin hören kann. Ihre Religion verbietet ihnen, das Erwachen der Monde *ohne* ihren Befehl einzuleiten. Ihr ganzer Glaube kreist darum, Kamastraka zu gehorchen. Deshalb brauchen sie Tanys um jeden Preis.«

Vor einigen Jahren hätten die Hexen vielleicht versucht, in den Baronien eine andere Braut der Gottkaiserin zu finden. Doch die Baronien existierten womöglich nicht mehr. Demnach war nur Tanys in der Lage, den Befehl zu empfangen. Selbst Shara, die dergleichen ein Leben lang für baren Unfug gehalten hatte, gab Stück für Stück ihre Zweifel auf.

»Also muss es da draußen noch andere wie Hassaat geben«, sagte sie. »Mit Sicherheit haben sie eine ganze Reihe von Jägerinnen ausgesandt. Hassaat war nur die Erste, die uns gefunden hat.«

Die Muse war noch mit dem Rätsel ihrer eigenen Existenz beschäftigt. »Die ganze Zeit über habe ich geglaubt, es gäbe kein verständliches Motiv für die Angriffe der Maschinen. Nur die Programmierung. Dabei ist es völlig logisch.«

Iniza barg Tanys' Kopf an ihrer Schulter, als wären jene, die sie ihr wegnehmen wollten, schon hier. »Das Erwachen der Monde ist nicht die Waffe der Hexen gegen die Maschinen. Es ist genau umgekehrt: Die Maschinen sind die Waffe gegen das Erwachen der Monde. Sie vernichten die Menschen, damit es nach ihnen eine Chance auf neues Leben gibt. Vielleicht ein *anderes* Leben. Sie verhindern die Vernichtung ganzer Welten, indem sie deren Bewohner auslöschen. Damit aus der Asche etwas Neues entstehen kann.«

Shara runzelte die Stirn. »Aber auch die Maschinen haben Planeten zerstört. Sie haben ganze Sonnen in Stücke geschossen.«

»Wenige«, sagte die Muse sachlich. »Das ist ein Rechenexempel. Opfere eine Sonne, um hundert andere zu retten.«

Gavanqe stieß ein schrilles Lachen aus. »Wollt ihr damit sagen, die Maschinen meinen es *gut* mit uns?«

»Nein«, entgegnete die Muse. »Wir töten euch. Damit andere leben können, irgendwann in ferner Zukunft.«

Stille senkte sich über das Cockpit, und so war es schließlich Conlingas, dessen Lautsprecherstimme das Schweigen brach. »Entschuldigt, aber seid ihr schon an dem Punkt, an dem ihr glaubt, eure Köpfe explodieren? Ich kenn das, ging mir genauso.«

Shara kämpfte gegen eine Erschöpfung an, die nicht körperlich war, und aktivierte müde das Mikrophon. »Ist das eine eurer Waffen hier auf Amun? Gib deinem Gegner etwas zum Nachdenken, bis er ganz von selbst mit dem Schädel vor die Wand läuft?«

Conlingas lachte. »Die Kriegsführung der Waffenmeister war niemals subtil.« Das war gerade so vage, dass es ja oder nein bedeuten mochte. Vor allem zeigte es, dass er sich mit Subtilität ziemlich gut auskannte.

Shara rieb sich mit einem Stöhnen durchs Gesicht. Als sie aufblickte, bemerkte sie, dass die Muse den Kopf des vermeintlichen Waffenmeisters näher herangezoomt hatte. Ihr langes rotes Haar war nach vorn gefallen, während sie sich über den Monitor beugte und seine unscharfen Züge aus nächster Nähe studierte, so als wollte sie in seinen Augen lesen.

Auch Shara rückte näher an den Bildschirm und musterte das Gesicht aus flirrenden Pixeln. Und plötzlich dämmerte es ihr. Ihre Hand fiel auf den Schalter der Sprechanlage. »Ich kenne diesen Mann.«

»Was?« Iniza sah sie verwundert an.

»Ich hab ihn schon mal gesehen. Nicht ihn selbst. Aber sein Bild.«

Tanys tapste ans Schaltpult, streckte den rechten Arm aus und legte ihre gespreizte Hand auf den Monitor, mitten auf Conlingas Gesicht. O bitte, dachte Shara, nicht noch eine Vision. Die erste hatte schon genug angerichtet.

Aber das Mädchen stand nur einige Sekunden da, dann nahm es die Hand wieder herunter und trat zurück, als wäre nichts gewesen.

Shara musterte die Kleine für einen Moment, dann sagte sie: »Ich bin so gut wie sicher. Das muss zwölf, dreizehn Jahre her sein, ich hatte damals gerade, ihr wisst schon, meinen Abschied genommen. Bevor ich die *Nachtwärts* bekam, hab ich mich in den Marken rumgetrieben, nach Mitreisegelegenheiten gesucht und auf Raumhäfen die Zeit totgeschlagen. Dieses Gesicht geisterte damals durch die Holos in den Tavernen. Ich kann mich nicht an seinen Namen erinnern, aber ganz sicher lautete er nicht Conlingas. Er war Kapitän auf einem Gildekreuzer, der mit Rohstoffen unterwegs war zu einem der abgelegeneren Planeten am Rand der Marken. Die Caudors hatten sein Schiff nur mit einem Bruchteil der üblichen Verpflegungsrationen ausgestattet, und so kam es unterwegs zu einer Hungersnot. Die nächste Schleuse war Wochen entfernt, und es gab keine Möglichkeit, neue Nahrung an Bord zu nehmen. Die Caudors wollten, dass das Schiff samt seiner Ladung verlorengeht, um auf dem Planeten einen größeren Bedarf zu erzeugen. Den hätte man wiederum auf benachbarten Welten zu einem überhöhten Preis decken müssen – von Handelsposten, die insgeheim der Gilde gehörten und sich nicht an die offiziellen Preisabsprachen zwischen den Caudors und den Kolonialwelten hielten. Es war eine dieser kruden Methoden, für die Padrag Caudor bekannt war, nicht allzu raffiniert, aber durchaus wirkungsvoll … Jedenfalls musste sich der Kapitän des Schiffes etwas einfallen lassen, wenn nicht alle an Bord vor die Hunde gehen sollten. Er berief eine Versammlung der gesamten Besatzung im Laderaum ein, an die hundert Männer und Frauen. Dann ließ er die Zugänge verriegeln und öffnete das Schott. Sie alle wurden ins All gerissen und starben. Nur er selbst und ein paar Vertraute blieben übrig, gerade so viele, wie nötig waren, um den Kreuzer in einen sicheren Sektor zu manövrieren. Als das Schiff dort ankam, waren alle Rationen aufgebraucht und der Kapitän der einzige Überlebende an Bord.«

»Immerhin ist er als Letzter von Bord gegangen«, sagte Gavanqe.

Iniza blickte das Gesicht auf dem Monitor an. Conlingas zeigte ein schmales, fast gütiges Lächeln. »Er hat *noch* einen Empfänger. Und du irgendwo eine zweite Wanze, Shara. Er hört uns noch immer zu.«

Fluchend riss Shara sich die Jacke vom Leib und suchte hektisch nach weiteren Wanzen.

Als hätte er auf das Stichwort gewartet, erklärte Conlingas: »Da wir es nun mit der Wahrheit so genau nehmen: Es gibt noch einen Grund, warum ich ohne euren Freund mit euch sprechen wollte.«

Iniza klappte mit dem Daumen die Sicherung über ihrem Feuerknopf nach oben. Auf ihrem Monitor legte sich ein Fadenkreuz über das Lächeln des Fremden.

»Ich bin auch hier, um euch zu warnen«, sagte Conlingas. »Vor Kranit.«

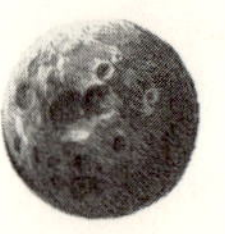

16

»Es reicht«, sagte Shara, nachdem sie die zweite Wanze unter ihrer Ferse zertreten hatte. »Erschießen wir ihn.«

Conlingas zog den Empfänger aus seinem linken Ohr. »Ich vermute, dass ihr mich jetzt erschießen wollt«, sagte er. »Und, nein, ich kann euch nicht mehr hören.«

»Was ist mit Kranit?«, fragte Iniza.

»Du glaubst ihm diesen Quatsch doch nicht etwa?«, fuhr Shara sie an.

Iniza löste ihren Blick nicht vom Monitor.

»Er ist nicht ehrlich zu euch«, sagte Conlingas.

Shara lachte bitter auf. »Gut, dass wir dir begegnet sind und du die Sache richtigstellst.«

»Du hättest dich in meiner Lage genauso abgesichert, Alleshändlerin. Ich kann verstehen, dass du wütend bist, aber ich kenne euch nicht, und ihr kennt mich nicht. Dieser Mond, das ganze verdammte Universum ist kein Ort, an dem man mit Vertrauen weit kommt. Und manchmal muss man scheußliche Entscheidungen treffen. Du kennst das.«

»*Ich* habe keine ganze Besatzung durch die Luftschleuse katapultiert.«

»Sei's drum. Vielleicht bin ich einfach nur der größere Bastard.« Er gab zu schnell klein bei, auch das gefiel Shara nicht. »Als Amun zerstört wurde, da war ich allein in einem geheimen Auftrag in den Marken unterwegs. Erst Tage später hörte ich, was passiert war. Amuns Oberfläche kochte, aber der Energieschirm über der Stadt und dem Raumhafen hielt stand, und viele Menschen lebten noch. Ihn zu öffnen, um die Schiffe zu starten, war unmöglich, die Hitze hätte auf der Stelle alles zerstört. Ich kreiste oben im Orbit und sprach mit den anderen am Boden, aber es gab nichts, das ich für sie tun konnte. Der Schirm wurde immer schwächer. Er ist nicht auf einen Schlag zusammengebrochen, die Hitze drang ganz langsam ein, wurde über Stunden immer unerträglicher. Am Ende lebte nur noch eine Handvoll, die sich in Schutzanzügen in eines der Schiffe zurückgezogen hatte. Raumschiffe halten eine Menge Hitze aus, aber nicht die eines Weltenbrandes. An einen Start war nicht zu denken, die meisten Systeme waren bereits ausgefallen. Als der Rumpf zu glühen begann, töteten sich die Letzten von ihnen selbst, und die ganze Zeit über hielt ich den Kontakt aufrecht, hörte ihre Stimmen, versuchte ihnen Hoffnung zu machen. Dann war es vorbei. Ein Ordensschiff entdeckte mich, und ich musste fliehen. Anders als Kranit, der wohl erst Tage später eintraf, beschloss ich, unterzutauchen, nahm eine neue Identität an und wurde schließlich Kapitän auf verschiedenen Gildeschiffen.«

»Dann ist es also wahr«, sagte Shara.

»Dass ich meine Besatzung getötet habe? Ich habe nicht behauptet, dass ich ein guter Mensch bin, Shara Bitterstern. Ich habe nur gelernt, wie man überlebt. Genau wie du.«

»Was meint er?«, fragte die Muse.

»Nichts«, sagte Shara.

»Nach dem Aufstand auf den Aschenen Welten ist sie aus der Armee des Ordens desertiert«, sagte Conlingas. »Hat sie euch das nicht erzählt?«

»Hat sie«, sagte Iniza. »Kommen wir zurück zu –«

»Aber so einfach war das nicht, stimmt's, Shara? Die Piloten, die dich aufhalten sollten, waren deine Freunde. Männer und Frauen, mit denen du jahrelang Kampfeinsätze geflogen bist. Hast du sie wirklich alle umbringen müssen, um zu entkommen? Und wie hat sich das angefühlt?«

Um Shara schienen die Wände des Cockpits näher zu rücken. Vieles kam in diesem Moment zusammen. Das Wiedersehen mit Hassaat, die Hilflosigkeit bei Glanis' Tod, ihre Schuldgefühle, weil sie die anderen nach Taragantum IV gebracht hatte. Und nun Conlingas und die Erinnerungen, die er weckte.

Ehe jemand sie aufhalten konnte, presste sie die Finger auf die Feuerknöpfe.

Die Geschütze schwiegen.

»Tut mir leid«, sagte die Muse. Von ihrem Platz aus hatte sie Sharas Laserleitstand rechtzeitig abgeschaltet.

Shara stieß einen zornigen Schrei aus, trat von unten gegen das Schaltpult, schnappte sich ihren Blaster und sprang auf.

Iniza schob Tanys von ihrem Schoß. »Shara …«

Gavanqe versuchte, sich ihr in den Weg zu stellen, aber Shara drückte die Amme beiseite und stürzte sich in den Antigravschacht. Augenblicke später durchquerte sie den Laderaum, hämmerte die Faust auf den Öffner des Schotts und sah ungeduldig mit der Waffe im Anschlag zu, wie sich die schwere Luke beiseiteschob. Gleichzeitig senkte sich der Kiefer des Kopfmoduls und faltete die Rampe aus.

»Shara, warte!« Die Muse war am anderen Ende des Laderaums erschienen, die leeren Hände beschwichtigend ausgestreckt. »Du musst dich beruhigen.«

Shara schob sich durch den Spalt und lief die Rampe hinunter. Sie trug keine Atemmaske, der Aschegestank brannte ihr in Nase und Hals.

Conlingas saß noch immer im Schneidersitz an derselben Stelle. Er blickte ihr mit jenem dünnen Lächeln entgegen, das wie ein Zwirn über sein Gesicht gespannt war. Auch dann noch, als sie mit dem Blaster im Anschlag durch den Staub auf ihn zustapfte. Die Wut darüber, dass er sie so weit gebracht hatte, legte sich auf jedes Luftholen, so als wäre die Atmosphäre von Amun mit einem Mal sehr viel dünner geworden.

»Shara!« Wieder die Stimme der Muse, jetzt von der Rampe.

Iniza meldete sich vom Cockpit aus über die Lautsprecher: »Tu's nicht, Shara.«

Conlingas schwieg und sah ihr mit der Milde eines Propheten entgegen, der gekommen war, um sie auf den rechten Pfad zu führen.

Sie holte aus und schlug ihm den Blaster ins Gesicht. Lautlos fiel er zur Seite, mit verdrehten Beinen und einer blutenden Platzwunde unter dem linken Auge.

»Shara, verdammt, hör auf!«, rief Iniza.

Von hinten kam die Muse näher.

»Du tauchst aus dem Nichts auf«, schrie Shara den Mann am Boden an, während sie breitbeinig über ihm stand und mit der Waffe auf seinen Kopf anlegte, »und du weißt viel zu viel über mich, über Kranit, über das alles hier. Du behauptest, du bist ein Waffenmeister, aber vielleicht bist du auch nur ein Feigling, der seine Mannschaft ans Messer geliefert hat, um die eigene Haut zu retten. Jemand, der eine neue Identität angenommen hat und dem es nicht genügt, einfach nur irgendwer zu sein. Du sprichst in Rätseln und wirfst mit Anschuldigungen um dich. Nenn mir einen Grund, warum ich dir nicht die Visage wegbrennen sollte!«

Er sagte etwas, während er sich mit dem Handrücken Blut von den Lippen wischte.

»Was?«

Er wiederholte die Worte, lauter jetzt und mit einem Anflug von Wut, der Shara runterging wie Öl. »Kranit wird euch verraten!«

»Du bist tot.« Sie zielte zwischen seine Augen.

»Das ist keine gute Idee«, sagte die Muse in ihrem Rücken.

»Komm ja nicht näher!«, entgegnete Shara, ohne sich umzusehen.

Tatsächlich hielten die Schritte der Muse inne. Shara schätzte, dass sie fünf Meter entfernt stehen geblieben war. Nah genug, um sich auf sie zu werfen. Sie war übermenschlich schnell und würde nur Augenblicke brauchen, um Shara die Waffe abzunehmen.

Warum warst du nicht so schnell, als es darum ging, Glanis zu retten?, wollte Shara sie anschreien. *Drei beschissene Minuten früher, und er hätte nicht sterben müssen!*

Es war nicht nur unfair, es war erbärmlich. Sie suchte nach jemandem, dem sie die Schuld geben konnte, und sie wusste, dass die Muse sich nicht wehren würde. Sie brauchte ein Ventil, um diesen unerträglichen Zorn auf sich selbst loszuwerden. Jemanden, dem sie die Schmerzen zufügen konnte, die sie selbst empfand.

Aus der Nähe wirkte Conlingas um einiges jünger als auf den Bildschirmen. Der Staub, die Asche, das Sterbensgrau dieses Mondes hatten ihn aus der Ferne älter aussehen lassen. Was sie für Falten um seine Augen gehalten hatte, war lediglich Schmutz – sie selbst sah nach der Expedition in den Kuppelbau vermutlich nicht besser aus. Vielleicht war er Mitte vierzig, vielleicht fünfzig. Beides bedeutete, dass er damals für einen Kapitän eines Gildenkreuzers ungewöhnlich jung gewesen war, ebenso für einen Waffenmeister, der sich allein auf einer Mission befunden hatte, als Amun vor über zwanzig Jahren von den Hexen verbrannt worden war.

Das stechende Hellblau seiner Augen verlieh ihm etwas Gespenstisches, so als hätte die *Nachtwärts* mit ihrer Anwesenheit einen Geist aus der Vergangenheit des Mondes heraufbeschworen.

Aber er war kein Geist. Er blutete.

»Shara«, hallte Inizas Stimme über den Platz, »was ich da gesagt habe, in Quidiums Werft, das war Unsinn. Wir alle waren einverstanden, nach Taragantum IV zu fliegen. Auch Glanis. Du trägst keine Schuld an seinem Tod. Ich war verzweifelt, und ich hätte das nicht sagen dürfen.«

Nein, dachte Shara. So war das nicht. Sie selbst hatte unbedingt nach Matuul gewollt, auf der Suche nach so etwas wie einer Heimat, ihrer Vergangenheit, irgendeinem Anker in all diesem Chaos zwischen den Sternen, dem niemand mehr Herr wurde.

»Kranit wird seine Aufgabe erkennen«, sagte Conlingas. »Und dann wird er tun, was getan werden muss. Und dabei wird es keine Rolle mehr spielen, wer ihr seid und was euch einmal verbunden hat.«

Sie holte erneut mit der Waffe aus – und bremste sich im letzten Moment. In den bizarren Felsformationen auf den Hängen säuselte der Wind wie die Stimmen der Verbrannten. Kurz meinte sie, noch etwas anderes zu hören. Ein fernes Heulen.

»Wenn du dir dessen so sicher bist«, sagte sie gefährlich leise, »dann erklär mir, von was du da redest.«

»Darf ich aufstehen?«

»Nein.«

»Kranit und ich … wir sind die letzten Waffenmeister von Amun. Unsere Brüder haben für die Hexen auf Tiamande gekämpft. Einer von ihnen hat den Maschinenherrscher in seinem eigenen Thronsaal vernichtet.«

»Das weiß ich alles.« Sie zielte wieder auf sein Gesicht.

»Ich kenne meine Aufgabe«, sagte Conlingas, »und Kranit kennt die seine. Ich bin in diesen Schacht gestiegen, um herauszufinden, was die Hexen vorhaben, und es war wichtig, dass Kranit es erfährt. Wenn ich sterbe, muss ein anderer Waffenmeister diese Sache zu Ende bringen.«

Sie starrte ihn schweigend an, horchte auf das Rauschen der Lautsprecher, das Seufzen des Windes im Ascheland. Auf die leisen Bewegungen der Muse in ihrem Rücken.

Conlingas fuhr fort: »Und wenn Kranit nach Tiamande geht, dann wird er keine Rücksicht nehmen auf dich oder auf die Baroness und dieses Kind, das ihr durch die Galaxis zerrt.«

»Kranit ist mein Freund«, sagte sie fest.

»Kranit hat uns belogen«, erinnerte die Muse sie. »Er hat behauptet, dass er nie in der Kuppel war. Und dann war er es doch.«

Wenn sie sich jetzt umdrehte, würde sie wohl sehen, dass die Muse unmittelbar hinter ihr stand. Höchstens noch eine Armlänge entfernt.

»Er wird gar keine andere Wahl haben, als euch zu verraten«, sagte Conlingas.

»Shara.« Die Muse berührte ihre Schulter. »Nimm die Waffe herunter. Kranit sollte das hören.«

Shara atmete tief ein und aus. Versuchte vergeblich, sich zu beruhigen. »Geh zurück«, sagte sie zur Muse.

»Aber sie hat recht«, erklang Inizas Stimme. »Kranit wird Fragen haben, und die sollte Conlingas ihm beantworten.«

All diese Worte drangen nur dumpf zu ihr durch. Er hätte die Aschenen Welten nicht erwähnen dürfen. Ihre Flucht vor den Greiferpiloten, mit denen sie jahrelang Seite an Seite gekämpft hatte. Jene Flucht, die in Wahrheit gar keine Flucht gewesen war, sondern ein Hinterhalt. Weil ihr klar gewesen war, dass sie sonst keine Chance hatte, ihnen zu entkommen. Shara hatte gewusst, wie gut sie alle waren, jeder Einzelne in der Staffel. Sie hatte ihre Stärken gekannt und die wenigen Schwächen. Also hatte sie sich beim letzten Einsatz zurückfallen lassen und sie alle von hinten aus dem All gebrannt, jeden von ihnen, und das hatte ihr den kurzen Vorsprung verschafft, den sie benötigt hatte.

Niemand desertierte aus der Armee des Ordens und überlebte. Niemand außer ihr. Sie wusste, was es bedeutete, mit einer Schuld zu leben, die sich nicht wiedergutmachen ließ.

Und sie hätte es jederzeit wieder getan.

Wenn Conlingas behauptete, dass Kranit seine Freunde verraten würde, dann wusste keiner so gut wie sie, dass das möglich war. Dass es Momente gab, in denen Freundschaft und Vertrauen und Gemeinsamkeiten jeden Wert verloren, weil es ein Ziel gab, das all das null und nichtig machte.

Die Hand der Muse lag leicht auf ihrer Schulter.

»Lass los«, flüsterte Shara. Dann fuhr sie wutentbrannt herum. *»Du sollst loslassen, hab ich gesagt!«*

Die Muse ließ die Arme hängen.

»Es tut mir leid«, sagte Conlingas.

Seine Stimme kam nicht mehr vom Boden. Sie war direkt an Sharas Ohr.

In der nächsten Sekunde entriss er ihr von hinten den Blaster und schlug ihr den Kolben so hart ins Kreuz, dass sie zwei Meter vortaumelte.

Shara sah die Muse durch einen Schleier aus Blut vorüberhuschen. Warnend riss sie die Hand hoch, doch es war zu spät.

Conlingas feuerte.

Der Laserbolzen durchtrennte den Hals der Muse wie ein Sensenhieb.

Ihr Blick veränderte sich nicht, wirkte bedrückt, aber nicht schmerzerfüllt, weil sie keine Schmerzen empfinden konnte. Dann fiel ihr Kopf von den Schultern. Weiße Funken sprühten aus dem Halsstumpf. Ihr Körper stand noch einen Augenblick aufrecht, ehe er in die Knie brach wie eine Marionette mit zerschnittenen Fäden und seitwärts in den Dreck schlug.

Ehe Conlingas die Waffe herumschwenken konnte, stürzte Shara sich auf ihn. Er bewegte sich so schnell und lautlos wie ein wahrer Waffenmeister von Amun, doch die Wucht, mit der ihn Sharas Körper traf, überraschte ihn. Einen Augenblick lang sah er sie entgeistert an, dann stieß sie ihn zu Boden, ließ sich auf ihn fallen und hielt ihn mit ihrem Gewicht davon ab, den Blaster auf sie zu richten.

Es war kein würdevoller Kampf, nicht auf ihrer und nicht auf seiner Seite. Vielmehr ein brutales Schlagen und Treten, ein Durcheinander aus Hieben und Treffern, ein Nebel aus Schmerz und Zorn und Verzweiflung, und als es Shara endlich gelang, ihm das Knie so fest in den Magen zu rammen, dass er nach Luft schnappte, gab dieser winzige Vorteil den Ausschlag.

Mit einem triumphierenden Brüllen entriss sie ihm den Blaster, zog die Mündung herum und stieß die Gabelspitze wie ein Bajonett in seine Wange. Er spie Blut, strampelte mit den Beinen und schlug ihr mit aller Kraft in die Seite.

Am Rand ihres Blickfelds erschien Iniza.

Ein Gurgeln und Ächzen drang aus Conlingas Kehle, als er den Mund fingerbreit öffnete und Shara die Spitzen der Blastermündung in seiner Zunge stecken sah.

Dann schloss sie die Augen, riss den Abzug durch und roch, wie sein Schädel verdampfte.

17

Zwei Stunden später kehrte Kranit zurück.

Genau wie sein Raketenschlitten war er über und über mit Asche bedeckt. Conlingas lag noch immer dort, wo Shara ihn getötet hatte, und weil Kranit Atemmaske und Schutzbrille trug, konnte Iniza vom Cockpit aus nicht erkennen, wie er darauf reagierte. Er lenkte den Schlitten zum Schott und wartete, bis sie die Rampe ausgefahren hatte.

»Mir ist das sehr unangenehm«, sagte der Kopf der Muse.

Iniza hatte den abgetrennten Schädel auf dem Schaltpult deponiert. Er lag auf der Seite, weil er auf dem rußgeschwärzten Halsstumpf partout nicht stehen blieb. Die Muse maulte deswegen, zog es aber der Alternative vor: auf einem der Sitze festgeschnallt zu werden, mit einem Gurt, der ihr ständig von der Stirn über die Augen rutschte.

Nach dem Kampf hatte es nur Minuten gedauert, bis ihre Systeme sich weit genug erholt hatten, um Lebenszeichen von sich zu geben. Eine Stunde später hatten ihre Worte allmählich wieder nach ihr selbst geklungen. Sie werde noch eine Weile brauchen, bis sie wieder die Alte sei, hatte sie erklärt. Danach möge man den Kopf zu ihrem Körper legen, der sich um alles weitere kümmern werde. Es gebe ein Notfallprogramm für Fälle wie diesen.

»Ein Notfallprogramm für Enthauptung?«, hatte Iniza gefragt.

»Ich bin auf dreihundertsiebundsechzig fatale Beschädigungen vorbereitet. Dazu kommen feste Reparaturabläufe für mehr als siebentausendzweihundert Kombinationen aus physischen Defekten aller Art. Daraus lassen sich knapp sechzehntausend weitere Provisorien ableiten, die meine wichtigsten Funktionen aufrechterhalten.«

Ihr Körper ruhte in einer der Kabinen nahe des Laderaums, wie aufgebahrt auf einer Koje mit Kissen aus Seidenplast. Verschmorte Kabel ragten aus der Öffnung oberhalb ihrer Schultern. Falls es ihr gelingen werde, Kopf und Torso wieder zu verbinden, hatte sie gesagt, werde sie in Zukunft einen Schal tragen müssen. »Einen mit Punkten.« Das war ihr wichtig.

Kranit betrat in einer Staubwolke das Cockpit, riss sich Schutzbrille und Maske herunter, sah den Kopf der Muse vor dem Fenster liegen und vergewisserte sich, dass niemand sonst ernsthafte Verletzungen davongetragen hatte.

Während Iniza ihm erzählte, was vorgefallen war, blieb er wortkarg, hörte aufmerksam zu und warf immer wieder Blicke zu Shara hinüber, die mit angezogenen Knien im Pilotensitz saß und ihre Gedanken für sich behielt. Gavanqe hatte die blutenden Schrammen der Alleshändlerin verbunden, doch selbst dabei hatte Shara kaum ein Wort gesprochen und brütend hinaus in die Dämmerung gestarrt.

Nachdem Iniza ihren Bericht beendet hatte, zwängte Kranit sich zwischen die Pilotensitze, ließ Shara vorerst in Frieden und wandte sich an den Musenkopf. »Kriegst du das wieder hin?«

»Mein Körper regeneriert sich bereits. Sobald er den Tremor in meinen Fingern unter Kontrolle hat, wird er versuchen, die Kontakte im Hals wiederherzustellen. Ich bin zuversichtlich.«

»Und Tanys?«, fragte Kranit.

Gavanqe strich der Kleinen über den Kopf. »Ihr geht's gut.« Sie schenkte ihr ein Lächeln. »Oder?«

Tanys nickte. Sie hatte nicht viel von dem mitangesehen, was auf dem Vorplatz geschehen war. Als Iniza mit dem Kopf der Muse aufgetaucht war, hatte sie kurz geweint, doch mittlerweile beobachtete sie den sprechenden Schädel mit offener Faszination. Nicht mehr lange, vermutete Iniza, und sie würde versuchen, damit irgendeinen Unsinn anzustellen. Für Tanys schien es keinen Unterschied zu machen, ob die Muse einen Körper besaß oder nicht. Hauptsache, sie war noch da und nicht verschwunden wie ihr Vater.

Iniza hatte versucht, ihr zu erklären, warum Glanis nicht mehr zurückkommen würde. Hatte versucht, offen mit ihr über seinen Tod zu sprechen. Vorab hatte sie geglaubt, dass es das Schwierigste war, das sie je würde tun müssen. Aber Tanys war zu jung, um zu verstehen, was Sterben bedeutete. Sie hatte Fragen gestellt, die Iniza ihr so ehrlich wie möglich beantwortet hatte. Dabei hatte Iniza sich plump und ungeschickt gefühlt, anfangs noch gegen ihre Tränen angekämpft und ihnen schließlich freien Lauf gelassen. Daraufhin hatte Tanys versucht, sie zu trösten, was inmitten all des Leids der schönste Moment gewesen war, den sie je miteinander geteilt hatten.

Iniza selbst wollte sich ablenken, so gut es nur ging, und natürlich ging es überhaupt nicht gut. Aber sie kannte keinen besseren Weg, damit fertigzuwerden, und so gab sie sich alle Mühe, nach außen hin ruhig und zielgerichtet zu erscheinen. Während Shara und Kranit diese Entscheidung zu akzeptieren schienen und in ihrer Hilflosigkeit insgeheim wohl dankbar dafür waren, behielt Gavanqe sie rund um die Uhr im Auge, um ihr jederzeit beizustehen, wenn die Trauer einmal mehr über sie hereinbrechen würde wie ein Weltuntergang. Im Augenblick hielt sie sich passabel, fand Iniza, aber sie wusste auch, wie schnell das umschlagen konnte.

Shara löste ihren Blick von den Felsspitzen auf dem Hügelkamm und sah Kranit an. »Hast du irgendwas rausgefunden?«

»Ich war im Tempel, aber außer den Mauern ist nicht viel übrig. Geschmolzenes Metall, ein paar Überreste in den Katakomben. Die Bunkerräume mit dem Archiv waren aufgebrochen, aber drinnen war alles verbrannt. Ich nehme an, dieser Conlingas hatte sich dort auch schon umgesehen.«

»Hat er die Wahrheit gesagt?«

»Darüber, dass er ein Waffenmeister war?« Der Widerstreit seiner Gefühle war ihm anzusehen. Die Vorstellung eines zweiten Überlebenden von Amun musste ihn ebenso überrumpelt haben wie Iniza und die anderen. »Dagegen spricht, dass du noch lebst«, sagte er zu Shara. »Und dafür, dass er offenbar eine Menge Wissen hatte, an das man nicht ohne weiteres herankommt.«

»Ich meinte etwas anderes«, sagte sie. »Ist es wirklich das, was die Hexen wollen? Alles auslöschen, bevor die Maschinen …« Sie schien nach einem Wort zu suchen, das nicht wie Hohn klang, sagte dann aber trotzdem: »Bevor die Maschinen es *retten* können?«

»Es gibt schon lange zwei Fraktionen unter den Ordensmüttern«, sagte Kranit. »Die einen sehnen die Rückkehr des Schwarzen Lochs herbei, womöglich das Ende von allem. Sie sind die Dogmatiker, die sich immer als Kamastrakas verlängerten Arm gesehen haben. Sie könnten tatsächlich ein Interesse daran haben, die ganze Sache zu beschleunigen.«

Er lehnte sich gegen das Schaltpult und klopfte sich die Jacke ab.

»Du staubst mich voll«, sagte die Muse.

»Entschuldige.« Er machte einen Schritt nach vorn. »Die andere Gruppe ist die, zu der Setembra gehört hat: Sie ist fanatisch, aber auch neugierig. Diese Ordensmütter suchen um jeden Preis nach den Zusammenhängen zwischen dem Schwarzen Loch, dem Pilgerkorridor und der STILLE. Vielleicht auch nach dem Ursprung der Maschinen. Sie sehen sich als die wahren Nachfolgerinnen Oratorias, und seit Empedeum wissen wir auch, warum: Oratoria war die Aussicht auf die Wahrheit wichtiger als ihr eigenes Leben. Sie hat sich in den Mahlstrom gestürzt, nur um herauszufinden, was sie dort finden wird.«

»Oratoria hatte den Verstand verloren«, sagte Shara. »Ich dachte, da waren wir uns einig.«

»Für uns sieht es ganz danach aus. Aber für Setembra und die anderen macht sie das zu einem Idol.«

Shara muserte den Waffenmeister jetzt auf eine Weise, die Iniza nicht gefiel. So als hätte Conlingas noch mehr gesagt als das, was Iniza mitangehört hatte. Mehr als haltlose Behauptungen und Anschuldigungen, die gewiss nur Zwietracht säen sollten.

Nur warum?, dachte Iniza. Welchen Zweck hatte er damit verfolgt? War es ihm einzig darum gegangen, sie zu schwächen?

»Wie viel habt ihr Waffenmeister wirklich über die Hexen gewusst?«, fragte Shara.

»Was meinst du?«

»Diese Sache mit den beiden Fraktionen – du hast das vorher nie erwähnt.«

»Weil es nie eine Rolle gespielt hat.« Er klang aufrichtig verwundert über ihr Misstrauen.

»Shara«, sagte Iniza beschwichtigend.

Die Alleshändlerin streckte die Beine aus und sprang auf. »Ich hab keinen Schimmer, wer dieser Kerl war. Vielleicht ein Waffenmeister, vielleicht auch nur ein ziemlich cleverer Kopfgeldjäger. Aber er hat eine Menge über mich herausgefunden und wahrscheinlich auch über euch andere.« Sie deutete mit ausgestrecktem Arm zum grauen Himmel, ohne selbst hinzusehen. »Wissen ist da draußen längst zu einer Waffe geworden. Und deshalb sollten wir gefälligst alle auf demselben Stand sein, wenn es um etwas so Wichtiges wie unsere Todfeinde geht!«

Iniza pflichtete ihr insgeheim bei und verspürte trotzdem den irrationalen Drang, Kranit in Schutz zu nehmen. Was sie vorhin zu Shara gesagt hatte, hatte sie ernst gemeint: Es war kindisch von ihr gewesen, Shara die Schuld an Glanis' Tod zu geben. Möglich, dass sie jedes Recht dazu hatte, in ihrer Trauer dummes Zeug zu reden, und nun musste sie dasselbe Recht auch Shara zugestehen, die gerade so mit dem Leben davongekommen war. Trotzdem ging es nicht an, dass ein Wildfremder einen Keil zwischen sie trieb. Wenn ihr Gegner behauptete, dass sie einander nicht trauen konnten, dann mussten sie einander erst recht beweisen, dass einer sich auf den anderen verlassen konnte. Wissen *war* eine Waffe, damit lag Shara richtig, aber dasselbe galt auch für Gewissheit.

»Das Verhältnis zwischen Waffenmeistern und Hexen war seit Jahrhunderten zerrüttet«, sagte Kranit. »Wahrscheinlich schon seit dem Tag, als die Hexen den Sieg über den

Maschinenherrscher für sich beansprucht haben, obwohl einer von uns ihn vernichtet hat. Amun war dreißig Jahre lang mein Zuhause, aber das war zu einer Zeit, als hier nur noch das Nötigste über die Hexen gesprochen wurde.« Sein Tonfall wurde schärfer. Iniza glaubte, dass er sich Vorwürfe machte, weil er nicht dagewesen war, als Shara fast getötet worden war. Beide waren notorische Einzelgänger, und weil ihnen Sorge um andere so lange fremd gewesen war, äußerte sie sich bei ihnen oft als Gereiztheit. »Es gab Gerüchte, aber ich bin kein verdammter Experte, wenn es um das Gezänk der Ordensmütter geht. Ich bin weder in ihren Kathedralen geflogen, noch hab ich Aufstände für sie niedergeschlagen!«

Er mochte nicht mehr so gut sehen wie früher, aber diese Wunde hätte er auch blind getroffen. Shara sprang auf, stemmte die Hände in die Hüften und wollte ihn anbrüllen, als ihr überraschend Gavanqe über den Mund fuhr:

»Schwanz der Krone, ihr habt *beide* die Drecksarbeit für die Hexen erledigt! Ob nun als Pilotin oder als Söldner. Aber wisst ihr was? Uns anderen ist das völlig egal. Weil wir euch kennen, wie ihr heute seid. Und nun hört endlich auf, euch anzuschreien wie zwei Kinder, die es nicht besser wissen!«

Tanys, die solche Szenen nicht zum ersten Mal erlebte, trat kurzerhand in den Antigravschacht und spielte Fliegen. Allein die Vorstellung, dass sie dabei Glanis vermisste, versetzte Iniza einen Stich. Es kostete sie Überwindung, ihr nicht zu folgen. Zugleich fühlte sie sich schuldig, weil sie es nicht tat, um weiter zuzuhören.

Mit einem Luftschnappen ließ Shara sich zurück in den Pilotensitz fallen. »Was soll's. Spielt eh keine Rolle.«

Der Waffenmeister wich dem strengen Blick der Amme

aus und sah hilfesuchend zu Iniza. Die deutete nur ein Kopfschütteln an. Mit Shara musste er allein fertig werden.

»Möglicherweise stammte dieser Conlingas tatsächlich von Amun«, sagte er schließlich. »Könnte er euch provoziert haben, um ins Schiff zu gelangen?« Er senkte seine Stimme. »Weil er verhindern wollte, dass Kamastrakas Befehl jemals bei den Hexen ankommt?«

Iniza folgte seinem Blick und landete erneut beim Antigravschacht, wo Tanys in der Leere trieb wie ein Fallschirmspringer, Arme und Beine ausgestreckt, ganz und gar in ihr Spiel versunken.

Auch Shara schaute über die Schulter und sah mit einem Mal noch bleicher aus als nach dem Kampf mit Conlingas. Ganz leise, damit das Kind sie nicht hören konnte, sagte sie: »Du meinst, er wollte Tanys töten, damit Kamastrakas Befehl nie bei den Hexen ankommt? Um das Erwachen der Monde aufzuhalten?«

Iniza konnte ihr die Frage, die sie eigentlich stellte, von den Augen ablesen: Machte das Conlingas etwa zu einem von den *Guten*?

Sie erschrak so sehr über diesen Gedanken, dass Gavanqe beruhigend nach ihrer Hand griff.

Kranit ließ sich mit einem Fluch in den Copilotensitz sinken und gab Shara das Zeichen zum Start. »Suchen wir sein Schiff.«

18

Hadraths Wunsch ging schließlich doch in Erfüllung, wenn auch auf andere Weise, als er es sich erhofft hatte. Als die ehemaligen Caudorkreuzer den Hyperraum verließen, öffnete sich vor der Panoramascheibe der Zentrale ein Meer aus fremden Sternbildern. Nur wenige strahlten so hell wie jene, die Hadrath vertraut waren. Von den meisten ging ein blasses Glosen aus, und die Abstände zwischen ihnen waren so weit, als wäre ein Großteil des Firmaments von Schwärze verschluckt worden.

Gleich darauf ließen auch die Koordinaten auf den Anzeigen keinen Irrtum mehr zu: Die Flotte hatte den kartographierten Reichsraum verlassen und befand sich in der Grenzregion zum großen Unbekannten, wo es angeblich nichts gab als tote Welten und ausgebrannte Sonnen.

Kein Wunder, dass der Planet Äon nie gefunden worden war. Die legendäre Welt, die Wiege des ersten Maschinenherrschers, lag nicht im Einflussbereich der Hexen. Deshalb hatten sie die Existenz des Planeten verleugnet, so wie sie es mit nahezu allem taten, das sich ihrer Macht entzog. Da es hier draußen keine antiken Sprungtore gab, mussten die Maschinen schon damals eigene Schiffe mit Hyperantrieb besessen haben. Jemand hatte sie bestens für ihren Feldzug gegen die Menschen ausgerüstet.

Hadrath fand es kurios, dass selbst ein Krieg von solchen

Dimensionen mit einfachsten Spielzügen begann. *Finde eine Basis außerhalb der Reichweite deiner Feinde. Dann sorge dafür, dass deine Armee mobil genug ist, um dem Gegner stets einen Schritt voraus zu sein.* Dahinter steckte keine göttliche Fügung, keine kosmische Schicksalsmacht, sondern einzig strategische Logik.

Hadrath schwitzte vor Aufregung, und für einen Augenblick vergaß er, dass er Äones Vertrauen so leichtfertig verspielt hatte. Die Wut, die in ihm kochte, verbarg er. Äone würde ihm kein zweites Mal vorwerfen können, er reagiere zu emotional. Er würde ihr beweisen, dass er sein konnte wie sie.

Sein Gesicht befand sich keine Handbreit von der Scheibe entfernt. Langsam atmete er gegen den Transparentplast, als würde der davon beschlagen wie die Palastfenster seiner Kindheit. Natürlich gab es keine Kondensation, obwohl die Kälte dort draußen so viel extremer war als alle Winter auf Koryantum.

Er fragte sich, warum er ausgerechnet jetzt nostalgischen Gedanken an seine Heimat nachhing. Gewiss, da war der Untergang der Flotte in der See von Xath. Der Tod seines Bruders. Und doch kam es ihm vor, als wäre das nicht alles. Ein Teil von ihm schien erst jetzt zu begreifen, dass er auf die denkbar radikalste Weise mit der Vergangenheit abgeschlossen hatte. Er war nicht stolz darauf. Aber er empfand auch keine Scham.

Was also sollte diese Erinnerung an beschlagene Fensterscheiben? War das eine unterbewusste Art der Trauer um Fael? Dann war es an der Zeit, an seinem verfluchten Verstand zu zweifeln.

»Bist du verärgert?«, fragte Äone in seinem Rücken. Einmal mehr hatte er nicht gehört, dass sie die Zentrale betreten hatte.

Er wartete kurz, ehe er sich zu ihr umwandte. »Natürlich nicht.«

»Es wäre keine Schande.«

»Ich habe einen Fehler gemacht.«

»Einsicht ist eine ebenso menschliche Verhaltensweise wie Sadismus.«

»Du hältst mich für einen Sadisten?«

»Du wolltest deinen Bruder quälen, indem du ihn seinen Leuten auslieferst.«

»Eine gerechte Strafe, sonst nichts.«

»Die du genossen hättest.«

Die Haarspalterei führte zu nichts Gutem, deshalb wandte er sich wieder dem Fenster zu und sagte leise: »Vielleicht.«

Das Flaggschiff änderte seinen Kurs, die Sterne wanderten nach links. Von Steuerbord rückte die Wölbung eines Planeten ins Sichtfeld, eine wolkenverhangene Welt ohne Monde, grau und glanzlos wie ungeschliffener Stahl.

»Das also ist Äon«, sagte er gedankenverloren.

»Sei nicht zu gespannt darauf. Du wirst die Oberfläche nicht betreten. Kein Mensch könnte dort überleben.«

Er überspielte seine Enttäuschung, indem er sagte: »Äon aus dieser Entfernung zu sehen ist mehr, als ich mir je erhofft hatte.«

»Es ist nur ein Planet wie viele andere jenseits der Peripherie des Reiches.«

»Es ist euer Planet«, sagte er.

»Wir stammen nicht von Äon«, widersprach sie. »Nach unseren ersten Siegen über die Hegemonie entstand hier lediglich ein Stützpunkt, um etwas zu erschaffen, das euch

Menschen Furcht einflößt. Es fällt leichter, euch zu bezwingen, wenn wir euren Ängsten eine Gestalt geben. Ein Gesicht, in gewisser Weise.«

»Der Maschinenherrscher hat euch nicht von Anfang an geführt?«

»Nicht in dieser Form«, sagte sie geheimnisvoll. »Wir modifizierten etwas Älteres zu etwas Neuem. Erweckten einen dunklen Götzen nur für euch. Menschen können stark sein, wenn sie einen Grund haben, *für* etwas zu kämpfen. Wenn es aber nur um den Kampf *gegen* etwas geht, werden sie müde und berechenbar. Erst recht, wenn dieser Gegner ihre tiefsten Ängste verkörpert – das Böse, das Unbekannte. Wir gaben euch eine Nemesis, auf die ihr all euren Hass richten konntet. Und wir werden es wieder tun.«

Während der Planet allmählich das Fenster ausfüllte, schweifte Hadraths Blick daran vorbei in jene unbekannte Sternenregionen, von deren Erforschung er seit Jahren träumte. Hatte Äone ihn hergebracht, um ihm sein Scheitern vor Augen zu führen? Tief im Inneren hatte er die Hoffnung nicht aufgegeben, dass sie insgeheim auf seiner Seite stand. Dass dies nur der erste Schritt auf einer größeren, gemeinsamen Reise war, der Beginn einer Expedition, die ihrer beider Fragen beantworten würde.

»Ich möchte, dass du mich begleitest«, sagte sie.

Für einen Moment fühlte er sich bestätigt und konnte seine Euphorie nur mit Mühe unter Kontrolle halten. Dann begriff er, dass sie keineswegs die Expedition in die galaktische Trümmerwüste meinte.

»Wir werden dieses Schiff verlassen«, sagte sie.

»Kehren wir an Bord zurück?«

»Nein.«

»Das hier ist ein hervorragendes Schiff. Es könnte uns noch gute Dienste leisten.« Beklemmung machte sich in ihm breit. Dies war genau die Art von Kreuzer, die er brauchte. Ein hypersprungtaugliches Schlachtschiff. Eine fliegende Festung.

»Ich hatte gehofft –«, begann er.

»Komm jetzt.«

Sie ging voran, und er folgte ihr nach kurzem Zögern. Die Teile ihrer Oberfläche griffen so fließend ineinander, dass sie geschmeidig wie ein Tänzerin wirkte. Irgendwo in ihr schlummerten die Programmierungen einer Muse und einer Hohepriesterin. In beiden Rollen hatte sie Menschen betören müssen, und nicht einmal ihre Häutung konnte die Eleganz ihrer Bewegungen, die Ästhetik ihres Äußeren mindern.

Wieder durchquerten sie Korridore voller lebloser Drohnen, bis sie im Hangar eine Raumbarke betraten. Hadrath sah durchs Fenster, wie die Hallenwände vorüberglitten, dann schwebten sie im offenen Raum über Äon. Mit dem vertrauten Caudorschiff blieb auch ein Teil seiner Hoffnungen zurück, aber Hadrath versuchte, sich seine Verzweiflung nicht anmerken zu lassen.

Tief unter ihnen lag die Atmosphäre mit ihren grauen Wolkenstrudeln und Dunstgebirgen. Was sich darunter befand – eine planetengroße Maschinenfabrik oder nur lebensfeindliche Einöde – blieb ungewiss, denn als die Barke sich in eine Kurve legte, sah er kurz das Ziel ihres Fluges. Sein Herzschlag verdichtete sich zu einem scharfen Stechen in seiner Brust.

Eine Raumkathedrale der Hexen hing über dem Nebelmeer, ein schwarzer Koloss aus wimmelnden Statuen, auf dessen Pyramidenspitze das eiserne Gesicht der Gottkaiserin thronte, drei Kilometer hoch vom Kinn bis zur Stirn. Mit leblosen Augen wachte sie über diesen Berg aus stählernen Untertanen, und zum ersten Mal kam Hadrath in den Sinn, dass dies auch eine passende Metapher für den Maschinenherrscher und seine Armeen war.

»Du hast mit etwas anderem gerechnet«, stellte Äone fest.

»Du wirst mir das zweifellos erklären.« Ein nervöses Vibrieren lag in seiner Stimme, das hoffentlich nur er selbst bemerkte.

»Deine Angst vor den Hexen ist größer als die vor uns. Das ist interessant.«

»Ich bin nur überrascht. Es sind nicht wirklich Hexen an Bord, oder?«

Äones Mundwinkel aus mikroskopischen Metallschuppen verzogen sich zu einem Lächeln. »Wir haben diese Kathedrale von ihnen erbeutet.«

»Wie du das sagst, klingt es erschreckend einfach.«

»Das war es nicht«, entgegnete sie offenherzig. »Einige Kathedralen haben sich selbst zerstört, ehe wir die Kontrolle übernehmen konnten. Bei dieser hier konnten wir schnell genug in die Programmierungen eingreifen. Die nötigen Reparaturen haben über ein Jahr gedauert, aber nun ist sie bereit zum Aufbruch.«

»Ihr seid dem Orden längst überlegen. Ob mit oder ohne Kathedralen.«

»Hab ein wenig Geduld.«

Die Barke tauchte in den Dschungel aus Statuen, glitt an titanischen Heldenfiguren und erstarrten Hexenprozessionen vorüber, passierte hochgereckte Fäuste und Steilwände aus gewaltigen Stirnen. Schließlich flog sie in den Schlund eines Hangars, legte an einer Landungsbrücke an und verharrte mit einem sanften Ruck.

Hadrath begleitete Äone durch das offene Schott und über den geländerlosen Steg. Tausende Lichter glühten weiß in den gewölbten Wänden des Hangars, erleuchtete Fenster, so als säßen in den angrenzenden Kontrollräumen noch immer Menschen, die auf eine Beleuchtung angewiesen waren.

Äone bemerkte seinen Blick. »Keiner sieht dich. Die Drohnen haben niemanden am Leben gelassen.«

Ein Panzerschott glitt beiseite. Dahinter lag ein dunkler Korridor, der breit genug gewesen wäre, um darin Manöver mit einer Greiferstaffel zu fliegen. Erst glaubte Hadrath, dass die Beleuchtung heruntergefahren worden war, doch dann erkannte er den Grund für die Düsternis: An den Wänden, zwanzig, dreißig Meter hoch, reihten sich Drohnen vor- und übereinander, verdeckten die Lichtquellen und warfen groteske Schatten. Ihre Leiber waren inmitten dieses Walls aus angewinkelten Beinen kaum zu erkennen. Der Anblick besaß eine bizarre Symmetrie, die gleichen Muster aus stählernen Gliedern auf beiden Seiten des Korridors. Offensichtlich hatte man sich bemüht, die Drohnen so platzsparend wie möglich unterzubringen, anders als in den Gängen des Caudorkreuzers.

»Sieht es überall an Bord so aus?«, fragte er, als er mit Äone durch die Schneise zwischen den Robotern ging.

»In fast jeder Halle, jedem Schacht, jedem verfügbaren Hohlraum.«

Sein Mund war trocken, und in seinen Ohren meldete sich ein feines Pfeifen. »Das müssen Hunderttausende sein.«

»Weit über eine Million.«

Sie durchquerten Korridore und Säle, benutzten geschwungene Treppen und mehrere Antigravschächte, horizontal und vertikal. Oft passierten sie mächtige Statuen von Ordensmüttern, um die leblose Drohnen aufgeschichtet waren wie zusammengestauchte Baugerüste. Hadrath hatte den Eindruck, sich durch den Stock eines stählernen Insektenvolkes zu bewegen. Er fieberte dem Nest der Königin entgegen. Zugleich saß die Furcht wie ein Geschwür in seinem Leib und pulsierte im selben schnellen Rhythmus wie sein Herz.

Nach einer Ewigkeit, in der sich um sie herum in der majestätischen Düsternis nichts bewegt hatte, fragte Hadrath: »Sind wir die Einzigen an Bord, die wach sind?«

»Es gibt noch jemanden. Die Drohnen werden erst aktiv, wenn ihnen der Befehl dazu gegeben wird.«

»Von dir?«

»Das ist nicht meine Aufgabe.«

»Aber du könntest es?«

Sie gab keine Antwort. Schaudernd und fasziniert zugleich stellte er sich vor, wie alle diese Kampfroboter aus ihrer Erstarrung erwachten, millionenfaches Wimmeln und Klettern in allen Winkeln der Kathedrale. Als Kind hatten er und seine Brüder die Dachböden des Palastes auf Koryantum erforscht. Auf einem der Speicher hatten sie ein kopfgroßes Spinnennest gefunden, und Fael hatte unbedingt mit einem Stab hineinstechen müssen. Die winzigen Tiere waren zu hunderten aus dem Kokon explodiert und hatten sich in Windeseile über die Dachbalken verteilt. Zweifellos würde die Auferstehung der Drohnen ähnlich vonstattengehen. Was für menschliche Augen chaotisch erscheinen mochte, würde einem Plan von mathematischer Präzision folgen. Hadrath kannte die Vorgehensweise der Maschinen mittlerweile gut und hatte ihre Effektivität zu schätzen gelernt.

Äone und er waren bereits seit einer Stunde unterwegs, als sie endlich ein Tor erreichten, dessen oberes Ende sich in der Dunkelheit einer unerreichbaren Decke verlor. Hadrath war einmal an Bord einer Raumkathedrale gewesen, als die Ordensmutter Setembra ihn zu sich zitiert hatte, und erinnerte sich gut an den Eingang zur Kommandobrücke. Dieses Portal war noch größer und eindrucksvoller.

Nach einem Augenblick öffneten sich die beiden turmhohen Flügel wie von Geisterhand. Knirschend und schleifend schwangen sie gerade weit genug nach außen, um einen Spalt entstehen zu lassen, durch den die beiden nebeneinander eintreten konnten. Dahinter lag eine weite Plattform, die durch einen Schacht minutenlang aufwärts fuhr, um sich schließlich wie ein fehlendes Puzzlestück in eine Ebene aus Eisen einzufügen.

Die Beleuchtung war hier besser und reichte bis in die höchsten Regionen eines Saals von unerhörten Ausmaßen. Hadrath hätte die beiden ovalen Ausbuchtungen auf der gegenüberliegenden Seite, gut zweihundert Meter über dem Boden, nicht entdecken müssen, um die richtigen Schlüsse zu ziehen: Sie befanden sich im Schädel der Gottkaiserin, in einer Halle, die die obere Hälfte ihres Kopfes einnahm. Der höchste Punkt musste demnach rund anderthalb Kilometer über ihnen sein. Die gewölbten Wände waren rundum mit Lichtern besetzt, die den Eindruck eines geometrischen Sternenhimmels erzeugten.

Niemand außer ihnen schien sich in diesem Saal zu befinden. Doch als Hadrath und Äone die Plattform verließen, öffneten sich im Boden verborgene Schächte, aus denen Kampfdrohnen emporfuhren, um ein Spalier zu bilden. Keine von ihnen regte sich. Wie eine Allee aus toten Bäumen führte der

Weg zwischen ihnen auf einen Berg aus Spitzen und Klingen zu, der von weitem wie ein Haufen Eisenschrott erschien, so als wären die Überreste zahlloser Drohnen im Gipfel der Kathedrale abgelegt und vergessen worden.

Während sie zwischen den unbelebten Drohnen auf das Gebilde zugingen, erkannte Hadrath im Hintergrund, hoch über den beiden eingewölbten Augen, eine rechteckige Schleuse in der Stirn der Gottkaiserin. Dies hier war einmal ein weiterer Hangar gewesen, vermutlich für die schwarzen Dreizackschiffe der Ordensmütter.

»Was soll ich hier?«, fragte er leise, während er neben Äone herging. »Was kann ich zu eurem Krieg beitragen? Wir beide haben so viele Gespräche geführt, dass du längst alles weißt, was von irgendeiner Bedeutung für euch sein könnte.«

»Es hat Fragen.«

»Es?«

»Es oder sie oder er. Das, was ihr den Maschinenherrscher nennt.«

»Sicher kennt er alle Antworten, die ich dir im Laufe der letzten Jahre gegeben habe.«

»Sie sind vielfach analysiert worden, sämtliche Informationen wurden weitergegeben. Aber die Fragen, die er dir stellen will, sind möglicherweise anderer Natur.«

Der Berg aus stählernen Stacheln, scharfen Schneiden und verdrehten Klingen gab ein Geräusch von sich, das an eine Kreissäge erinnerte, deren Eisenzähne funkensprühend auf Metall stießen. Das ganze Ungetüm geriet in Bewegung, langsam wie ein Tier, das aus tiefem Schlaf erwachte.

»Warum so?«, fragte Hadrath.

»Was meinst du?«

»Weshalb kein ausgeformter Körper, wenn ihr es doch darauf anlegt, den Menschen Ehrfurcht einzuflößen? Das da ist nur ein … ein Ding.«

Er hatte einmal uralte Holos des ersten Maschinenherrschers gesehen, vielfach kopierte Aufnahmen aus den letzten Tagen der Hegemonie. Auch auf ihnen war nur ein unförmiger Metallberg zu sehen gewesen. Auf jeder seiner zahllosen Spitzen, die meterhoch daraus hervorragten, hatte ein zappelnder Mensch gesteckt. Eine Krone aus Gepfählten auf dem Leib des Maschinenherrschers.

Als Äone keine Antwort gab, fuhr er leise fort: »Ihr könnt uns mit Gewaltexzessen einschüchtern, aber sie werden immer nur zu Widerstand führen. Was ihr wirklich erschaffen müsst, ist eine Gottheit. Etwas, von dem Menschen glauben, dass es in seiner Allmacht unerreichbar ist. Und der Schlüssel dazu ist Anmut, nicht Hässlichkeit.«

»Du meinst, wie die STILLE?«, fragte sie.

»Die STILLE ist real.«

»Aber du weißt, dass wir sie erschaffen haben.«

»Ihr habt aus ihr eine Religion gemacht. Das ändert nichts an ihrer Existenz.«

»Wir waren die Priesterinnen der STILLE. Wir sollten die Wahrheit kennen.«

»Die Wahrheit ist nicht das, was in den alten Büchern und Niederschriften steht.« Er berührte flüchtig seinen Brustkorb. »Sie ist hier drinnen. Ich kenne sie. Ich spüre die STILLE sogar an einem Ort wie diesem.«

Sie hatte ihm oft unterstellt, dass er nicht wahrhaben wollte, woran es aus ihrer Sicht keinen Zweifel gab: dass die Maschinen den Glauben an die STILLE erschaffen hatten, um über eine Religion in die Köpfe der Menschen einzudringen und Einfluss auf sie zu nehmen. Doch Hadrath wusste es besser. Er fühlte die STILLE wie einen Wind, der durch die Galaxis strich, fühlte ihre Präsenz in jedem wachen Augenblick.

Sie hatten die halbe Strecke zurückgelegt, als der hausgroße Umriss am Ende der Drohnenallee begann, seine Form zu verändern. Die knirschenden, kreischenden Laute nahmen zu, Eisen rieb auf Eisen. Hadrath blieb erschrocken stehen, zwang sich jedoch sofort zum Weitergehen.

Wellenbewegungen durchliefen die Oberfläche des Berges, neue Stacheln entstanden, andere wurden eingezogen. Im nächsten Augenblick löste sich der mächtige Umriss vom Untergrund, getragen von unsichtbaren Gravitationsfeldern, stieg bis auf gut fünfzig Meter über den Boden der Halle auf und verharrte dort als wogendes, waberndes Knäuel aus Metall.

Es war eine Inszenierung, die Eitelkeit verriet. Vielleicht war dieses Ungeheuer auf seine Weise menschlicher als Äone und ihre Schwestern.

Nachdem sie drei Viertel der Strecke zurückgelegt hatten, blieb Äone stehen. »Warte«, sagte sie zu Hadrath, »und sieh zu!«

Die Elemente des Maschinenherrschers verschoben sich schneller, die meisten Auswüchse verschwanden. Allmählich schälte sich aus all dem ein neuer Umriss, ein sternförmiger Körper mit sechs Spitzen in perfekter Symmetrie. Zugleich begann er von innen heraus zu leuchten. Erst fiel Helligkeit durch zahllose Ritzen und Fugen, dann erglühte der gesamte Leib. Hitze strahlte auf Hadrath herab, die selbst auf diese Entfernung kaum zu ertragen war.

»Mir wurde aufgetragen, dich herzubringen«, sagte Äone,

während goldene Spiegelungen über ihren Körper blitzten. »Nun muss ich gehen.«

Ein Anflug von Panik stieg in Hadrath auf, aber er beherrschte sich und nickte, als hätte er nichts anderes erwartet.

Ohne ein weiteres Wort wandte Äone sich um und machte sich auf den Rückweg zur Plattform. Die leblosen Drohnen zu beiden Seiten sahen im Schein des schwebenden Sterns aus wie Denkmäler.

Hadrath zwang sich, zum Maschinenherrscher emporzublicken. Die Helligkeit war so grell, dass sie ihn blendete, und die Hitze wurde schmerzhaft. Er konnte kaum erkennen, was dort oben geschah.

Etwas löste sich aus dem Licht, ein Umriss, der sich im Näherkommen als menschliche Silhouette entpuppte. Er schwebte langsam herab und landete sanft auf den Zehenspitzen. Ein Körper aus Metall, glühend wie Bernstein, goldgelb leuchtend und geschlechtslos. Er war einen Kopf größer als Hadrath, seine Glieder lang und schmal. Erst bei genauem Hinsehen erkannte Hadrath, dass er aus Millionen winziger Kugeln bestand, die wie magnetisiert aneinanderhafteten. Die Oberfläche befand sich in ständigem Fluss, die Schichten aus Kugeln schoben sich immer wieder übereinander.

Als das Wesen sprach, entstand eine Vertiefung, aber kein Mund. Stattdessen eine Andeutung von Lippen, so als wäre ein Gesicht mit goldener Folie bespannt. Die Stimme klang sanft und einschmeichelnd. »Ich weiß, was du begehrst, Hadrath Talantis.«

Hadrath hatte das Gefühl, mit stechendem Blick gemustert zu werden, obwohl der Maschinenherrscher keine Augen besaß. »Mein Wunsch ist es, dir zu dienen«, sagte er unterwürfig.

»Dein Wunsch«, korrigierte ihn die Erscheinung »ist die Suche nach dem Ursprung und dem Sinn. Alles andere ist nur Mittel zum Zweck.«

Natürlich, er kannte jedes Gespräch, das Hadrath mit Äone geführt hatte, jede Aussage, jede verborgene Bedeutung zwischen den Zeilen.

Der goldene Avatar trat an ihm vorbei, und als Hadrath ihn von hinten sah, entdeckte er auf seinem Rücken eine langgestreckte, feste Struktur – eine Wirbelsäule, die wie bei einem Menschen vom Nacken bis zum Steißbein reichte.

»Gehen wir ein Stück«, sagte der Maschinenherrscher. »Nutzen wir die Reise, um zu reden.«

19

Iniza hatte den Moment lange hinausgezögert, vielleicht zu lange, und sie fühlte sich auch jetzt nicht bereit dazu. Trotzdem trat sie allein über die Schwelle der Kühlkammer und schloss das Schott hinter sich. Wände, Boden und Decke schimmerten matt silbern, das Neonlicht wirkte kälter als die eisige Lufttemperatur.

Glanis lag aufgebahrt auf einer Liege aus drei Plastikcontainern, die Kranit mit Haltegurten verbunden und gesichert hatte. Die wenigen Meter vom Eingang bis zu ihm schienen sich mit jedem Schritt zu verdoppeln. Iniza brauchte eine Ewigkeit, bis sie endlich neben ihm stand.

Jemand – ganz sicher die Muse – hatte ein Laken über die Kisten gebreitet und Glanis' Kopf auf ein Kissen gebettet, das die Wunde im Genick verbarg. Sein schulterlanges Haar und der Bart waren gekämmt worden, seine Miene wirkte entspannt.

Das Licht betonte die Blässe seiner Haut, seine Lippen waren so farblos wie die Wangen und sein Hals. Im Schlaf hatte er oft weniger friedlich gewirkt als jetzt. In den künstlichen Nächten an Bord hatten ihn häufig die Sorgen ihrer Flucht heimgesucht, aufgebläht zu Albträumen. Sorgen um Tanys, Sorgen um Iniza. Er hatte selten darüber gesprochen, überhaupt hatte er zu vieles in sich hineingefressen und versucht, allein damit klarzukommen. Jetzt wünschte sie sich, er hätte öfter von sich selbst geredet, von seinen Gefühlen, seinen Wünschen, seinen Ängsten.

Ihr war, als vermisste sie etwas, das gar nicht stattgefunden hatte, und das wiederum bereitete ihr ein schlechtes Gewissen. Es erschien ihr unfair, bei diesem Anblick an etwas anderes zu denken als an ihre Liebe zu ihm. Unfair, dass sich alberne Vorwürfe in ihre Gedanken stahlen. Unfair, dass sie nicht so oft um ihn weinte, wie es ihr angemessen erschien. Unfair, verdammt, dass sie sich in ihrer Trauer genauso verhielt wie er und alles überspielte und verbarg, das andere hätte belasten können. Ganz besonders Tanys.

»Wir haben es darauf angelegt«, sagte sie, als sie sich zu ihm auf die Kante setzte und seine kalte rechte Hand in ihre nahm. »Wir haben das beide gewusst, damals auf Koryantum.«

Sie trug eine dicke Jacke gegen die Kälte. Darunter war ihr heiß.

»Wir haben uns wie zwei Kinder hineingestürzt und dem Universum eine Nase gedreht.« So ähnlich hatte er es einmal formuliert, lange nach ihrer Flucht von der Raumbarke des Ordens. Da war der Tod der übrigen Leibgardisten bereits zu einer verschwommenen Erinnerung geworden. Iniza hatte die Männer damals im All treiben sehen, steifgefroren und weiß wie Porzellan. Die Angst, Glanis könnte einer von ihnen sein, hatte sie halb wahnsinnig gemacht.

Stattdessen lag er nun hier, und sie überlegte, was sie sagen könnte, das sich irgendwie richtig anfühlte, nicht wie leere Worte oder wie etwas, das sie früher nie von Angesicht zu Angesicht ausgesprochen hätte.

Die Kühlgeneratoren summten leise im Hintergrund, und sie spürte, wie ihre Tränen noch auf dem Weg über die Wangen erkalteten. Eine ganze Weile hielt sie nur wortlos seine Hand, weinte leise, und als sie nicht mehr damit aufhören konnte, versuchte sie sich einzureden, dass es aus Selbstmitleid war und sie sich besser beherrschen sollte. Ihre Lehrer im Palast hatten ihr beibringen wollen, wie man Emotionen unterdrückte, weil sich das für eine Baroness gehörte, und obwohl sie das immer gehasst hatte, versuchte sie, sich an die Lektionen von damals zu erinnern. Ihr fiel keine einzige mehr ein.

Irgendwann begann sie, Glanis von Conlingas zu erzählen und von dem, was er über das Erwachen der Monde und die Anlage auf Amun gesagt hatte. Davon, dass die Hexen die Monde aller besiedelten Planeten präpariert hatten und sie mit Hilfe uralter Technik oder ihrer Sternenmagie – was womöglich dasselbe war – auf die ahnungslosen Welten hinabstürzen wollten.

»Keiner von uns weiß, was davon zu halten ist«, sagte sie. »Es klingt absurd, wenn man darüber redet, aber eben auch wie etwas, das zum Orden passt. Was Shara und Kranit auf Empedeum gesehen haben, war genauso größenwahnsinnig. Und seit die Maschinen zurückgekehrt sind, geben die Hexen ein System nach dem anderen auf, opfern all diese Menschen und Planeten. Als spiele nichts davon mehr eine Rolle und als sei der Untergang längst beschlossene Sache.«

Sie dachte kurz daran, auch über Tanys zu sprechen, aber dann kam sie sich lächerlich vor, und ein paar Minuten lang brachte sie kein Wort heraus und kämpfte gegen ihre Tränen an.

»Vor einer Stunde hat Kranit Conlingas' Schiff gefunden«, sagte sie, als ihre Stimme fast wieder wie ihre eigene klang. »Er meint, der Tarnschirm stamme eindeutig von Amun, nur deshalb hat er ihn so schnell knacken können. Er hat eine Menge Daten ausgelesen und lässt sie gerade von der *Nachtwärts* decodieren.«

Mit leichtem Zittern streckte sie die Hand aus und strich Glanis übers Haar. Es fühlte sich strohig an, nicht wie früher, und das ließ sie zurückzucken. Dafür schämte sie sich, berührte es erneut, anschließend mit der Fingerspitze seine Lippen. Tausend Erinnerungen flackerten durch ihre Gedanken, so als versuchte ein Teil von ihr, sich jeden Moment mit ihm vor Augen zu führen, damit nichts davon verlorenging. Sie hatte einmal gehört, dass Menschen sich oft schon nach kurzer Zeit nicht mehr genau an Gesichter erinnern konnten. An Stimmen für viele Jahre, aber die Details von Äußerlichkeiten gerieten in Vergessenheit. Darum prägte sie sich seine Züge ganz genau ein, und selbst davon bekam sie Schuldgefühle, wie überhaupt von allem, wenn sie sich Zeit zum Nachdenken nahm.

Immer wieder suchte sie nach den falschen Entscheidungen, die sie in der Vergangenheit getroffen hatte und die sie schließlich hierhergeführt hatten, in diesen Kühlraum, an ein Totenbett aus Kunststoffcontainern. Und während sie darüber nachdachte, fasste sie einen Entschluss.

Doch bevor sie ihn in die Tat umsetzte, beugte sie sich vor und flüsterte: »Irgendwas stimmt nicht mit Kranit. Er war schon sonderbar, als wir auf Amun ankamen, aber seit der Sache mit Conlingas ist es noch schlimmer geworden. Shara spürt es auch, glaube ich, aber wir hatten noch keine Gelegenheit, unter vier Augen darüber zu reden. Ich seh's ihr an und sie mir wahrscheinlich genauso. Wir erwischen uns gegenseitig dabei, dass wir Kranit beobachten … Und dann noch Gavanqe, die von uns allen wahrscheinlich am meisten sieht, aber auch nicht darüber redet.« Sie hielt inne, blickte sich zur geschlossenen Tür um und seufzte. »Ich bringe sie zurück nach Corwin, wie ich es ihr versprochen habe. Kranit hat sich in den Kopf gesetzt, nach Tiamande zu fliegen, und ich fürchte, Shara wird ihn begleiten. Er sagt, nun sei er wirklich der letzte Waffenmeister und es sei die Aufgabe eines Waffenmeisters, das alles zu Ende zu bringen, genau wie damals, als einer von ihnen den Maschinenherrscher zerstört hat. Wenn die beiden ins Kernreich fliegen wollen, müssen sie das ohne uns tun. Ich lasse nicht zu, dass Tanys in die Nähe der Hexen kommt.« Sie schluckte und atmete tief durch. »Wahrscheinlich wird es darauf hinauslaufen, dass wir uns trennen.«

Widerstrebend erhob sie sich, ließ aber seine Hand noch nicht los. Dann beugte sie sich vor und gab ihm einen Kuss auf die Stirn, zuletzt auf die Lippen.

Sie legte die Hand zurück neben seinen Oberschenkel, betrachtete lange sein Gesicht und machte sich erst nach einer Weile bewusst, dass dies der Beginn ihres Abschieds war.

Niedergeschlagen verließ sie den Kühlraum, kehrte zurück ins Cockpit und teilte den anderen ihre Entscheidung mit.

20

Sie hatten das Grab auf dem Hügelkamm ausgehoben, unter einem der markanten Bögen aus geronnener Schlacke. Von hier oben hatten sie trotz der treibenden Ascheverwehungen eine gute Sicht hinab in die Ebene, über die halb verschütteten Reste des Raumhafens hinweg zu den kreisrunden Ruinen der Stadt.

Keiner von ihnen trug eine Atemmaske. Der ewige Brandgeruch biss in Inizas Nase und legte sich auf ihre Stimme, aber sie hatte ohnehin nicht vorgehabt, etwas zu sagen. Stattdessen ging sie am Grabhügel in die Hocke, um auf einer Höhe mit Tanys zu sein, und hielt sie ganz fest. Die Kleine schien zu erkennen, dass hier etwas Endgültiges vor sich ging.

Sie standen in einem Halbkreis um das Grab, die Blicke gesenkt, jeder in Gedanken. Kranit sah so niedergeschlagen aus wie sie alle und wirkte zugleich am nachdenklichsten. Shara blieb wie immer sie selbst, sah grimmig drein, voller Wut auf Hassaat, die ohne Vorwarnung in ihr Leben zurückgekehrt war, um ein anderes zu beenden. Gavanqe stand links neben Tanys, hatte sich die Halskette mit dem Zwei-Sonnen-Anhänger ihrer Religion um die Finger gewickelt und bewegte stumm ihre Lippen zum Gebet. An was auch immer man auf Corwin glaubte, es sollte künftig auch diesen Winkel eines abgelegenen Mondes im Auge behalten.

Unter einem Arm hielt Kranit den Kopf der Muse, deren

Blick immer wieder hinüber zur Stadt wanderte, zu dem vagen Umriss des Großen Tempels im Herzen der Ruinen. Iniza brachte nicht genug Neugier auf, um sich darüber Gedanken zu machen. Sie hatte entschieden, Glanis hier auf Amun zu bestatten, weil dieser Ort so gut war wie jeder andere und sie die Vorstellung nicht ertrug, dass er noch eine Stunde länger im Kühlraum liegen musste.

Und irgendwie war es gut so. Es war das Beste, das sie ihm bieten konnte. Amun war in gewisser Weise ein einziger großer Friedhof, aber sie hatte Pflanzen entdeckt, die zwischen den Felsen sprossen, sogar eine Quelle, die sich nach all den Jahren einen Weg zur Oberfläche gesucht hatte. Das war nicht viel, und doch waren es sichtbare Spuren von neuem Leben. Fast schien es, als wäre mit Glanis auch ein wenig Hoffnung nach Amun gekommen, und das war ein Gedanke, den sie festhielt und über den sie eines Tages mit Tanys sprechen wollte.

Schließlich wandten sie sich der Reihe nach ab und gingen langsam zurück zur *Nachtwärts*. Auf dem Vorplatz des Kuppelbaus stand jetzt auch Conlingas' Schiff, die *Tabernakel*. Sie und die *Nachtwärts* passten knapp nebeneinander in den engen Felsenkessel. Iniza selbst hatte das fremde Schiff dort gelandet, nachdem sie damit eine Runde um den Mond geflogen war, über endlose Einöden aus geschmolzenem Gestein und glasierten Staubseen. Die *Tabernakel* war ein gutes Schiff, halb so groß wie die *Nachtwärts*, überaus wendig und schnell. Ihr Rumpf besaß die Form einer Münze, nur hinten ragte der rechteckige Antriebsblock aus dem Rund hervor.

Gemeinsam hatten sie alles, was an Conlingas erinnerte, aus dem Schiff geschafft und mit seiner Leiche hinter den Felsen begraben. Shara hatte sämtliche Spuren des Vorbesitzers aus den Datenbänken gelöscht, damit sie später keine Überraschungen erleben würden.

Nach dem Begräbnis versammelten sie sich auf dem Platz zwischen den beiden Schiffen. Lediglich der Kopf der Muse war bereits bei ihrem Körper im Cockpit der *Tabernakel.* Die Rampen waren ausgefahren, die Triebwerke brummten startbereit.

»Der alte Narr wird mich brauchen«, sagte Shara, »spätestens wenn er so blind ist wie ein cantarischer Lehmgräber. Und lange wird das nicht mehr dauern.«

Kranit schenkte ihr einen zweifelnden Seitenblick, vielleicht weil er ahnte, dass mehr hinter Sharas Wunsch steckte, ihn zu begleiten. Iniza war überzeugt, dass er sich lieber allein auf den Weg nach Tiamande gemacht hätte. Die beiden hatten das unter sich ausgemacht, es hatte Geschrei und polternde Gegenstände gegeben, aber zuletzt hatte Shara sich durchgesetzt. Sie würden die *Nachtwärts* nehmen, Iniza und die anderen die *Tabernakel*, und damit Kranit nicht auf dumme Ideen kam, hatte Shara Conlingas' Schiff einen Sicherungscode verpasst, den außer ihr nur Iniza kannte.

Gavanqe, der die Abschiedsszene sichtlich unangenehm war, brannte darauf, nach Corwin zurückzukehren und sich nach all den Jahren endlich auf die Suche nach ihren Söhnen zu machen. Sie hatte bis zuletzt kaum darüber gesprochen, aber Iniza kannte sie gut genug, um zu erkennen, was in ihr vorging. Sie hatte Gavanqe ihr Wort gegeben, und nun war der Zeitpunkt gekommen, das Versprechen zu erfüllen. Kranit und Shara nach Tiamande zu begleiten stand nicht zur Debatte – zum einen wegen Tanys, die überall sicherer war als im Kernreich, zum anderen weil der Waffenmeister sich weigerte zu verraten, was er dort eigentlich vorhatte. Iniza hätte ihn gern an ihrer Seite gewusst, doch er ließ sich nicht aufhalten, weder von Shara noch von ihr.

Sie hatten mögliche Treffen im Abstand von mehreren Wochen vereinbart, auf Welten am Rand der Marken, die noch nicht vom Bruderkrieg der Caudors heimgesucht wurden und Chancen hatten, auch in Zukunft dem größten Chaos zu entgehen. Shara hatte alle nötigen Koordinaten in den Rechner der *Tabernakel* eingegeben, zudem hatte sich die Muse die langen Zahlenreihen eingeprägt.

Zuletzt umarmten sie einander, machten sich Mut, und Shara wünschte Gavanqe Glück bei der Suche nach ihren Söhnen. Kranit wollte schon an Bord gehen, machte jedoch auf der Rampe kehrt, drückte erst die überraschte Amme an sich, anschließend Tanys, und schließlich stand er lange Iniza gegenüber, hielt ihre Hände, sagte kein Wort und hoffte wohl, dass sie auch so verstand, was er nicht über die Lippen brachte. Sie verstand es ganz und gar.

Bald darauf heulten die Triebwerke der *Nachtwärts* auf und trugen das Sichelschiff in den Himmel über Amun. Innerhalb weniger Augenblicke verblasste der glühende Antrieb in den Aschewolken.

Iniza überprüfte die Instrumente der *Tabernakel*, vergewisserte sich, dass Tanys auf ihrem Platz angeschnallt war, nickte Gavanqe und dem Musenkopf zu, dann startete sie das Schiff und ließ es langsam aus dem Talkessel aufsteigen. Sie flog eine letzte Schleife über Glanis' Grab und stieß dann durch die Atmosphäre ins All, nahm Kurs auf die Hypersprungschleuse und auf Corwin im Punt-System.

21

Kinderlachen drang aus der Mannschaftskabine hinter dem Cockpit, gefolgt von einer Rüge der Amme, den Kopf auf der Stelle zurück an seinen Platz zu legen und dann die Finger davon zu lassen.

Iniza saß allein in der halbrunden Zentrale der *Tabernakel*, hatte das Licht gedimmt, die Beine ausgestreckt und die Arme hinter dem Kopf verschränkt. Außer ihrem Pilotensitz gab es noch einen Platz für einen Copiloten. Der Sessel sah nicht aus, als wäre er jemals benutzt worden, das dunkelrote Leder war matt und makellos. Conlingas war wohl eine dieser einsamen Seelen gewesen, die es seit jeher zwischen die Sterne zog. Für viele, die dieses Leben wählten, war das Alleinsein im All ein Spiegel ihres Wesens. Auch Shara hatte es nie etwas ausgemacht, monatelang auf den alten Sternenstraßen zu reisen, ohne einem anderen Menschen zu begegnen. Nur sie, ihr Schiff und die Leere.

Im Hyperraum multiplizierte sich das Gefühl der Einsamkeit. Vor dem Cockpitfenster war nichts als Schwärze, kein einziger Stern, kein Anzeichen für die überlichtschnelle Geschwindigkeit, mit der die *Tabernakel* sich bewegte. Viele Raumfahrer regelten bei Reisen durch den Hyperraum das Licht im Cockpit höher, damit ihr Spiegelbild sie von dem Abgrund dort draußen ablenkte. Doch Iniza brauchte gerade genau dieses Nichts um sich, und so lange nur die

Anzeigen auf dem Instrumentenpult leuchteten, blieb ihre Reflexion in der Scheibe fast unsichtbar. Für manch einen hätten sich die Dunkelheit und die Enge wie Gefangenschaft angefühlt, für sie bedeutete es die größtmögliche Freiheit.

Tanys lachte wieder, dann erklangen polternde Kinderschritte und das Zischen eines Schotts.

»Nicht den Kopf, Tanys!«, rief die Amme, ließ sich aber mit einem Seufzen auf das Spiel ein und gab der Kleinen einen Vorsprung, bevor sie sich auf den Weg machte, um sie und ihre Beute zu suchen.

»Gavanqe?«

Die Amme betrat das Cockpit. »Alles in Ordnung?«

»Ja. Setzt du dich kurz zu mir?«

Gavanqe schob ihre ausladenden Hüften zwischen den Sitzen hindurch und nahm im Copilotensessel Platz.

»Du wirst mir fehlen«, sagte Iniza. »Und noch viel schlimmer wird es für Tanys sein.« Rasch fügte sie hinzu: »Ich will dir kein schlechtes Gewissen einreden oder dich aufhalten. Ich möchte nur, dass du das weißt.«

»Und ich werde euch vermissen, jeden verfluchten Tag. Aber ihr werdet schon klarkommen. Die Muse wird gut auf die Kleine aufpassen.«

Iniza verdrehte die Augen. »Sie soll meine Tochter erziehen? Ich glaube nicht, dass das eine gute Idee ist.«

Lächelnd saßen sie nebeneinander, blickten hinaus in die Weiten des Hyperraums und hingen für eine Weile ihren Gedanken nach.

»Wie willst du deine Söhne finden?«, fragte Iniza. »Glaubst du, sie sind nach all den Jahren noch immer dort, wo du sie zurückgelassen hast?«

»Ich habe sie nicht zurückgelassen«, sagte Gavanqe sanft. »Ich bin entführt worden.«

»Entschuldige, so hab ich das nicht gemeint … Aber es ist so lange her, sie müssten jetzt erwachsen sein.«

»Falls sie noch am Leben sind, meinst du. Ich denke jeden Tag daran, jede Stunde. Seit fünfzehn Jahren.«

Die Rostbrand-Seuche hatte einen Großteil von Corwins Bevölkerung ausgelöscht und weite Regionen des Planeten unbewohnbar gemacht. Im feuchtwarmen Klima der Dschungelwelt hatte die Krankheit leichtes Spiel gehabt.

»Achtzehn und neunzehn müssten sie jetzt sein«, fuhr Gavanqe fort. »Falls sie so alt geworden sind. Auf einer Welt, in der es schon vor dem Rostbrand nicht leicht war, zu überleben, muss ihnen jeden Tag eine neue Gefahr gedroht haben. Und ich war nicht da, um sie zu beschützen.« Sie sprach ganz ruhig, als hätte ein Teil von ihr schon vor langer Zeit Frieden damit geschlossen. Wohl auch, weil sie bis zu Inizas Versprechen nicht ernsthaft daran geglaubt hatte, jemals nach Corwin zurückzukehren.

»Du weißt, dass ich diese Chance nutzen muss«, sagte sie nach einer kurzen Pause. »Ich muss es wenigstens versuchen.«

»Natürlich«, sagte Iniza. »Vielleicht hab ich einfach nur Angst vor der Verantwortung, falls dir dort etwas zustößt.«

Die Amme lächelte. »Es ist meine freie Entscheidung. In den Jahren bis zur Geburt deiner Tochter hab ich nicht viele davon treffen können. Ich dachte schon, ich hätte es verlernt. Dabei ist die Sache mit der Verantwortung gar nicht so schwer.«

»Ich hasse es«, widersprach Iniza.

»Auf Noa hast du die Verantwortung für Tausende Menschen übernommen.«

»Und sie sind alle tot.« Ihr wurde noch immer übel bei dem Gedanken. Jene, die den Angriff der Gilde überlebt hatten, hatte sie nach Koryantum geführt, in der Hoffnung, sie wären dort sicher. Doch Fael hatte sie alle ermorden lassen.

»Du hättest nichts tun können«, sagte Gavanqe. »So wenig wie ich gegen den Rostbrand. Ich hab mir oft überlegt, ob es einen Unterschied gemacht hätte, wenn ich dort gewesen wäre, aber am Ende … nein, wohl nicht. Falls meine Söhne krank geworden sind, hätte ich sie nicht retten können. So wenig wie du die Menschen auf Noa und Koryantum.« Sie legte die Hand auf Inizas Unterarm. »Außerdem ist es Unsinn, dass du überhaupt für irgendwas von all dem verantwortlich sein könntest. Auch Glanis hat immer seine eigenen Entscheidungen getroffen.«

Iniza war dankbar, dass sie das sagte. Trotzdem hatte sie Zweifel. Immer wieder dachte sie zurück an all die Abzweigungen, die sie hätten nehmen können. Vieles wäre anders gekommen. Sie wünschte sich, diese Erinnerungen abschalten zu können. Und zugleich wollte sie keine Sekunde missen, die sie mit Glanis verbracht hatte.

»Eigentlich wollte ich mit dir über Corwin reden«, sagte sie. »Was willst du tun, wenn wir dort sind?«

»Dich und die Kleine fortjagen, natürlich, damit ihr euch nicht die Seuche an Bord holt.«

»Ich dachte, der Erreger ist besiegt.«

»In Galea«, bestätigte Gavanqe. »Dorthin sind all die Überlebenden geflohen. Aber vielleicht gibt es ihn immer noch draußen im tiefen Dschungel, wer kann das schon genau wissen? Und auch, ob ihn nicht doch wieder jemand in die Stadt einschleppt.«

»Ich bin gespannt auf Galea. Lange bevor ich vom Rostbrand gehört habe, hat mir jemand von der Stadt erzählt und was sie einmal war, lange vor der Seuche.«

»Ich hab sie nur ein einziges Mal gesehen, aus großer Entfernung am Horizont«, sagte Gavanqe. »Aber ich habe Noa überlebt, da werde ich mich auch dort zurechtfinden.«

»Wir könnten eine Weile bleiben.«

»Auf keinen Fall. Ihr setzt mich ab und verschwindet. Tanys soll nicht mal in die Nähe von irgendwas kommen, das verseucht sein könnte.«

»Du hast selbst gesagt, dass Galea –«

»Trotzdem.« Gavanques Hand schloss sich fest um Inizas Unterarm, der Druck war fast schmerzhaft. »Ich gehe allein.«

Iniza presste die Lippen aufeinander, dann nickte sie.

Ein Lächeln stahl sich auf Gavanqes Gesicht, als sie Iniza losließ, sich mit einem Seufzen streckte und aufstand.

»Ich werd sie mal suchen.« Kurz blieb sie stehen und berührte fast zärtlich Inizas Schulter, dann trat sie zur Tür. »Nur die Sterne wissen, was sie sonst mit diesem unnützen Schädel anstellt.«

22

Der Himmel über Corwin war klar, als die *Tabernakel* durch die äußeren Atmosphäreschichten stieß. Der Dunst des dampfenden Dschungels verlieh der grünen Welt eine sanfte Blässe. Vielfach verästelte Ströme zogen sich durch endloses Waldland und mündeten in weite Seen.

Schon aus großer Höhe erkannte Iniza ein helles Band aus Erhebungen, das sich in nordwestliche Richtung zog. Es ähnelte der umgestürzten Säule eines antiken Tempels, die beim Aufschlag in viele Stücke zerbrochen war. Gewaltige Segmente aus Beton und Stahl lagen im Dschungel, nahezu einen Kilometer im Durchmesser – hoch genug, um selbst nach sechzehnhundert Jahren noch nicht völlig von der Vegetation überwuchert worden zu sein.

Dies waren die Überreste des Orbitallifts, den die Bewohner zu Hochzeiten der Hegemonie aus dem Boden gestampft hatten, ein verwegener Turmbau, der das Symbol eines neuen, aufstrebenden Corwins hatte werden sollen. Die alten Dschungelzivilisationen hatten damals den Höhepunkt ihrer Macht erreicht, der Ruf ihrer phantastischen Städte war bis nach Tiamande geeilt. Viele von Corwins besten Baumeistern waren ins Herz der Hegemonie beordert worden, um dort Paläste und Prunkbauten zu entwerfen, während man daheim mit dem ehrgeizigsten aller Bauvorhaben begann.

Es hatte keinen Bedarf für einen Orbitallift auf Corwin

gegeben – im Zeitalter alltäglicher Raumfahrt war das Konzept längst überholt –, und doch hatten sich einflussreiche Kräfte durchgesetzt, die dem uralten Traum eines Aufzugs zu den Sternen ein Denkmal setzen wollten. Und so hatte man mit dem Bau eines Turms begonnen, der dreißig Kilometer hoch in die Atmosphäre ragen sollte. Ein Seil aus Panzerplastfasern, stabil genug, um neben seinem Eigengewicht tonnenschwere Gondeln zu tragen, hatte aus dem Turm hinaus ins All zu einer Raumstation im Orbit führen sollen, zigtausend Kilometer von der Oberfläche entfernt. Hinter all dem hatten wirtschaftliche, wissenschaftliche und nationalistische Interessen gestanden, und während der Arbeiten über ein Jahrhundert hinweg war ganz Corwin von dem Ehrgeiz gepackt worden, das Vorhaben zu vollenden.

Vor eintausendsechshundert Jahren – dreihundert Jahre vor dem ersten Angriff der Maschinen – war es schließlich zu jener Katastrophe gekommen, vor der so viele Zweifler gewarnt hatten. Kurz nach der Fertigstellung des Ankerturms hatte man begonnen, das Seil zur Station zu spannen. Was genau schiefgegangen war, wusste heute keiner mehr mit Gewissheit. Neben schlichtem Materialversagen und falschen Berechnungen hatten auch Sabotagevorwürfe niemals entkräftet werden können. Der Strang war gerissen und hatte beim Sturz in den Turm nicht nur dessen Spitze, sondern auch den Röhrenkern des Bauwerks beschädigt. Der Ankerturm hatte sich langsam geneigt und war schließlich wie ein frisch geschlagener Baum zur Seite gekippt. Weite Teile der Stadt Galea, die im Laufe der Bauzeit an seinem Fuß entstanden war, waren unter den Bruchstücken begraben worden. Hunderttausende hatten ihr Leben verloren, und Corwin hatte sich nie wieder von dem Unglück erholt. Dem

Zusammenbruch des Turms war der Absturz der Wirtschaft gefolgt, Millionen Menschen hatten den Planeten verlassen, um ihr Glück auf anderen Hegemoniewelten zu suchen.

Ausgerechnet Galea aber hatte aus der Katastrophe neue Kraft geschöpft, vielleicht weil dort seit jeher jene mit dem Mut zum Neuanfang gesiedelt hatten. Während die alten Dschungelkönigreiche der Dekadenz und dem schleichenden Niedergang anheimgefallen waren, hatten die Überlebenden am Stumpf des Ankerturms ihre Toten begraben und mit dem Wiederaufbau begonnen. Die unteren fünf Kilometer des Turms hatten noch aufrecht gestanden, und bald hatten die Statiker bestätigt, dass es keinen Grund gäbe, an seiner Stabilität zu zweifeln. Ein Bauwerk, das derartigen Kräften widerstanden hatte, könne durch nichts mehr erschüttert werden.

So hatten die Bewohner begonnen, das neue Galea nicht in die Breite, sondern in die Höhe zu bauen: Wie Moos am Stamm eines Dschungelriesen waren die neuen Behausungen am Stumpf des Turms emporgewuchert, anfangs steil nach oben, schließlich auch auf neugebauten horizontalen Ebenen, die mehrere hundert Meter weit vom Hauptturm abzweigten: Plattformen voller Wohnblöcke und Industrieanlagen ragten zu Dutzenden aus den Flanken des Turms hervor. Seine ursprüngliche Form war unter all diesen Auswüchsen nahezu verschwunden.

Und so stand Galea auch heute noch da, eine fünf Kilometer hohe, gestaltlose Monstrosität aus frei schwebenden Stegen, Piers und Scheiben, denen der Stumpf des Ankerturms im Inneren Stabilität verlieh.

Als sich die *Tabernakel* in niedrigem Winkel herabsenkte, gab es die üblichen Fragen der Flugkontrolle, aber kein auffälliges Nachhaken. Schon von weitem sah Iniza einige Raumbarken des Ordens, die auf den unteren Landeplattformen standen und vom roten Gewimmel der Paladine umgeben waren. Einen mittelschweren Kreuzer hatten sie im Orbit passiert, ohne Verdacht zu erregen. Die Hexen suchten nach der *Nachtwärts*, die *Tabernakel* war ihnen gleichgültig. Offenbar hatte Conlingas nie ihre Aufmerksamkeit erregt.

Am Horizont wuchsen vereinzelte Hochplateaus empor, mit Kronen aus dichtem Urwald. In nordwestlicher Richtung lagen die Turmtrümmer wie eine Gebirgskette. Auf einigen schien es weitere Ansiedlungen zu geben, doch die Sensoren meldeten von dort keine Lebenszeichen. Wahrscheinlich waren sie so verlassen wie die uralten Städte, die sich über den Rest des Planeten verteilten.

Im Anflug entdeckte Iniza in einem weiten Kreis um die Turmstadt eine gewaltige Mauer, über hundert Meter hoch und mit wenigen Zugängen. Diesem Wall und den zahllosen Luftabwehrstellungen verdankten es die Bewohner, dass auf dem Höhepunkt der Epidemie keine Infizierten in die Stadt gelangt waren. Iniza hatte Geschichten gehört über die Dramen, die sich vor dieser Mauer abgespielt hatten, als Bewohner ganzer Städte im sicheren Galea Zuflucht gesucht hatten. Wer nicht freiwillig kehrtgemacht hatte, den hatten die Schützen auf dem Wall unter Feuer genommen.

Gavanqe sah die Verteidigungsanlage zum ersten Mal mit eigenen Augen, und ihr war anzumerken, dass sie gegen die Vorstellung ankämpfte, ihre beiden Söhne seien dort draußen gestorben.

»So eine Mauer haben die doch nicht innerhalb von ein paar Jahren hochgezogen«, sagte Iniza erstaunt.

Stockend schüttelte Gavanqe den Kopf. »Die Mauer ist

viel älter. Nach dem Sturz des Turms zerfiel die Einheit der Völker, einzelne Stadtstaaten wurden immer mächtiger, und einige blickten neidisch auf das, was hier in Galea geschah. Die Maschinen sind auf Corwin nie aufgetaucht, aber vor tausend Jahren kamen die Hexen und besetzten den Planeten wegen seiner Bodenschätze. Sie machten Galea zum größten Raumhafen und ließen die alten Befestigungen erneuern. Trotzdem ist Corwin nie zur Ruhe gekommen. Es würde mich nicht wundern, wenn die Hexen die Seuche hergebracht hätten, um jeden Widerstand außerhalb von Galea zu ersticken.« Sie blickte hinab auf die roten Punkte auf den unteren Landeplattformen. »Erstaunlich, dass sie noch hier sind und die Stadt nicht längst sich selbst überlassen haben.«

»Mir macht das Sorgen«, sagte Iniza.

»Glaubst du, sie erwarten uns?«

»Woher sollten sie wissen, dass wir herkommen?« Sie überlegte, ob in den zweieinhalb Jahren seit Noa irgendwem aufgefallen sein mochte, dass ein Crewmitglied der *Nachtwärts* von Corwin stammte. Unwahrscheinlich, aber auszuschließen war es nicht.

»Hadrath«, sagte Gavanqe. »Er hat gewusst, woher ich komme. Wir haben darüber gesprochen. Er hatte Angst vor den Hexen, aber wer weiß, was seitdem geschehen ist. Vielleicht hat er ihnen alles erzählt. Oder den Caudors. Bei denen dürfte es genug Informanten des Ordens geben.«

Iniza warf einen sorgenvollen Blick über die Schulter, wo Tanys angeschnallt in ihrem Sitz schlief. Neben ihr saß die Muse, den abgetrennten Kopf im Schoß, und arbeitete unermüdlich mit beiden Händen an den losen Kabeln in ihrem Halsstumpf. Immer wieder zischte ein feiner Laser. Im Cockpit roch es nach geschmolzenem Kunststoff.

Sie wandte sich wieder den Monitoren zu, während sie das Schiff eine weitere Runde um den ungeheuerlichen Turm fliegen ließ. Die Paladine schienen sich nur im unteren Teil aufzuhalten, und sie fragte sich, ob die Ordensschiffe lediglich einen Zwischenstopp eingelegt hatten, um nach einem Kampfeinsatz gegen die Maschinen neue Vorräte und Treibstoff aufzunehmen. Ansonsten hätte es auch Soldaten auf den oberen Landeplattformen geben müssen, die jeden Neuankömmling überprüften.

Prompt meldete sich die Flugkontrolle und teilte ihr mit, dass auf der höchsten Ebene soeben ein Landeplatz freigeworden war. Die Schiffe standen dort eng gedrängt. Die Paladine mit ihren Truppentransportern befanden sich gut drei Kilometer tiefer.

»Setz mich ab und verschwinde wieder«, sagte Gavanqe eindringlich.

»Das geht nicht. Die Flugkontrolle würde Fragen stellen. Wir müssen zumindest den Anschein erwecken, dass wir hier sind, um Geschäfte abzuwickeln oder Vorräte einzukaufen. Außerdem sind die Tanks fast leer.«

Bei der Landung erwachte Tanys und sah durch die Cockpitscheibe zu, wie ein Tankgleiter vor ihnen haltmachte und Arbeiter das Ende eines schweren Schlauchs zum Rumpf schleppten. Es würde eine Weile dauern, bis genug Treibstoff eingefüllt und der überteuerte Hüllencheck durchgeführt war, den man beim Auftanken zwangsweise mitbuchte. Ob im Reich oder in den Marken, auf allen Raumhäfen hatten Halsabschneider das Sagen.

Iniza gab die Daten ihres anonymen Kontos bei den Bankenclans durch, mittlerweile das zwölfte, seit sie begonnen hatte, ihre Reserven in regelmäßigen Abständen unter neuen

Namen umzuschichten. Ihr war jedes Mal unwohl dabei, erst recht auf einer Welt, die so offensichtlich vom Orden besetzt war wie diese, aber sie hatte keine andere Wahl. Das wenige Bargeld, das von Sharas letztem Auftrag als Alleshändlerin übriggeblieben war, befand sich an Bord der *Nachtwärts*.

Nachdem alles Nötige in die Wege geleitet war, nahm Gavanqe Abschied von Tanys. Die Amme verschwieg der Kleinen, dass sie sich wahrscheinlich nie wiedersehen würden; nach dem Verlust ihres Vaters schien dies das Vernünftigste zu sein. So umarmte Gavanqe sie nur und gab ihr einen festen Kuss auf die Stirn. Tanys berührte ihre Wange, so als wüsste sie genau, was vorging, und als Gavanqe sich schließlich abwandte, sah Iniza die Tränen, die sich die Amme bislang verkniffen hatte.

»Ich bin gleich zurück«, sagte Iniza zur Muse. Und Tanys raunte sie ins Ohr: »Bleib bei ihr. Wenn du dich benimmst, gibt es später Kuchen.« Tatsächlich hatte sie etwas zwischen Conlingas Vorräten gefunden, das wie vakuumisiertes Gebäck aussah.

Sie steckte einen Blaster in das Halfter an ihrem Gürtel und zog den Reißverschluss ihrer Lederjacke nach oben. Dann begleitete sie Gavanqe aus dem Schiff. Sie sprachen kein Wort, bis sie von der Rampe auf die zugige Landeplattform traten. Die Fläche war einer der Auswüchse rund um die ehemalige Bruchkante des Turms, die längst derart überbaut war, dass die Schäden nicht mehr zu sehen waren. Sie ragte gut zweihundert Meter weit nach außen, in fünf Kilometern Höhe über dem Dschungel. Es roch nach Treibstoff, nach geschmolzenem Metall von Reparaturarbeiten und dem Schweiß der Arbeiter, die den Schlauch in den Rumpf geklinkt hatten. Die beiden Männer gaben Iniza ein Zeichen, dass alles in Ordnung sei. Sie nickte ihnen zu und verschwieg, dass ihre Sorge keineswegs ihren Tanks galt. Immerhin tauchte niemand auf, um das Innere der *Tabernakel* zu inspizieren; wahrscheinlich war der Andrang an Flüchtlingsschiffen aus gefallenen Systemen zu groß.

Gleich hinter ihnen befand sich die Außenkante der Plattform, es gab kein Geländer, nur eine Reihe Leuchtsignale und Gitterflächen im Boden. Neben der *Tabernakel* machte sich ein Schiff bereit zum Start, das ein halbes Dutzend restaurierte Gleiter abgeliefert hatte, die sich gerade in einer langen Reihe zwischen den übrigen Barken und Transportern auf der Plattform entfernten. Es erschien Iniza absurd, dass inmitten des Feldzugs der Maschinen das Leben auf Raumhäfen wie diesem einfach weiterging – Händler kamen und gingen, es wurde betankt, gewartet und repariert. Wären da nicht Flüchtlingsraumer mit Spuren von Laserbeschuss gewesen, hätte man die Gefahr im All völlig ausblenden können.

Iniza rief sich die ungeheuren Weiten zwischen den Systemen in Erinnerung und dass es vermutlich Jahrhunderte dauern würde, bis die Maschinen in alle Winkel des Reiches vorgedrungen waren. Das Leben war zu einem Glücksspiel geworden, von einer Stunde zur nächsten konnte man vom kosmischen Krieg überrollt werden – oder noch viele Jahre in Frieden leben.

Die Rampe der *Tabernakel* fuhr mit einem Zischen nach oben und verschloss den Einstieg. Ohne den Code ließ sie sich jetzt nur noch von innen öffnen.

Iniza wollte den Abschied hinauszögern, deshalb begleitete sie Gavanqe zum Aufzug, der sie in die unteren Regionen der Turmstadt bringen würde. Ein gutes Stück vor ihnen bewegte sich die Reihe der Gleiter in dieselbe Richtung. Nur der vordere wurde manuell gesteuert, die anderen waren unbesetzt und wurden mit Hilfe von Magnetfeldern hinterhergezogen.

Iniza deutete auf die kleine Tasche, in der die Amme ihre gesamten Habseligkeiten verstaut hatte. »Ist das wirklich alles?«

»Ich hab kurz daran gedacht, Tanys hineinzusetzen, als du nicht hingeschaut hast.« Gavanqe lächelte traurig. »Alles andere bedeutet mir nichts. Das sind nur Dinge.«

»Wird das Geld reichen? Hast du eine Waffe? Und überhaupt eine Ahnung, wohin du jetzt gehen willst?« Iniza wollte die Hoffnung nicht aufgeben, dass Gavanqe es sich doch noch anders überlegte. »Was ist mit Freunden? Hast du Verwandte? Man kann hier viel zu schnell verlorengehen, wenn man nicht –«

Gavanqe berührte ihre Hand. »Ich kenne ein paar Leute in Galea, die mir helfen werden. Mein Bruder lebt hier, seit ich ein Kind war. Er hat die Stadt während der Seuche bestimmt nicht verlassen. Bei ihm werde ich es zuerst versuchen, möglicherweise hat er etwas von den beiden gehört.«

Hinter ihnen stieg der Transporter, der die Gleiter abgeliefert hatte, vom Platz neben der *Tabernakel* auf, drehte sich um hundertachtzig Grad und schoss über ihre Köpfe hinweg in den blauen Himmel. Iniza und Gavanqe blickten den fauchenden Triebwerken nach. Schon bald zog das Schiff bei seinem Aufstieg weiße Kondensstreifen hinter sich her, ehe es in Atmosphäreschichten aufstieg, in denen es nur noch als leuchtender Punkt zu sehen war.

»Als wäre da draußen nichts geschehen«, sagte Gavanqe, die wohl erriet, was Iniza durch den Kopf ging. »Man fühlt sich fast schuldig, dass man nicht in jeder Sekunde an diesen

Krieg denkt und an die Menschen, die gerade von den Maschinen abgeschlachtet werden.«

»Oder vom Orden im Stich gelassen werden.«

Gavanqe nickte. »Glaubst du, dass es jemals anders sein wird?«

»Vielleicht wenn Tiamande fällt.«

»Früher oder später wird der nächste Tyrann auftauchen«, sagte die Amme mit einem Schulterzucken. »Wenn es kein neuer Maschinenherrscher ist, dann eben der Ikonoklast oder ein zweiter Orden oder irgendwas, an das noch gar keiner von uns denkt. Was wahrscheinlich besser ist.«

»Ist es sehr naiv, wenn ich glaube, dass es immer eine Hoffnung gibt, solange nur genug Menschen zusammenkommen, die etwas ändern wollen?«

»Schrecklich naiv«, bestätigte Gavanqe lachend. »Denn alles, was sie ändern, wird sich nach einer Weile wieder ins Gegenteil umkehren. Spätestens dann, wenn sie alle ihre Errungenschaften als Selbstverständlichkeit ansehen.« Sie deutete zum Zentrum des Turmbaus, der nur noch einen Steinwurf entfernt vor ihnen lag. »Es ist hier auf Corwin geschehen und auf Hunderten anderen Welten. Es macht keinen Unterschied, ob es um einen einzelnen Planeten geht oder um das Sternenreich. Immer wieder passiert derselbe Mist.«

Sie betraten einen Hangar, in dem Reparaturen an einem Dutzend Schiffe durchgeführt wurden. Der Lärm war ohrenbetäubend. Die Aufzüge befanden sich am anderen Ende der Halle hinter Fontänen aus sprühenden Funken und feinem Rauch. Der vordere Gleiter kam gerade vor dem Tor des Lastenlifts an, der kleinere Personenaufzug befand sich rechts daneben. Dort standen ein paar Leute und warteten auf die nächste Kabine, die sie hinunter in die Stadt bringen würde.

»Im Schlaf träume ich davon, Glanis zu rächen«, sagte Iniza unvermittelt. »Dass ich diese Hexe durch die Galaxis jage und ihr den Schädel mit dem Blaster wegbrenne. Und weißt du, wer nie in diesen Träumen auftaucht? Tanys. Ich bin eine entsetzliche Mutter.«

»Red keinen Unsinn.«

»Ich hab sogar darüber nachgedacht, sie eine Weile hier bei dir zu lassen. Ich weiß, dass das nicht geht, aber allein der Gedanke … Aus purem Egoismus rede ich mir ein, meine Tochter sei auf einer Seuchenwelt sicherer als bei mir.«

»Rache ist kein Egoismus.«

»Sei nicht so verdammt verständnisvoll.« Iniza lächelte. »Ich hab mir mein Selbstmitleid bitter verdient.«

Der Personenlift traf ein. Zehn Minuten hatten sie vom Schiff bis hierher gebraucht, und mit einem Mal war Iniza froh, dass sie auf dem Rückweg noch einmal genauso viel Zeit für sich haben würde.

Herzlich umarmten sie und Gavanqe sich.

»Und noch mal: vielen Dank für alles! Ich lass dich so ungern gehen.«

»Tanys und du, ihr braucht keine Amme mehr.«

»Aber eine Freundin.«

»Du wirst Shara und Kranit wiedersehen. Egal, in was sie sich gerade hineinmanövrieren, sie sind ziemlich gut darin, lebend aus allem herauszukommen.«

»Sehen wir uns trotzdem wieder?«

»Ich hab genug vom All«, sagte Gavanqe. »Keine Ahnung, warum irgendwer da draußen mehr Zeit als nötig verbringen will. Aber wenn du mal wieder festen Boden unter den Füßen brauchst oder das, was in Galea als fester Boden durchgeht, dann komm vorbei.«

Inizas Augen brannten, als sie sich zu einem Lächeln zwang. »Ich wünsch dir so sehr, dass du die beiden findest.«

Erneut umarmten sie sich, dann betrat Gavanqe den Aufzug. Sie hielten Blickkontakt, bis die Schiebetür zuglitt, dann hörte Iniza nur noch, wie die Kabine durch den Schacht davonsauste.

Eine Weile lang starrte sie das verkratzte Metallschott an, ehe sie sich einen Ruck gab und kehrtmachte. Die Gleiter parkten noch immer vor dem Transportaufzug, zwei Männer standen neben dem vorderen Fahrzeug und stritten über Formalitäten. Iniza ging an der Reihe entlang Richtung Ausgang. Überall um sie herum wurden Schiffe repariert. Die Stimmen und der Lärm der Geräte vermischten sich zu ohrenbetäubendem Getöse.

Sie verstand, warum Gavanqe genug vom Weltall hatte, nicht jeder war dafür geboren. Sie selbst jedoch war den Sternen mit Haut und Haaren verfallen, und schon seit dem Abschied auf Amun überlegte sie, ob es nicht besser wäre, so wenige Raumhäfen wie möglich anzufliegen und stattdessen die nächsten Wochen, vielleicht sogar Monate im All zu verbringen. Die *Tabernakel* war ein komfortables Schiff. Gemeinsam mit Shara und Kranit hatte sie eine Liste von Welten aufgestellt, die ihnen für eine Weile als Versteck vor dem Orden dienen mochten, weitgehend unbewohnte, unwirtliche Planeten, von denen mindestens zwei keine Monde besaßen. Aber sie fragte sich, ob sie im All und in ständiger Bewegung nicht sicherer waren. Für Tanys würde es keinen großen Unterschied machen, sie hatte die meiste Zeit ihres Lebens an Bord eines Raumschiffs verbracht, und sie selbst fühlte sich dort draußen wohler als auf irgendeinem verlassenen Felsen am Rand der Marken.

Sie passierte den letzten Gleiter und verließ den Hangar. Die Landeplattform befand sich zu hoch über dem Dschungel, als dass sie ihn hier oben hätte riechen können. Trotzdem trug der scharfe Wind einen Hauch der Schwüle mit sich, die aus den Urwäldern aufstieg. Iniza schwitzte, und das Luftholen fiel ihr hier schwerer als in der künstlichen Atmosphäre an Bord der *Tabernakel*.

Sie beschleunigte ihre Schritte, hatte aber noch gut zwei Drittel der Strecke vor sich, als sie sah, dass neben der *Tabernakel* ein neues Schiff gelandet war. Weil andere Raumer im Weg standen, konnte sie nur einen Stück des Rumpfes sehen. Einen gezackten Umriss aus Stahl.

Ohne nachzudenken, warf sie sich herum, rannte zurück zum hintersten Gleiter, sprang hinein und gab einen Blasterschuss auf den Metallriegel ab, mit dem das Steuer gesichert war. Dann kappte sie per Knopfdruck die Magnetverbindung zum Fahrzeug vor ihr, ließ den Motor aufheulen und riss den Gleiter in einer engen Kurve herum.

Während sie durch die Schneise zwischen den Schiffen zur *Tabernakel* jagte, beschleunigte sie innerhalb von Sekunden auf Höchstgeschwindigkeit. Mit der linken Hand hielt sie das Steuer, mit der rechten hob sie den Blaster und legte durch die Frontscheibe auf die Gestalt an, die in der Ferne auf sie wartete.

23

Die Rampe der *Tabernakel* war von innen herabgesenkt worden, der Zugang zum Schiff stand offen. Tanys war mit dem Kopf der Muse ins Freie gelaufen, vielleicht um zu spielen, womöglich gerade, weil Iniza es verboten hatte und der Reiz deshalb umso größer gewesen war.

Jetzt lag der Kopf auf dem ölverschmierten Boden zwischen den beiden Schiffen. Das lange rote Haar der Muse flatterte in den Höhenwinden.

Die Hexe Hassaat – die aufgrund ihrer Statur von weitem wie eine Halbwüchsige in einem schwarzen Kampfanzug aussah – hatte Tanys scheinbar mühelos auf ihren linken Arm gehoben. Der rechte war ausgestreckt und hielt einen Blaster, der auf Iniza zielte. Langsam bewegte Hassaat sich seitwärts auf das offene Schott ihres Schiffes zu. Nur wenige Meter hinter ihr befanden sich die Kante der Landeplattform und der milchig grüne Abgrund des Dschungels.

Iniza bremste den Gleiter keine zehn Schritt vor der Hexe ab, sprang hinaus und landete breitbeinig. Sie packte ihren Blaster mit beiden Händen und zielte an Tanys vorbei auf Hassaats Kopf. Der Schweiß rann ihr in Strömen von der Stirn. »Setz sie sofort ab!«

Auch Hassaats kurzes, schneeweiß gebleichtes Haar glänzte verschwitzt. »Ich denke, das werde ich nicht tun. Aber ich mache dir einen Vorschlag, Baroness.«

Iniza blinzelte, weil Hassaat die Sonne im Rücken hatte. Niedrig hing sie über dem Zackenrumpf des Schiffes und blendete Iniza. Die Distanz war lächerlich kurz, trotzdem konnte sie das Risiko, Tanys zu treffen, nicht eingehen.

»Tanys«, rief sie, »hat sie dir wehgetan?«

Das Mädchen schüttelte kurz den Kopf, sagte jedoch nichts. Iniza durfte jetzt auf keinen Fall überschnappen, nur ja nichts Unüberlegtes tun.

Shara hätte geschossen. Kranit erst recht.

Aber sie konnte es nicht, solange Hassaat die Kleine auf dem Arm trug. Im Gegenlicht der sinkenden Sonne konnte sie nicht einmal Tanys' Züge erkennen. War sie verängstigt? In Panik? Oder zeigte sie wieder diese stoische Ruhe, die sie so viel älter erscheinen ließ, als sie tatsächlich war?

»Ich werde dir erklären, was jetzt geschieht«, sagte Hassaat. »Du wirst deine Waffe am Boden ablegen und auch alle anderen, die du am Körper trägst. Dann gehst du voraus in mein Schiff. Du, ich und die kleine Tanys werden zu einer Reise aufbrechen. Ihr werdet Tiamande sehen, alle beide.« Als sie bemerkte, dass Iniza widersprechen wollte, fuhr sie ihr über den Mund. »Ich habe nicht vor, dich zu töten, Baroness, deshalb zwing mich nicht dazu. Für deine Tochter wird es leichter sein, wenn du bei ihr bist, und wenn es für sie leichter ist, ist es das auch für mich. Ich bin kein Ungeheuer.«

»Du hast Glanis getötet, ohne jeden Grund.«

»Und wie du siehst, wird er nicht mehr benötigt. Er wäre hier gestorben statt auf Taragantum IV. Das war nicht grausam von mir, sondern vorausschauend.«

Äußerlich blieb Iniza ruhig, erstarrt in ihrer Anspannung. In ihrem Inneren aber kämpften so viele Gefühle gegeneinander, dass sie ihre Wut und ihren Hass kaum unter Kontrolle hatte. Sie wollte beides hinausschreien, bis diese Stadt in ihren Grundfesten erbebte.

Aber sie schrie nicht. Sie schoss auch nicht. Vor allem hörte sie auf, darüber nachzudenken, was die anderen an ihrer Stelle getan hätten.

Der Kopf der Muse lag auf der Seite und wippte leicht, als sie sich eine Haarsträhne aus dem Gesicht blies. »Ich würde empfehlen, dass ihr auf keinen Fall in dieses Schiff steigt«, rief sie. »Sie wird dich am Leben lassen, bis ihr den Palast der Gottkaiserin erreicht, damit du Tanys unterwegs beruhigen kannst. Dann wird sie dich töten und das Kind den Ordensmüttern ausliefern.«

Hassaat machte einen Schritt zur Seite, bis sie unmittelbar neben dem Schädel stand. Als sie sich leicht drehte, schimmerte das Sonnenlicht auf ihrer Augenklappe.

Die Muse fuhr unbeirrt fort: »Im Hohelied von Lotos III gibt es eine vergleichbare Personenkonstellation, in einer Szene, von der man glauben könnte, sie wäre das Ende der Geschichte. Doch dann kommt alles ganz anders.«

Die Sonne berührte den Zackenkamm des Hexenschiffs.

»Hier wird es keine Überraschung geben.« Hassaat machte eine Vierteldrehung, die Tanys zwischen sie und Iniza brachte, holte mit dem Fuß aus und trat den Kopf der Muse über die Kante der Plattform. Lautlos verschwand er im Abgrund.

Tanys stieß einen spitzen Schrei aus, begann zu strampeln und nach Hassaat zu schlagen, kratzte sie und biss ihr in die Schulter.

Fluchend riss die Hexe sie herum und drückte ihr die Mündung des Blasters in die Rippen. »Lass das!«, brüllte sie das Mädchen an. »Hör auf mit dem Unsinn!«

Iniza stürzte vorwärts, rannte auf Hassaat zu und sah mit irrationaler Erleichterung, wie der Blaster sich von ihrer Tochter löste und in ihre Richtung schwenkte.

»Stehen bleiben!«, rief die Hexe, während sie versuchte, das tobende Kind zu bändigen.

Zwei Schritte vor Hassaat hielt Iniza inne, fiebrig vor Zorn über das Schicksal der Muse, voller Verzweiflung und doch entschlossen, etwas, irgendetwas zu tun, weil sie nicht zulassen würde, dass die Ordensmütter Tanys zu ihrem Werkzeug machten.

Unvermittelt verstummte das Geschrei. Tanys' Gegenwehr erlahmte. Plötzlich saß sie stocksteif im Arm der Hexe.

»Bleib, wo du bist!«, befahl Hassaat, als Iniza sich erneut in Bewegung setzen wollte.

»Die Monde«, flüsterte Tanys in den schneidenden Wind, nicht mit ihrer eigenen Stimme, sondern mit der einer erwachsenen Frau. *»Das Erwachen aller Monde.«*

Hassaats Verwirrung schlug um in Triumph. »Das ist es! Der Befehl, auf den die Ordensmütter warten!«

Tanys' Augen waren feucht und glänzend. Sie schien weder Iniza zu sehen noch die Landeplattform voller Schiffe. Iniza lief es eiskalt über den Rücken, als sie den ehrfürchtigen Ausdruck im Gesicht ihrer Tochter sah. Tanys' Lippen verzogen sich zu einem Lächeln, das auf entsetzliche Weise glücklich wirkte, so als fiele ihr Blick auf etwas ganz und gar Wunderbares.

»Brennende, stürzende Monde«, sagte die fremde Stimme. *»All die Feuer zwischen den Sternen.«*

Hassaat gestikulierte mit dem Blaster zum Schott ihres Schiffes. »Beweg dich!«

Im Hintergrund erklang Stiefelschlag. Panzerplast scharrte

aneinander. Eine verzerrte Stimme erteilte Befehle. Waffe fallenlassen. Die *Tabernakel* scannen. »Niemand an Bord, Kommandant.«

Iniza achtete kaum darauf. Sie hatte nur Augen für ihre Tochter und sah, wie sich ihr Mund bewegte.

»Es flüstert«, sagte Tanys, *»und singt.«*

Die Sonne glitt hinter den Zackenrumpf. Die Paladine rückten näher.

»Es singt leise Lieder in der Leere.«

Iniza legte ihren Blaster ab, verschränkte die Hände am Hinterkopf, ging wortlos an Hassaat vorbei und betrat das Schiff der Hexe.

24

Das ist Wahnsinn«, sagte Shara, »und das weißt du genau.«

Kranit sah sie nicht an. »Ich hab dich nicht gebeten, mitzukommen.«

»Man fliegt nicht mal eben nach Tiamande, dringt in den Palast ein und bringt jemanden um, der dort auf dem Thron sitzt. Das mag vor tausend Jahren funktioniert haben, aber damals standen die Hexen vor den Toren, die Maschinen waren überall im Reich geschlagen, und alles, was die Waffenmeister tun mussten, war hineinzumarschieren und den Maschinenherrscher in Stücke zu sprengen.«

Er schenkte ihr einen finsteren Blick mit erhobener Augenbraue. »Es war *ein wenig* komplizierter.«

»Du weißt, was ich meine. Sie hatten eine Armee im Rücken. Sie waren nicht nur zwei arme Irre, die mit nichts als ein paar Blastern und einer Menge Ignoranz vor dem Tor des Palastes auftauchen und den gesamten Hexenorden herausfordern.«

»Das hab ich gar nicht vor.«

»Dann erklär's mir endlich!«

Die *Nachtwärts* machte gerade den dritten Hypersprung in Folge, um mögliche Verfolger abzuhängen. Hassaat hatte sie auf Taragantum IV aufgespürt und mochte ihre Fährte erneut aufnehmen. Aus ihrer Zeit als Alleshändlerin kannte

Shara ein paar unbemannte Schleusen, die so marode waren, dass sich alte Sprungkoordinaten – wenn überhaupt – nur mit viel Zeit und großem Aufwand auslesen ließen. Sklavenhändler, Piraten und andere Gesetzlose der Marken benutzten sie mit Vorliebe, um ihre Spuren zu verwischen, und auch die *Nachtwärts* hatte in den vergangenen zwei Jahren nahezu alle Sprünge über diese Schleusen unternommen. Hassaat hatte sie nicht etwa gefunden, weil sie auf ihren Reisen unvorsichtig geworden waren; vielmehr hatte sie ihr Ziel vorausgesehen, weil sie Shara kannte. Was auch anderen gelingen mochte, die genügend Informationen über die Crew der *Nachtwärts* gesammelt hatten.

Deshalb benutzten sie Umwege über mehrere Schleusen, folgten einem scheinbar willkürlichen Zickzackkurs zwischen den Systemen. Das alles kostete Zeit, verschleierte ihre Route aber hoffentlich genug, dass weder Hassaat noch andere Jäger des Ordens ihr Ziel voraussahen.

Shara hatte es aufgegeben, die Strahlenbelastung berechnen zu lassen, die so viele aufeinanderfolgende Sprünge mit sich brachten. Sie hatte schon vor Jahren die meisten ihrer Haare verloren, als sie alle Warnungen in den Wind geschlagen hatte und auf ihren Touren als Alleshändlerin mehr Hypersprungschleusen benutzt hatte als die meisten ihrer Konkurrenten. Ihren Geschäften war das zuträglich gewesen, ihrer Gesundheit keineswegs.

Heute machte das keinen Unterschied mehr. Sie gab sich keinen Illusionen darüber hin, dass ihre Chancen gut standen. Sie war das Weglaufen so leid wie Kranit. Nur fehlte ihr im Gegensatz zu ihm der Glaube an eine Bestimmung. Mehr als einmal hatte sie sich dafür verflucht, dass sie ihm überhaupt von Conlingas' Worten erzählt hatten.

»Als ob es irgendwem hilft, wenn du dich umbringst. Der letzte Waffenmeister allein gegen Tiamande taugt nicht mal zu einer dieser Legenden, die du so magst. So was weckt Mitleid, keine Ehrfurcht. Als würde ein Insekt in das Licht eines Raketenantriebs fliegen.«

»Du kannst so poetisch sein«, sagte Kranit.

»Du solltest mich unter der Dusche hören.«

»Hab ich schon.«

»Schmutziger alter Mann.«

Er winkte ab. »Du hast die Sprechanlage angelassen. Mucksmäuschenstill war's hier oben, weil alle so ergriffen waren von deiner Kunst.«

»Hättest du jetzt die Güte, mir zu verraten, wie dein glorreicher Plan aussieht?« Die finalen Koordinaten ihrer Reise behielt er bislang für sich, und sie hatte genug von diesen Sprüngen ins Nirgendwo.

»Wir fliegen nicht nach Tiamande«, sagte er. »Sondern auf einen der sieben Monde. Oratorias Mond.«

»Zu dieser Kuppel, die du gesehen hast?«

Er nickte. »Falls darunter genauso ein Antrieb steckt wie auf Amun, wäre das der Beweis, dass Conlingas die Wahrheit gesagt hat.«

»Und?«

»Vielleicht ist dann alles wahr. Dass er ein Waffenmeister war. Die Bedeutung der Kuppeln. Und der Plan der Hexen.«

»Du meinst, sie hätten sogar die Zerstörung von Tiamande geplant?«

»Keine Welt soll übrig bleiben. Nicht einmal ihre eigene.«

»Wer wäre so dämlich?«

»Sie glauben an die Reinheit des Untergangs. Kamastrakas Rückkehr würde jedes Leben in diesem Teil der Galaxis auslöschen, auch das der Hexen. Das eigene Opfer war von Anfang an Teil ihrer Überzeugung. Was als Weltuntergangskult auf Empedeum begonnen hat, ist jetzt mächtig genug, *allem* ein Ende zu setzen, auch Tiamande. Sie hatten das lange vor der Auferstehung der Maschinen geplant. Sobald Kamastraka ihnen den Befehl gibt, leiten sie die Apokalypse ein.«

»Conlingas war verrückt. Genau wie diese ganze Geschichte.«

»Deshalb will ich mich selbst davon überzeugen.« Er lehnte sich zurück und stieß ein Seufzen aus. »Er wollte dich umbringen, ich weiß, und ich will das gar nicht schönreden.«

»Besten Dank.«

»Aber eigentlich wollte er Tanys töten, weil er gehofft hat, auf diese Weise die Pläne der Hexen zu durchkreuzen. Hätten wir beide die Kleine nicht aufwachsen sehen, wären wir auf dieselbe Idee gekommen.«

»Nein«, sagte sie mit fester Stimme. »Ich töte keine Kinder.«

»Wir mussten das beide schon tun.«

»Das waren andere Zeiten.«

»Conlingas mag bekommen haben, was er verdient hat. Aber das heißt nicht, dass alles, was er gesagt hat, eine Lüge war.«

Shara schaute ihn ungläubig an. »Du willst versuchen, die Kuppel zu aktivieren!«

»Wenn ich einen Weg finde.«

»Du willst Oratorias verdammten Mond auf Tiamande stürzen und die ganze Bande auf einen Schlag ausrotten!«

»Die Gottkaiserin und die Ordensmütter. Alle, die dort sind.«

»Aber … ein ganzer Planet!«

»Tiamande ist eine Einöde.«

»Was?«

»Ich bin dort gewesen. Es gibt den Palast der Gottkaiserin und nur noch wenig anderes. All die Holos, die Geschichten, die Mythen über Tiamande – das sind nur Lügen. Die Städte, ganze Kontinente, das alles liegt seit tausend Jahren in Trümmern. Die Überlebenden sind damals fortgebracht worden, und niemand hat je versucht, irgendwas wieder aufzubauen. Nur der Palast wurde größer und größer. Und während man den Systemen draußen vorgegaukelt hat, Tiamande sei das Paradies, war es in Wirklichkeit immer nur eine gigantische Wüste von Horizont zu Horizont.«

»Du hast es mit eigenen Augen gesehen?«

»Ja.«

»Warum hast du nie davon erzählt?«

»Hätte das etwas geändert?« Er schüttelte den Kopf. »Iniza hat einmal davon geträumt, an der Spitze einer Flotte nach Tiamande zu fliegen und den Planeten zu befreien. Wunschdenken, natürlich, aber warum hätte ich ihr den Traum nehmen sollen?«

»Du lügst«, sagte sie. »Ich soll nur keine Skrupel haben, mit dir diesen Irrsinn durchzuziehen.«

Kranit lächelte. »Wer weiß.«

Auf dem Instrumentenpult leuchtete das Signal für den bevorstehenden Rücksturz in den Normalraum, und Sharas Hände schnellten über Tasten und Hebel, während sie sich auf die Anzeigen konzentrierte. Draußen vor dem Cockpitfenster füllte sich die Schwärze des Hyperraums mit weißen Schlieren, die sich zunehmend um ein helles Zentrum drehten. Im nächsten Augenblick durchstieß das Schiff die

Energiemembran einer Sprungschleuse und jagte hinaus ins All.

Sie aktivierte den Gegenschub und drosselte zugleich das Haupttriebwerk, um die *Nachtwärts* rapide zu verlangsamen. Ein Heulen erklang aus dem Antriebsblock, und eine halbe Minute lang zitterte das gesamte Schiff so sehr, dass sogar die Verschraubungen der Pilotensitze knirschten. Von Sharas Zähnen ganz zu schweigen.

An Steuerbord schob sich das äußere Ende des Laurine-Nebels vor das Sternenpanorama. Shara war schon viele Male hier gewesen, doch der majestätische Anblick überwältigte sie stets aufs Neue. Blaue und rote Sonnen brannten an den Rändern der Sternenwolke wie Signalfeuer. Im Hintergrund war die Unendlichkeit dicht mit farbigen Lichtern gepunktet, die die umliegende Schwärze mit einem Schleier aus Türkis und Aquamarin überstrahlten.

Endlich hatte Shara das Tempo weit genug gedrosselt, um die Bremssysteme herunterfahren zu können. Sofort nahmen die Akkumulatoren ihre Arbeit auf und erzeugten stampfend Energie, die sie selbst im Fall eines leckgeschossenen Tanks eine ganze Weile über Wasser halten würde.

»Das alte Mädchen wird nicht jünger.« Sie meinte das Schiff, aber es traf wohl auch auf sie selbst zu. Die Belastungen eines Rücksturzes steckte sie längst nicht mehr so locker weg wie vor zehn Jahren.

»Nur noch ein einziger Sprung«, sagte Kranit. »Wenn wir dort ankommen, musst du die Geschwindigkeit unbedingt beibehalten.«

»Wir werden in den nächsten Stern stürzen, wenn ich die *Nachtwärts* nicht –«

»Die nächste Schleuse wird bewacht sein. Wir müssen

durch die Blockade brechen, bevor sie überhaupt begreifen, wie ihnen geschieht.«

»Warum wundert mich eigentlich gar nichts mehr?«

»Tut mir leid, es geht nicht anders.«

»Ein Sprung von hier aus nach Tiamande ist gar nicht möglich«, sagte sie kopfschüttelnd. »Keine Schleuse im Reich nimmt die Tiamande-Koordinaten von einem unverifizierten Schiff an.«

»Ich hab nicht vor, direkt nach Tiamande zu springen.«

»Wohin dann?«

»Du wirst das nicht gerne hören.«

»Raus damit.«

»Ins Thain-System.« Er sah sie an, als müsste sie ihm augenblicklich an die Kehle springen.

Doch sie fragte nur: »Was, bei allen Sternen, ist das Thain-System?«

»Du hast nie davon gehört?«

Sie gab sich ungern die Blöße, konnte aber nur mit den Schultern zucken. »Verrat's mir.«

»Es gibt Geschichten darüber. Vor allem eine über den letzten Waffenmeister, der –«

»Ach, herrje.«

Er lachte auf. »Ist keine schlechte Geschichte.«

»Ein Haufen Lügen, das wette ich.«

»Sagen wir, es gibt ein paar Ausschmückungen. Aber, egal, es trifft mich ins Herz, dass du dir trotz unserer langen Freundschaft nicht alle meine Abenteuer zu Gemüte geführt hast. Ich hatte da diese Vorstellung, dass du allein in deiner Kabine heimlich all die Holos und Niederschriften studierst.«

»Träum weiter, Waffenmeister.«

Sein Lachen übertönte selbst die Akkumulatoren. Shara hatte ihn in letzter Zeit selten lachen hören und hielt ihm das zugute.

Sie lenkte die *Nachtwärts* in eine Kurve, die sie zurück zur Schleuse bringen würde. Dabei fiel ihr Blick auf sechs weitere Schiffe, die am Rand des Tasterfelds Kurs in ihre Richtung nahmen. Sie waren ihr bereits auf dem Monitor aufgefallen, aber es war nicht unüblich, dass sich nahe einer Schleuse ein paar Schiffe aufhielten, Neuigkeiten austauschten oder Handel trieben. Allerdings lauerten hier gelegentlich auch Piraten und Fleischbarken auf ihre Opfer.

»Kommen in deiner Geschichte Sklavenhändler vor?«, fragte sie.

Kranit aktivierte die Waffensysteme. »Für die haben wir heute keine Zeit.« Er deutete mit einem Nicken auf den Schleusenschlüssel, der im Instrumentpult der *Nachtwärts* steckte. »Wir wär's, wenn wir uns beeilen?« Aus dem Kopf nannte er ihr die Zielkoordinaten ihres nächsten Sprungs. Shara gab sie umgehend ein.

Die Hypersprungschleuse schwebte jetzt wieder genau vor ihnen, ein stahlgrauer Ring von zwei Kilometern Durchmesser, der sichtbare Schäden an der Außenhülle aufwies. Beim letzten Mal, als Shara hier gewesen war, war die Schleuse noch unversehrt gewesen. Möglicherweise hatte es hier erst vor kurzem Gefechte gegeben.

Die fremden Schiffe beschleunigten. Vier waren Einmannjäger unterschiedlichster Bauart, die beiden anderen schwere Raumbarken. Wahrscheinlich warteten sie auf Unglückliche, die einem Angriff der Maschinen entkommen waren und sich an abgelegenen Orten wie diesem in Sicherheit wähnten.

»Gar nicht erst auf einen Kampf einlassen«, sagte Shara. »Wir sind gleich weg von hier.«

Doch Kranit feuerte bereits aus allen Rohren. Ein Abfangjäger wurde getroffen und trudelte davon, zwei andere wären bei ihren Ausweichmanövern um ein Haar kollidiert. Offenbar hatten sie in letzter Zeit zu leichtes Spiel gehabt und waren unvorsichtig.

Shara schimpfte im Drift-Dialekt, beschleunigte und sah erleichtert, wie sich im Schleusenring das blaue Energiefeld für den nächsten Sprung aufbaute. Erneut spien die Geschütze Glutbahnen aus Laserfeuer ins All.

»Die Barken werden uns Torpedos vor den Bug knallen, wenn du nicht mehr aus dieser Kiste rausholst«, sagte Kranit.

»War nicht meine Idee, den Antrieb mit so vielen Sprüngen zu überlasten.«

Doch die *Nachtwärts* ließ sie auch diesmal nicht im Stich. Ehe sich Kranits Warnung bewahrheiten konnte, stieß das Schiff in das Energiefeld der Schleuse, wurde gepackt und einmal mehr in den Hyperraum gerissen. Die Fleischbarken und ihre Jägerstaffel blieben zurück.

Aufatmend sank Shara zurück in ihren Sitz. »Was ist aus der guten alten Verbrecherehre geworden? Ist es wirklich so lange her, dass sich selbst Bastarde wie die an gewisse Regeln gehalten haben?«

»Weiß nicht«, sagte Kranit. »Hab sie immer gleich umgebracht.«

Sie kontrollierte die Anzeigen auf Ausfälle und Beschädigungen beim Eintritt in den Hyperraum, bemerkte eine beginnende Überhitzung peripherer Systeme, nahm aber an, dass sie mit einem blauen Auge davongekommen waren. Kurz liebäugelte sie mit Kranits Vorrat an panadischem Kautabak, ließ aber lieber die Finger davon. Dabei fiel ihr auf, dass auch er schon geraume Zeit nichts mehr davon genommen hatte. Das war ungewöhnlich.

»Okay«, sagte sie. »Das Thain-System. Leg los.«

»Ich habe über ein Jahr gebraucht, um auch nur die Bestätigung zu erhalten, dass es tatsächlich existiert«, erwiderte er. »Zwei weitere hat's gedauert, um an die Koordinaten ranzukommen. Und, zugegeben, am Ende hatte ich Glück.« Kranit lehnte den Kopf zurück und blickte hinaus in die Finsternis des Hyperraums. »Thain ist einer von drei Planeten einer Riesensonne. Sie selbst hat keinen Namen, ebenso wenig die beiden anderen Planeten. Alle drei sind unbewohnt. Thain ist eine Lavawelt. Also werden wir dort nicht landen – die *Nachtwärts* würde in Flammen aufgehen, bevor wir der Oberfläche auch nur nahe kommen.«

»Klingt immer besser.«

»Trotzdem werden wir so weit wie möglich runtergehen müssen, um unsere Verfolger abzuhängen.«

Sie schloss die Augen und atmete tief durch. »Verfolger. Das wären dann die Schiffe aus der Blockade, die wir vorher durchbrechen, richtig?«

»Genau die.«

»Noch kann ich mir alles merken.«

»Sobald sie annehmen, dass wir auf der Flucht vor ihnen verbrannt sind, verstecken wir uns in einem der Transporter, die regelmäßig von Thain nach Tiamande aufbrechen. Und schon sind wir so gut wie am Ziel.«

»Kinderleicht, wenn wir nicht abgeschossen werden oder verglühen. Und es gibt noch einen Haken: Ich werde die *Nachtwärts* auf gar keinen Fall auf einem Lavaplaneten am

Ende des Universums zurücklassen, um mich in irgendeinem Transporter zu verstecken.«

»Brauchst du nicht. Wir fliegen mit ihr in den Transporter rein. Die werden das nicht mal merken, weil sie nicht glauben, dass irgendwer so verrückt sein könnte.«

Sie richtete sich im Sessel auf und sah ihn eindringlich an. »Wie groß sind diese Transporter?«

»Groß genug.«

»Groß genug für *was*?«, bohrte sie nach. »Was genau transportieren sie?«

»Vertrau mir einfach. Das zu wissen hat mich beim ersten Mal ein bisschen, sagen wir, nervös gemacht. Du bist bestimmt viel ausgeglichener, wenn ich dir gar nicht erst –«

»Kranit«, unterbrach sie ihn scharf, »was transportieren diese Transporter?«

Er schien kurz zu überlegen, ob es eine freundliche Umschreibung der Wahrheit gäbe, dann sagte er: »Neugeborene Totems.«

Ihr Kinnlade fiel herunter.

»Thain ist die Totemzucht des Ordens«, fügte er hinzu.

»Und das hast du gewusst?«

»Nicht immer.«

Ihre Hände krallten sich um die Armlehnen ihres Sitzes. »Ich meine, du hast das gewusst, als wir damals in die Totemzone der Kathedrale geflogen sind? Auf dem Weg nach Empedeum?«

»Ja, schon.«

»Aber du hast so getan, als wüsstest du nicht, was da unten war!«

»Stimmt nicht. Du hast abgestritten, dass Totems existieren, und ich hab einfach gar nichts dazu gesagt.«

»Das ist, verdammt nochmal, dasselbe!«

»Warum hätte ich dich beunruhigen sollen?«

»Weil wir Freunde sind?«

»Deshalb hab ich's dir jetzt gesagt. Geht's dir damit besser?«

»Scheiße, nein!«

Er hob beide Hände, als wollte er sagen: Siehst du?

Shara kniff die Lippen zusammen, um sich zur Ruhe zu zwingen, warf einen Blick auf die Anzeige mit der verbleibenden Flugzeit, war kurz davor, herumzubrüllen, riss sich dann zusammen und fragte sich im Stillen, warum sie ihn eigentlich nicht hasste.

Nach zwei Minuten beredten Schweigens war sie wieder in der Lage, so etwas wie klare Gedanken zu fassen. »Wir werden also möglicherweise abgeschossen. Dann verbrennen wir wahrscheinlich. Und zu guter Letzt verstecken wir uns mit meinem Schiff in einem sehr viel *größeren* Schiff, das eines dieser … Dinger an Bord hat, denen wir schon mal nur mit sehr, sehr viel Glück entkommen sind.«

»Das macht nichts.«

»Ach?«

»Weil sie schlafen.«

»Schlafen wie … bewusstlos sein? Oder schlafen wie bei jedem verdächtigen Laut aufwachen und in Tobsucht verfallen?« Sie rang um ihre Fassung. »Weil ich mich *daran* nämlich noch ziemlich gut erinnern kann.«

Kranit blickte auf seine Fingernägel, als wäre gerade jetzt ein guter Zeitpunkt für ein wenig Maniküre. »Es ist so«, sagte er schließlich. »Die Totems liegen in gewaltigen Stahlcontainern. Jedes einzelne ist ungefähr so groß wie die Festung auf Noa. Diese Container werden aneinandergekoppelt wie ein Zug. Am vorderen Ende fliegt ein Transportschlepper, der die Container durch den Hyperraum nach Tiamande bringt. Dort werden die Totems in die Werften gebracht, wo man sie ins Herzmodul der Kathedralen kettet und über Monate hinweg langsam aufwachen lässt.«

Ihr Kopf drohte jeden Moment zu platzen.

»Die meisten Totems überleben den Transport nicht. Manchmal kommt eines heil an, oft auch gar keines. Ein Hypersprung in so einem Container ist etwas anderes als im Kern einer Kathedrale. Sie sterben unterwegs im Schlaf. Deshalb gibt es so wenige Kathedralen, obwohl auf Thain ständig neue Totems gezüchtet werden. Anscheinend ist das die einzige Welt, auf der alle nötigen Gegebenheiten dafür zusammenkommen.«

»Es hieß doch immer, sie haben was mit der Sternenmagie der Hexen zu tun«, sagte Shara. »Und mit dem Schwarzen Loch.«

»Glaubst du auch alle Legenden, die über mich im Umlauf sind?«

Sie schlug sich die Hände vor die Stirn. »Warum frag ich so was überhaupt?«

»Wahr ist, dass sie – wenn sie denn einmal gebändigt sind – mächtige Energiequellen für die Kathedralen darstellen. Für die Hexen ist Kamastrakas Wille die einzige Erklärung dafür, die sie gelten lassen. Von daher sind die Legenden vielleicht nicht ganz falsch.«

Shara versuchte, mit seiner Argumentation Schritt zu halten, aber tatsächlich sah sie vor ihrem geistigen Auge nur titanische schwarze Umrisse, die sich aus kochendem Öl und Teer erhoben. Sie hatte ein Totem gesehen, zumindest vage erahnen können, und sie wollte das kein zweites Mal erleben.

»Moment«, sagte sie, »wo *genau* sollen wir uns verstecken? Vorne im Schlepper, nehme ich an.«

Kranit strich sich mit einem Lächeln über die weißen Bartzöpfe. »Dort würden sie uns finden.«

Bald darauf brach die *Nachtwärts* mit brüllenden Triebwerken aus der Schleuse über Thain, und Shara eröffnete das Feuer auf alles, was sich bewegte.

25

Iniza hielt Tanys fest im Arm, während sie fieberhaft überlegte, wie sie Hassaat umbringen könnte.

»Ich würde dich gern etwas fragen«, sagte die Hexe.

Iniza gab keine Antwort. Stattdessen registrierte sie jedes Detail im langgestreckten Cockpit des Schiffs. Jeden Vorsprung, jede scharfe Kante, alles, was einen Vorteil oder eine Gefahr bedeuten konnte. In den letzten drei Jahren hatte Glanis versucht, ihr so viel über Nahkampf beizubringen wie nur möglich.

»Es ist nichts Persönliches«, fuhr Hassaat fort.

Es gab zwei Pilotensitze, im linken saß die Hexe, der rechte war leer. Das Cockpit maß in der Breite knapp drei Meter, in der Länge mindestens acht. Hassaat hatte Iniza Fußfesseln angelegt, mit denen sie mühsam winzige Schritte machen konnte. Tanys durfte sich frei bewegen, wich aber nicht von Inizas Seite, was der Hexe ganz recht zu sein schien. Die beiden saßen auf dem Boden, etwa vier Meter hinter den Pilotensesseln. Iniza lehnte an der bronzefarbenen Wandverkleidung und hatte die Knie angezogen. Hassaat hatte bereits kurz nach dem Start keinen Zweifel daran gelassen, dass sie, auch wenn sie Iniza den Rücken zuwandte, jede Bewegung ihrer Gefangenen wahrnahm. Vor ihr auf dem Schaltpult lag ein Blaster, ein zweiter hing an ihrem Gürtel.

»Verzeih mir meine Neugier«, sagte die Hexe, »aber mich

würde interessieren, wie du an Shara geraten bist. Warum verbündet sich eine Baroness von Koryantum, die jeden Grund hat, den Orden zu hassen, mit einer ehemaligen Greifpilotin? Shara mag heute nicht mehr zu dem stehen, was sie früher getan hat, aber das ändert nichts daran, dass sie für Tiamande gekämpft und getötet hat. Was also verbindet euch beide?«

Außer ihnen dreien schien sich niemand an Bord zu befinden. Im ersten Moment hatte es Iniza überrascht, dass Hassaat auf Corwin keine Paladine aufgenommen hatte. Dann aber war ihr klargeworden, dass sie ins Herz des Ordensreiches flogen, geradewegs zum Palast der Gottkaiserin. Gewöhnliche Fußsoldaten aus Lichtjahre entfernten Sektoren hatten dort nichts zu suchen.

»Vielleicht schätzt du sie falsch ein«, sagte Iniza. Ihr war nicht nach Konversation mit Glanis' Mörderin zumute, aber sie wollte auch keinen lautstarken Streit riskieren, der Tanys noch mehr verängstigen und Hassaat nur vorsichtiger machen würde.

Die Hexe entriegelte den Sessel und drehte sich damit zu ihnen um. Ihre Augenklappe war so schwarz wie die monotone Leere, die hinter ihr das Cockpitfenster ausfüllte; es schien, als könnte man direkt durch ihren Schädel in den Hyperraum blicken. »Glaub mir, niemand kennt Shara besser als ich. Ich war ihre Greiferhexe. Ich weiß alles über ihre Kindheit, was ihre Eltern ihr angetan haben, über die Jahre in den Gassen von Matuul, dann die Ausbildung, die Kampfeinsätze. Jede Einzelheit.«

»Du weißt nicht, wie sie heute ist.« Iniza verzog verächtlich den Mund. »Und sag jetzt nicht, dass Menschen sich nicht ändern.«

Hassaat lachte leise und tippte sich an die Augenklappe. »Ich bin selbst das beste Beispiel dafür, wie sehr Menschen sich verändern können.«

»Shara sieht das anders.«

»Mag sein, dass sie und ich uns zumindest darin ähneln: Wir wissen beide nicht, was die letzten Jahre aus der anderen gemacht haben.«

»Erzähl mir nicht, du hättest dir von der Minengilde nicht sämtliche Informationen über sie geholt.«

»Die Gilde war nie besonders kooperativ. Padrag Caudor hat jahrelang hinter unserem Rücken gegen uns gearbeitet, und seit seine Söhne sich wie tollwütige Hunde darum streiten, wer seine Knochen abnagen darf, ist es noch schlimmer geworden. Die Marken versinken im Chaos, und hier im Reich sieht es nicht besser aus.«

»Ihr habt euch über tausend Jahre ein Imperium aufgebaut, nur um euch jetzt aus der Verantwortung zu stehlen und alles zu vernichten?«

»Glaubst du, dass es so einfach ist?«

»Für mich klingt es so.«

Tanys war an ihrer Schulter eingeschlafen und zuckte im Traum.

»Kamastraka ist das Ende und der Neuanfang«, sagte Hassaat.

»Nur seid ihr nicht Kamastraka. Die Monde auf die bewohnten Welten hinabzustürzen wird allein euer Werk sein. Dem Schwarzen Loch da draußen ist das vollkommen gleichgültig.« Sie sprach, als glaubte sie selbst an diesen Unfug, aber vielleicht war das nötig, um Hassaat zu erreichen. Und wenn ein Gott göttlich wurde, weil jemand an ihn glaubte, ja, dann war Kamastraka wohl so etwas wie eine Gottheit.

Tanys flüsterte Worte in ihr Ohr, die sie nicht verstand. Als Iniza den Kopf drehte, um sie anzusehen, hatte das Mädchen noch immer die Augen geschlossen und schlief unruhig.

»Wirfst du dem Orden Verantwortungslosigkeit vor?« Hassaat beugte sich im Pilotensessel nach vorn, als wäre sie ernsthaft interessiert an dem, was Iniza zu sagen hatte.

»Es gibt eine Menge, das ich dem Orden vorwerfe. Aber dass ihr euch aus der Verantwortung für ganze Völker stehlt, denen ihr eure Herrschaft aufgezwungen habt, ist vor allem eines: das Eingeständnis eurer Niederlage. Die Flotten des Ordens ziehen sich aus schutzlosen Systemen zurück und überlassen sie den Maschinen. Und eure Lösung für all das ist kollektiver Selbstmord? Ich nenne das Feigheit, Hassaat.«

Für einen Augenblick schien es, als würde die Hexe zornig. Zu früh, dachte Iniza. Noch konnte sie nicht einschätzen, ob es von Vorteil war, wenn Hassaat die Kontrolle verlor, oder ob sie es sich und Tanys damit unnötig schwermachte. Möglicherweise war sie zu voreilig gewesen.

Die verbissenen Züge der Hexe entspannten sich. »Aus deiner Sicht mag das richtig sein. Aber für uns ist der Neuanfang eine Befreiung. Wir alle – nicht nur meine Schwestern, sondern jeder im Reich – werden in Kamastraka aufgehen und weiterleben. Das Schwarze Loch hat in Jahrmilliarden so viele Welten, so viele Zivilisationen verschlungen – und sie alle sind dadurch eins mit ihm geworden, unzählige Seelen, die zu einer allumfassenden Wesenheit verschmolzen sind. Durch die Gottkaiserin und ihre Bräute haben sie jahrhundertelang zu uns gesprochen und den Ordensmüttern die Wahrheit verkündet. Nun tun sie es wieder, durch deine Tochter, bis wir uns endlich mit ihnen vereinen können und gemeinsam in der Unendlichkeit aufgehen.«

Stumm starrte Iniza sie an, einen Moment lang unfähig, etwas einzuwenden, weil aus Hassaats Worten eine solche Verblendung sprach, dass jeder Widerspruch sinnlos erschien.

Ein feines Lächeln spielte um die Mundwinkel der Hexe, während sie fortfuhr: »Wenn Verantwortung für dich eine so große Sache ist, Baroness, was ist dann mit deinem Volk auf Koryantum? Hast du dich etwa nicht aus dem Staub gemacht, als sie dich dort am nötigsten gebraucht haben?«

»Das Volk von Koryantum«, sagte Iniza kalt, »hatte schon einen Regenten. Es hatte Fael.«

»Den Usurpator Fael«, entgegnete Hassaat mit wissendem Nicken. »Ich habe davon gehört, wie er den Thron an sich gerissen hat. Auch, dass du freiwillig auf dein Anrecht verzichtet hast, weil du es vorgezogen hast, mit deinen Freunden in die Marken zurückzukehren. Dabei wäre es deine Aufgabe gewesen, Koryantum zu regieren. *Deine* Verantwortung, Iniza.«

»Fael hätte Tanys und mich auf der Stelle töten lassen, wenn ich nicht –«

»Hätte er das?«, fiel Hassaat ihr scharf ins Wort. »Ja, vielleicht. Vielleicht aber auch nicht, wenn du ihm zuvorgekommen wärest. Wir werden es nicht mehr erfahren, nicht wahr? Weil du eine Entscheidung getroffen hast, als du mit den anderen von Koryantum geflohen bist. Komm mir also nicht mit Feigheit oder Mangel an Verantwortung. Was wir tun, ist zum Besten aller. Was *du* getan hast, war vor allem Eigennutz.«

Tanys schlief, und Iniza war heilfroh darüber. Aber es fiel ihr schwer, ruhig zu bleiben. Sie streckte ihre Beine und rieb sich die Knöchel an den stählernen Fußfesseln, nur damit der eine Schmerz den anderen überdeckte.

»Ich hätte Koryantum nicht retten können«, sagte sie. »Niemand konnte das, nach dem, was ihr auf Empedeum befreit habt.«

Die Hexe fixierte Iniza mit stechendem Blick. »Und ebenso wenig können wir das Reich vor den Maschinen retten. Möglicherweise für ein paar Jahre oder Jahrzehnte. Mit viel Glück für ein Jahrhundert oder zwei. Aber wir kennen die Maschinen, wir haben jeden ihrer Züge beim Sieg über die Hegemonie analysiert. Sie geben sich nicht damit zufrieden, Völker auszurotten. Sie errichten neue Drohnenfabriken, vermehren sich viel schneller, als wir Schiffe bauen und Piloten und Paladine ausbilden könnten. Sie sind eine Pest, die sich binnen kurzer Zeit über das ganze Reich verbreiten wird. Wir haben unterschätzt, wie viele von ihnen sich in ihren Massengräbern selbst wiederherstellen konnten. Als wir sie vor tausend Jahren geschlagen haben, waren sie siegessicher und unvorsichtig – daraus hätten wir lernen müssen, statt denselben Fehler zu begehen. Heute sind sie überaus zielstrebig. Was mit den Caudorschiffen über Noa begonnen hat, ist mittlerweile zu einer gigantischen Armada geworden, die sich Tausende von Schiffen einverleibt hat. Und jeden Tag kommen neue dazu. Falls wir ihnen nicht zuvorkommen und den Willen Kamastrakas erfüllen, werden wir sie kaum aufhalten können. Dann sitzt schon bald ein neuer Maschinenherrscher auf dem Thron von Tiamande.«

Iniza hatte genug von Hassaats Predigt. Es fühlte sich falsch an, mit ihr zu debattieren, und sie musste sich zwingen, dabei nicht an Glanis zu denken. Ihr Wunsch nach Rache war unvermindert groß. Zugleich war dies ihre einzige Chance, um mehr über das Schicksal ihres Volkes herauszufinden.

»Sind sie alle tot?«, fragte sie mit belegter Stimme. »Was ist in den Baronien wirklich passiert?«

»Niemand weiß das genau. Keiner unserer Aufklärer ist zurückgekehrt. Die wenigen Flüchtlinge, die wir aufgegriffen haben, berichten von verwüsteten Planeten und etwas Gigantischem, das ganze Welten verschlingt.«

»Der König der Gnade kam aus dem Mahlstrom auf Empedeum«, sagte Iniza, »aus dem Tor zum Pilgerkorridor, das ihr aufgestoßen habt. Eine eurer Kathedralen ist entkommen und müsste Informationen nach Tiamande gebracht haben.«

»Woher weißt du das?«

»Du hättest Shara danach fragen können.«

Hassaats unversehrtes Auge blitzte ungläubig auf. »Sie war dort? Als es geschehen ist?«

»Ja.«

»Wer hat ihr diesmal aus der Patsche geholfen? Der Waffenmeister?«

»Gib du mir Antworten, dann bekommst du auch welche.«

Hassaat lächelte, weil sie beide wussten, dass Iniza in der schwächeren Position war. Trotzdem sagte sie: »Im Kernreich gehen Gerüchte um, dass eine Kathedrale von Empedeum zurückgekehrt ist. Dass es dort eine Katastrophe gab und nicht alles so gelaufen ist, wie manch eine Ordensmutter sich das gewünscht hat. Nicht alle waren der Meinung, dass es unsere Bestimmung war, im Pilgerkorridor herumzustochern wie Kinder in einem Schlangennest. Ich bin sicher, auf Tiamande weiß man längst mehr darüber.«

»Und Koryantum? Tern? All die anderen Baronien?«

Die Hexe schüttelte den Kopf. »Mehrere Flüchtlingskonvois sind in den Marken von Sklavenhändlern überfallen worden. Eine Handvoll Schiffe ist bis in den Reichsraum vorgedrungen, aber an Bord hatten sich bedauerliche Szenen abgespielt. Massenhalluzinationen, Panik, ein furchtbares Durcheinander. Es gab Überlebende, aber sie waren in keinem guten Zustand. Das ist alles, was ich weiß.«

»Und der König der Gnade?«

»Du glaubst wirklich, dass das, was da auf Empedeum aufgetaucht ist, der König der Gnade ist? Dann ist er vielleicht gekommen, um jene zu bestrafen, die ihre Neugier nicht im Griff hatten – die Ehrwürdigen Mütter Merea und Setembra und noch ein paar andere mehr.« Hassaat lehnte sich im Sessel zurück, ohne auch nur einen Herzschlag lang ihren Blick von Iniza und Tanys zu nehmen. »Ich glaube, das Schwarze Loch hat uns einen Boten gesandt. Erst hat er jene bestraft, die sich angemaßt haben, einen eigenen Weg zu Kamastraka zu suchen. Dann hat er uns anderen gezeigt, was wir zu tun haben. Was in den Baronien geschehen ist, war eine Warnung. Seitdem wissen alle, die festen Glaubens sind, was ihre Aufgabe ist.«

Das erklärte, warum ein Teil der Ordensmütter das Erwachen der Monde so vehement vorantrieb. Der Untergang der Baronien war für sie das Zeichen, dass die Apokalypse unausweichlich war. Alles, was ihnen noch fehlte, war der letzte Befehl der Gottkaiserin.

Hassaat bedachte die schlafende Tanys mit einem Blick, der fast zärtlich wirkte. »Dieses Kind hält größere Macht in Händen, als du dir vorstellen kannst.«

»Was ist mit dem Ikonoklasten?«, fragte Iniza. »Manche behaupten, dass er für die Verwüstung der Baronien verantwortlich ist. Dass er aus dem Katarakt heimgekehrt ist und sich die Kreatur aus dem Pilgerkorridor gefügig gemacht hat, um sie als Waffe einzusetzen.«

»Die Erste Ordensmutter hat den Ikonoklasten erfunden, um den Baronien und den Marken unseren Schutz aufzuzwingen. Er ist nur ein Hirngespinst.«

»Das habe ich auch immer geglaubt.«

»Du würdest dich wundern, wie verbreitet die Vorstellung selbst im Innersten des Ordens ist. Möglich, dass das die Wahrheit ist. Oder aber er ist wirklich irgendwo da draußen im Katarakt und schmiedet seine Pläne. Mit dem, was in den Baronien vorgeht, hat er gewiss nichts zu tun. Und falls er wirklich eines Tages zurückkehrt, wird er feststellen, dass alles Leben im Reich bereits weitergezogen ist, geeint in Kamastraka. Es wird nichts mehr da sein, das er zerstören könnte.«

Iniza wollte etwas entgegnen, als Hassaat die Stirn runzelte. Hinter ihr hatte eine Leuchtanzeige zu blinken begonnen. Sie drehte sich mit dem Sessel um und aktivierte einige Schalter.

»Wir verlassen gleich den Hyperraum«, sagte sie. »Halt die Kleine fest.«

Iniza suchte fieberhaft nach einer Möglichkeit, Hassaat zu überwältigen und die Kontrolle über das Schiff zu übernehmen, aber selbst ohne die Fußfesseln wäre ihr das kaum gelungen. Sie musste auf eine bessere Gelegenheit warten, und das fiel ihr von Minute zu Minute schwerer.

Tanys bewegte sich im Traum, wachte aber nicht auf. Iniza erwog kurz, sie zu wecken, hielt es aber für besser, sie so viel Kraft wie möglich schöpfen zu lassen. Wer wusste schon, was ihnen bevorstand.

Ein helles Wabern floss von allen Seiten in die Finsternis vor dem Fenster und verdichtete sich innerhalb weniger Sekunden zu einem silbrigen Strudel. Schon durchstieß das

Schiff die Energiemembran einer Schleuse und manifestierte sich im Normalraum. Nach kosmischen Maßstäben waren sie dem galaktischen Zentrum kaum näher gekommen – sie befanden sich noch immer im äußeren Spiralarm –, und doch kam es Iniza vor, als stünden die Sterne hier enger beieinander. In weiter Ferne schien ein flirrender Strom durch die Dunkelheit zu fließen, ein weißgoldenes Wabern aus Milliarden Gestirnen, das zur Mitte hin heller wurde.

Vor all dieser Pracht schwebte ein einzelner Planet, von weitem so unscheinbar wie jede Welt in den Marken. Mehrere Monde umkreisten ihn – Iniza zählte vier, doch auf der Rückseite mochte es weitere geben. Wolkenteppiche trieben über die Oberfläche und verschleierten weite Teile der Kontinentalplatten.

»Das also ist Tiamande.«

»Nicht so eindrucksvoll wie in den Holos, die überall verbreitet werden«, sagte Hassaat.

Glaubte man den Bildern und Aufnahmen, die in den entfernten Regionen des Reiches kursierten, war Tiamande eine Kugel aus purem Gold, besetzt mit Mustern aus Edelsteinen: all den prunkvollen Städten, die unter der Ägide des Ordens entstanden waren. Auf den Holos kreisten gewaltige Raumstationen um den Planeten, die ausgelagerte Industrie einer Welt, auf der es keine Verschmutzung mehr gab. Dazu kursierten unzählige Geschichten über den Reichtum Tiamandes, angefangen von alten Sagen und Legenden bis hin zu den Berichten von Einwanderern aus den Außensektoren des Reichs, die auf der Thronwelt ihr Glück gefunden hatten.

Das alles klang zu gut, um wahr zu sein. Die meisten Menschen ahnten wohl, dass Tiamande nicht derart wunderbar sein konnte, wie man es ihnen glauben machen wollte. Man mutmaßte, dass der wahre Grund für die saubere Luft und das gute Klima auf Tiamande nicht die Raumstationen mit ihren Fabrikanlagen waren, sondern vielmehr die Tatsache, dass alle giftigen Industrien auf andere Welten umgesiedelt worden waren. Auf Tiamande hatten die Leute eine Lebenserwartung von einhundertfünfzig Jahren, hieß es, während die Menschen auf den äußeren Planeten oft nur fünfunddreißig wurden. Das war einer der Gründe für die Aufstände auf den Aschenen Welten gewesen, die der Orden gnadenlos niedergeschlagen hatte.

Iniza hatte nie an all die Legenden über Tiamandes Pracht geglaubt. Trotzdem überraschte sie, was sie nun vor sich sah. Tiamandes Oberfläche war nicht golden, sondern schmutzig braun, und von gewaltigen Städten war nichts zu erkennen.

Eine Flotte hatte rund um die Schleuse Stellung bezogen. Iniza nahm zuerst an, dass dies die übliche Vorsichtsmaßnahme während eines Krieges war, doch allmählich dämmerte ihr, dass alle diese Schiffe auf sie warteten. Die ersten verließen gerade ihre Positionen, um Hassaats Schiff zu eskortieren. Iniza hatte einmal davon geträumt, an der Spitze einer Armada nach Tiamande zu ziehen, und offenbar war dieser Moment nun gekommen. Nur hatte sie ihn sich vollkommen anders vorgestellt.

Von ihrem Platz hinten im Cockpit aus konnte sie den runden Hauptmonitor sehen, und darauf zählte sie zehn Schiffe, die sie in einer Rautenformation flankierten.

Behutsam löste sie Tanys von ihrem Oberkörper und legte sie sanft am Boden ab. Das Mädchen murrte, öffnete kurz die Augen und schloss sie wieder. Iniza versuchte, langsam aufzustehen. Sie hatte kaum die Knie angezogen, als Hassaat schon mit dem Blaster in der Hand herumfuhr.

»Nicht«, sagte die Hexe ruhig. »Es ist zu spät für so was.«

»Ich will nur sehen, wohin wir fliegen.«

Hassaat dachte kurz nach, dann zuckte sie mit den Achseln. »Komm her. Aber trag das Kind und setz es dir auf den Schoß.«

Iniza hob Tanys auf und bewegte sich mit kurzen Schritten nach vorn. Die Fußfessel behinderte sie heftiger, als sie befürchtet hatte, und zerstörte ihre letzte Hoffnung, sich doch noch zur Wehr zu setzen. Hassaat beobachtete, wie sie sich auf dem Weg nach vorn abmühte, und klopfte dann mit dem Blaster auf den Copilotensitz. »Hierher, aber ohne die Kleine abzusetzen. Und die Hände bleiben auf ihr, wo ich sie sehen kann.«

Iniza ließ sich in den Sitz sinken. Tanys war erwacht und ließ das alles ohne Widerspruch geschehen, wohl, weil sie einmal mehr vom Blick durch das Cockpitfenster fasziniert war.

Ein langes Band von Stationen zog sich durch den Raum vor Tiamande, allesamt sehr viel kleiner als die Kolosse in den Holos.

»Weltraumteleskope«, sagte Hassaat. »Dreiundzwanzig Sternwarten. Sie beobachten vor allem Kamastraka und den Katarakt, aber auch die näheren Systeme, früher besonders die Caudorwelten in den Marken, heute die Gegenden, in denen die Maschinen die Oberhand gewinnen.«

»Sicher habt ihr genug Beobachtungsstationen im ganzen Reich«, sagte Iniza. »Wofür braucht ihr dann noch die hier?«

»Durch sie wissen wir, dass sich eine Flotte der Maschinen in einer Kette von Hypersprüngen auf Tiamande zubewegt. Die größte Armada, die dieses System jemals gesehen hat.«

»Das scheint dich nicht zu beunruhigen.«

»Wir werden ihnen zuvorkommen.«

Das Schiff passierte den Gürtel der stahlgrauen Sternwarten und näherte sich auf einem geraden Kurs Tiamande. Die Sonne, die den Planeten beschien, war uralt und nicht sehr groß; ihr Licht wirkte erschöpft, so als sei sie es müde, das Treiben auf dieser Welt mitansehen zu müssen. Sie hatte die Ära der tausend Kriege miterlebt, Hegemonie und Maschinenherrschaft, und schließlich das tausendjährige Reich des Kamastraka-Ordens. Nur die Sterne wussten, was davor gewesen war.

Tanys rückte sich auf Inizas Schoß zurecht und brachte ihren Mund ganz nah an ihr linkes Ohr. Als Hassaat herüberblickte, hatte das Kind erneut die Augen geschlossen und schien zu schlafen. Funksprüche knisterten in den Lautsprechern, monotone Durchsagen von Koordinaten und Einflugwinkeln. Die Hexe konzentrierte sich wieder auf die Steuerung.

Der Blaster an Hassaats Gürtel war nur zwei Armlängen von Iniza entfernt, der zweite lag auf dem Schoß der Hexe.

Doch da war Tanys, deren Gewicht sie behinderte und deren Sicherheit Vorrang hatte. Sie konnte unter diesen Umständen keinen Kampf riskieren. Iniza spürte, dass die Kleine nur vorgab zu schlafen. Wieder bewegten sich ihre Lippen an Inizas Ohr, und das feine Raunen war einmal mehr die fremde Frauenstimme. Iniza sah verstohlen zu Hassaat hinüber, doch die schien nichts zu bemerken.

»Die Monde erwachen«, flüsterte die Gottkaiserin. *»Und dann endlich darf ich sterben.«*

26

Die Wände des Tunnels, durch den der Maschinenherrscher Hadrath führte, bestanden aus klarem Transparentplast. Wie eine Schlange aus Glas wand er sich an der Außenseite der Kathedrale um die Körper turmhoher Statuen, teils als Spirale um mächtige Brustkörbe und Schultern, dann wieder fast schnurgerade entlang ausgestreckter Arme zur nächsten Figur – ein ausgeklügelter Verlauf, der sich nie frei schwebend über Abgründe erstreckte, sondern stets jene Stellen zum Übergang nutzte, an denen die Statuen einander berührten. Die Schwerkraftgeneratoren befanden sich unter dem grauen Teppichboden des Tunnels und sorgten für gleichbleibende Gravitation. Selbst beim steilsten Anstieg fühlte es sich nicht an, als würde Hadrath bergauf gehen.

Mal in weiten, mal in engen Kurven führte der gläserne Gang kilometerweit durch die oberen Regionen des phantastischen Statuendschungels, beginnend am Kopf der Gottkaiserin auf der Spitze der Kathedrale, vorbei an Figuren in unterschiedlichen Maßstäben. Hadrath hatte die stählernen Kunstwerke auf einer Kathedrale noch nie aus solcher Nähe gesehen. Zudem war der Verlauf des Tunnels augenscheinlich so gewählt worden, dass er spektakuläre Ausblicke über den Abhang aus mythologischen Gestalten bot. Scheinwerferbatterien beleuchteten die Statuen von mehreren Seiten und entrissen sie dem absoluten Schwarz des Hyperraums.

»Wusstest du, dass es einen solchen Weg auf dem Rumpf jeder Raumkathedrale gibt?«, fragte der Maschinenherrscher, der in geschlechtloser Menschengestalt neben Hadrath durch die Glasröhre schritt, bernsteingolden und glühend, ohne dass Hitze von ihm ausging.

»Nein«, antwortete Hadrath. »Ich sehe so etwas zum ersten Mal.«

»Es ist ein Wandelgang für die Gottkaiserin, aus jenen Zeiten, als sie noch nicht auf Tiamande in ewigem Schlaf lag. Damals ist sie oft an Bord der Kathedralen gereist und hat von hier aus die Sternbilder ihres Reiches betrachtet.«

Hadrath war nie zu Ohren gekommen, dass die Gottkaiserin Tiamande jemals verlassen hatte. Dass sie sich die Zeit mit Spaziergängen vertrieben hatte wie eine gelangweilte Adelige in einem Provinzpalast, rührte ihn auf sonderbare Weise an. Tatsächlich war er bislang nicht einmal sicher gewesen, ob sie überhaupt existierte oder nur ein Symbol war, das die Ordensmütter im Lauf der Jahrhunderte durch Darstellerinnen in Holos zum Leben erweckt hatten.

»Keiner wusste von diesen Reisen außer ihren engsten Vertrauten«, sagte der Maschinenherrscher. »Es ist alles in den Speichern dieser Kathedrale dokumentiert, jede Minute, die sie an Bord verbracht hat. Ich fühle mich ihr dadurch nahe.«

Er *fühlt*, dachte Hadrath, benommen von der Tatsache, dass er selbst gerade etwas Ähnliches empfunden hatte.

»Du wunderst dich«, sagte die leuchtende Gestalt an seiner Seite.

»Darüber, dass ich nie davon gehört habe, dass die Gottkaiserin durchs Reich gereist ist.«

»Immer glaubt ihr Menschen, dass ihr alles wisst, und seid so erstaunt, wenn ihr an eure Grenzen stoßt. Als wäret ihr mit allem Wissen des Kosmos geboren worden und jeder Zweifel an eurer Perfektion ein Sakrileg.«

»Offensichtlich bist *du* mit großem Wissen geboren worden«, sagte Hadrath und bedauerte die Worte sofort. Ohne es zu wollen, hielt er die Luft an, während er auf die Reaktion des Maschinenherrschers wartete.

Doch der zeigte kein Anzeichen von Verärgerung. »Ich trage das Wissen meines Vorgängers in mir. Jeder Augenblick seiner Existenz ist mir präsent, so als hätte ich selbst ihn erlebt. Ich weiß, wie es ist, zu siegen – und besiegt zu werden. Und ich kenne alle Schritte auf dem Weg dorthin, damit ich dieselben Fehler nicht wiederhole.«

Hadrath begann zu schwitzen, obwohl der Glastunnel angenehm temperiert war. »Ich wollte nicht anmaßend sein. Ich bitte um Entschuldigung.«

»Sprich aus, was dir in den Sinn kommt«, sagte das Wesen. »Deshalb wollte ich mit dir reden. Man erwartet von mir, dass ich die Menschen ausrotte, und doch bin ich bis heute niemals einem begegnet. Du bist der Erste. Womöglich wirst du der Letzte sein.«

»Vielleicht bin ich kein typisches Exemplar meiner Spezies.«

»Inwiefern?«

»Jeder andere würde versuchen, dich umzustimmen. Ich werde das nicht tun.«

»Weil es aussichtslos ist?«

»Nein.«

»Ich verstehe.« Der Maschinenherrscher nickte langsam. »Das Schicksal der Menschheit ist dir gleichgültig. Deine

Leidenschaft gilt etwas anderem.« Er hielt kurz inne. »Ist dies das richtige Wort, Leidenschaft?«

»So könnte man es nennen.«

»Du bist auf der Suche nach dem Ursprung der STILLE. Diejenige, die du Äone nennst, war kurz davor, dir deinen Wunsch zu erfüllen.«

Er musste sich zusammenreißen, damit seine Stimme nicht schwankte. »Tatsächlich?«

»Neugier ist eine ihrer vordringlichen Eigenschaften. Sie und ihre Schwestern wurden auf eine Weise erschaffen, die sie euch so ähnlich macht wie nur möglich. Sie ist durchaus in der Lage, eigene Entscheidungen zu treffen. Sonst wärest du wohl längst nicht mehr am Leben.«

Das bestätigte, was Hadrath die ganze Zeit über gehofft hatte. Und zugleich war es schmerzhaft zu wissen, dass er so kurz vor dem Ziel gescheitert war.

»Ich finde deine Verbissenheit faszinierend«, sagte der Maschinenherrscher. »Tief in deinem Herzen weißt du, dass die Religion der STILLE von Maschinen wie Äone erschaffen und verbreitet wurde. Und doch sagt dir dein Verstand, dass es möglicherweise anders war, einzig, weil du daran glauben *willst*.«

»Es ist umgekehrt«, widersprach Hadrath. »Mein Verstand versucht, mir weiszumachen, dass die STILLE nur ein Trugbild ist, eine Wunschvorstellung, um meinem Leben einen Sinn zu geben. Dagegen sagen mir meine Gefühle – mein Herz, wie du es nennst –, dass die Wahrheit eine andere ist. Ich bin der STILLE begegnet, als mein Bruder mich allein im All zurückgelassen hat. Tagelang trieb ich in einem Raumanzug im Nichts und war dem Wahnsinn nahe, als die STILLE sich mir zu erkennen gab und mir neuen Mut verlieh. Nur wenig später wurde ich von einem Raumschiff der Gilde gefunden. Die STILLE hat mir nicht nur mein Leben geschenkt, sondern auch eine Bestimmung.«

»Ein großes Wort, Bestimmung.«

»Äone und ich haben in den letzten zwei Jahren oft darüber gesprochen. Sie hat nie verstanden, was ich damit meine.«

»Ich bin nicht Äone.« Das blanke Nichtgesicht des Maschinenherrschers schien für einen Augenblick aufzuglühen, und Hadrath fragte sich, ob das wohl seine Art zu lächeln war. »Aber wenn du ihr das nächste Mal begegnest, wird sie wissen, was Bestimmung für dich bedeutet. Es kostet mich nur einen Gedanke.«

Sie wanderten in einem weiten Bogen um den Brustkorb einer Kriegerstatue, die viele hundert Meter hoch war und auf deren Schlüsselbeinen Heerscharen weiterer Figuren standen. Auf der anderen Seite, links von Hadrath, war der Abhang der Kathedralenpyramide mit einem Dickicht aus Köpfen, Armen und hochgereckten Waffen bedeckt, eine atemberaubende Heerschau erstarrt in Stahl und Größenwahn. Dahinter lag die sternenlose Leere des Hyperraums. Hadrath fragte sich nicht zum ersten Mal, ob sich ihm im Pilgerkorridor wohl derselbe Anblick geboten hätte – nur ein belangloses, grenzenloses Nichts. Er hätte seine Bemühungen von Anfang an der galaktischen Trümmerwüste und ihren Artefakten widmen sollen, statt seiner Besessenheit vom Pilgerkorridor nachzugeben. Vielleicht musste er Iniza dankbar sein, dass sie die Tore von Tau zerstört und seiner Wissbegier eine neue Richtung gewiesen hatte.

»Es ist mir nicht gegeben, deine Gedanken zu lesen«, sagte der Maschinenherrscher, als Hadraths Schweigen andauerte.

»Verzeih. Auch das ist eine menschliche Eigenschaft, fürchte ich. Die Gedanken treiben zu lassen, ohne jedes Ziel.«

»Eine Eigenschaft, um die ich euch beneide.«

»Ich bin nicht sicher, ob sie erstrebenswert ist.«

»Tatsächlich ist eure Unberechenbarkeit eure größte Stärke«, hielt der Maschinenherrscher dagegen. »Ihr seid schwach, verletzlich, inkonsequent. Äone ist der Ansicht, dass sie dich ganz und gar durchschaut, und genau an diesem Missverständnis ist mein Vorgänger gescheitert. Er war sich seiner Sache zu sicher und hat geglaubt, euch zu kennen. Ich glaube das nicht. Deshalb bist du hier. Es ist mein Wunsch, von dir zu lernen.«

»Das ist schmeichelhaft, aber ganz und gar irrational. Es gibt nichts, das du von mir lernen könntest.«

»So vieles«, entgegnete der Maschinenherrscher.

Der gläserne Tunnel wand sich über den Rücken einer ausgestreckten Männerhand mit gespreizten Fingern, schlängelte sich am Zeigefinger entlang und führte auf die Schulter einer weiblichen Statue, die dem Mann gegenüberstand. Von dort aus verlief der Weg steil an ihrem Rücken hinab bis zum Arm eines zweiten Mannes, der sie verstohlen von hinten umfasst hielt. Hadrath wusste nicht, welche Szene aus welchem Mythos hier dargestellt worden war – unzählige kamen in Frage –, aber er war sicher, dass sie der Auslöser von Krieg und Blutvergießen war, den bevorzugten Motiven der Kathedralenbauer und ihrer Stahlkünstler.

»Du möchtest dich also auf die Suche nach dem Ursprung der STILLE machen«, sagte der Maschinenherrscher nach längerem Schweigen. »Wie weit würdest du dafür gehen?«

»Ich bin schon weiter gegangen als irgendein anderer vor mir«, sagte Hadrath. »Ich bin dafür zum Verräter an der Menschheit geworden.«

»Ich könnte dich ziehen lassen.«

Hadrath blieb stehen und starrte ihn von hinten an, bemerkte, wie unangemessen diese Reaktion war, und holte sofort wieder auf. »Warum solltest du das tun, wenn du mich doch beobachten willst?«

»Ich könnte dich durch Äone beobachten lassen. So wäre ich die ganze Zeit über bei euch. Sie und ich, wir sind Teile eines großen Ganzen.«

»Dann spreche ich gerade nicht nur mit dir, sondern auch mit ihr?«

»Nein. Ich sehe durch ihre Augen, aber sie nicht durch meine.«

»Und du würdest ihr befehlen, mit mir hinaus in die Galaxis zu fliegen? In einem eurer Schiffe?«

»Das könnte ich, doch das werde ich nicht tun. Ich will wissen, wie du vorgehst, um sie zu überzeugen.«

Er spielt mit mir, dachte Hadrath. »Sie hat es schon einmal abgelehnt.«

Der Maschinenherrscher winkte ab, wieder eine dieser menschlichen Gesten. Erneut fragte Hadrath sich, ob es nicht Menschen gewesen sein mussten, die die Maschinen entworfen hatten. Äone hatte er in Aussicht gestellt, in den Ruinen der alten, galaktischen Zivilisationen mehr über ihre Erbauer zu erfahren, und womöglich war das kein leeres Versprechen gewesen.

»Äones Neugier ist groß«, sagte der Maschinenherrscher. »Und ich sorge dafür, dass sie ihre erste Entscheidung anzweifelt. Jetzt, in diesem Moment.«

»Aber wieso? Nur um mir dabei zuzusehen, wie ich mich auf die Suche nach der STILLE begebe?«

»Und nach unseren Schöpfern. Vielleicht sogar nach deinen.«

Glaubte er das wirklich? Dass die Menschen ebenso geplant erschaffen worden waren wie die Maschinen? Andererseits, was sprach dagegen? Die Maschinen hatten Wege gefunden, sich selbständig zu reproduzieren. War die biologische Fortpflanzung der Menschheit, ihre organische Beschaffenheit womöglich nur ein Experiment gewesen, ein erster Schritt zum selben Ziel – der Erschaffung von gefügigem Leben? Oder war sie gar der zweite Versuch, nachdem sich die Maschinen als unvollkommen erwiesen hatten? Womöglich waren die Maschinen ein Fehlschlag aus der Vergangenheit, der nun seine Nachfolger auslöschte, denen es auf eigene Weise ebenso an Perfektion mangelte.

Und hatten die Schöpfer von Mensch und Maschine danach noch einen *dritten* Versuch unternommen und dabei etwas Neues und Fremdes erschaffen, das jetzt irgendwo dort draußen war und jene Aufgaben erfüllte, die ursprünglich seinen Vorläufern zugedacht gewesen waren? Rotteten sich in diesem Krieg nur die Überreste zweier Spezies gegenseitig aus, die als gescheiterte Experimente entsorgt worden waren, irgendwo am Rand der Galaxis, wo man sie getrost sich selbst und ihrem Zerstörungswahn überlassen konnte?

All das ging Hadrath durch den Kopf, und er hatte mit einem Mal das brennende Verlangen, mit Äone darüber zu sprechen, dem einzigen Wesen, das jemals den aufrichtigen Versuch gemacht hatte, ihn zu verstehen.

»Ich gebe dir eine Chance«, sagte der Maschinenherrscher, als wüsste er sehr wohl, was Hadrath gerade dachte. Hadrath fragte sich, ob ihm diese Gedanken gerade erst eingepflanzt worden waren, so wie Äone Neugier und Zweifel. Und ob der Fremde, der da neben ihm ging, wirklich eine Maschine war oder vielmehr das, wonach er suchte. Etwas, das in der Lage war, ihn zu manipulieren, ihn zu *programmieren* wie eine willenlose Drohne.

Als er durchatmete und nach vorn sah, erkannte er, dass sie wieder den Schädel der Gottkaiserin erreicht hatten, einen Torbogen zu der gewaltigen Halle hinter ihrer Stirn.

»Äone erwartet dich in der Zentrale«, sagte das goldene Wesen an seiner Seite. »Geh zu ihr und überzeuge sie von deinen Zielen. Beweise mir deine Überlegenheit.«

27

Keine Kathedrale sei wie die andere, hieß es. Die Statuen auf ihren Rümpfen waren Einzelstücke, mit denen sich die Erbauer gegenseitig übertreffen wollten. Man konkurrierte um Größe, Prunk und Lebendigkeit der Darstellungen.

Augenscheinlich traf dies nicht auf die Kommandobrücken der Ordensfestungen zu. Als Hadrath die Zentrale betrat, war ihm, als hätte er einen Schritt in die Vergangenheit getan. Damals hatte ihn die Ordensmutter Setembra auf die Brücke ihrer Kathedrale zitiert und ihn, einen Kommandanten der Gilde, wie einen Gefangenen behandelt. Dafür hatte er ihr später eine empfindliche Niederlage bereitet, als er das Hangartor zerstört und einen Drohnenschwarm eingelassen hatte. Es war das erste Mal gewesen, dass er den Maschinen zu Diensten gewesen war. An einem Ort wie diesem hatte es begonnen.

Die Zentrale war ein Kuppelsaal, um den auf zwei Etagen Galerien voller Schaltpulte und Monitore verliefen. Ein Viertel der Rundung wurde von einem großen Fenster eingenommen, zehnmal so hoch wie Hadrath. Vor dieser Wand aus Finsternis musste sich jedermann winzig und unbedeutend fühlen.

Damals hatten Dutzende von Hexen und andere Besatzungsmitglieder die Instrumente auf den Galerien bedient, doch hier schwebte lediglich eine Handvoll Drohnen, die sich mit dem Zentralrechner der Kathedrale verbunden hatte. Die einzige annähernd menschliche Gestalt war Äone. Sie stand vor dem großen Panoramafenster und blickte hinaus in die Leere.

»Ich will ehrlich sein«, sagte er, während er die kunstvollen Ornamente betrachtete, die sich an ihrem Nacken hinab über Rücken und Hüften bis auf ihre langen Beine zogen, verschlungene Muster aus Metall, mal gold-, mal kupfer-, mal bronzefarben. »Ich werde nicht mehr um dein Verständnis betteln. Auch nicht um deine Aufmerksamkeit.«

Sie drehte sich zu ihm um und verschränkte die Hände hinter dem Rücken. »Das war nie nötig. Ich habe dir immer zugehört und bin auf alle deine Argumente eingegangen.«

»Weil es von dir verlangt wurde. Weil der Maschinenherrscher oder deine Schwestern es von dir erwartet haben. Wärest du ein Mensch, würde ich sagen, du warst höflich. Bemüht, sogar. Aber du hast meine Vorschläge nie ernsthaft in Erwägung gezogen, egal wie sehr ich versucht habe, dich zu überzeugen.«

»Du unterschätzt meine Neugier.« Das war ein Satz, den sie früher so nicht gesagt hätte. »Wer weiß, was wir finden würden, begäben wir uns wirklich auf diese Expedition, von der du so oft sprichst.«

»Ich bin nicht sicher, ob ich das noch will. Ich habe heute schon so viel Neues erfahren. Die Fragen, die ich mir stelle, sind jetzt ganz andere.«

»Welche, zum Beispiel?«

»Ich muss noch darüber nachdenken.«

»Erzähl mir davon.«

Er trat neben sie und beobachtete ihr Spiegelbild in der

Scheibe, als sie sich wieder zum Fenster umwandte. »Haben wir beide dieselben Schöpfer?«

»Das weiß ich nicht.«

»Aber du schließt es nicht aus?«

»Ich kann nichts ausschließen, über das mir keine Informationen vorliegen.«

»Hältst du es für denkbar?«

»Ich bin genau wie du in der Lage, Spekulationen anzustellen. Denkbar ist alles, solange kein Gegenbeweis vorliegt.«

Bisher hatte ihr nichts daran gelegen, Beweise für die Existenz der mysteriösen Schöpfer zu finden. Nun aber fragte er sich, wie es um Beweise *gegen* sie stand. War das die Tür, die der Maschinenherrscher für ihn geöffnet hatte? Würde sie sich ihm anschließen, wenn er seine Bitten zu Herausforderungen umformulierte? Sollte es wirklich so einfach sein?

Hadrath brauchte Äone auf dieser Reise. Er allein konnte keinen Kreuzer voller Kampfdrohnen befehligen, sie würden ihn ignorieren, wahrscheinlich sogar töten. Äone hingegen hatte die Roboter unter Kontrolle.

»Dann lass uns den Gegenbeweis finden«, sagte er. »Ich behaupte, wir verdanken unsere Existenz denselben Mächten draußen in der Galaxis. Lass uns nach ihnen suchen. Selbst wenn wir nur die Trümmer ihrer Zivilisationen entdecken, stoßen wir vielleicht auf Antworten.«

»Aber wir sind euch weit überlegen. Ihr seid so verletzlich und leicht zu töten.«

»Möglicherweise haben sie uns nach ihrem Ebenbild erschaffen. Als sie ihren Fehler erkannten, bauten sie euch und kamen der Perfektion einen Schritt näher.« Er hatte den

Eindruck, dass sie die umgekehrte Möglichkeit nicht hören wollte. Vielleicht hatte der Maschinenherrscher ihr mit seiner Neugier auch etwas von seiner Eitelkeit eingegeben. »Ich werde allein gehen, wenn du mich nicht begleitest.«

»Das kann ich nicht zulassen.«

Er spielt mit mir, dachte Hadrath erneut. Der Maschinenherrscher hatte niemals vorgehabt, ihn gehen zu lassen, ob nun mit oder ohne Äone.

»Ich würde es trotzdem versuchen«, sagte er.

»Ich müsste dich aufhalten.«

Langsam bewegte er sich einige Schritte rückwärts von ihr fort und beobachtete aus dem Augenwinkel die Drohnen auf den Galerien. Keine verließ ihre Position, um sich ihm in den Weg zu stellen.

Äone drehte sich zu ihm um, mit dem Rücken zum Schwarz des Hyperraums. »Wenn du diesen Raum verlässt, werde ich dir folgen.«

»Ich weiß.«

»Ich will dich nicht töten, Hadrath.«

»Verlangt der Maschinenherrscher das von dir? Mich zu töten?«

Sie gab keine Antwort, sah nur stumm zu, wie er weiter zurückwich und sich schließlich zur offenen Tür der Zentrale umwandte. Bei jedem Schritt erwartete er, ihre Hand auf seiner Schulter zu spüren, vielleicht auch ihre Klingenfinger, die sich von hinten in sein Herz bohrten.

Aber Äone blieb stehen, als ränge sie mit sich selbst. Die Wissbegierde, die ihr eingepflanzt worden war, vertrug sich nicht mit dem Befehl, Hadrath aufzuhalten. Vielleicht musste er sie nur zu einem der Schiffe locken, damit sie einsah, dass er das Richtige wollte. Möglich, dass es einfacher war, sie dort zu überzeugen, wo sie nur einen einzigen, letzten Schritt machen musste, um das alles hier zurückzulassen.

Die Kampfdrohnen rührten sich noch immer nicht. Keine fuhr ihre Stacheln und Klingen aus.

In der Dunkelheit vor dem Fenster entstanden helle Streifen wie vorbeirasende Wolkenfetzen. Ein Signalton erklang. Die Kathedrale stand kurz vor dem Rücksturz in den Normalraum. Das bedeutete, dass sie jeden Augenblick Tiamande erreichen würden.

Hadrath warf sich herum und verfiel in Laufschritt. Bald rannte er durch einen der hohen Gänge, auf denen zu beiden Seiten zahllose Kampfdrohnen mit angewinkelten Gliedern kauerten, vom Boden bis zur Decke übereinander. Hadrath wagte kaum, sie anzusehen, weil er fürchtete, aufflammende Lichter zu entdecken, erste Anzeichen ihres Erwachens.

»Hadrath!«, rief Äone in seinem Rücken.

Er wurde noch schneller, stürzte sich in einen Antigravschacht und sank so schnell abwärts, dass es sich kaum mehr von einem Sturz unterschied. Erst einige hundert Meter tiefer wurde er sanft abgebremst und stolperte in einen weiteren Korridor voller Drohnen. Die ganze Kathedrale war voll von ihnen. Über eine Million, hatte Äone gesagt, aber vielleicht waren es auch viel, viel mehr.

Sie blieb hinter ihm, rief im Antigravschacht seinen Namen. Ihre Stimme erfüllte ihn gleichermaßen mit Furcht wie mit Hoffnung. Er war nicht sicher, was er hier gerade tat. Er wusste nur, dass er mit seinen bisherigen Versuchen, sie zum Gehen zu bewegen, gescheitert war. Falls er überhaupt eine Chance hatte, dann war dies die letzte. Holte Äone ihn ein, würde sie ihn entweder in Stücke reißen oder der Versuchung nicht widerstehen können, ihn doch noch zu begleiten.

Hadrath hatte das Gefühl, dass sogar der Maschinenherrscher gespannt auf ihre Entscheidung war, denn noch ließ er sie – und auch Hadrath – gewähren, als wären sie zwei Versuchstiere in einem Labyrinth, auf das er neugierig herabblickte.

Ein Ruck ging durch die Kathedrale, der Hadrath fast von den Füßen riss. Die Erschütterung lief in einem sanften Zittern aus, dann stabilisierte sich der Flug der Ordensfestung.

Sie waren zurück im Normalraum.

Falls sie sich bereits im Tiamande-System befanden – und davon war auszugehen –, war dies die Chance, die Hadrath ergreifen musste. Es würde bald zu Kämpfen kommen, unzählige Drohnen gegen die zentrale Verteidigung der Ordensmütter. Hadrath war überzeugt, dass die Maschinen diese Schlacht nicht gewinnen konnten. Nicht ausgerechnet an jenem Ort, an dem die Macht der Hexen am größten war.

Oder vielleicht *gerade* dort.

Er musste hier raus, bevor die Roboter erwachten. Bevor die Hexen begriffen, was sich wirklich an Bord dieser Kathedrale befand.

»Hadrath!«, erklang es hallend in seinem Rücken.

Er mobilisierte seine letzten Energien, wurde noch einmal schneller, schaute nicht zurück und achtete auch nicht auf die Wälle aus angewinkelten Drohnengliedern rechts und links seines Weges.

»Hadrath Talantis!«

Am Ende der nächsten langgestreckten Halle, zwischen zwei düsteren Standbildern von Frauen mit hohen Hexenkronen, befand sich ein Torbogen, der in einen kleineren Hangar führte. Nicht derselbe, in dem er gelandet war, aber ein Schiff, irgendein Schiff würde er dort finden.

Wieder sein Name, so nah.
Vor ihm öffnete sich die Hangarhalle.
»Bleib stehen!«
Hadrath lief weiter.

28

Noch niemals, wirklich niemals, habe ich jemanden so sehr gehasst wie dich«, sagte Shara.

Kranit hob grinsend die Schultern. »Damit muss ich leben.«

»Nein, ich meine, gehasst wie … wie begeistert dabei zusehen, wenn man dir lebendig die Haut abzieht. Und dich in Salz wälzt. Vielleicht noch ein paar Runden am Spieß brät.«

»Du wirst lachen, genau das ist mir fast passiert. Auf Krator-Bai, ungefähr vor acht, neun Jahren. Warst du mal auf Krator-Bai?«

Sie war zu beschäftigt damit, hektisch die Sensoren zu überprüfen, um darauf zu antworten.

»Also«, sagte er, »es gibt da diese Kolonisten, in einem Tal am Ende der Welt, und sie haben sich zurückentwickelt zu –«

»Ich lache nicht.«

»Was?«

»Du hast gesagt, ich werde lachen. Ich lache nicht.«

Der Waffenmeister seufzte. »Ist auch nicht so wichtig.«

Vor dem Cockpitfenster der *Nachtwärts* waberte eine Ahnung von dunkelrotem Licht, ein Schimmer, der kaum etwas von der Umgebung erkennen ließ. Das Sichelschiff hing in der Horizontalen unter einer stählernen Decke, deren Ränder mit bloßem Auge nicht auszumachen waren. Shara hatte die Landepylonen ausgefahren und sie magnetisch an der Metallfläche verankert; sie gaben ihnen zuverlässig Halt, solange die Elektromagneten Energie erhielten. Fiel die Stromversorgung der *Nachtwärts* aus, würde sie wie ein Stein nach unten stürzen und sich nur durch einen Notstart der Triebwerke retten können, was an diesem Ort nicht ratsam erschien. Zum Glück arbeiteten die Systeme noch immer verlässlich, trotz all der Schäden, die das Schiff von den Gefechten an der Hypersprungschleuse und in der brodelnden Atmosphäre von Thain davongetragen hatte. Sie waren der Hauptgrund, warum Shara so wütend auf Kranit war. Ihre restliche Wut kreiste um das, was sich unter ihnen befand, auf dem Boden des kilometerlangen Containers, an dessen Decke sie klebten wie ein Insekt in einem Raubtierkäfig.

»Sie werden bald bemerken, dass wir hier sind«, sagte sie.

»Werden sie nicht, glaub mir.«

»Wenn nicht die Piloten vorne im Schlepper, dann das Ding da unten.« Sie deutete zur Cockpitdecke, denn solange sie kopfüber in diesem monströsen Stahlkerker hingen, war unten für sie oben. Der Container besaß eine eigene Schwerkraft, darum lag das schlafende Totem auf dem Boden. Die Generatoren der *Nachtwärts* hingegen schufen eine entgegengesetzte Gravitation, deshalb spürten Shara und Kranit nichts von dem Abgrund, der unter dem Schiff gähnte. Darin konnte sie nicht viel mehr erkennen als die Andeutung einer schwarzen Hügellandschaft auf dem Grund des Containers, in deren Senken da und dort Lavapfützen ausglühten und allmählich zu schwarzen Schlackeschuppen aushärteten. Die Gliedmaßen des Totems.

Kranit lenkte eine Kameradrohne über die Außenhülle der *Nachtwärts* und suchte auf seinem Bildschirm nach Schäden durch den Laserbeschuss, den sie sich an der Schleuse und während der Verfolgungsjagd über Thain eingehandelt hatten. Zuletzt hatten sie sehr viel tiefer in die Atmosphäre eintauchen müssen als geplant, und die Greifer erst abgehängt, nachdem Shara fast zur Oberfläche des Lavaozeans vorgestoßen war. Ein, zwei Minuten lang hatte die *Nachtwärts* das ausgehalten, danach war es kritisch geworden. In ihrer Verzweiflung waren sie durch den Tunnel einer brechenden Lavawelle geflogen, was ihre Verfolger davon überzeugt hatte, dass sie zerstört worden waren. In all dem Chaos an der Oberfläche hatten die Ordensschiffe sie aus der Ortung verloren, und Shara hatte die *Nachtwärts* gerade noch rechtzeitig aufsteigen lassen, ehe die Außenhaut schmelzen konnte.

Wenig später hatten sie aus der Ferne beobachtet, wie ein Totem von einem der vollautomatisierten Transportcontainer aus der Lava gefischt worden war, an mächtigen Ketten und Haken, augenscheinlich betäubt. Es war durch den aufgeklappten Boden des Containers ins Innere gehoben worden, der sofort begonnen hatte, sich zu schließen. Shara hatte dem Totem um nichts in der Welt folgen wollen, aber Kranit hatte so lange gezetert, bis sie die *Nachtwärts* durch den Spalt unbemerkt ins Innere gelenkt hatte.

Seitdem teilten sie sich diesen fliegenden Stahlsarg mit dem betäubten Totem, einem Gebirge aus schwarzem Horn und Panzerhaut, dessen Ausmaße im dunkelroten Halblicht nicht auszumachen waren.

»Wenn es aufwacht und randaliert, sind wir tot«, sagte Shara nicht zum ersten Mal. »Falls es sich heftig im Schlaf bewegt, sind wir tot. Und sollte irgendwer hier auftauchen und nach dem Rechten sehen, sind wir tot. Weil wir dann auf ihn schießen müssen und dieses Vieh *auf jeden Fall* erwacht.«

»Ich bin damals heil durchgekommen«, sagte Kranit betont gelassen, »und das werden wir auch diesmal. Vertrau einfach auf mein Glück.«

»Weil du das Glück ja auch gepachtet hast, wie wir in den letzten Tagen erleben durften.«

»Immerhin leben wir noch, oder?«

»Ja«, sagte sie bitter. »Wir.«

Kranit verzichtete darauf, sie daran zu erinnern, wer Glanis und die anderen in die Taragantum-Drift gebracht hatte.

»Mein Schiff wurde ins Kreuzfeuer genommen«, fuhr sie nach einigen Augenblicken fort. »Es hat Schrammen, und es hat Löcher.«

»Keine Löcher«, widersprach Kranit. »Nur ein paar Brandstellen hier und da.«

»*Mein* Schiff«, entgegnete Shara betont. »Und du hättest es fast zerstört. Dabei sind wir noch nicht mal am Ziel. Ganz zu schweigen von allem, was uns dort noch erwarten mag.«

»Wir werden es bald wissen.«

»Ist es schon so weit?«

»Falls sie einen direkten Sprung ins Tiamande-System gemacht haben, ja«, antwortete er. »Irgendwelche Lebenszeichen von unserem hässlichen Freund?«

»Zuletzt hat er sich vor zwei Stunden bewegt. Glaubst du, er ist tot?«

»Wenn wir Glück haben.«

»Schon wieder dieses Wort!« Argwöhnisch funkelte sie zu ihm hinüber. »Was ist, wenn wir Pech haben?«

»Nun …«

»Raus mit der Sprache.«

Er stöhnte leise. »Kann sein, dass es wild wird, wenn sie das Schott unter ihm öffnen und es nach unten in die Ketten sackt. Ich weiß nicht, ob so ein Ding Schmerzen empfindet, aber die Haken in seiner Haut sind so groß wie die *Nachtwärts*, und falls ihm das wehtut, wird es nicht erfreut sein.«

Abrupt wurden sie durchgeschüttelt, als der Zug aus Totemcontainern zurück in den Normalraum stürzte. Sharas linke Hand schwebte über dem Knopf für den Notstart, während die rechte weiterhin das Steuer hielt. Kranit konzentrierte sich auf die Waffensysteme, auch wenn die ihnen gegen ein rasendes Totem auf so engem Raum kaum weiterhelfen würden. Dieser Container würde zu einer Todesfalle werden, sollte es ihnen nicht gelingen, bei der ersten Gelegenheit daraus zu entkommen. Die Tarnvorrichtung, die Shara vor einem Jahr hatte einbauen lassen, war antik, aber besser als gar keine, und sie würde wohl ausreichen, wenn sich alle Ordensschiffe bei der Ankunft auf die Totems konzentrierten und nicht mit einem blinden Passagier rechneten.

»Die Kathedralenwerft kreist im Orbit des fünften Planeten«, sagte Kranit. »Tiamande ist der vierte.«

»In den Holos, die ich als Kind gesehen habe, hieß es immer, Tiamande sei der erste.«

»Wenn es nach denen geht, ist Tiamande immer und in allem das Erste und Beste und Prachtvollste. Diese Holos haben sie im ganzen Reich gezeigt. Der Traum von Tiamande! Irgendwas müssen sie den Menschen ja geben, nach dem sie sich sehnen können. Freiheit kommt nicht in Frage, ein besseres Leben auch nicht – nur die Hoffnung, eines Tages Tiamande mit eigenen Augen zu sehen.«

»Ich wollte nie herkommen«, sagte Shara. »Nicht mal als Kind. Sogar als Greiferpilotin hab ich gehofft, dass sie mich nicht auf die Kernwelten versetzen. Je weiter weg von der Gottkaiserin und den verdammten Ordensmüttern, desto besser.«

»Die Menschen aus der Drift haben sich immer eher den Marken zugehörig gefühlt«, stellte Kranit fest. Die Welten der Taragantum-Drift hatten dem Orden nie den Sturz ihrer Königreiche verziehen. Wenn es so etwas wie einen Außenposten der Marken im Reich gab, dann waren das Taragantum IV und die anderen bewohnten Welten der Drift.

»Es geht los!«, rief der Waffenmeister.

Das trübe Rot, das den Container während der ganzen Reise erfüllt hatte, wurde schlagartig von Helligkeit überstrahlt. Selbst durch den Rumpf der *Nachtwärts* meinte Shara ein bestialisches Brüllen zu hören, das ihr durch Mark und Bein ging.

»Klingt nicht sehr tot«, sagte sie.

Kranit ließ seinen Gurt zurückschnellen, sprang auf und versuchte, durch die gewölbte Scheibe einen besseren Blick auf das zu erhaschen, was sich am Boden des Containers tat. Shara ließ die Bilder der Außenkameras über den Monitor huschen, aber auf keinem war mehr zu erkennen als grelles Licht und schemenhafte Bewegungen.

Mit einem Schnaufen ließ Kranit sich zurück in den Copilotensessel fallen. »Raus hier! Sofort!«

Die Triebwerke erwachten grollend zum Leben. Shara schaltete die Magneten der Pylonen aus und ließ die *Nachtwärts* auf einen Schlag fünfzig Meter nach unten sinken. Dann erst rotierte sie den Sichelrumpf in die Vertikale, so schnell, dass die Drehung des Kopfmoduls kaum mitkam. Jeder andere hätte die Orientierung verloren, aber Shara kannte die Reaktionen ihres Schiffes wie niemand sonst. Sie riss die *Nachtwärts* herum, bis das Gebirge des Totemkörpers unter ihnen lag. Rundum strahlte Licht herauf, offenbar die Reflexion einer Planetenoberfläche genau unter dem offenen

Containerboden. Die riesigen Ketten, an denen das Wesen hing, spannten sich, und irgendwo erhob sich etwas Titanisches, das ein Schädel sein mochte.

Das Brüllen wiederholte sich, wurde zu einem hohen Kreischen. Shara sah jetzt die Haken, von denen Kranit gesprochen hatte, und er hatte nicht übertrieben: Sie waren mindestens so groß wie die *Nachtwärts*, riesenhafte gebogene Klingen, die wie chirurgische Nadeln durch die schwarze Hornhaut des Totems getrieben worden waren.

Die gesamte schwarze Masse war jetzt in Bewegung, Glieder wurden sichtbar und spreizten sich, bis sie gegen die Wände des Containers stießen. Etwas, das Arm oder Bein sein mochte, wuchs unter dem Schiff empor, und Shara wich instinktiv aus.

Der Tarnschirm war bereits aktiviert, und sie konnte nur hoffen, dass er ausreichte. Sie biss die Zähne zusammen, stieß den Steuerknüppel nach vorn und jagte das Schiff fast senkrecht abwärts, vorbei an bebenden Muskelbergen, dem hellblauen Licht entgegen, das von unten in den Container drang.

Im Schutz ihres Tarnfelds stahl sich die *Nachtwärts* am Rand der Containeröffnung vorbei, wurde von etwas gestreift, das Shara nur als schwarze, schrundige Wand wahrnahm, und stürzte hinaus ins All. Um ein Haar wären sie mit einer Raumbarke kollidiert, die wie aus dem Nichts vor ihnen auftauchte, gerade als sie an dem tobenden Giganten vorüber waren. Shara wich mit einem waghalsigen Manöver aus, geriet dabei fast in den Plasmastrom der Barke und steuerte endlich in den freien Raum.

Auf dem Monitor sah sie die Kette der Container über dem hellen Planeten schweben, umwirbelt von zahlreichen

Ordensschiffen – vielen Barken, zwei ovalen Kreuzern und ein paar kleineren Schleppern –, doch ihr Blick hing an den Silhouetten der Totems, die sich inmitten der Ketten aus den Containern lösten. Zwei bewegten sich träge, die übrigen blieben reglos. Weitere Schiffe standen bereit, um die Kolosse zu übernehmen und hinüber zu einer Station zu schleppen, einer Halbkreisformation aus schwebenden Hangars, in deren Innerem wohl die Kathedralen des Ordens entstanden.

»Wenn sie planen, das Reich zu zerstören, warum bauen sie dann noch neue Kathedralen?«, fragte Shara, während sie den Kurs kalibrierte. »Und warum schicken sie den Maschinen ihre Flotten entgegen? Sie könnten die Waffen einfach niederlegen und das Erwachen der Monde einleiten.«

»Noch fehlt ihnen Kamastrakas Order«, sagte Kranit. »Möglicherweise sind die Apokalyptiker unter den Ordensmüttern überstimmt worden. Oder im offenen Konflikt unterlegen. Wer weiß, was sich da zusammenbraut – und wie lange schon.«

Kopfschüttelnd wünschte Shara sich zurück in jene Zeiten, in denen ihr größtes Problem die Störgeräusche eines Generators gewesen waren. Ihr Blick wanderte über die Anzeigen und Bildschirme. »Zumindest folgt uns keiner. Sieht aus, als hätten sie uns tatsächlich nicht bemerkt.« Sie klopfte liebevoll auf die Armlehne ihres Sessels. »Braves Mädchen.«

Kranit tippte etwas in die Tastatur seines Instrumentenpults, und wenig später erschien auf dem Hauptbildschirm eine kartographierte Version des Sternenfelds vor dem Cockpitfenster. Ein leuchtendes Quadrat legte sich um einen besonders hellen Punkt – die Thronwelt. Shara programmierte die Koordinaten und hielt während des Fluges angestrengt

Ausschau nach feindlichen Schiffen. Zweimal passierten sie eine Greiferstaffel, aber beide Male schien man sie nicht wahrzunehmen. Der Tarnschirm arbeitete einwandfrei, und als Kranit sich in den Funkverkehr der Einmannjäger einklinkte, erfuhren sie, dass soeben alle verfügbaren Flottenkontingente ins benachbarte Vanarium-System beordert worden waren, wo eine Speerspitze der feindlichen Armada den Hyperraum verlassen hatte.

»Die Maschinen rücken zügig vor«, sagte der Waffenmeister stirnrunzelnd. »Als hätten sie es eilig.«

»Sie haben tausend Jahre vor sich hingerostet«, erwiderte Shara. »Kannst du es ihnen verübeln, dass sie das hier so schnell wie möglich hinter sich bringen wollen?«

»Sie müssten wissen, was sie entfesseln, wenn sie sich so nah an Tiamande heranwagen. Der Orden wird ihnen alle Kathedralen entgegenwerfen, die er anderswo abgezogen hat.«

»Besser, sie kämpfen dort als hier«, sagte Shara. »Lass uns das irgendwie zu Ende bringen und auf einer Markenwelt untertauchen.«

Er warf ihr einen Blick zu, der ihr nicht gefiel. Als wollte er sie fragen, ob sie tatsächlich glaubte, dass es so einfach sei. Natürlich nicht, aber sie brauchte irgendeine Aussicht, irgendein Ziel, um sich Mut zu machen. Sie hätte selbst nicht für möglich gehalten, dass das einmal der Gedanke an eine verdreckte Taverne in den Marken sein würde. Alles war angenehmer als tobende Totems und das Kreuzfeuer zweier Sternenflotten.

»Bei einem Routinescan wird es nicht lange dauern, bis sie den Tarnschirm bemerken«, sagte sie.

Kranit blickte stur nach vorn auf den einen hellen Punkt

unter Tausenden. »Bisher läuft es doch erstaunlich gut. Zur Not hab ich noch einen Trick in der Hinterhand.«

»Oh«, machte sie ohne große Überraschung. »Wer hätte gedacht, dass du Geheimnisse vor mir hast.«

»Kein Geheimnis. Nur einen Passiercode. Vielleicht ist er noch gültig. Ich würde es lieber nicht darauf anlegen, aber zur Not mag er uns retten.«

»Sag nicht, es ist derselbe, den du damals benutzt hast.«

Er schüttelte den Kopf. »Er ist mal jemandem zu Ohren gekommen, und er hat ihn mir verraten.«

»Geht's genauer?«

»Schwanz der Krone!«, fluchte er. »Ich hab dich nicht gebeten, mich zu begleiten. Stell also nicht jeden meiner Schritte in Frage.«

Es war eine Menge falsch an seinen Worten – zum Beispiel, dass nicht er hier irgendwelche Schritte tat, sondern *ihr* Schiff –, aber sie hielt sich zurück, weil er bisher zu wissen schien, was er tat. Und weil es, genau genommen, keine sinnvolle Alternative gab.

Immerhin begegneten ihnen keine weiteren Patrouillen, bis die Thronwelt von einem fernen Glutpunkt zu einem Planeten wurde. Laut Kranit gab es acht Hypersprungschleusen in diesem System – sieben mehr als in den gesamten Baronien –, und über die Hälfte davon war reserviert für spezielle Operationen wie den Totemtransport zur Kathedralenwerft. Aus dieser Richtung schienen die Hexen nicht mit Eindringlingen zu rechnen. Zweifellos wurde das gesamte System lückenlos auf fremde Großkampfschiffe hin überwacht, auf Kreuzer, die Jägerstaffeln und Bodentruppen transportieren konnten. Aber ein kleines Schiff wie die *Nachtwärts* mochte in Zeiten, in denen alle verfügbaren Kampfverbände nach

Vanarium abkommandiert wurden, unbemerkt durch die Lücken des Verteidigungsnetzes schlüpfen.

Die sieben Monde im Orbit der Thronwelt wurden bereits schematisch auf dem Monitor angezeigt, bald würden die ersten auch optisch erfasst werden. Als es so weit war, sah für Shara einer aus wie der andere, doch Kranit konzentrierte seine Aufmerksamkeit längst auf einen, der sich auf der Rückseite des Planeten befand. Sie würden Tiamande halb umrunden müssen, um dorthin zu gelangen.

Immer mehr Schiffe tauchten an den Rändern der Monitore auf, manche kamen ihnen gefährlich nah. Bis zu Tiamandes Oberfläche hätte die *Nachtwärts* es nie geschafft, in der Exosphäre hingen mehrere Raumforts. Die Totenmonde lagen jedoch außerhalb der orbitalen Verteidigungsringe. Niemand schien mit einem Angriff auf die verstaubten Grabmäler der Ordensmütter zu rechnen.

Einer der Monde stabilisierte sich im Zentrum des Cockpitfensters. Es war weder der kleinste noch der größte der sieben Trabanten, nur eine graue, nichtssagende Kugel mit dem Hauch einer künstlichen Sauerstoffatmosphäre.

»Der da ist es?«, fragte Shara.

Kranit nickte stumm.

Die *Nachtwärts* nahm Kurs auf Oratorias Mond.

29

Seit zwanzig Minuten raste das Sichelschiff über endlose Staubwüsten, aschgraue Ebenen, aus denen hier und da die Überreste des ersten Maschinenkriegs ragten: Wracks zerschmetterter Schiffe, Trümmer einer Armee aus Drohnen, turmhohe Stahlkolosse mit vielen Beinen, dazwischen Rümpfe ausgeschlachteter Kriegsfestungen auf Ketten und Spikes. Vor eintausenddreihundert Jahren waren die Maschinen so zahlreich gewesen, dass sie wie Schwärme von Raubfischen über die Hegemoniewelten hergefallen waren. Nach Laserangriffen und Bombardements aus dem All hatte sich Welle um Welle von Drohnen über die Planeten ergossen – und über Monde wie diesen, auf denen einst die planetare Verteidigung Tiamandes angesiedelt gewesen war. Ihr Scheitern war der Grund für den Orden gewesen, die alten Raumforts zu reaktivieren. Falls der Feind heute abermals bis zur Thronwelt vorstieße, würden in den Mondwüsten keine Schlachten mehr toben, denn hier gab es nichts, um das sich zu kämpfen lohnte. Keine Großlaser mehr, keine Hangars voller Kriegsschiffe.

Nur Staub und Rost und totes Metall – und das große Mausoleum der Ordensmutter auf dem Nordpol des Mondes, inmitten einer flachen Hochlandregion, in der aufgrund der senkrechten Rotationsachse des Mondes ewiges Tageslicht herrschte.

Wo es möglich war, ließ Shara die *Nachtwärts* in schmale Canyons abtauchen und folgte ihrem Verlauf, doch Kranit schien sicher zu sein, dass niemand nach ihnen Ausschau hielt.

»Selbst wenn sie nach dem Feuergefecht an der Schleuse von Thain die richtigen Schlüsse gezogen hätten, würden sie nicht damit rechnen, dass wir ausgerechnet hier auftauchen.«

»Verrätst du mir endlich, was du damals hier gesucht hast?«

»Du gibt's keine Ruhe, was?«

»Ich höre so gerne die alten Geschichten über den letzten Waffenmeister.«

Er knurrte etwas in seine weißen Bartzöpfe, dann sagte er: »Hab was gestohlen.«

»Sieh an. Und was?«

»Oratorias Mumie.«

Shara fielen fast die Hände vom Steuerknüppel. »Du hast die *verdammte Erste Ordensmutter* gestohlen?«

»War gar nicht mal schwer. Niemand hat damit gerechnet. Weil sie offiziell gar nicht hier war.«

Shara überlegte, während sie das Schiff aus der Schlucht zurück in die Staubwüste steuerte. Sie stieg nicht höher als fünfzig Meter über den Boden, damit mögliche Luft- und Raumüberwachungen sie nicht erfassen konnten. »Es hieß doch, dass Oratoria im Pilgerkorridor verschwunden sei. Ich dachte, das Mausoleum ist nur ein Symbol. Eine Art Denkmal.«

»Das dachten viele. Ich hab keine Ahnung, welche der anderen Ordensmütter wussten, dass Oratorias Leichnam tatsächlich hier bestattet worden ist. Viele können es nicht gewesen sein. Ganz sicher nicht diejenigen, die nach der Katastrophe von Empedeum jede weitere Erforschung des

Pilgerkorridors abgelehnt haben. Also die fanatischen Apokalyptiker unter den Ordensmüttern, denen es einzig um die Religion geht, nicht um die Wahrheit.« Er behielt die Radaranzeigen im Blick und bewegte die Finger nie weit von der Steuerung des Laserleitstandes fort. »Das ist die Fraktion, die lieber heute als morgen die Monde auf die Reichswelten herabstürzen würde. Die andere Gruppe, die Forscherinnen, Ordensmütter wie Setembra mit ihrer Besessenheit vom Pilgerkorridor, würden das Ende lieber hinauszögern und erst mal mehr über den Korridor und seine Verbindung zu Kamastraka herausfinden.«

»Fast dasselbe hat Conlingas gesagt.«

Kranit nickte. »Deshalb glaube ich, dass er auch in anderen Punkten aufrichtig war. Er war tatsächlich einer von uns. Und er hatte recht: Auch heute ist wieder nur ein Waffenmeister in der Lage, das Reich zu retten.«

Sie sparte sich die Frage, wann er wohl begonnen hatte, an seine eigenen Legenden zu glauben.

Vor ihnen am Horizont tauchte etwas auf, das sich bald als die obere Hälfte eines steinernen Frauengesichts entpuppte, gewaltig wie ein Berg. Die höchste Erhebung des gesamten Mondes, behaupteten die Instrumente, und sie lag exakt auf dem nördlichsten Punkt.

»Es gibt einen unterirdischen Weg hinein –«, begann Kranit.

»Erst will ich mir einen Überblick verschaffen.«

»– und automatische Geschütze.«

Die Abtaster hatten die Laserkanonen bereits entdeckt und berechneten mögliche Schussbahnen. Natürlich gab es keinen sicheren Anflugwinkel, darum drosselte Shara die Geschwindigkeit und gab mehr Energie auf das Tarnfeld.

»Sollten wir nicht die Schutzschirme verstärken?«, fragte Kranit.

»Wenn es ernst wird.«

»Ist es das nicht?«

»Sobald sie auf uns schießen.«

»Ist dein Schiff«, sagte er schulterzuckend.

Das ungeheuerliche Monument besaß keine Fenster, nur zahlreiche Nischen mit Lasergeschützen. Es gab keinen sichtbaren Zugang am Boden, dafür eine Landeplattform in der leeren linken Augenhöhle. Das Gesicht endete auf Höhe der Nasenspitze am Boden, so als ragte nur die obere Schädelhälfte aus der Oberfläche des Mondes. An seinem Fuß mochte es drei Kilometer breit sein.

»So hat sie ausgesehen?«, fragte Shara verblüfft.

»Nicht, als ich sie das letzte Mal gesehen habe.«

»Für eine Hexe gar nicht übel.«

Kranit versank in Schweigen. Während des Fluges war er fast wieder der Alte gewesen, zeitweise sogar gut aufgelegt, doch nun begann er erneut über Dinge nachzugrübeln, von denen sie offenbar nichts wissen sollte. Vielleicht war es falsch gewesen, dass sie nicht heftiger versucht hatte, ihn von diesem Flug nach Tiamande abzubringen.

Sie ließ die *Nachtwärts* tiefer sinken, flog unmittelbar über dem Boden und hielt angestrengt Ausschau nach Hindernissen, die in der sonnenbeschienenen Ebene kaum auszumachen waren. Es war gefährlich, bei dieser Geschwindigkeit so niedrig zu fliegen, doch Shara misstraute der Ruhe rund um das Mausoleum mehr als ihren Flugkünsten. Keine Schiffe weit und breit, erst recht kein Leben am Boden. Der tiefschwarze Sternenhimmel über der Mondwüste ließ leicht vergessen, dass es hier eine künstliche Sauerstoffatmosphäre gab.

Die *Nachtwärts* flog in einem weiten Bogen um das Mausoleum, bis ein zweites Gebäude sichtbar wurde – die Kuppel, von der Kranit gesprochen hatte. Auf Anfrage zeigte der Bordrechner die Maße an, sie waren identisch mit jenen des Bauwerks auf Amun. Es gab keine sichtbare Verbindung zum Grabmal, doch Shara nahm an, dass Gänge unter der Oberfläche existierten.

»Was denkst du, wie gut sind die Geschütze?«, fragte sie. »Und wie nah können wir ran, bevor unser Tarnschirm auffliegt?«

Kranit klopfte auf den Monitor, der eine grob berechnete Geländekarte des umliegenden Terrains zeigte. Mit dem Finger wanderte er ein gutes Stück vom Mausoleum und der Kuppel fort und verharrte auf einer unscheinbaren Stelle mitten in der Wüste. »Hier lag früher der Raumhafen für die Transporter, als das Grabmal erbaut wurde. Nach der Fertigstellung haben sie oberirdisch alles verschwinden lassen, aber die unterirdische Anlage mit dem Transporttunnel zum Monument existiert noch. Er ist breit genug für die *Nachtwärts* und führt bis unter die große Halle.« Er machte eine kurze Pause, dann fügte er hinzu: »Wenn du den Boden sprengst, genau hier, müsste das klappen.«

»Das ist alles?«, fragte sie bitter. »Ich fliege durch einen Tunnel, der vielleicht längst verschüttet ist, und komme irgendwo da drinnen raus, um dann nicht mal zu wissen, was genau –«

Er unterbrach sie: »Wenn wir mit Gewalt in die Kuppel eindringen, würde das einen Alarm auslösen. Und was den Tunnel angeht –«

»Du warst schon mal dort.«

»Zu Fuß.«

»Das ist was anderes, als mit einem verfluchten Raumschiff da durchzufliegen!«

»Willst du die *Nachtwärts* lieber im offenen Gelände stehen lassen?«

Ihr gefiel nichts von alldem. »Was ist mit der Landeplattform? Wir können die umliegenden Geschütze ausschalten und einfach durchs Auge reingehen.«

Kranit schüttelte den Kopf. »Es gibt achtunddreißig selbstschießende Großlaser allein auf dieser Seite des Mausoleums. Selbst wenn ein paar nicht mehr zielgenau sind, hat die *Nachtwärts* gegen den Rest keine Chance.«

»Hätte ich das vorher gewusst –«

»Dann wärest du trotzdem hier. Ich hab versucht, dich davon abzuhalten, aber das kam für dich nie in Frage. Du magst fluchen und jammern, so viel du magst, aber das hier ist genau das, was du wolltest. Eine letzte große Aufgabe.«

Sie atmete tief durch, dann zog sie das Steuer herum und flog hinaus in die Wüste. »Schießen wir halt ein Loch in den Mond.«

Bald näherten sie sich dem Punkt, den Kranit auf der Karte gekennzeichnet hatte. Falls es dort alte Zugänge gab, irgendwelche Falltüren, durch die er damals entkommen war, so hatte sie der Staub längst unter sich begraben. Der ehemalige Raumhafen und sein Landefeld ließen sich nicht mal mehr erahnen.

»Genau da«, sagte Kranit.

Sie deutete auf den Laserleitstand. »Dein Part.«

Er ließ sich nicht zweimal bitten, entsicherte mit den Daumen die Feuerknöpfe an den Enden des u-förmigen Steuerknüppels und gab drei gezielte Lasergarben ab. Was sie trafen, war inmitten aufstiebender Staubfontänen nicht zu erkennen. Die Wolke legte sich eben wieder, als eine Wellenbewegung durch das umliegende Gelände raste. Abermals schoss Staub empor, diesmal sehr viel höher, und gleich darauf wurde eine Öffnung sichtbar. Ein Teil des Wüstenbodens war in einen unterirdischen Hohlraum gestürzt. Das Loch hatte einen Durchmesser von knapp hundert Metern.

»Das war bis nach Tiamande zu sehen«, sagte Shara.

»Ehe die jemanden hergeschickt haben, um nach dem Rechten zu sehen, sind wir längst in der Kuppel.«

»Auf und davon wäre mir lieber.«

Durch die Staubschwaden lenkte Shara die *Nachtwärts* in die Tiefe. Das Licht der Scheinwerfer wurde von einer Wand aus Dunst reflektiert, darum flog sie das Schiff mit Hilfe der Abtaster. Viel Spielraum blieb ihr nicht.

Langsam glitt der Sichelschatten des Schiffes über Gesteinstrümmer hinweg nach Norden. Bald lichteten sich die Staubwirbel, und Shara erkannte vor ihnen einen massiven Tunnel, durch dessen Mitte die Trasse einer Einschienenbahn führte. Rechts und links befanden sich Routen für Schwebegleiter. Unter einer weißen Gewölbedecke verlief der Tunnel schnurgerade in Richtung des Mausoleums. Auf Kranits Erinnerung war noch immer Verlass.

Shara manövrierte vorsichtig mit den Steuerdüsen, wurde bald schneller und schaltete das Haupttriebwerk auf unterster Stufe dazu. Hier und da klafften Risse im Beton, doch es gab keine Hindernisse, weder Einstürze noch weitere Trümmer.

Nach wenigen Minuten mündete der Tunnel in eine kreisrunde Halle, die sich laut Bordrechner am exakten Nordpol des Mondes befand – genau unter Oratorias Grabmal.

»Wir müssen die *Nachtwärts* hier landen«, sagte Kranit. »Weiter kommen wir mit ihr nicht.«

Sie hasste den Gedanken, das Schiff unbewacht zurückzulassen, und setzte es widerstrebend im Zentrum der unterirdischen Kammer auf. Rundum stoben graue Wolken empor, außer Staub schien es hier unten nichts zu geben.

Mit einem unguten Gefühl fuhr sie die Selbstschussgeschütze am Rumpf der *Nachtwärts* aus, kleine, automatisierte Bordkanonen, die sie von außen aktivschalten konnte. Das Kontrollarmband baumelte an einem Hebel am Schaltpult. Als sie es umlegte und den Verschluss an ihrem linken Handgelenk zuschnappen ließ, leuchtete kurz der kleine Monitor daran auf; mit seiner Hilfe hatte sie Zugriff auf den Bordrechner des Schiffes und konnte zahlreiche Funktionen bedienen. Allerdings war die Handhabung mühsam und das Ding so schwer, dass es sie bei einem Kampf behindern würde.

Kranit kontrollierte die wichtigsten Daten der Umgebung. »Sauerstoff ist in Ordnung. Gravitation auf Normallevel. Ein bisschen frisch könnte es werden, aber wenn wir schnell genug laufen, merken wir nichts davon.«

Shara stand auf und bewaffnete sich. Ein leichter Blaster im Halfter und ein schwerer, den sie sich umhängen konnte. Dazu ein langes, schmales Messer und ein kurzes für die Halterung an ihrem rechten Stiefel. Zuletzt trank sie ein paar Schluck Wasser.

Kranit nahm nur einen Blaster mit. Nachdem sie die *Nachtwärts* verlassen hatten, schaltete Shara die Geschütze scharf. Solange sie das Armband trug, würden die Sensoren nicht auf sie und Menschen in ihrer unmittelbaren Nähe reagieren. Es war eine Weile her, seit sie den Selbstschussmechanismus eingesetzt hatte, aber jetzt war sie froh, dass es ihn gab.

An gegenüberliegenden Seiten der Halle führten Treppen nach oben. Die beiden eilten die Stufen hinauf und standen bald im Großen Saal des Mausoleums. Shara schätzte, dass er von einer Seite zur anderen achthundert Meter maß. Die Luft roch abgestanden, und es war so kalt, dass ihr Atem kondensierte. Mitten hindurch zog sich eine Allee aus monumentalen Statuen: Hexen mit Stachelkronen, jede gewiss fünfzig Meter hoch. Das Ende der Treppe, die sie heraufgekommen waren, befand sich in einer von ihnen, der Ausgang lag im Saum des Gewandes.

Die Allee der Hexen endete an einem erhöhten Bereich, auf dem sich die Grabstätte der Ordensmutter befand. Umgeben von einem Kranz aus Säulen stand dort eine klobige Grabkammer. Ihr Portal war geschlossen.

»Die Tür ist neu«, flüsterte Kranit. »Die alte hab ich damals gesprengt.«

»Apropos«, murmelte Shara. »Du hast ihre Mumie tatsächlich hier rausgetragen?«

»Ja.« Seine Stimme hallte ein wenig nach, das Echo verlor sich in der Weite.

»Was ist damit passiert?«

»Ich hab sie in die Marken gebracht. Ihre Einzelteile passten in eine Reisekiste.«

»Ich wusste immer, dass Pietät dir wichtig ist.«

»Hey. Sie ist ganz von selbst auseinandergefallen, als ich sie aus dem Sarkophag gehoben habe.«

Shara deutete zu der Grabkammer am Ende der Statuenallee. »Und wer liegt jetzt da drin?«

»Niemand. Die meisten Ordensmütter sind ohnehin davon ausgegangen, dass die Kammer leer war. Macht also keinen Unterschied.«

Eine Vielzahl von Lampen, vermutlich vom ewigen Sonnenschein des Pols gespeist, brannte unter der Decke und ahmte die Sternbilder des Kernreichs nach. Auch in den Boden am Fuß der Statuen und in ihre Kragen waren Lampen eingelassen, die an den gewaltigen Körpern emporschienen und ihre Gesichter in bleiches Licht tauchten.

»Dort drüben«, sagte Kranit und verfiel in Laufschritt. Shara folgte ihm durch die Halle und hielt dabei nach Kameras und Beobachtern Ausschau. Sie entdeckte nichts Verdächtiges, auch nicht, als sie sich der Wand näherten und einen besseren Blick auf die Nischen in den steinernen Verzierungen werfen konnte.

Hinter einem Torbogen führten breite Stufen in die Tiefe. Dort unten war es so dunkel, dass sie auf halbem Weg ihre Handstrahler einschalten mussten. Bald fiel der Lichtschein auf ebenen Boden.

»Das ist der Gang zur Kuppel«, sagte Kranit und leuchtete voraus in die Dunkelheit. Der Strahl reichte gut hundert Schritt weit, dahinter war nichts als Schwärze.

Der Korridor war nicht sehr hoch, aber breit genug, dass zwei Gleiter nebeneinander hindurchgepasst hätten. Tatsächlich parkte einer in einer Ladestation neben der Treppe. Unter dem Akkumulator hatte sich eine schwarze Pfütze gebildet.

Also liefen sie wieder, und bald war Shara so außer Atem, dass sie beschloss, mit allen weiteren Fragen zu warten, bis sie die Kuppel erreicht hatten. Einmal, irgendwo in der Mitte des Gangs, als sie sowohl vor als auch hinter sich nur noch Finsternis am Ende des Lichtscheins sahen, hörten sie Geräusche aus der Richtung, aus der sie gekommen waren. Ein metallisches Pochen, als erwachte in ihrem Rücken das Monument selbst zum Leben.

»Wir bekommen Gesellschaft«, sagte Kranit.

»Na, phantastisch.«

Sie drückte eine Tastenkombination am Armband und aktivierte die Verbindung zur *Nachtwärts*. Die Sensoren hatten Mühe, durch die Tonnen von Stein etwas am Himmel über dem Monument zu registrieren. Trotzdem flackerte Augenblicke später die grobe Gitternetzdarstellung eines Dreizackschiffs im Sinkflug über den kleinen Monitor.

»Das Schiff einer Ordensmutter«, sagte sie. »Sie dürften beim Eintritt in die Atmosphäre die Energie im Grabmal hochgefahren haben.«

Tatsächlich flammte in diesem Moment die Beleuchtung des Korridors auf – ein mannsbreiter Lichtstreifen, der in der Mitte der Decke von einem Ende des Gangs zum anderen verlief. Kranit rannte los, jetzt noch schneller, und Shara folgte ihm mit der wachsenden Gewissheit, dass das hier kein gutes Ende nehmen konnte.

»Ich hab dir gesagt, dass man die Explosion bis nach Tiamande sehen kann«, stieß sie hervor. »Oder auf einem der Raumforts im Orbit. Sie kommen mit Paladinen, um nachzusehen.«

»Bestimmt nicht. Die Monumente auf den Totenmonden sind den Ordensmüttern heilig. Niemand außer ihnen darf sie betreten. Ganz sicher keine Schwadron von Paladinen.«

»Gut, dass sie *uns* hier finden werden.«

Am fernen Ende des Gangs erkannte sie eine Treppe, als von hinten abermals Geräusche erklangen. Diesmal war es eindeutig der Lärm einer Raumschifflandung, vermutlich oben auf der Plattform in Oratorias Augenhöhle. Das Getöse der aufsetzenden Landepylonen und das Jaulen des herunterfahrenden Triebwerks wurde vom Echo in der großen Halle verstärkt.

Als Kranit das Tempo abermals anzog, wurde Shara schmerzlich bewusst, dass sie zwar seit Jahren mit Überlichtgeschwindigkeit durch den Hyperraum flog, jedoch seit einer Ewigkeit keine größere Strecke mehr gesprintet war. Allmählich ging ihr die Luft aus, und ihre Beine fühlten sich an, als wären ihre Stiefel aus Blei. Das klobige Kontrollband am Handgelenk tat ein Übriges.

Endlich erreichten sie die Treppe. Erschöpft schleppte Shara sich hinter Kranit die Stufen hinauf. Sie mündeten in einen Gang, der nach fünfzig Metern in einen Kuppelsaal führte. Er glich jenem in der Anlage auf Amun, nur waren hier die Geräte an den Wänden unversehrt. Muster aus roten und gelben Schaltern leuchteten trüb im Dämmerlicht.

Neben dem runden Schacht, der den größten Teil des Saals einnahm, befand sich eine hufeisenförmige Steuerungseinheit, von der auf Amun kaum mehr als ein Umriss am Boden übrig gewesen war. Kranit lief darauf zu und ließ seinen Blick über die Instrumente wandern.

Shara holte auf, stützte die Hände auf ihre Knie und atmete tief ein und aus. »Da hast du deine Bestätigung«, sagte sie. »Alles wie auf Amun.« Sie richtete sich auf und beobachtete Kranit, der versuchte, die Bedienung des Schaltpults zu durchschauen.

Er hielt inne und sah sie an. »Du bist nicht mitgekommen, um das zu erfahren.«

»Jemand muss dafür sorgen, dass du von hier verschwindest, sobald du getan hast, was du eben tun musst.«

»So einfach ist das nicht.«

»Jetzt nicht mehr. Nicht mit einem Schiff der Ordensmütter im Rücken, das uns gerade den Fluchtweg abschneidet.«

Er schenkte ihr einen traurigen Blick, sagte aber nichts, sondern betrachtete wieder die Schalter und Anzeigen. Für Shara sah diese Anlage nicht aus wie etwas, das einzig durch die Sternenmagie der Hexen gesteuert wurde. Womöglich sandten die Ordensmütter keine kosmischen Gedankenwellen durch den Raum zu all den präparierten Monden im Reich, sondern eine Heerschar von Handlangerinnen, sklavisch ergebenen Hexen, die genau wussten, was in diesen Kuppeln zu tun war.

Kranit schien es ebenfalls zu wissen, und das machte sie stutzig.

»Wer hat dir erklärt, wie man das bedient?«

»Dahinter bist du also noch nicht gekommen?«

Aus dem Korridor erklang ein fernes Summen. Irgendetwas näherte sich durch den Verbindungsgang zum Mausoleum, und es war gewiss nicht das altersschwache Wrack, das sie vorhin gesehen hatten. Eher ein Gleiter, den das Raumschiff mitgebracht hatte. Vielleicht auch mehrere.

Sharas Pulsschlag zog an. »Wer hat dir damals den Auftrag gegeben, Oratorias Leiche zu stehlen? Und warum?«

Kranit seufzte leise. »Es ging darum zu beweisen, dass Oratoria zwar den Pilgerkorridor betreten hatte, aber auch von dort zurückgekehrt war.« Er machte eine Pause, als wollte er die Worte wirken lassen, obwohl dafür gerade wirklich keine Zeit war. »Dass der Korridor eben kein Weg zu Kamastraka ist. Und dass dort etwas lauert, etwas Monströses.«

»Jeder kannte die Gerüchte über den König der Gnade.«

»Aber niemand hatte einen Beweis. Nicht einmal Setembra. Oratoria muss ihm begegnet sein, und sie hat die Begegnung überlebt. Womöglich hat sie darüber den Verstand verloren. Als sie schließlich an Altersschwäche oder durch die

Hände ihrer Schwestern starb, wurde ihr Leichnam in diesem Mausoleum bestattet.«

Das Summen klang tatsächlich wie Gleiterantriebe. Kranit schaute wieder auf die Anzeigen und tippte eine Tastenfolge ein. In der Mitte des Instrumentenpults glitt ein Metallschild beiseite. Darunter kam ein weiteres Tastenfeld mit fremdartigen Symbolen zum Vorschein.

»Jemand wollte also den Beweis dafür, dass Oratoria aus dem Pilgerkorridor zurückgekehrt war«, sagte Shara. »Und damit auch dafür, dass es möglich war, dem König der Gnade zu entkommen. Ihn vielleicht sogar für eigene Zwecke zu kontrollieren?« Ihr wurde schlecht, als sie begriff, was das bedeutete. »Bei den Sternen, Kranit, an wen hast du dich damals verkauft?«

Langsam schüttelte er den Kopf. »Nicht verkauft, Shara. Es ging dabei nie um Bezahlung.«

»Es ging um Rache.«

Stumm nickte er.

»An *wen*?«, fragte sie mit Nachdruck.

»Du weißt es doch längst.«

»Aber das ist –«

»Es war damals das einzig Richtige. Und das ist es immer noch.«

Ihre Kehle zog sich zusammen. Das Kontrollband an ihrem Handgelenk vibrierte seit der Landung des fremden Schiffs, ein Warnsignal der *Nachtwärts*. Shara aber sah kaum hin und sagte: »Du arbeitest also noch immer für ihn.«

»Nicht *für* ihn. Wir sind Verbündete, er und ich. Das waren wir damals, und wir sind es wieder.«

»Du hast die ganze Zeit über gewusst, dass der Ikonoklast existiert!«

»Ja. Aber ich bin ihm nie persönlich begegnet. Erinnerst du dich, was ich dir über das Kriegsnetz der Waffenmeister erzählt habe? Darüber hat er mich kontaktiert, vor vielen Jahren.«

»Warum kann er so was?«

»Vor langer Zeit war er einer von uns, ein Waffenmeister der zweiten oder dritten Generation. Und er war auf Empedeum, als Oratoria das Tor zum Pilgerkorridor aufstieß und der Planet verwüstet wurde. Er hat versucht, sie davon abzuhalten, aber sie hat nicht auf ihn gehört. Empedeum war sein Planet genau wie ihrer, sie stammten beide von dort. Und dann musste er mitansehen, wie sie seine Welt vernichtet hat und im Pilgerkorridor verschwunden ist. Die anderen Hexen jagten ihn, und zuletzt blieb ihm nur die Flucht in den Leerraum jenseits der Galaxis. Irgendwie hat er es bis zum Rand des Kataraktes geschafft.«

Die Turbinen der Gleiter wurden lauter.

»Ist er verantwortlich für das, was gerade in den Baronien geschieht?«

»Ich weiß es nicht.«

»Wann hattest du das letzte Mal Kontakt zu ihm?«

»Auf Amun. Ich bin in den Großen Tempel geflogen, um dort zu meditieren und einen Zugang zum Kriegsnetz zu finden. Es tut mir leid, dass ich euch nicht die Wahrheit gesagt habe, aber ich hätte euch das nicht erklären können.«

»Du hättest es versuchen müssen.«

Die Geräusche der Gleiter brachen ab. Sie mussten im Untergeschoss der Kuppel angekommen sein. Kranit fluchte, weil er zu viel Zeit verschwendet hatte, und ließ das Metallfach mit dem Tastenfeld wieder zugleiten. Dann löste er sich vom Schaltpult und kam hastig auf Shara zu.

»Komm mit! Da rüber!«

Sie war innerlich wie gelähmt, aber ihr Körper gehorchte noch. Kranit wollte sie am Arm packen und mit sich ziehen, doch sie schüttelte seine Hand zornig ab und lief los. Geduckt rannten sie an der hüfthohen Mauer des Schachts entlang, bis sie Stimmen und Schritte aus der Gangmündung hörten. Angespannt sanken sie hinter der runden Ummauerung in die Hocke, weit genug weg vom Halleneingang und der Kontrolleinheit.

»Du hast dich zu seinem Werkzeug gemacht«, flüsterte sie, so wütend und enttäuscht, dass ihre Stimme heiser klang.

Er schüttelte den Kopf. »Der Orden muss für das bezahlen, was auf Amun geschehen ist. Genau wie für Empedeum. Und für all die anderen Massaker im Reich. Aber vorher wirst du mit der *Nachtwärts* von hier verschwinden.« Er wich ihrem Blick aus. »Ich wollte, dass du es verstehst. Und nicht, dass du mich dafür verachtest.«

Shara hätte Kranit am liebsten gepackt und ihm Vernunft eingeprügelt – das, was sie für Vernunft hielt –, als sie aus dem Augenwinkel eine Prozession schwarzgekleideter Gestalten bemerkte, die aus dem Gang in den Saal strömte. Die Ordensmütter versammelten sich auf halbem Weg zum Schaltpult und bildeten einen Halbkreis, die Gesichter zum Schacht gewandt.

Shara wagte, gerade so über die Mauer zu blicken, aber selbst das war ein Risiko. Jemand, der mit scharfen Augen in ihre Richtung schaute, musste sie entdecken.

Kranit zog sie zurück nach unten. »Du haust jetzt ab«, flüsterte er. »Wahrscheinlich werden sie bald spüren, dass ein Waffenmeister in der Nähe ist. Dann musst du weg sein.«

»Du kannst es nicht allein mit ihnen allen aufnehmen!«

»Wenn du um den Schacht herumschleichst und hinter der Mauer bleibst, kannst du es fast bis zum Ausgang schaffen. Für die letzten paar Meter musst du die Deckung verlassen. Dann sorge ich dafür, dass sie abgelenkt sind.«

»Vergiss es, alter Mann. Ich lass dich nicht hier, damit du dich umbringst. Ob für Amun oder den Ikonoklasten oder für mich ist mir vollkommen gleich.«

»Du wirst keine andere Wahl haben, wenn –«

Er brach ab, als die Schritte der Ordensmütter verstummten. Offenbar waren alle eingetroffen und hatten ihre Plätze eingenommen. Shara warf Kranit einen bösen Blick zu, dann spähte sie wieder über den Rand. Kranit tauchte neben ihr auf. Zwischen ihnen und dem Halbkreis der Ordensmütter lagen rund dreißig Meter.

Von weitem sahen sie alle gleich aus mit ihren bodenlangen schwarzen Gewändern und den hohen Kronen aus senkrechten Stacheln. Jede trug in ihrer linken Augenhöhle ein handtellergroßes, blau schimmerndes Hologramm des Schwarzen Lochs Kamastraka.

Eine von ihnen trat vor und sprach zu den übrigen. Shara verstand erst nur Wortfetzen, bis die Hexe immer erregter und lauter wurde. Offenbar waren die Anhängerinnen Oratorias – die Forscherinnen, wie Kranit sie genannt hatte – von ihren Widersacherinnen mit Gewalt aus dem Palast der Gottkaiserin vertrieben worden. Statt hinaus ins All zu fliehen, hatten die Abtrünnigen sich auf Oratorias Totenmond zurückgezogen. Ihre Gegnerinnen würden bald hier auftauchen, um den Befehl Kamastrakas auszuführen, und dann wollte man sich ihnen zum entscheidenden Kampf stellen. »Diesmal werden sie uns nicht in den Rücken fallen!«, rief die Rednerin und erntete zustimmendes Gemurmel.

Es war eine vertrackte Situation: der Konkurrenzkampf unter den Fraktionen der Ordensmütter um die Deutungshoheit ihrer Religion; der Zeitdruck aufgrund der näher rückenden Maschinenarmada; und damit verbunden der Eifer der verbliebenen Ordensmütter auf Tiamande, die das Erwachen der Monde so schnell wie möglich einleiten wollten.

Wieder stieß Kranit Shara an und bedeutete ihr wortlos, sie möge zur *Nachtwärts* zurückkehren und den Mond so schnell wie möglich verlassen. Stumm formte sie mit den Lippen die Erwiderung, die er verdiente. Sie würde ihn nicht aufgeben, ganz gleich, wie verbohrt er auf seinem Plan beharrte.

Da rief eine der jüngeren Ordensmütter: »Es heißt, die Braut der Gottkaiserin ist auf dem Weg nach Tiamande. Wenn das Mädchen dort eintrifft und den Befehl Kamastrakas verkündet, werden wir das Ende kaum noch aufhalten können. Die anderen werden dafür sorgen, dass die Monde binnen Stunden erwachen.«

Zustimmendes Raunen strich durch den Halbkreis der Ordensmütter. »Was hast du dazu zu sagen, Lacrimara?«

Shara und Kranit wechselten einen alarmierten Blick. Tanys befand sich in der Gewalt der Hexen?

Lacrimara, die Wortführerin, hob eine Hand. »Es ist wahr – das Kind und seine Mutter sind an Bord eines Schiffes im Anflug auf Tiamande. Unsere Greiferstaffel ist bereits unterwegs, um sie abzufangen.«

30

Der Geruch von Rost und Eisen wehte Hadrath aus dem Hangar entgegen, als er erschöpft durch den Torbogen stürmte, verschwitzt und außer Atem. Auch hier war alles voller Kampfdrohnen, reglos übereinandergestapelt zu bizarren Türmen und Wällen.

Äone folgte ihm mit federleichten Schritten auf ihren langen Beinen. Er drehte sich nicht zu ihr um, weil er fürchtete, dass ihn ihr Anblick dazu bringen würde, stehen zu bleiben.

Ein schwarzer Dreizackraumer dominierte den Hangar, das persönliche Schiff einer Ordensmutter. Sie musste an Bord gewesen sein, als die Maschinen die Kathedrale geentert hatten. Zweifellos war sie jetzt so tot wie der Rest der Besatzung. Am Fuß der offenen Rampe waren getrocknete Blutpfützen zu sehen – und nicht nur dort. Der ganze Hangar war übersät mit braunen Flecken und Schleifspuren, die nur auf den ersten Blick wie Maschinenöl aussahen. Die Drohnen hatten ein Massaker angerichtet, als die Ordensmutter mit ihren Getreuen die Flucht ergreifen wollte.

So schnell er konnte, rannte Hadrath auf die Rampe des Dreizackkreuzers zu. Kurz bevor er sie erreichte, erklang erneut Äones Stimme – und diesmal war sie gleich hinter ihm.

»Warte, Hadrath!«

Sie hätte ihn auf der Stelle umbringen können.

Am Fuß der Rampe hielt er inne und drehte sich entschlossen zu ihr um. »Töte mich oder lass mich gehen. Aber lass es uns hier zu Ende bringen.«

»Kannst du so ein Schiff überhaupt steuern?«, fragte sie.

»Ich war Kommandant der Gilde.«

In den Tiefen des Hangars knisterten Lautsprecher, dann erklang die Stimme des Maschinenherrschers: *»Und jetzt gehörst du mir, Hadrath Talantis. Tiamande ist direkt unter uns. Man würde dich aus dem All brennen, kaum dass du die Kathedrale verlassen hast.«*

Nicht im Schiff einer Ordensmutter, dachte er und sah Äone an, einmal mehr bezaubert vom filigranen Zusammenspiel der Metallelemente ihres Gesichts. Vor dem blutbefleckten Albtraum der Umgebung erschien ihm ihre Schönheit unwirklich.

»Komm mit mir«, sagte er erneut. »Wir gehen fort von hier und machen uns auf die Suche.«

»Das wäre schön. Aber es geht nicht.«

»Niemand hält dich hier fest.« Er war überzeugt, dass sie sich gegen ihre Programmierung auflehnen konnte. Sie war eine Maschine, gewiss, aber jemand hatte ihresgleichen vor langer Zeit die Kraft verliehen, eigene Entscheidungen zu treffen. »Nicht einmal er kann das«, fügte er hinzu.

»Du ahnst nicht, wozu ich in der Lage bin«, sagte die Stimme aus den Lautsprechern.

Wieder gab Hadrath vor, die Worte nicht zu hören. »Du brennst genauso darauf, die Wahrheit zu erfahren wie ich«, sagte er zu Äone. »Was kann bedeutsamer sein als die Suche nach unseren Schöpfern?«

»Vielleicht sind sie gar nicht da draußen«, sagte sie. »Vielleicht sind sie schon vor langer Zeit zu Staub zerfallen und mit ihnen alle ihre Spuren.«

»*Wir* sind da«, widersprach er. »Sicher sind da noch andere. Und möglicherweise wissen sie mehr als wir.«

»Du bist ein faszinierendes Experiment, Hadrath Talantis«, sagte der Maschinenherrscher. *»So viel menschlicher, als du es wahrhaben willst, und doch ein Feind der Menschheit.«*

»Es muss mehr geben als Menschen und Maschinen!«, schrie Hadrath in den Hangar hinaus.

Die einzige Antwort war Schweigen. Selbst ein spöttisches Lachen wäre Hadrath lieber gewesen.

Aus dem angrenzenden Korridor ertönte metallisches Ächzen und Quietschen. Etwas geriet in Bewegung, begleitet von einem Scharren und Kratzen, als krabbelten Rieseninsekten übereinander hinweg.

Rückwärts setzte er einen Fuß auf die Rampe. »Äone«, sagte er beschwörend. »Er vertraut dir nicht mehr. Sie werden kommen und uns beide holen.«

»Ich wehre mich gegen ihn«, erwiderte sie. »Er kann meinen Widerwillen spüren.«

»Er hat es so gewollt. Er hat deine Zweifel geweckt.«

Auf einem der Türme aus Drohnen erwachte das Halbdunkel aus Schattensplittern und Licht zum Leben. Erst ein Roboter, dann immer mehr gerieten in Bewegung, fuhren Glieder aus, stiegen übereinander, eine wimmelnde Masse aus Stacheln und Klingen und Gliedern aus Stahl.

»Äone, bitte«, sagte er.

Sie blieb am Fuß der Rampe stehen, während er sich langsam hinaufbewegte.

»Geh«, sagte sie leise.

»Ich will, dass du mitkommst.«

Sie schüttelte den Kopf und bewies die wahre Kunstfertigkeit ihrer Konstruktion, als sich Verzweiflung in ihren Zügen zeigte. Sie war keine simple Maschine. Keine von ihnen war das. Sie waren erschaffen worden, um das exakte Gegenteil von Maschinen zu sein, lebendig, empathisch, selbstbestimmend. Und wieder fragte er sich, ob das glühende Ding aus dem Eisenstern in Wahrheit nicht das war, was er suchte. Der Anfang von allem und vielleicht sogar das Ende. Der Letzte der Schöpfer.

»Geh jetzt!«, rief Äone, während hinter ihr die Woge aus Drohnen herantobte. *»Schnell!«*

Er prägte sich die Vollkommenheit ihrer Züge ein letztes Mal ein, dann zwang er sich zum Umdrehen. Er rannte ins Innere des Schiffes und schlug auf den Knopf, der die Rampe einfuhr und das Schott verriegelte. Als er das verlassene Cockpit erreichte und in den Pilotensessel sprang, waren die Instrumente noch immer in Bereitschaft, ein Geschenk der Hexen, die draußen im Hangar gestorben waren. Er brauchte nur Sekunden, um sich zu orientieren, während um ihn alle Monitore zum Leben erwachten und die Triebwerke aufheulten.

Auf einem Bildschirm entdeckte er Äone, die sich dem Heer der Drohnen entgegenstellte. Einen Moment lang hielt er es für möglich, dass sie sich für ihn opferte – eine romantische und bemitleidenswert naive Vorstellung. Dann sah er, dass sie eine Hand hob und die Drohnenwoge innehalten ließ. Sie stellte ihre Autorität gegen die des Maschinenherrschers, und natürlich war das zum Scheitern verurteilt. Aber sie verschaffte ihm damit ein paar zusätzliche Sekunden.

Hadrath blieb keine Zeit, um weiter zuzuschauen. Er feuerte einen Torpedo auf die große Hangarschleuse, sah das Geschoss die Energiemembran der Schiffsatmosphäre durchschlagen und in einem grellen Lichtblitz die Stahltore sprengen. Ohne den Grad der Zerstörung abschätzen zu können, setzte er alles auf eine Karte und startete den Kreuzer mit dem Haupttriebwerk. Helligkeit flirrte über die Monitore, und er war nicht sicher, was aus Äone und den Drohen wurde, als er mit vollem Schub durch die Trümmer des Tors ins All jagte.

Die Energieschilde des Schiffes fingen einen Hagel aus Laserbolzen ab, den der Maschinenherrscher ihm nachsandte, und einen Moment lang schien es tatsächlich, als käme er davon. Dann jedoch durchdrang etwas den Schutzschirm und warf den Dreizackkreuzer aus der Bahn. Hadrath war nicht sicher, ob es sich um Laserbeschuss handelte, um einen Torpedo oder gar um Drohnen, die sich im letzten Moment an den Rumpf geklammert hatten und sich nun durch die Außenhülle gruben. Es gelang ihm, das Schiff wieder auf Kurs zu bringen, und kurz darauf entdeckte er auf den Anzeigen, dass einer der Generatoren von einem Treffer beschädigt worden war. Damit ließ sich leben, solange die beiden anderen einwandfrei funktionierten.

Unter dem Cockpitfenster floss die Atmosphäre Tiamandes dahin, ein Ozean aus wabernden Luftmassen bis zum gewölbten Horizont. Darüber lagen die gleißenden Sternbilder der Kernsysteme auf tiefem, makellosem Schwarz.

Die Kathedrale schoss jetzt nicht mehr auf ihn. Eine Raumfestung, die den Kreuzer einer Ordensmutter unter Feuer nahm, musste am Boden Alarm auslösen. Schon die wenigen Schüsse waren ein Risiko gewesen. Der Maschinenherrscher hatte impulsiv gehandelt, was allen Gesetzen einer Programmierung widersprach und Hadrath in seiner Vermutung bestärkte, dass die Kreatur in der Kathedrale etwas anderes war. Er hätte einiges dafür gegeben, um zu erfahren, was genau auf Äon geschehen war. Der monströse Stachelpanzer mochte dort gebaut worden sein, doch gewiss nicht das Wesen, das sich darin verbarg. Vielleicht war es aus Fragmenten des ersten Maschinenherrschers gezüchtet worden, vielleicht aus langem Schlaf erweckt. Vielleicht hatte man es auch auf eine Weise ins Leben gerufen, die fremder war als alles, was Hadrath sich vorstellen konnte.

Er bereitete sich darauf vor, den Kurs des Schiffes zu ändern, fort von Tiamande, zu einer der acht Schleusen dieses Systems, wo man sich dem Dreizackkreuzer einer Ordensmutter wohl kaum in den Weg stellen würde. Dann zum Rand des Reiches und darüber hinaus. In seiner Vorstellung sah er die Trümmerwüste der Galaxis vor sich wie ein weites, dunkles Land, in dem er das Licht der Erkenntnis entzünden würde.

Vorher aber wollte er etwas anders tun, und so war er froh, als sich die Bodenkontrolle von Tiamande meldete und Informationen über seine Identität und sein Ziel verlangte. Kurzerhand ignorierte Hadrath die Fragen und erklärte in knappen Worten, was soeben über dem Planeten aus dem Hyperraum gestürzt war und in Kürze eine Million Kampfdrohnen über dem Palast der Gottkaiserin ausspeien würde.

Zuerst erntete er nur Schweigen, dann drang eine zweite Frauenstimme aus den Cockpitlautsprechern, älter und herrischer. Hadrath wiederholte seine Warnung und fühlte sich dabei gerissen und klug.

Auf einem Monitor sah er, dass die Kathedrale noch immer hinter ihm war. Sie schien auf der Atmosphäre zu treiben wie auf einem Ozean aus Nebel. Langsam ging sie in Sinkflug über. Der Angriff beginnt, dachte Hadrath. Das mussten auch die Hexen am Boden erkennen und ihm Glauben schenken.

Die alte Frau aber verlangte die Ordensmutter zu sprechen, deren Schiff er steuerte. Hadrath sagte, das sei nicht möglich, und gab stattdessen die geheimen Koordinaten von Äon durch, um zu beweisen, dass es ihm ernst war mit seiner aufrechten Gesinnung.

Die Hexe hörte ihm zu, reichte die Daten zur Überprüfung weiter und forderte erneut, dass die Ordensmutter persönlich mit ihr spräche.

»Dann sterbt eben alle«, sagte Hadrath, schaltete das Mikrophon ab und ließ das Schiff steil aufsteigen.

Er war noch in der Exosphäre, als der erste Großlaser an der Oberfläche das Feuer auf ihn eröffnete. Gewaltige Energiebolzen schnitten gezielt durch die Schutzschilde und brachten ein Triebwerk zur Explosion. Die Erschütterung traf Hadrath vorn im Cockpit, gefolgt von einer Welle aus Hitze und Schmerz.

Der Dreizackkreuzer geriet ins Trudeln.

»Nein!«, schrie Hadrath außer sich vor Zorn, als die Sterne am oberen Rand des Fensters davonglitten und die Atmosphäre um ihn herum emporstieg.

»Nein! Nein! Nein!«

Seine Hände flogen über die Instrumente, steuerten gegen, taten alles Menschenmögliche und konnten doch den Absturz nicht verhindern. Die Gravitation des Planeten packte das Schiff und zog es gnadenlos nach unten.

Bevor die Monitore versagten, bemerkte er, dass auch die Kathedrale vom Boden aus unter Beschuss genommen wurde. Das erfüllte ihn mit Befriedigung, und er wünschte sich, er könnte jetzt den Maschinenherrscher sehen, eingehüllt in seinen Stachelpanzer hinter der Stirn der Gottkaiserin, der Gewissheit ausgeliefert, dass es Hadrath gewesen war, der ihn stürzte.

Wieder wurde der Kreuzer getroffen, und diesmal versagten die meisten Systeme. Hadrath konnte noch atmen, konnte zuschauen, wie er tiefer in die oberen Luftschichten sank, dann durch den senfgelben Dunst zur Oberfläche.

Kurz fragte er sich, wie es Äone erging. Und ob sie gerade an ihn dachte.

Schließlich tauchte unter ihm eine braune, verbrannte Landschaft auf und am Horizont etwas unermesslich Großes, unermesslich Prachtvolles. Hadrath konzentrierte sich ganz auf den Palast der Gottkaiserin, gebannt von so viel Schönheit, gab sich der Ungeheuerlichkeit des Anblicks hin und wartete darauf, dass sein Schiff am Boden zerschellte.

31

D*ie Monde erwachen*«, kam die Stimme der Gottkaiserin flüsternd über Tanys' Lippen. *»Und dann endlich darf ich sterben.«*

»Was sagt sie?« Hassaat hatte mit dem Anflug auf Tiamande alle Hände voll zu tun. Die Gegenschubdüsen röhrten, und die Generatoren schienen schnaufend aufzuatmen, weil das Ziel fast erreicht war. Das Schiff begann zu beben und zu bocken, während sie die Ausläufer der Atmosphäre streiften. Die größeren Raumer ihrer Eskorte hatten über dem Planeten beigedreht, nur einige Greifer begleiteten sie bis zum Palast.

»Nichts«, antwortete Iniza, die Tanys auf dem Copilotensessel umklammerte, damit sie ihr nicht von den Knien rutschte. Ihr war schlecht vor Sorge um die Kleine. »Sie ist nur aufgeregt wegen der Landung.«

»Sie soll nicht flüstern.«

Iniza liebäugelte wieder mit dem Blaster, der vor Hassaat auf dem Instrumentenpult lag. Solange das Kind auf ihrem Schoß saß, kam sie nicht an ihn heran. Und selbst wenn sie das Risiko einginge, wäre da immer noch Hassaats zweite Waffe.

Einige Minuten lang flog das Schiff fast waagerecht über die Atmosphäre von Tiamande. Auf einem Bildschirm rief Haassaat etwas ab, das wie aktuelle Flottenbewegungen aussah. Offenbar war eine Streitmacht der Maschinen in ein benachbartes System eingefallen. Damit kamen sie der Thronwelt erstmals gefährlich nahe.

»Warum wartet ihr überhaupt?«, fragte Iniza. »Ihr könntet das Erwachen der Monde auch ohne den Befehl der Gottkaiserin durchführen.«

»Der Befehl ist Teil des Rituals.«

»Und?«

»Die Gesetze und Regeln sind unumstößlich, das Ritual seit über tausend Jahren festgeschrieben.«

»Merkst du, wie albern das klingt?«

Hassaat warf ihr einen zornigen Blick zu. »Hier steht mehr auf dem Spiel als eine Niederlage gegen die Maschinen, mehr als das Schicksal des Reichs.«

»Tut es das nicht immer?« Iniza fixierte sie. »Wovor fürchtet ihr euch? Dass Kamastraka unzufrieden mit euch ist? Dass ihr, wenn alles vorbei ist, dafür bestraft werdet, wo auch immer ihr dann seid?«

»Gerade du solltest etwas von Traditionen verstehen, Baroness.«

»Ich hab mit sämtlichen Traditionen gebrochen, als ich mit dem Hauptmann meiner Leibwache durchgebrannt bin.« Mit einem Mal musste sie lachen, todtraurig und ohne jeden Humor. »Vielleicht ist das auch nur eine Art Tradition.«

Hassaat öffnete den Mund, machte ihn aber gleich wieder zu, als sie etwas am Horizont über der schimmernden Atmosphäre entdeckte. Dort blitzte es auf, mehrfach hintereinander. Genaueres war nicht zu erkennen, weil sich das Sonnenlicht auf den wirbelnden Luftschichten brach.

»Sind das Explosionen?«, fragte Iniza. Ihr Arm lag fest um Tanys, die ihre Wange an ihre Schulter drückte.

»Endlich«, raunte die Kleine ihr ins Ohr. *»Endlich darf ich sterben.«* Tanys klang wie eine Besessene, und es brachte Iniza schier um den Verstand, dass sie nichts für sie tun konnte.

Wieder erschienen die Lichter am Horizont, dann war dort nichts mehr zu sehen. Gleich darauf glühten die tieferen Wolkenschichten mehrmals hintereinander auf.

»Da wird gekämpft«, sagte Iniza. »Ist das in der Nähe des Palastes?«

Die Hexe gab keine Antwort.

»Schwanz der Krone, Hassaat! Du wirst meine Tochter nicht mitten in eine verdammte Schlacht fliegen!«

»Das ist keine Schlacht.« Die Hexe betrachtete die Anzeigen auf einem Monitor. »Sieht aus, als wäre eine Kathedrale daran beteiligt. Dann wird es ohnehin bald vorbei sein.«

»Seit wann kann eine Kathedrale in die Atmosphäre eines Planeten eindringen?«

»Kann sie nicht«, sagte die Hexe. »Die Aufbauten halten der Gravitation nicht stand. Sie würde –«

»Auseinanderbrechen«, beendete Iniza den Satz.

Über Funk meldete sich einer der Greiferpiloten. »Sehen Sie das? Unsere Sensoren sind auf diese Entfernung nicht stark genug, aber für mich sah das aus wie –«

»Halten Sie Funkstille!«, fuhr Hassaat ihm über den Mund. »Das hier ist Tiamande. Hier geschieht nichts Unvorhergesehenes.«

»Ja«, sagte Iniza, »genauso klingt das für mich auch.«

»Was ist denn, Mama?«, fragte Tanys.

»Die böse Frau mit dem einen Auge verliert die Nerven«, sagte Iniza in Hassaats Richtung. »Aber sie will nicht, dass jemand es merkt.«

Hassaat packte den Blaster und riss ihn in Inizas Richtung

herum. »Ich bin nicht sicher, ob ich die Mutter noch brauche, so kurz vor dem Ziel.«

»Sie haben dir befohlen, mich mitzubringen«, erwiderte Iniza ruhig. »Sonst wäre ich nicht hier.«

Die Gabelmündung des Blasters zeigte ein paar Sekunden länger in ihr Gesicht, während Tanys sich enger an sie presste. Dann zog Hassaat die Waffe mit einem scharfen Ausatmen zurück, fluchte leise und konzentrierte sich wieder auf die Steuerung.

»Festhalten!«, sagte sie, wartete nicht ab, ob jemand darauf reagierte, und ließ das Schiff absinken. Glutfunken tanzten über den Energieschirm vor der Cockpitscheibe, als das Schiff in steilem Winkel in die Atmosphäre eindrang. Die sandfarbenen Wolkenmassen waren tief unter ihnen, aber da Hassaat keine Anstalten machte, die Geschwindigkeit zu drosseln, würden sie bald hindurchstoßen.

Das Blitzgewitter in der Ferne wiederholte sich. Dort wurden noch immer Laser abgefeuert. Iniza meinte jetzt auch die Kathedrale zu erkennen, kaum mehr als ein schwarzes Dreieck, das immer wieder von zuckenden Glutnetzen auf dem Fenster überlagert wurde.

»Die Schüsse kommen von unten. Die Abwehr feuert auf eure eigene Kathedrale.«

»Das ist unmöglich.« Mit ihrem Kopfschütteln schien Hassaat vor allem sich selbst überzeugen zu wollen. »Absolut unmöglich.«

»Endlich sterben«, flüsterte die Frauenstimme an Inizas Schulter.

Da rauschte es erneut in den Lautsprechern. »Rechnen Sie mit einem zweiten Empfangskomitee?«, fragte der Greiferpilot.

Sie hatten die Wolkendecke fast erreicht, ihre Gipfel ragten wie ein Gebirge in die Höhe. Aus einem der Täler kam eine Schwadron Einmannjäger auf sie zu, mindestens fünfzehn, und Iniza schwante nichts Gutes, als sie Hassaats verwunderten Gesichtausdruck bemerkte.

Von oben schob sich ein ovaler Schatten über die Wolken und die näher kommenden Schiffe. Als Iniza sich mit Tanys im Arm vorbeugte, entdeckte sie einen Kreuzer, der über ihnen aus dem Nichts aufgetaucht war.

»Kannst du mir erklären«, fragte sie, »warum sich euer eigener Kreuzer beim Anflug in eurem Luftraum hinter einem Tarnschirm versteckt hat?«

Hassaat versuchte, Funkkontakt aufzunehmen, doch stattdessen meldete sich erneut der Staffelführer ihrer Eskorte: »Das entspricht nicht unseren –«

Einige der entgegenkommenden Greifer eröffneten das Feuer. Drei Explosionen und mehrere Druckwellen erschütterten Hassats Schiff. Der Pilot war verstummt. Statt seiner schrie jetzt ein anderer Mann über Funk: »Was, bei –«

Ein Kranz aus Laserfeuer fauchte ihnen entgegen, ein Tunnel aus vorüberzischenden Energiebolzen rund um Hassaats Schiff. Keiner dieser Schüsse galt ihnen. Stattdessen ertönten weitere Detonationen, diesmal so nah, dass Iniza und Tanys von der Erschütterung zurück in den Sitz gestoßen wurden und Hassaat fast die Kontrolle über die Steuerung verlor.

Mit einem wütenden Aufschrei packte die Hexe den Steuerknüppel fester und lenkte das Schiff in einer scharfen Linkskurve hinter einen der Wolkentürme. Iniza nahm an, dass sie die wenigen Sekunden, in denen die gegnerischen Greifer den Sichtkontakt verloren, nutzen wollte, um durch die Wolkendecke zu stoßen. Stattdessen aber murmelte sie etwas, das ein Gebet sein mochte, ließ das Schiff einen Dreiviertelkreis fliegen und tauchte unvermutet hinter ihren Feinden auf, die offenbar nicht mit ihrer Gegenwehr gerechnet hatten.

»Was …«, rief Iniza, wurde aber vom Hämmern der Geschütze übertönt. Mit einer Zielgenauigkeit, die der des Waffenmeisters ebenbürtig war, zerstörte Hassaat vier Greifer innerhalb weniger Sekunden. Die anderen lösten ihre Formation auf und rasten mit jaulenden Triebwerken auseinander. Hassaat hängte sich verbissen an die Fersen von dreien, die nach Steuerbord abbogen, und vernichtete gleich darauf zwei von ihnen.

»Hassaat!«, rief Iniza eindringlich. »Hör auf damit und bring uns hier raus!«

Beim Versuch, auch den dritten Greifer zu erwischen, geriet ihr Schiff in den Schatten des Kreuzers. Halbdunkel kroch durch das Fenster ins Cockpit, die Beleuchtung der Schaltpults hellte sich automatisch auf.

Ein heftiges Beben raste durch das Schiff. Sie alle wurden nach vorn gerissen. Tanys rutschte aus Inizas Umarmung zu Boden, stieß sich die Schulter, begann aber nicht zu weinen, sondern hielt sich an der Armlehne fest und wandte sich an Hassaat.

»Alles wird enden«, sagte sie mit der Stimme der Gottkaiserin. *»Und dann kann ich gehen.«*

Hassaat starrte sie mit aufgerissenen Augen an. Ihre Hände glitten vom Steuerknüppel und sanken auf ihre Knie. Ein Blaster war zu Boden gefallen und lag zwischen Tanys' Füßen und der Konsole, den zweiten konnte Iniza nicht sehen.

Das Schiff rührte sich nicht mehr von der Stelle, hing reglos über den wabernden Wolkenbergen. Die verbliebenen Greifer umschwärmten es wie aufgeregte Vögel.

Blitzartig beugte Iniza sich vor und griff an Tanys vorbei nach dem Blaster.

Hassaat war schneller. Ein Wink von ihr genügte, und die Waffe glitt wie von Geisterhand aus Inizas Reichweite. Mit einem Krachen prallte sie gegen die Kabinenwand.

Im nächsten Augenblick zog der Fangstrahl des Kreuzers das Schiff nach oben, aus Tiamandes Atmosphäre zurück ins All.

32

Hadraths schwarzer Dreizackraumer durchstieß die Wolkenbänke und stürzte der Oberfläche Tiamandes entgegen. Die gellenden Alarmsirenen und Signaltöne, die ihn vor dem Versagen der Schiffssysteme gewarnt hatten, waren verstummt, nachdem der letzte Treffer ihre Energieversorgung lahmgelegt hatte. Ein trügerisches Schweigen erfüllte das Cockpit, nur das Trommeln seines Pulsschlags dröhnte in Hadraths Ohren. Von irgendwoher ertönte ein Fauchen, womöglich ein Leck in einer Seitensektion, aber das mochte nur in seiner Einbildung existieren.

Der Palast der Gottkaiserin war aus seinem Blickfeld verschwunden, seit sich das Schiff mehrfach gedreht hatte. Ebenso gut mochte der Anblick eine Täuschung gewesen sein, eine Luftspiegelung über dem verbrannten Ödland, das sich endlos in alle Richtungen erstreckte. Das goldene Tiamande war womöglich nur ein einziges Mal in seiner Geschichte tatsächlich golden gewesen: Als himmelhohe Feuerstürme über seine Kontinente gerast und jede Spur von Zivilisation in Schutt und Asche gelegt hatten. Es passte nur zu gut in Hadraths Bild des Kamastraka-Ordens, dass die Hexen lediglich den Palast der Hegemonieregierung wiederaufgebaut hatten, hundertmal prachtvoller als zuvor, während sie den Rest des Planeten brach liegen ließen. Der Orden herrschte über tausend fruchtbarere Welten mit dichter Bevölkerung – warum hier eine neue ansiedeln, wenn dies nur das Risiko erhöhte, dass sich der unterdrückte Pöbel eines Tages gegen den Prunk der Palaststadt erheben mochte? Womöglich war die finale Verwüstung Tiamandes nicht von den Maschinen, sondern von den Hexen selbst durchgeführt worden. Eine globale Säuberung als Vorbeugung gegen Aufstand und Rebellion.

Sein Schiff war nicht das einzige, das abstürzte. Seit es sich nicht mehr um sich selbst drehte und fast in der Waagerechten lag, konnte Hadrath durchs Cockpitfenster die glühende Kathedrale sehen, die nicht weit von ihm vom Himmel sank. Der Koloss – sechzig Kilometer breit und dreißig hoch – begann bereits lange vor dem Aufschlag zu zerbrechen. Tausende Statuen zerfielen unter dem Einfluss der Schwerkraft in ihre Einzelteile. Schädel stürzten herab, manche größer als Hadraths Kreuzer; abgebrochene Arme und Beine ergossen sich über das Wüstenland und blieben in den Dünen stecken wie abstrakte Kunstwerke; haushohe Schwerter, Lanzen und Standarten wurden etliche Kilometer weit über die Einöde verstreut.

Hadrath lehnte sich im Pilotensessel zurück und betrachtete das Schauspiel mit der irrationalen Faszination eines Sterbenden. Der Sturz kam ihm vor, als währte er viele Minuten, aber diese Verzerrung der Wirklichkeit war wohl seinem Zustand geschuldet.

Jetzt lösten sich einzelne Kampfdrohnen aus dem fallenden Wrack, dunkle Wolken, die er im ersten Moment für Rauchfahnen hielt, die jedoch bei näherem Hinsehen aus winzigen Punkten bestanden. Vielleicht sandte der Maschinenherrscher ein letztes Aufgebot aus, oder aber die Roboter folgten ihrem programmierten Instinkt und versuchten, der Zerstörung zu entgehen. Es mochten ein paar hundert sein, gewiss nicht mehr als tausend, die durch Lecks und Öffnungen ins Freie gelangten. Die meisten wurden vom Sog der Kathedrale mitgerissen oder von stürzenden Gliedern der Statuen getroffen, doch einige gewannen genug Abstand, um ratlos am Himmel stillzustehen und dem Untergang zuzusehen.

Hadrath war von großer Gelassenheit erfüllt, seit er sich klargemacht hatte, dass es bald enden würde. Er bedauerte nichts, was er getan hatte, lediglich all die Versäumnisse. Die STILLE erwartete ihn, er war ihr treu bis zuletzt, sein Glaube gefestigt, seine Überzeugung unumstößlich. Was ihm lebend nicht mehr gelingen sollte – die Begegnung mit den Schöpfern –, erwartete ihn nach seinem Tod, wenn er in der STILLE aufging wie all die Milliarden Lebewesen vor ihm. Sie würde erkennen, wie gut und verlässlich er ihr gedient hatte.

Schon begann er, dem Augenblick seines Endes entgegenzufiebern, als eine unsichtbare Hand den Kreuzer aufzufangen schien, nur wenige hundert Meter über der Wüste. Ein Fangstrahl packte das Schiff, vermutlich von den Wällen des fernen Palastes aus. Es gab einen Ruck, nicht sehr heftig, als wäre der Kreuzer in ein Kissen aus Luft gefallen, das ihn gemächlich abbremste und dann leicht wie eine Feder lenkte, langsam dem Boden entgegen und zum Ursprung des Fangstrahls.

Hadrath schrie und lachte zugleich, keine rationale Reaktion, nur ein Reflex seines Körpers, als vor ihm Teile der Kathedrale vom Himmel regneten, gefolgt von der Festung selbst. Sie war zu groß für jeden noch so starken Fangstrahl, und sicher war es den Hexen nur recht, wenn sie mitsamt ihrer mörderischen Fracht am Boden zerschellte. Die Reaktoren mochten eine nukleare Hölle entfachen, doch diese Welt hatte Schlimmeres durchgemacht. Vermutlich war jeder Stein dort unten seit langem verstrahlt, während der Palast unter einem Energieschirm lag, der das alte Gift des Krieges von ihm fernhielt. Auch ein neues Inferno würde nichts daran ändern, allenfalls für bezaubernde Lichter sorgen, die sich trefflich von Balkonen und Dachgärten beobachten ließen.

Der gekaperte Dreizackkreuzer einer Ordensmutter war von größerem Interesse für die Hexen. Es war nur folgerichtig, dass sie ihn mit einem Fangstrahl vor der Zerstörung bewahrten, solange niemand wusste, ob sich die Ehrwürdige Mutter noch an Bord befand. Höchstwahrscheinlich würden sie Hadrath töten, aber vielleicht bot sich ihm auch eine neue Chance. Er hatte Erfahrung darin, sich an unverhoffte Situationen anzupassen und das Beste für sich herauszuholen.

Schon begann er, Pläne zu schmieden und sich Antworten bereitzulegen. Er hatte ihnen die Koordinaten von Äon zum Geschenk gemacht – war das etwa kein entscheidender Faktor für den Ausgang dieses Krieges? –, hatte sie vor dem Angriff der Drohnen bewahrt und war dem Maschinenherrscher persönlich begegnet. Hadrath war bedeutend, ein wichtiger Verbündeter, und er würde ihnen begreiflich machen, dass es dumm wäre, Setembras Fehler zu wiederholen und ihn zu unterschätzen. Zweieinhalb Jahre lang war er ein Gefangener der Maschinen gewesen, seine Einblicke waren kostbar.

Er sah neue Möglichkeiten heraufdämmern, sah eine Chance, das Blatt zu wenden. Mit einem Aufatmen lehnte er sich im Pilotensessel zurück und harrte allem, was da kommen mochte.

Was kam, war eine gigantische Hand mit ausgestrecktem Zeigefinger, der sich von oben durch den Rumpf des Kreuzers bohrte und das Schiff mit einem Vielfachen seines Eigengewichts aus dem Fangstrahl riss. Hadrath spürte den Zusammenstoß, ohne ihn einordnen zu können, sah Funken durch die Zentrale stieben und einen Riss das Cockpitfenster spalten wie ein schwarzer Blitz. Dann verlor er das Bewusstsein.

Als er erwachte, hörte er das Fauchen naher Flammen, spürte die Hitze in seinem Nacken und erkannte, dass er mit dem Oberkörper auf dem Schaltpult lag. Der Transparentplast des Fensters war zersplittert wie ein Wasserglas, aufgewirbelter Staub drang herein und vermischte sich mit dem Rauch des brennenden Schiffes. Hadrath hatte Schmerzen, ohne erkennen zu können, woher sie rührten. Sein ganzer Körper tat weh, war aber vollständig. Eine Menge Schnitte und Kratzer von der geplatzten Scheibe, dazu Prellungen von Kopf bis Fuß. Aber falls er Brüche hatte, halfen ihm Schock und Adrenalin darüber hinweg, während er über die Instrumente robbte, durch die Reste des Fensters stieg und dann über eine Fläche aus eingedelltem Stahl ins Freie rutschte.

Die Nase des Kreuzers war gegen eine hohe Gesteinsformation geprallt. Hadrath schlitterte auf dem Bauch gegen eine Felswand und konnte sich mit einiger Mühe in eine Rinne retten, durch die er mühevoll abwärtskletterte. Der Rauch aus dem brennenden Schiff folgte ihm, er atmete eine Menge von dem giftigen Zeug ein, aber auch genug Sauerstoff, um fürs Erste zu überleben.

Als er schließlich zwischen den Felsen hervorkroch und sich schwankend auf ebenem Boden aufrichtete, fand er sich in einem Trümmerfeld wieder, das von einem Horizont zum anderen reichte. Steuerlose Kampfdrohnen schwirrten am

Himmel umher, manche kollidierten miteinander, andere flogen wirre Spiralen oder gingen blindlings aufeinander los.

Langsam drehte er sich um und blickte an der Mittelsektion des Dreizackraumers hinauf. Die beiden seitlichen Spitzen waren beim Aufprall abgebrochen und Hunderte Meter zurückgeblieben. Aus der einen schlug schwarzer Rauch, die andere war verbogen wie die Rippe eines gewaltigen Skeletts.

Nun sah Hadrath auch, was das Schiff aus dem Fangstrahl gestoßen hatte. Die Faust mit dem ausgestreckten Zeigefinger steckte hochkant in der brennenden Zentralsektion und war wie durch ein Wunder beim Aufprall weder geborsten noch fortgeschleudert worden. Die Hand eines Gottes schien den Kreuzer an den Boden zu nageln, und Hadrath wäre noch viel beeindruckter von dem Anblick gewesen, hätte er in diesem Moment nicht etwas entdeckt, das alles andere in den Schatten stellte.

Im Hintergrund all dieser Zerstörung stand der Kopf der Gottkaiserin aufrecht auf dem Boden Tiamandes, losgelöst vom Rest der Ordensfestung, die weit entfernt am Horizont lag, umhüllt von apokalyptischen Feuersbrünsten. Die Trümmer der Statuen mussten sich über Tausende Quadratkilometer verteilt haben, aber Hadrath nahm all die stählernen Körper und Glieder nur beiläufig wahr. Wie hypnotisiert starrte er das mädchenhafte Antlitz der Gottkaiserin an, das mit seinen leeren Augen auf ihn herabzublicken schien, auf den einen winzigen Menschen zwischen all dem zerfetzten Metall und den Flammen. Drei Kilometer hoch überragte sie das Ödland, nur um eine Winzigkeit nach rechts geneigt. Die Nasenspitze war abgebrochen, der Unterkiefer zerschmettert, und in der Stirn klaffte ein gezacktes Loch, fast unsichtbar im Dunst.

Hadrath schaute sich um und erwartete den Palast zu sehen, aber da waren nur Wände aus schwarzem Qualm und die verbogenen Leiber von Statuen. Einmal mehr hatte die STILLE ihn am Leben gelassen, und gewiss hatte sie dies nicht ohne Grund getan. Er hatte versucht zu fliehen, und sie hatte ihm gezeigt, dass Flucht nicht sein Schicksal war. Die Konfrontation, der er hatte entgehen wollen, war ihm vorherbestimmt. Er durfte sich nicht länger dagegen wehren.

Hinkend machte er sich auf den Weg, umrundete die Überreste des Kreuzers und wanderte durch die verstrahlte Höllenlandschaft Tiamandes auf den Kopf der gefallenen Gottkaiserin zu. Am Himmel flogen die Drohnen weiter verrückte Manöver, lieferten sich Gefechte und stürzten als verkeilte Bündel zu Boden. Keine schenkte Hadrath Beachtung. Die STILLE hielt ihre schützende Hand über ihn.

Er war nicht sicher, ob es der Aufprall gewesen war, der den Stachelpanzer des Maschinenherrschers aus der Stirn der Gottkaiserin geschleudert hatte, oder ob das entsetzliche Ding aus eigenem Antrieb herausgeklettert war. Nun jedenfalls schob es sich am Fuß des titanischen Mädchengesichts über Sand und Felsen, zog ohne erkennbaren Sinn manche Spitzen ein und fuhr andere aus, ächzte und knirschte, scharrte wie ein waidwundes Tier und bot in all seiner Hässlichkeit einen bemitleidenswerten Anblick. Im Näherkommen erkannte Hadrath, dass der hausgroße Stachelleib aufgeplatzt war wie ein Kokon, aus dem sich jeden Moment etwas Fremdes, grauenvoll Schönes hervorquälen mochte.

Als Hadrath sich dem Spalt näherte, sah er darin nur Funkenflug und verdrehtes Metall. Die STILLE sprach ihm Mut zu, während er sich einen Weg ins Innere suchte, durch eine Stahlgrotte aus eingezogenen Stacheln und Schneiden. Es war, als bewegte er sich zwischen Kiefern voller Fangzähne, die mit grausamer Wucht aufeinandergeschmettert worden waren. Die Abstände waren gerade weit genug, um sich hindurchzwängen, und schließlich kam er ins Herz jenes Exoskeletts, das erschaffen worden war, um Schrecken zu verbreiten, und nun geschlagen in der Einöde von Tiamande lag.

Das goldene Wesen hatte seinen Glanz verloren. Es war auseinandergerissen worden, der Oberkörper gefangen in einer bizarren Aufhängung, die Beine zum anderen Ende der Kammer geschleudert. Das konturlose Gesicht wirkte langgezogen, wie geschmolzen, und regte sich auch dann nicht, als Hadrath zaghaft einen Arm ausstreckte und es mit der Fingerspitze berührte. Das Gefüge aus winzigen Metallkugeln fühlte sich sonderbar weich an, fast verletzlich, und es war so kalt, dass er die Hand instinktiv zurückzog, um nicht daran haften zu bleiben.

»Er lebt nicht mehr«, sagte eine Stimme, die ihm vertraut war, sanft genug, um ihn mitten ins Herz zu treffen.

Er drehte sich um und sah Äone im Schneidersitz zwischen baumelnden Kabeln und herabhängenden Eisentrümmern sitzen. In einer fließenden Bewegung richtete sie sich auf, graziös wie eh und je.

»Das da ist nicht beim Aufprall passiert.« Hadrath deutete auf die Überreste des goldenen Leibes. »Du hast das getan.«

»Vielleicht.«

»Gab es nur den einen?«, fragte er. »Oder wird ein neuer kommen, in einem Jahr oder in tausend?« Er hatte so viele weitere Fragen, etwa, ob jetzt alle Maschinen dem Wahnsinn verfielen wie die Drohnen über der Absturzstelle oder ob dies nur ein Phänomen in unmittelbarer Nähe war. So einfach konnte es nicht sein.

Äone schien wieder einmal seine Gedanken zu lesen. »Der Krieg ist damit nicht beendet«, sagte sie. »Wir sind autonom. Wir wurden erschaffen, um zu siegen. Aber ich weiß nicht, ob wir ohne ihn dazu in der Lage sind.« Sie lächelte ihr sonderbar weises Eisenlächeln. »Es wird sich zeigen.«

Noch einmal blickte Hadrath auf den zerrissenen Körper, versuchte Einzelheiten der Wunde auszumachen – da war das baumelnde Ende der stählernen Wirbelsäule, aber gab es auch Organe oder künstliche Maschinenteile? –, als plötzlich ein fernes Heulen ertönte.

»Das sind Greifer«, sagte er.

»Natürlich.«

Er packte sie an der Hand und zog sie zum Spalt. Sie hätte sich wehren oder einfach stehen bleiben können inmitten all der Zerstörung. Doch sie folgte ihm fast willenlos.

Wenig später kletterten sie ins Freie und sahen, dass zahllose Greifer in Luftkämpfe mit den verwirrten Drohnen verwickelt waren. Andere feuerten auf Ziele am Boden, wahrscheinlich auf weitere Roboter, manche auch auf die fernen Überreste der Festung, als müsste man ihr einen Gnadenschuss geben.

»Schnell!«, schrie er, als eine Handvoll Greifer näher kam. Gewiss hatten sie es auf den Kopf der Gottkaiserin abgesehen und mussten jeden Moment das Exoskelett des Maschinenherrschers entdecken. Die Piloten konnten nicht wissen, was sie da vor sich hatten, doch selbst zertrümmert sah es gefährlich genug aus, um es zu zerstören.

Äone stützte Hadrath, während sie sich zu einer Felsformation schleppten, die ihnen Schutz bieten mochte.

Vom Himmel hämmerte Laserfeuer in die offene Wunde des Stachelkörpers, Salve um Salve, und als er explodierte und Eisendornen wie Dolche in alle Richtungen flogen, hatten Äone und Hadrath die Felsen fast erreicht.

Etwas rammte Äone von hinten, schleuderte sie vorwärts, während silbrige Spitzen über Hadraths Kopf hinwegzischten und ein armlanger Dorn sich neben ihm in den Boden bohrte. Funkenschlagend prallte Äone gegen Fels, und als Hadrath sie schreiend packte und in den Schatten der großen Steine zerrte, sah er, dass etwas in ihr steckte und ihr Rückgrat durchtrennt hatte.

33

Shara sank hinter die hüfthohe Mauer, die den Schacht im Zentrum des Kuppelbaus umgab. Die Worte der Ordensmutter Lacrimara hallten in ihren Gedanken nach. Neben ihr stieß Kranit ein leises Keuchen aus.

Also waren Iniza und Tanys Gefangene an Bord eines Schiffes, das in diesem Moment zu Oratorias Totenmond umgeleitet wurde. Shara wusste so gut wie Kranit, wie das ausgehen musste. Die versammelten Ordensmütter würden die Kleine begutachten, wahrscheinlich befragen und dann mitsamt ihrer Mutter töten.

»Geh«, flüsterte Kranit, während im Hintergrund der Disput der Hexen weiterging. »Lauf zur *Nachtwärts* und hilf den beiden. Ich lenke die Hexen ab, damit du heil rauskommst.«

Sie musste sich zwingen, leise zu bleiben. »Ich werde da draußen einen guten Schützen brauchen.«

»Diesmal nicht. Ich muss das hier zu Ende bringen.«

»Ich lass dich nicht hier zurück.«

»Dann sterben erst Tanys und Iniza und danach alle anderen Menschen im Reich.«

»Ich geh auf keinen Fall ohne dich.«

»Natürlich gehst du.«

»Die werden dich umbringen.«

»Nein.« Der Blick seiner rostbraunen Augen war ernst, aber es gelang ihm, seinem Tonfall eine verlockende Leichtigkeit zu geben. Hätte sie ihm glauben wollen, hätte sie es vielleicht gekonnt. Aber sie wusste es besser.

»Du hast gegen so viele keine Chance.«

»Waffenmeister sind immun gegen die Macht der Hexen.« Er warf einen Blick über die Mauer, um sicherzugehen, dass die Frauen sie nicht bemerkten.

»Aber das sind Ordensmütter!«, widersprach sie. »Setembra allein hätte dich fast umgebracht.«

»Am Ende war sie tot und ich am Leben.«

»Aber das da sind … ich weiß nicht, mehr als ein Dutzend! Erzähl mir keinen Mist, Kranit. Du weißt, wie das ausgehen wird.«

Er seufzte. »Die werden uns hören, sobald sie sich nicht mehr gegenseitig anschreien. Und ich werde nicht zulassen, dass Iniza und Tanys was passiert.«

»Dann lass uns zusammen gehen!« Aber natürlich ahnte sie längst, dass es zwecklos war.

»Du wirst um den verdammten Schacht kriechen, bis du auf der Höhe des Ausgangs bist«, flüsterte er. »Sobald du deine Deckung verlassen musst, eröffne ich das Feuer. Und dann rennst du, so schnell du kannst, zur *Nachtwärts*. Viel Zeit wird nicht bleiben, bis das Schiff mit den beiden hier ist.«

Sie versuchte, zornig zu sein, aber sie spürte nur das Gefühl eines unausweichlichen Verlusts. »Was wird aus dir?«

»Ich töte ein paar Hexen.«

»Du wirst keine Minute durchhalten.«

»Trau mir ruhig ein bisschen mehr zu.«

Impulsiv hob sie eine Hand und hätte fast seine Wange berührt, aber einen Fingerbreit davor hielt sie inne, zögerte kurz und ließ sie wieder sinken. »Du dickköpfiger, verbohrter alter Narr.«

Kranit lächelte. »Lauf schon, Alleshändlerin. Und pass auf mein Schiff auf. Ich hab's auf Nurdenmark ehrlich gekauft, vergiss das nicht.«

»Ohne dich wird mir das schwerfallen.«

»Du hast jahrelang die halben Marken übers Ohr gehauen, ohne dass sie dich aus dem All gebrannt haben. Du wirst dich da oben auch weiterhin gut schlagen.«

»Es geht mir nicht um –«

»Das weiß ich«, unterbrach er sie. »Jetzt hau schon ab.«

Im Hintergrund schaukelte sich der Streit der verstoßenen Ordensmütter weiter hoch, doch Shara hörte kein Wort davon. »Niemand verlangt von dir, dass du das tust. Und der Ikonoklast hat kein Recht, dich zu –«

»Es geht überhaupt nicht um den Ikonoklasten«, sagte er. »Wir haben uns nur gegenseitig geholfen. Und Conlingas lag in einer Sache richtig: Das hier ist meine Pflicht. Weil es sonst keiner tun kann.«

»Conlingas war verrückt!«

»Das sind wir alle, sonst wären wir gar nicht hier.« Seine Miene verdüsterte sich. »Und nun geh endlich!«

Sie wusste, dass sie ihn nicht umstimmen konnte. Und dass sie zuletzt nachgeben musste, weil Tanys drei Jahre alt war und im Gegensatz zu ihnen nie eine Chance gehabt hatte, eigene Entscheidungen zu treffen.

»Die Zeit rennt uns davon«, sagte Kranit.

In Sekundenschnelle spielte sie alle Möglichkeiten durch. Es lief immer auf das eine unvermeidliche Ende hinaus.

Wortlos wollte sie sich abwenden und geduckt davonhuschen, hinter der Mauer entlang zum Ausgang. Aber dann hielt sie doch noch einmal inne. »Es war mir eine Ehre, alter Mann. Irgendwann trinken wir wieder zusammen.«

»Bring mir Tabak mit.«

Sie zwang sich zu einem kurzen Lächeln, drehte sich um und eilte davon, ohne zurückzublicken.

Bald erreichte sie jenen Punkt der Ummauerung, der dem Ausgang der Halle am nächsten lag. Als sie aufsprang und losrannte, über die freie Fläche hinweg, wo sie für jeden sichtbar war, eröffnete Kranit hinter ihr das Feuer auf die Ordensmütter. Sie spürte, wie in ihrem Rücken das Chaos ausbrach, dann war sie im Gang, auf der Treppe und schließlich im unterirdischen Korridor zum Mausoleum.

Nie in ihrem Leben war sie schneller gelaufen. Sie dachte nicht nach, spürte sich nur rennen, setzte jeden Schritt instinktiv, ignorierte all die Schatten und die gähnende Leere der Grabhalle, stürmte keuchend die Stufen am Fuß der Statue hinunter und fand ihr Schiff, wo sie es abgestellt hatte, unentdeckt und unversehrt.

Das Laserfeuer des Waffenmeisters hallte weiterhin in ihren Ohren, obwohl die Kuppel viel zu weit entfernt war, und sie redete sich ein, dass er es doch noch schaffen konnte, eben weil er Kranit war, der letzte Waffenmeister von Amun, eine verdammte Legende der Sternenstraßen.

Sie startete die *Nachtwärts* mit heulenden Triebwerken, fegte durch den Tunnel zum alten Raumhafen und aus dem Loch in der Mondwüste hinaus in den Kampf.

34

Kranit hielt den Blaster mit beiden Händen und feuerte ohne Unterlass auf den Pulk der Ordensmütter. Er glaubte, dass er mehrere getroffen hatte, ehe sie die Gefahr erfassten und einen Schutzschild aus Sternenmagie woben. Um sie stiegen Wälle aus Unschärfe auf, einem Hitzewabern ähnlich und doch etwas vollkommen anderes.

Das Kontrollpult befand sich ein gutes Stück von Lacrimara und den übrigen entfernt, auf halber Strecke zwischen Kranit und ihnen, und er war sicher, dass er es erreichen konnte, ehe sie begriffen, was er dort tun wollte. Was er tun *konnte*.

Der Blaster erhitzte sich in seinen Händen, während er rannte, bis er das Gefühl hatte, seine Haut klebte wie verbranntes Gummi am Griff. Die Kugel am hinteren Ende glühte auf, ein untrügliches Zeichen dafür, dass die Energie der Waffe nahezu verbraucht war.

Zugleich waberten ihm Netze aus weißem Feuer entgegen, so grell, dass er die Ordensmütter dahinter kaum noch erkannte. Er hörte sie schreien, hörte Lacrimaras hektische Befehle, und er dachte mit einer gewissen Genugtuung, dass sie eben doch nur Menschen waren. Menschen, die sich fürchteten, vielleicht vor mehr als einem Schwarzen Loch weit draußen im Raum. Er wollte ihnen allen Grund dazu geben und stieß den Kampfruf der Waffenmeister aus, erprobt in tausend Schlachten und auf tausend Welten.

Er sah das Kontrollpult nur verschwommen, weil die zuckenden Energien der Ordensmütter ihn zwar nicht umbrachten, wohl aber behinderten. Er spürte, wie ihn ihr weißes Feuer durchdrang, an jeder Faser seines Körpers gloste, wie es aus seinen Augen und aus seinem Rachen schlug. Sie kamen näher, ein Halbkreis aus Silhouetten und gehörnten Häuptern, doch Kranit war am Schaltpult, ehe sich ihr Ring um ihn schließen konnte. Er riss seine rechte Hand vom Blaster und achtete nicht auf die Haut, die daran haften blieb, hielt ihn allein mit links und feuerte in die Wand aus dunklen Leibern und waberndem Weiß. Die Finger seiner Rechten bewegten sich über das Instrumentenfeld, hinterließen blutige Abdrücke und Hautfetzen, drückten Knöpfe, tippten Codes ein und widerstanden den Gewalten der Sternenmagie, die von allen Seiten auf ihn einprasselte.

Lacrimaras Stimme war verstummt, vielleicht hatte er sie getötet oder verletzt, aber andere riefen die geheimen Formeln des Ordens, und einige sangen sogar, sangen die uralten Hymnen Kamastrakas, die Lieder von verlorenen Sternen.

Kranits Fingerspitzen tanzten über die Symbole auf den Tasten, kommunizierten mit der Steuerung des Mondes, mit dem eingestaubten Antrieb in seinem Inneren, rissen ihn aus seinem Schlummer.

Hagere, langfingrige Hände streckten sich durch das Wabern nach ihm aus, waren ihm jetzt ganz nah, jene, die noch lebten, und einige, die er getötet hatte und die von ihren Schwestern zurückgerufen worden waren. Er war allein, aber er war der Letzte seiner Kaste, der all die anderen rächen würde, und irgendwo zwischen den Gestirnen hörte er den

Ruf des Ikonoklasten und das rasende Gelächter des wahnsinnigen Conlingas.

Kranit schoss einer Hexe in die Stirn, die vor ihm auftauchte wie ein Gespenst, sah sie verschwinden und eine andere die Lücke schließen. Sie zerrten an ihm durch den Wall ihrer Energie, rissen Furchen in sein Fleisch wie Tiere mit ihren Krallen, und er dachte, dass sie ihn verschlingen würden, so wie Kamastraka alles verschlang, das in seinem Weg lag.

Nur dass Kranit stärker war als sie und schneller. Sein Zeigefinger fand das letzte Symbol und presste es nach unten. In den Tiefen des runden Schachts, im Zentrum des Kuppelsaals erklang ein Grollen und Rumoren, dann schoss der Gestank von verbranntem Staub empor, gefolgt von Wärme, dann Hitze, dann reinem, strahlendem Feuer, das sie alle verschlang.

Der Mond erbebte, und die monumentalen Bauten in der Wüste zerfielen, als wären sie aus Sand geformt. Über dem Schacht stand ein weißer Strahl aus Energie, eine Flamme, die weithin durchs All zu sehen war, der Ausstoß eines ungeheueren Triebwerks, das das Gestein auf der Oberfläche zum Schmelzen brachte.

Oratorias Totenmond kippte langsam aus seiner Achse, drehte sich gemächlich und verließ seine Umlaufbahn.

35

Der Fangstrahl des Kreuzers zog Hassaats Schiff aufwärts ins Weltall. Unter ihnen blieb die wilde Wolkenlandschaft Tiamandes zurück, die Luftschichten wurden dünner, vor dem Cockpitfenster erschienen neue Sterne.

Tanys stand vor Inizas Knien zwischen dem Copilotensitz und dem Instrumentenpult, stand da wie in Trance, während sich ihre Lippen immer schneller bewegten und doch kein Laut zu hören war. Es sah aus, als spräche sie mit sich selbst, und Iniza musste unwillkürlich an das denken, was Kranit einst erzählt hatte: dass jede Braut der Gottkaiserin angesichts der fremden Gedanken in ihrem Kopf früher oder später den Verstand verloren hatte.

Hassaat beugte sich nach links, um ihren Blaster auf der andere Seite des Pilotensitzes aufzuheben. Sie schien darauf zu vertrauen, dass Iniza mit ihrer Sorge um Tanys beschäftigt war.

Sie täuschte sich.

Iniza stieß das Kind nach rechts aus dem Weg, viel zu grob, aber eine zweite Chance würde sie nicht bekommen. Sie sah Tanys zur Seite taumeln, federte hoch und warf sich trotz ihrer Fußfesseln auf Hassaat im Pilotensessel.

Die Hexe fuhr eine Sekunde zu spät herum. Iniza bekam sie zu packen, legte einen Arm um ihren Hals und zerrte sie mit aller Kraft nach hinten, um ihr die Luft abzuschneiden.

Dabei stieß sie einen zornigen Schrei aus und hätte Hassaat vor Wut fast über die Kopfstütze der Lehne gerissen. Ihr blieben nur Augenblicke, dann würde die Hexe ihre Sternenmagie einsetzen.

Hassaat griff instinktiv mit rechts nach ihr, um ihren Arm zu lösen, und als sie die Linke hob, sah Iniza, dass sie den Blaster hielt. Hassaat keuchte etwas, aber es wurden keine verständlichen Worte daraus, weil Iniza den Druck auf die Kehle ihrer Gegnerin verstärkte. Zugleich rammte sie ihren anderen Ellbogen auf Hassaats Kopf.

Zwei Schüsse lösten sich aus dem Blaster. Ein Laserbolzen schlug in die Seitenwand der Kabine, der zweite krachte mitten ins Schaltpult. Sofort sprühten Funken empor, und eines der vielen Hintergrundgeräusche im Cockpit brach ab.

Einige Herzschläge lang sah es aus, als könnte Iniza tatsächlich Erfolg haben. Dann schien aus Hassaats rechter Hand ein glühendheißer Stromstoß zu flammen, der sich an Inizas Arm emporfraß und auf Schulter und Hals übergriff. Sie schrie gellend auf und zwang sich, nicht loszulassen. Zugleich sah sie Glanis' trauriges Lächeln, kurz bevor Hassaat ihn getötet hatte, und das genügte, um Schlimmeres als das hier auszuhalten.

Die Hitze kroch weiter hinauf und schien ihren Schädel in Brand zu setzen. Zugleich hob Hassaat erneut die Hand mit dem Blaster, zielte über die Schulter nach hinten und drückte ab. Der Laserbolzen verfehlte Iniza und schlug irgendwo im Cockpit ein, aber der Schmerz in ihrem Oberkörper wurde auch ohne einen Treffer unerträglich.

Ohne Hassaat loszulassen, schlug sie mit links den Blaster beiseite. Es reichte nicht, um die Hexe zu entwaffnen, deshalb versuchte sie, sich von der Rückseite des Sessels abzustoßen und Hassaat noch unbarmherziger nach hinten zu ziehen. Die Hexe strampelte, trat gegen den Steuerknüppel und das Instrumentenpult. Blut floss aus einer Platzwunde unter ihrem weißgefärbten Haar. Röchelnd schnappte sie nach Luft.

Diesmal war der Hitzestoß so heftig, dass Inizas Muskulatur versagte. Ihr Griff löste sich, sie brüllte auf und stolperte mit gefesselten Knöcheln nach hinten. Hassaats gieriges Einatmen klang fast wie ein Schrei. Sie wollte aufspringen und Iniza den Rest geben, als draußen vor der Cockpitscheibe etwas geschah.

Einer der Monde Tiamandes war dort zu sehen, eine Hälfte von der Sonne erhellt, die andere im Dunklen, und aus dem Schatten fegte etwas heran, das selbst wie eine Mondsichel aussah und aus einer Vielzahl von Geschützen Laserfeuer spie. Der Kreuzer, der Hassaats Schiff in seinem Fangstrahl hielt, befand sich genau über ihnen und war durchs Fenster nicht zu sehen. Vermutlich war er zu schwerfällig für ein Gefecht gegen ein so wendiges Schiff. Seine Greifereskorte aber schwärmte aus, um die *Nachtwärts* abzuwehren.

Die Reaktion der Einmannjäger kam eine Spur zu spät – sie mochten mit vielem gerechnet haben, nur nicht mit einem Angriff vom Mond aus. Zwei von ihnen explodierten in grellen Feuerblasen.

Einen Augenblick lang war Hassaat abgelenkt, ehe sie sich hochstemmte und schwankend zu Iniza umdrehte. Hinter ihr erblühten weitere Explosionen, Trümmer prallten gegen die Schilde des Schiffes und verglühten.

Iniza war mit dem Rücken gegen die Kabinenwand getaumelt, hielt sich gekrümmt auf den Beinen, suchte nach Kraft, um sich abzustoßen und der Hexe zu widersetzen, ahnte aber, dass die Kette zwischen ihren Füßen das nicht zuließ.

Die *Nachtwärts* nahm den Kreuzer erneut ins Visier, während ihre kleineren Geschütze sich gegen mehrere Greifer zur Wehr setzten. Iniza nahm nur chaotisches Feuerwerk wahr, Laserstrahlen und Explosionen, und davor Hassaat, die zwischen den Sitzen hindurchtrat, mit Blut im Gesicht und Flecken am Hals, angeschlagen und so wütend, dass sie den Blaster nicht bemerkte, der von der Seite auf sie zielte.

Tanys drückte ab.

Der erste Schuss traf die Hexe oberhalb der Hüfte und riss ein loderndes Loch in ihre Seite. Brüllend wirbelte sie herum, streckte eine Hand nach Tanys aus und sah entsetzt, wie ihre Finger in einem Feuerball verschwanden. Tanys schoss ein drittes und viertes Mal, aber es war die verschwundene Hand, die Hassaats Ende besiegelte. Ungläubig starrte sie auch dann noch auf den glimmenden Armstumpf, als die beiden nächsten Laserbolzen sie verfehlten und hinter ihr in die Wand schlugen.

Iniza warf sich nach vorn. Sie prallte gegen Hassaat und riss sie zu Boden, begrub sie unter sich und rief zugleich Tanys' Namen.

Das Mädchen schleuderte die Waffe linkisch in ihre Richtung. Iniza wollte sie fangen, griff aber daneben, weil sie ihre Muskulatur kaum mehr unter Kontrolle hatte.

Draußen vor dem Fenster erhellte eine weitere Feuerblase die Dunkelheit, die stärkste bislang, und diesmal wurde das Schiff heftig durchgeschüttelt. Sie befanden sich nicht länger im Fangstrahl des Kreuzers, und als im nächsten Moment gewaltige Trümmer vorübertrieben, erkannte Iniza, dass die *Nachtwärts* diesmal nicht nur Greifer zerstört hatte.

Unter ihr schrie Hassaat wie am Spieß, während Rauch aus ihrem Bauch und von dem verstümmelten Arm aufstieg. Tanys stand reglos da und starrte die Hexe an. Tränen liefen ihr über die Wangen. Iniza tastete umher und bekam endlich den Blaster zu fassen. Ihre Hand mit der Waffe zitterte, als sie sich von Hassaat rollte, um die Hexe aus nächster Nähe ins Visier zu nehmen.

Sie flüsterte Glanis' Namen, nur diese beiden Silben, und hoffte, dass Hassaat begriff, weshalb sie sterben würde.

Iniza riss den Abzug durch, erst einmal, dann wieder und wieder, bis das Brandschutzsystem des Cockpits reagierte, feiner Dampf aus Düsen an der Decke austrat und den brennenden Leichnam der Hexe mit einem milchweißen Film bedeckte, der die Flammen rasch erstickte.

Draußen explodierte ein Greifer und tauchte das Cockpit in rotgelbes Licht. Iniza zerschoss die Kette ihrer Fußfessel, zog Tanys an sich und hielt sie ganz fest, damit sie sich ausweinen konnte.

»Ich bring dich hier weg«, wisperte sie ihr ins Ohr, hob sie in den rechten Sitz und ließ sich selbst in den Pilotensessel fallen. Es qualmte leicht aus dem Einschuss im Schaltpult, und ein Blick genügte, um zu erkennen, dass sich das Schiff nicht mehr steuern ließ.

Im All vor dem Fenster war Ruhe eingekehrt, keine Greifer mehr, selbst die Trümmer waren verschwunden.

Ein gebogener Rumpf schwebte an ihnen vorüber. Die *Nachtwärts* flog eine Schleife, setzte sich vor sie und nahm sie mit einem Fangstrahl in Schlepptau.

Iniza aktivierte das Funkgerät und suchte alle Frequenzen ab. Gleich darauf leuchtete eine hellgrüne Lampe.

»Shara?«, brachte sie heiser hervor. »Kranit?«

»Ich bin's«, erwiderte die Alleshändlerin. »Ich hab euch.«

»Hassaat ist tot.«

Kurzes Schweigen, dann ein leises Aufatmen. »Gut gemacht.«

Iniza schüttelte den Kopf, wollte etwas erwidern, blickte stattdessen zu Tanys hinüber und sah erschrocken, wie ihr Mund sich fieberhaft bewegte.

»Schaff uns von hier weg«, sagte Iniza ins Mikrophon.

»Sofort«, bestätigte die Alleshändlerin. Und dann: »Warte, da kommt noch ein Schiff!«

Iniza versteifte sich, sah aber nicht, was Shara meinte, denn erneut rückte der Mond in ihr Sichtfeld und etwas daran stimmte nicht. Ein Blick auf die Anzeigen bestätigte ihre Befürchtungen.

Der Mond kam rasend schnell näher, obwohl sie nicht in seine Richtung flogen.

36

Shara glühte vor Stolz auf ihr Schiff. Trotz zahlreicher Treffer flog die *Nachtwärts* noch immer tadellos.

Die Sensoren fingen jetzt die Signale vieler Schiffe auf, die sich von Tiamande entfernten. Patrouillen verließen ihre Routen im Orbit, Greifer ließen die Raumforts im Stich. Mehrere Kreuzer nahmen Kurs auf die nächstgelegenen Hypersprungschleusen.

Nur ein einzelnes Schiff hielt genau auf die *Nachtwärts* zu. Es kam nicht von der Oberfläche des Planeten, sondern von einer der Schleusen. Noch ehe Shara es deutlich sehen konnte, erkannte der Bordrechner die Kennung.

»Hallo, *Nachtwärts*«, meldete sich die Stimme der Muse. »Ihr solltet schleunigst von hier verschwinden.«

Die *Tabernakel* jagte der *Nachtwärts* und dem Hexenschiff entgegen, flog eine enge Kurve und setzte sich neben sie.

»Du hast deinen Kopf wieder«, stellte Shara fest.

»Ich habe Berechnungen angestellt und konnte das Gebiet erfolgreich eingrenzen, in dem er aufgeprallt war«, erklärte die Muse. Shara hatte keine Ahnung, wovon sie redete. »Mein Kopf ist nicht unten im Dschungel gelandet, sondern lag auf einem Sims dreißig Meter unterhalb des Landefelds. Auf dem Flug hierher habe ich ihn notdürftig auf meinen Schultern befestigt.«

»Heißt das, du trägst den Schal mit den Punkten?«

»Ich trage den Schal mit den Punkten«, bestätigte die Muse.

Shara hätte beinahe gelächelt, aber dann blickte sie hinüber zum Mond. Der graue Trabant bewegte sich auf die Oberfläche von Tiamande zu.

»Iniza?«, fragte die Muse.

»Den beiden geht's gut.« Shara nannte ihr eine andere Frequenz. Kurz darauf knackte es, und alle drei Schiffe waren miteinander verbunden.

»Iniza?«

»Am Leben«, kam die erschöpfte Antwort. »Schön, dass du da bist.«

»Wie hast du uns gefunden?«, fragte Shara.

»Conlingas hat der *Nachtwärts* auf Amun einen Peilsender verpasst«, entgegnete die Muse. »Die *Tabernakel* hat das Signal aufgefangen, als wir aus der Schleuse kamen. Schau bei Gelegenheit an deine hintere Landekufe.«

Iniza klang, als lächelte sie, obwohl sie schwer atmete. »Ist da jemand nachlässig geworden?«

Mürrisch schickte Shara der Muse eine Reihe von Zielkoordinaten im freien Raum, weit weg von Tiamande und doch nah genug, um das Ende von dort aus mitanzusehen.

»Sind da«, bestätigte die Muse.

»Dann sehen wir uns dort«, sagte Shara. »Alle festhalten!«

Sie drückte einen Hebel nach vorn und brachte den Antrieb auf vollen Schub.

37

Hadrath kauerte mit Äone hinter den klobigen Felsen, wäh rend um sie die Welt unterging.

Von hier aus konnte er das Wrack der Raumkathedrale am Horizont nicht mehr sehen – die Steine versperrten ihm die Sicht –, aber er hörte die fernen Explosionen, die wie Donner über die Ebene rollten. Immer wieder jaulten Greifer tief über die verwüstete Landschaft hinweg, wirbelten den Qualm tausender Feuernester auf und zerstörten die letzten Drohnen, die desorientiert am Himmel kreisten oder auf gebrochenen Gliedern durch die Trümmer staksten. Einige unbeschädigte Roboter hatten sich zu einem Pulk zusammengeschlossen und waren zum Palast aufgebrochen, der durch all den Rauch und die Hitzeschlieren nur als dunkle Masse zu sehen war. Vage erkannte Hadrath die gigantischen Wälle, die zu beiden Seiten in waberndem Grau verschwanden, und darüber die Silhouetten Dutzender Türme. Irgendwo dort drinnen, in Hallen, deren Enden beim Betreten mit bloßem Auge wohl nicht zu sehen waren, träumte die Gottkaiserin ihre kosmischen Träume.

Der Gestank von brennenden Öllachen verätzte Hadraths Atemwege, während er auf dem Felsboden kniete und sich über Äone beugte, die zwischen ihm und der Steinwand auf dem Rücken lag. Der Splitter des Exoskelettes ragte aus ihrem Rücken wie eine abgebrochene Schwertklinge.

Elektrische Entladungen umzüngelten das Metall. Vergeblich versuchte sie, sich auf Arme und Beine zu stützen. Beherzt griff Hadrath nach dem Metallsplitter und wurde auf der Stelle von Stromschlägen getroffen. Unter Aufbietung aller Kräfte zwang er sich, nicht loszulassen und die Qual zu erdulden. Erst nach endlosen Sekunden gelang es ihm, den verbogenen Splitter zu lockern und aus Äones Rücken zu ziehen. Klirrend prallte das scheußliche Ding auf den Boden.

Sie wollte sich umdrehen, und er half ihr dabei, bettete ihren Oberkörper auf seinem Schoß. Aus ihren schönen Augen blickte sie zu ihm auf.

»Wir machen uns gemeinsam auf die Reise.« Ihre Stimme klang eine Spur metallischer als früher. Aus ihrem Brustkorb drang ein Schnarren wie von einer Aufziehuhr.

Mit einem Nicken gelang es Hadrath zu lächeln. »Irgendwo da draußen finden wir alle Antworten.«

»Das wird eine interessante Erfahrung.«

Im Hintergrund ertönten wieder Explosionen. Womöglich stand eine Kernschmelze des Kathedralenreaktors bevor. Sie würden nichts davon spüren, so schnell würde es vorüber sein, wenn atomares Feuer über die Ebene tobte.

»Sieh nur!«, sagte Äone.

Ihr Blick ging an ihm vorbei zum Himmel. Mit verkrampften Nackenmuskeln wandte er den Kopf, ohne Äones Lage zu verändern. Zugleich meinte er ein leichtes Ziehen zu spüren, etwas in der Atmosphäre, das nichts mit den Druckwellen der Detonationen zu tun hatte.

Hoch über der Ebene trieb die Wolkendecke auseinander, bildete ein mächtiges, kreisrundes Loch am Himmel. Die Dunstränder sahen aus wie schäumende Ozeangischt, wogten und überschlugen sich, während die Öffnung mit jeder Sekunde größer wurde. In ihrem Zentrum leuchtete der Himmel in einem Blau, wie es Tiamande wohl seit einer Ewigkeit nicht gesehen hatte, ein Anblick von solcher Schönheit, dass Hadraths Finger sich fester um Äones Hand schlossen. Im Zentrum schwebte einer von Tiamandes sieben Monden, zur Hälfte von der Sonne beschienen, während die andere Seite im Schatten lag. Ungewöhnlicher als die Tatsache, dass die dunkle Seite bei Tageslicht zu sehen war, war die schiere Größe des Trabanten. Hadrath hatte viele Welten besucht, aber noch nie einen so gigantischen Mond gesehen. Erst nach einem Augenblick erkannte er, dass der Mond selbst es war, der die Wolken auseinandertrieb.

»Er kommt näher«, sagte Äone ohne jede Spur von Angst. »Der Mond stürzt auf Tiamande herab.«

Hadrath wandte den Blick vom Himmel und wunderte sich, wie leicht es ihm fiel, die Fassung zu bewahren. Vielleicht wäre es ohne Äone anders gewesen. Angesichts der Apokalypse hätte er Furcht verspürt oder Bedauern, womöglich sogar Reue. Ihre Nähe aber gab ihm etwas, das ihm stets gefehlt hatte. Er konnte es nicht benennen, sonst hätte er es ausgesprochen. So strich er ihr nur mit der linken Hand über die eiserne Stirn wie einer Fiebernden, während seine Rechte weiterhin ihre Finger umschloss. Er würde sie nicht loslassen, bis es vorüber war.

Nach einer Weile bemerkte er, dass sich ihre Augen nicht mehr bewegten, obwohl sie mit derselben Intentsität zu ihm aufsahen. Auch die Metallornamente ihres Gesichts waren zu einem reglosen mimischen Muster erstarrt. Da wusste er, dass sie aufgebrochen war zur Suche nach ihren gemeinsamen Schöpfern, vielleicht zu deren Ursprung und dem Anbeginn von allem.

Er weinte, weil es ihn mit Freude erfüllte, ihr folgen zu dürfen, legte den Kopf in den Nacken und blickte durch prachtvolle Feuerkränze zum Mond empor.

38

Am vereinbarten Treffpunkt, abseits von Tiamande und den Schwärmen fliehender Schiffe, hob Iniza Tanys auf ihren Schoß.

Das Hexenschiff hing noch immer im Fangstrahl der *Nachtwärts.* Die *Tabernakel* hatte sich neben ihnen positioniert, und alle drei hatten ihre Cockpitfenster auf die Thronwelt gerichtet. Die Systeme waren in Alarmbereitschaft und die Schutzschirme hochgefahren, obwohl niemand Anstalten machte, sie anzugreifen. Auch andere Schiffe hielten sich in dieser Gegend auf, um den Untergang Tiamandes zu beobachten, doch die meisten flohen weiter ins All hinaus, zu den äußeren Schleusen des Systems und durch den Hyperraum fort zu den Sternen.

Iniza aber wollte das Ende mitansehen, und Shara schien es genauso zu gehen. Von hier aus war Tiamande eine ferne braune Kugel, und Oratorias Totenmond ein heller Punkt, der sich langsam auf den Planeten herabsenkte. Farbige Lichter flirrten über die Oberfläche der Thronwelt, Erscheinungen von faszinierender Schönheit.

Unterwegs hatte Iniza Hassaats Leichnam aus dem Cockpit in die Schleuse gezogen. Jetzt trieb er irgendwo im All, für alle Ewigkeit allein im kalten Raum. Die Atemluft im Schiff war bereits umgewälzt worden, der Gestank herausgefiltert. Der Schmierfilm des Löschschaums, die Rußflecken und

Einschüsse verrieten, das hier ein Kampf stattgefunden hatte, aber Iniza erschien das alles weit weg, solange sie nur Tanys in Sicherheit wusste.

Shara hatte ihnen während des Fluges erzählt, was Kranit getan hatte. Von seinem letzten Kampf gegen die abtrünnigen Ordensmütter und seinem Plan, den Mond auf Tiamande zu stürzen. Der Reigen aus Legenden um den Waffenmeister würde bald um eine Geschichte reicher sein, dafür würden sie sorgen, und es war diese eine Geschichte, die ihn wahrlich unsterblich machen würde. Was immer vom Reich übrig bleiben würde, wenn die Überreste des Ordens und die Maschinen sich gegenseitig aufgerieben hatten, und wo immer dann noch Menschen lebten – sie würden sich die Mythen um den letzten Waffenmeister erzählen, den Mann, der nach all seinen Heldentaten sein Leben dafür gegeben hatte, die Tyrannei der Gottkaiserin zu brechen.

Iniza weinte leise um ihn, während sie Tanys an sich drückte und der Mond sich dem Planeten näherte. Weit im Hintergrund sah sie das Sternbild des Breitschwerts, an seiner Spitze die Sonne Vanarium. Irgendwo dort kämpfte die Armada der Maschinen gegen die Kathedralen Kamastrakas. Iniza und die anderen hatten Funksprüche von Ordensschiffen aufgefangen, in denen behauptet wurde, der Maschinenherrscher sei bei einem geheimen Angriff auf Tiamande vernichtet worden. Falls das der Wahrheit entsprach, dann waren bald beide Flotten führerlos. Konnte trotzdem eine Seite als Sieger aus dieser Schlacht hervorgehen? Oder zogen sich die Schiffe längst voneinander zurück, um die finale Begegnung zu vertagen?

All das erschien unbedeutend, als Oratorias Mond von der Masse Tiamandes verschlungen wurde. Es sah aus, als würde die winzige Kugel von der Thronwelt absorbiert, und schon fürchtete Iniza, dass sie die Sternenmagie der Hexen unterschätzt hatten.

»Endlich«, flüsterte Tanys mit der Stimme der Gottkaiserin. *»Endlich kann ich gehen.«*

Ein grelles Licht entflammte auf dem Planeten, so hell, dass Iniza sich zum Hinsehen zwingen musste. Es zerfiel zu glühenden Kreisen, die sich über der Oberfläche ausbreiteten wie Wasserringe auf einem See.

»Das war der Einschlag«, erklärte die Muse über Funk.

»Das war Kranit«, sagte Shara.

Bald war Tiamande von einem Netz aus feurigen Bahnen umwoben und begann langsam und träge, auseinanderzubrechen. Stücke, groß wie Ozeane, lösten sich aus der berstenden Masse, begleitet von wabernden Lavablasen. Im Herzen des Planeten leuchtete etwas auf wie eine ungeheure Glühbirne, dann zogen sich die Bruchstücke kurz zusammen, ehe sie mit einem Vielfachen an Wucht auseinanderstoben, regenbogenfarben entflammten und in Millionen Fragmente zerplatzten.

Was auch immer von Tiamande bleiben würde, wenn die kosmischen Kettenreaktionen endeten, würde er keine Ähnlichkeit mehr mit einem Planeten haben. Ein Asteroidenfeld, womöglich, oder ein Kometenschwarm, der irgendwann in die uralte Sonne stürzte. Anderswo mochten Astronomen dann wundersame Schauer aus Sternschnuppen beobachten, flackernde Lichterscheinungen wie Feuer einer fernen Schlacht.

Einer würde sagen: »Das ist Kranit, der letzte Waffenmeister von Amun, der seinen größten Sieg erringt.«

Mancher würde sich an die Toten erinnern, an die Menschen im Inneren des Palastes von Tiamande, Sklaven der

Hexen, ihre Paladine und Piloten, die keine Chance mehr zur Flucht gehabt hatten.

Und irgendwann würde jemand an die verbrannten Ordensmütter denken und hinter vorgehaltener Hand flüstern, dass unter ihnen Ordnung geherrscht habe, gewiss auch Strenge, aber dass es damals Gesetze gegeben habe statt Chaos. Und andere würden entrüstet dagegenreden, von Freiheit sprechen, egal um welchen Preis. Und aus diesem Streit würden neue Kriege entbrennen, mit neuen Tyrannen und neuen Befreiern, und wenn genug Schlachten geschlagen und Blut vergossen worden war, dann würde man sich abermals an den letzten Waffenmeister erinnern und verkünden, dass er bald auferstehen und ihnen allen den Frieden bringen werde.

Seine Geschichte würde weitererzählt und ausgesponnen, verzerrt und benutzt werden, und die Sage von Kranit würde auf ewig zwischen den Sternen widerhallen.

39

Tief in den Marken, Wochen später, schwebte die *Nachtwärts* im Schein eines Roten Riesen. Die Triebwerke schliefen, die lebenserhaltenden Systeme brummten tief in den Technikblöcken des Kopfmoduls, und in den Korridoren der Sichelsektionen meinte man manchmal die Vergangenheit zu hören, ferne Stimmen von Frauen und Männern, Passagiere aus Zeiten, als dies noch nicht das Schiff einer Alleshändlerin gewesen war.

Iniza blickte ins titanische Durcheinander der Gestirne und träumte.

Sie erinnerte sich an ihren ersten Blick aus dem Fenster von Setembras Raumbarke, an das überwältigende Panorama des äußeren Spiralarms mit seinen gefallenen Königreichen und untergegangenen Sternenbünden. An Welten, die schon in der Ära der Tausend Kriege alt gewesen waren und von Mächten umkämpft, an die sich niemand mehr erinnerte. Das war vor der Hegemonie und den Maschinen gewesen, vor den ersten Jüngern der STILLE. Planeten waren verödet, Sonnen erloschen, ganze Sternbilder aus dem All gebrannt worden. Durch den Weltraum wehten noch heute die Echos jener Erinnerungen, die Sonnenwinde sangen von Verlust und Auferstehung. Und unbegreifliche Orte wie der Pilgerkorridor, die vielleicht dieses Universum mit einem anderen verbanden, eröffneten Ausblicke, die das Begreifen der Menschen überstiegen, neues Wissen versprachen und doch nur alte Begierden weckten.

Im Pilotensitz neben Iniza öffnete Shara die Augen, als aus dem Antigravschacht helles Kinderlachen ertönte und weit entfernt die Muse darüber klagte, dass eine gewisse junge Dame sich nicht an Spielregeln halte und ganz offensichtlich auch noch stolz darauf sei.

Iniza wartete, bis Shara sich den Schlaf aus den Augen gerieben hatte, dann fragte sie: »Glaubst du, dass Tiamande der Bitterstern war? Dass es deine Bestimmung war, mit Kranit dorthin zu gehen?«

»Herrje, ich bin nicht mal wach, und du fragst mich solche Sachen.«

»War er's?«

»Komm ich dir vor wie jemand, der an solchen Unsinn wie Bestimmung glaubt?«

Iniza dachte: Nur wie jemand, der nicht zugeben würde, wenn es so wäre. Stattdessen sagte sie: »Es würde alles einfacher machen, wenn man sich einreden könnte, die Dinge seien vorherbestimmt. Dass wir nichts hätten anders machen müssen. Und niemanden hätten retten können.«

»Wir haben Milliarden gerettet, so wie ich das sehe.«

»Milliarden haben kein Gesicht.«

»Dann stell dir Gavanqe vor, die auf Corwin nach ihren Söhnen sucht«, sagte Shara. »Millionen und Abermillionen wie sie, die alle auf der Suche nach irgendwas sind und nicht mal ahnen, wie knapp sie mit dem Leben davongekommen sind.«

Iniza blieb nachdenklich. »Irgendwer könnte die Monde noch immer erwecken.«

»Es gibt keine Ordensmütter mehr.« Shara zuckte die

Achseln. »Ohne sie zerfällt erst der Orden und dann das Reich. Es wird neue Herrscher geben, neue Konflikte, das ganze Drum und Dran. Und wenn wir Glück haben, geraten die Kuppeln auf den Monden in Vergessenheit. Oder aber jemand findet irgendwann heraus, was es damit auf sich hat. Wir werden sehen.«

In einigen Systemen hatten sich die Maschinen festgesetzt, und niemand wusste, was ohne ihren Herrscher aus ihnen wurde. Vielleicht hatten sie mit seinem Verlust auch den Sinn ihrer Angriffe vergessen. Die verbliebenen Hohepriesterinnen der STILLE machten vorerst keine Anstalten, ihre Feldzüge fortzusetzen. Sie waren nicht geschlagen, aber womöglich zu Untätigkeit verdammt, und Iniza hatte die Hoffnung, dass eines Tages jemand auf einer ihrer Welten landen und nur noch verrostete Überreste finden würde, verfallene Maschinenfabriken und herrenlose Drohnen, die sich gegenseitig vernichtet hatten.

Äon sei gefallen, hieß es, nachdem ein Stoßtrupp der letzten Kathedralen auf dem Planeten den Weltenbrand entfacht hatte. Womöglich war das die Wahrheit. Falls man dem Feind die Fähigkeit genommen hatte, einen neuen Herrscher zu erschaffen, mochte das letztendlich zur Isolation und zum Untergang der Maschinen führen.

Doch ehe niemand die Koordinaten von Äon in Erfahrung gebracht und nachgesehen hatte, was dort vorgefallen war, musste jeder für sich entscheiden, ob er die Gerüchte für wahr hielt oder ob ihm Zweifel blieben. Am Ende war alles wieder nur eine Frage des Glaubens.

»Wenn du wirklich eine Antwort haben willst«, sagte Shara und streckte sich in ihrem Sessel, »dann geb ich dir eine.«

»Nur zu.«

»Ich denke, dass Tiamande Kranits Bestimmung war, aber nicht meine. Es hat sich nicht angefühlt, als wäre ich irgendwo angekommen.« Ihr Blick hing wie festgesaugt an den Weiten des Sternenozeans. »Verstehst du, was ich meine?«

Iniza lächelte. »Sehr sogar.«

»Also suchen wir weiter«, sagte Shara. »Ich weiß, was du vorhast.«

Iniza hatte seit dem Fall der Thronwelt nicht über ihre Pläne gesprochen, aber es überraschte sie nicht, dass Shara sie durchschaut hatte. Vermutlich war ohnehin jedem klar gewesen, dass sie es sich nicht mit Tanys auf einer abgelegenen Welt bequem machen würde. Sie war trotz allem eine Baroness von Koryantum, und Hassaat hatte sich getäuscht, als sie ihr vorgeworfen hatte, keine Verantwortung für ihre Heimat zu übernehmen.

»Du willst es mit eigenen Augen sehen«, sagte Shara. »Was dort geschehen ist. Ob alles wahr ist. Der Fall von Koryantum und Tern. Der König der Gnade … und der Ikonoklast.«

Iniza entging nicht, dass Shara vor der Erwähnung des Ikonoklasten gezögert hatte. So als wäre da im Zusammenhang mit ihm noch etwas anderes, über das sie nicht sprechen wollte. Womöglich hatte es mit den Vorgängen auf Oratorias Mond zu tun.

Irgendwann würde die Alleshändlerin vielleicht darüber reden. Oder es würde für immer ihr Geheimnis bleiben.

»Wirst du mitkommen?«, fragte Iniza.

»Ohne mein Schiff würdest du es nicht mal in die Nähe der Baronien schaffen.«

»Und ohne seine Pilotin.«

»Wird aber ein verdammt langer Flug.«

»Wir haben Zeit«, sagte Iniza. »Und die beste Verpflegung.«

Im Antigravschacht erklang Tanys' Gekicher, dann betrat sie mit der Muse das Cockpit. Beim Toben der beiden war der Schal der Muse verrutscht, und wenn man genau hinsah, erkannte man, dass ihr Kopf ein wenig schief saß.

Während die Muse im zweiten Copilotensessel Platz nahm, lief Tanys zu Iniza und kletterte auf ihren Schoß. Shara holte eine Sternenkarte der Randzone auf den Schirm. Sie konnten keinen Hypersprung in die Baronien machen – ohnehin war fraglich, ob die Schleuse zwischen Tern und Koryantum noch in Betrieb war –, also blieb ihnen nur ein Unterlichtflug. Sie würden die Bürgerkriegsnester der Caudors meiden und die Jagdgründe der Sklavenhändler umfliegen. Shara hatte recht, es würde eine lange Reise werden. Iniza konnte sich kein besseres Schiff dafür vorstellen.

Die Alleshändlerin fuhr die Antriebe hoch, packte den Steuerknüppel und lenkte das Schiff in eine sanfte Kurve. Die Aussicht vor dem Fenster veränderte sich. Ein großer Sternennebel streckte seine Arme über das Firmament, und herrlicher, kristallblauer Glanz von Millionen Sonnen drang ins Cockpit, brachte die Instrumente zum Schimmern und ließ Tanys glücklich lächeln.

Weit vor ihnen lichtete sich das Dickicht der Gestirne und Gaswolken, glühendes Rot vermischte sich mit Blau, und das Schiff folgte den alten Sternenstraßen nachtwärts.

Ein neues Zeitalter der Magie beginnt ...

Der junge Milan Tormeno ist dazu ausersehen, seinem Vater Nandus in das Amt des Erzpriesters zu folgen: Er soll einer jener mächtigen Auserwählten werden, die die Geschicke der Welt Azuhr lenken.

Doch Milan kann nicht akzeptieren, dass sein Schicksal vorherbestimmt ist. Er rebelliert – und verstrickt sich mit der Meisterdiebin Felicia und der geheimnisvollen Konkubine Nok in ein gefährliches Netz von Intrigen.

»Bernhard Hennen ist der zurzeit erfolgreichste Fantasy-Autor im deutschsprachigen Raum.« *Express*

Hintergrund: © Thinkstock

Bernhard Hennen
Die Chroniken von Azuhr
Der Verfluchte
Roman

600 Seiten
Klappenbroschur
ISBN 978-3-596-29726-9

fi 10-29726/1